書下ろし

長編ハード・アクション

復讐者たち

傭兵代理店

渡辺裕之

祥伝社文庫

目次

各国の傭兵たちを陰でサポートする。
それが「傭兵代理店」である。
日本では東京都世田谷区の下北沢にあり、
防衛省情報本部の特務機関“K機関”が密かに経営している。

【主な登場人物】

〈傭兵〉—コマンドZ

■イーグルチーム

藤堂浩志《とうどうこうじ》……元「復讐者《リベンジャー》」、現「イーグルマスター」。傭兵チームリーダー。
加藤豪二《かとうごうじ》……「トレーサー」。追跡を得意とする。
田中俊信《たなかとしのぶ》……「ヘリボーイ」。乗り物ならば何でも乗りこなす。
ミハエル・グスタフ……「ブルドーザー」。大きな体に似合わない精密なスナイパー。
瀬川里見《せがわさとみ》……「コマンド1」。代理店コマンドスタッフ。

■パンサーチーム

浅岡辰也《あさおかたつや》……「爆弾グマ」。パンサーチームリーダー。
宮坂大伍《みやさかだいご》……「針の穴」。針の穴を通すかのような正確な射撃能力を持つ。
寺脇京介《てらわききょうすけ》……「クレイジーモンキー」。Aランクに昇級した向上心旺盛な傭兵。
ジミー・サンダース……「ボンブー」。爆弾と痩せた竹の造語のコードネームを持つ。

森《もり》　美香《みか》……内閣情報調査室特別捜査官。藤堂の恋人。
池谷悟郎《いけたにごろう》……省外特務機関“K機関”の総師。傭兵代理店を経営。
明石妙仁《あかしみょうじん》……古武術の達人。藤堂の師となる。
マジェール・佐藤《さとう》……大佐という渾名の元傭兵。
リチャード・スミス……CIA極東支部チーフ。渾名は「カクタス」。
ヘンリー・ワット……米陸軍犯罪捜査司令部（CID）大尉。

復活

一

「甲府《こうふ》～」という車内アナウンスで、藤堂浩志《とうどうこうじ》は、目を覚ました。

荷物というほどでもない痩《や》せたサブザックを担ぐと、浩志は閉まりかけたドアをこじ開けるようにスーパーあずさ二三号から下車した。

新宿から一時間半という乗車で、退屈しのぎに新聞を読んでいたが、いつの間にか眠りこんでいたようだ。熟睡するでもなくほんの五、六分意識がないだけだが、戦地でたった一人大勢の敵に囲まれ、反撃もむなしく戦死する夢を見た。傭兵という職業柄、夢見が悪いのはいつものことで、敵の弾丸が血しぶきを上げながら腹部に撃ち込まれるというリアルさがあった。おかげで暑くもないのにじっとりと汗をかいてしまった。

一ヶ月前、渋谷《しぶや》の松濤《しょうとう》にある森本《もりもと》病院で殺人鬼である大道寺《だいどうじ》と乱闘の末、大道寺に抱きかかえられるように三階の窓から転落した。浩志は落ちる瞬間、病院の壁を蹴《け》り大道寺の呪縛《じゅばく》から逃れ、からくも駐車していた車の屋根に落ちて助かった。幸い肋骨《ろっこつ》を二本折る程度の軽傷で済んだ。だがその後遺症なのか、一週間の入院と三週間にわたるリハビリを終えた今でも、時折腰に痛みを感じるようになり、ひどいときは激痛で歩くことも困難になっていた。

入院していた森本病院で再三精密検査をしたが、身体的な異常は特になく、背骨の微妙なずれと、それをささえる筋肉の損傷が原因と診断された。院長の森本によれば、リハビリを続ければいずれ治るが、半年近くかかると言う。だが、殺人鬼の大道寺に限らず、国際犯罪組織ブラックナイトに命を狙《ねら》われる浩志にとって、半年も体の自由が利《き》かないのは、まさに死活問題だった。

無理を承知で短期の治療を望むと、森本は古くからの友人で東洋医学を学び、整体治療をしている松尾忠徳《まつおただのり》という人物を紹介してくれた。松尾は、森本の防衛医科大学の先輩にあたり、卒業後東洋医学を学ぶため、中国に渡った変わり者だそうだ。詳しいことは聞かされていないが、甲府の下部《しもべ》という温泉町で快整堂《かいせいどう》という治療院を開業しており、温泉療法を併用した治療が受けられるという。評判はすこぶるよく、政財界の大物や著名人の患者も多く、伝手《つて》がなければ治療は受けられないらしい。

浩志は、これまで幾度も命に関わる負傷をしたせいか、最近では傷の治りも遅く古傷が痛むこともままある。一年前なら、温泉治療と聞いただけで一笑に付すところだろうが、体を完全にオーバーホールする必要性に迫られた今は、藁《わら》にもすがる気持ちで森本の勧めに従った。

甲府駅で下車したホームの反対側から、十五分後に発車する身延《みのぶ》線の特急ふじかわ号に乗り、四十分ほどで下部温泉駅に到着するらしい。

二、三日すれば、ゴールデンウイーク絡みで、観光客でごったがえすかもしれないが、週中のホームには、電車待ちの客はさほど多くない。老夫婦がひなたぼっこしながら仲良く会話する姿や、農家の年寄りが大きな風呂敷包みを背負い電車を待つ姿も見受けられる。

一見のどかな風景に水を差す無粋《ぶすい》な連中が一組いた。男ばかりの六人のグループで、趣味の悪い柄のシャツに白いスーツを着た者や、虎や龍の刺繍《ししゅう》が入ったジャージを着込んでいる者もいる。全員流行を無視した個性的な格好をしているが、共通しているのは、金のブレスレットや時計をこれみよがしにしていることだ。この、一目で筋者と分かる連中の十メートル四方に一般の客はいない。もっとも、浩志も短く刈り上げた頭にサングラスをかけ、オフホワイトの麻のジャケットにジーンズを穿《は》いている。趣味は悪くはないが、一般人を寄せ付けないオーラを放っている点では決して人のことは言えない。

やくざの一行はスーパーあずさ二三号を下車した後、しばらく駅構内の売店の前でたむろしていたが、浩志と同じ身延線の特急ふじかわ一二号の指定席に乗るつもりらしく、ぞろぞろと浩志のすぐ後ろに並び始めた。ふじかわ一二号は三両編成で、一号車のみ指定席となり、二号車、三号車は自由席だ。今回の下部温泉での治療は、傭兵代理店が電車や宿泊施設の予約も含めすべてお膳立てしてくれた。代理店の社長である池谷《いけたに》が最強の傭兵として浩志を特別視しているのはよく分かるのだが、煩《わずら》わしくもあった。

特急ふじかわ一二号は、予定通り十六時四十一分に甲府駅を出発した。

浩志は、進行方向に向かって八列目、やくざグループは、四列目と五列目に座った。特にさわぎ立てることもなく、整然と座っている。彼らの生態からすれば、発車前からビールで酒盛りを始めてもよさそうだが、ひっそりと座っているのがむしろ不気味だ。行き先は分からないが、行楽で電車に乗ったわけでもなさそうだ。

甲府駅を出て十分もすると黙然《もくねん》と座っていたやくざグループは、おとなしくしていることに飽きたのか、禁煙にも拘《かかわ》らず、全員煙草《たばこ》を吸い始めた。煙草を吸わない浩志にとって、喧嘩《けんか》を売られたも同然だが、こんなところでバカを相手にしても仕方がないと、窓の外に流れる美しい景色を見て気を紛らわした。

車掌が検札する際に、やくざに頭を下げて喫煙を自粛するように懇願した。

「誰に口をきいているんだ。てめぇ」

虎の刺繍をしたジャージ姿の男が、車掌に食ってかかった。年は、二十代前半、一番下っ端なのだろう。

「ですから、この列車は、全席禁煙になっております。それに他のお客様にもご迷惑がかかりますのでご遠慮願います」

四十後半の車掌は、規則とはいえ、なかなか勇気があるようだ。

「迷惑だと。どこにそんな客がいるんだ」

車掌は、言われて車内を見渡した。おそらくトラブルを避けて他の乗客は、あらかじめ車両を移っていったのだろう。浩志以外に乗客はいなかった。自《おの》ずと全員の視線が浩志に集まった。

「おい、おまえ。迷惑だと思っているのか」

ジャージの男は、浩志に近づき下から上へと視線を移し、首を前に出してガンづけをしてきた。喧嘩を買うつもりはないが、嘘までつくつもりはない。

「迷惑だ」

浩志は、溜息《ためいき》混じりにぼそりと言った。

「なっ、何！」

男は、浩志が当然否定するものだと思っていたのだろう。甲高い声を出した。

「もう一遍言ってみろ、コノヤロー！」

「うるさいぞ」

「ざけんな！　オラ！」

大声でわめくと、浩志の胸ぐらを摑《つか》もうと男は右手を伸ばしたが、浩志は左手でそれを軽く叩いた。

「てめえー」

逆上した男は、いきなり右ストレートを打ってきたが、浩志は素早く席を立ってかわし、男の胸ぐらを摑み鳩尾《みぞおち》に強烈な膝蹴りを入れ、泡を吹いた男をごみでも捨てるかのように床に転がした。浩志の早業に車内の空気は一瞬凍《こお》りついたが、やくざは全員席を立って浩志を睨《にら》みつけた。特に若そうな連中は「ぶっ殺す」と言って色めき立ったが、白いスーツを着た一番年配のやくざがそれを制し、浩志に近づいてきた。

「兄さん、迷惑をかけたな。礼がしたいから、次の駅で降りてもらおうか」

身長一八〇超、角刈りにした頭に、三白眼《さんぱくがん》と腹から響く低い声。なかなか押しのきいた男だ。年は三十後半か。

「礼がしたいのなら、ここで言え」

「いきがんなよ、コラァ！」

男は、車両中に響く声を上げたが、浩志はそれを鼻で笑って軽く流した。

「身延線は、一時間に一本だ。よく考えろ」

「何！」

特急が走る時間帯は、各駅停車が大抵は走っている。待つこともないだろうが、鎌をかけてみた。

男は、下を向き舌打ちをした。誰でもそうだが、一時間もローカル線の駅で待つのは嫌なものだ。それに、恫喝《どうかつ》を一向に気にも留めない浩志をただものではないと、男は値踏みしたのだろう。

「運のいい野郎だ」

男は、吐き捨てるように言うと、床で泡を吹いて倒れている男を蹴って起こした。

やくざが煙草の火を消したために、浩志は、何事もなかったかのように窓の景色を楽しんだ。身延線は、南アルプスを西に、富士山を東に望む風光明媚《ふうこうめいび》な土地を通るローカル線だ。季節は春、優雅な風景を映し出す車窓は、見る者を飽きさせない。

ほどなく特急ふじかわは、下部温泉駅に到着した。驚いたことにやくざグループも下車し、駅前で客待ちしていた二台のタクシーに分乗して姿を消した。

浩志はゆっくりとホームに降り立つと、大きく背伸びをし、深呼吸をした。そして、サブザックから携帯電話を出すと電源を切った。温泉街に来てまで、携帯のコール音を聞くつもりはなかった。

二

下部温泉駅は、予想通り山奥のひなびた駅舎だった。駅から察するに、温泉街もひっそりとした佇《たたず》まいを見せてくれることだろう。下部温泉は、戦国時代の名将武田信玄《たけだしんげん》の隠し湯として、古くから知られている。戦国時代、傷ついた兵士を療養する施設は、敵に悟られないようにする必要があった。それゆえ隠し湯という名がついたのだが、信玄の隠し湯は山梨や長野に多く点在し、勢力を伸ばした静岡や岐阜にまであるそうだ。

森本が紹介してくれた松尾忠徳は、温泉街の外れに居を構え、治療院は〝旅荘屋形《りよそうやかた》〟という旅館の離れにあるらしい。宿泊先もその宿らしく、治療を受けるにも都合がいい。

四月下旬とはいえ、山間《やまあい》の日暮れは早い。六時前にも拘らず、駅前の商店やレストランの看板に早くも灯《ひ》が入り始めた。とりあえず宿にチェックインするべきだが、駅前の客待ちタクシーに乗るつもりはない。急ぐ旅でもなし、旅荘までおよそ二キロ、温泉街を散策がてら歩くにも適当な距離だ。

駅前にある数軒の土産《みやげ》物屋やレストランを過ぎると温泉街はいきなり途切れた。中心地はどうやらもっと先らしい。あるいは、隠し湯の名のとおり、山中に点在しているのかもしれない。下部川に沿ってだらだらと坂道を四百メートルほど登って行くと、ぽつぽつと旅館が顔を見せ始め、曲がりくねった道をさらに登ると、予想に反して大小の旅館やホテルがぎっしりと軒を並べていた。構えが大きな所は少ないが、どこも落ち着いた雰囲気があり、ネオンが輝くような下品な温泉街でないのが、浩志は気に入った。

旅館の間隔もまばらになり、温泉街の外れに来たところで、腰に鈍い痛みが走り、おまけに左足のしびれも出始めた。今日は調子がいいと思っていたが、長時間電車の椅子に座っていたのが、悪かったようだ。日も暮れて、寂しげな街灯の下で腕時計を見ると六時八分。途中、のんきに土産物屋を覗《のぞ》きながら歩いて来たせいで、たった二キロにも満たない行程を三十分近くかけてしまった。

そろそろ目的の旅館の看板が見えてもいいころだ。浩志は、うっすらと額に汗を浮かべ道の両端を注意深く見ながら歩いた。すると〝旅荘屋形〟と書かれた小さな道しるべを雑草の生い茂る道路脇に見つけ、思わず絶句してしまった。

道しるべの先は、街灯もなく闇に呑み込まれた山の中を指し示していた。他にも道はあるのかもしれないが、ここまで来て探す気にもなれず、道しるべに従い、獣道のような小《こ》径《みち》に分け入った。

浩志は、日本ばかりか、海外の傭兵代理店からも認められたスペシャルAクラスの傭兵だ。身体能力の高さはずば抜けており、五感も常人とは比べものにならない。夜目も星明かり程度あれば、不自由しない。すり足で歩くように足下を確認しながら来たために、道は外れていない自信はあったが、星明かりすら通さない雑木林に入ったため、さすがに立ち往生した。引き返そうかとも思ったが、闇を透かして前方を見ると微《かす》かに木々の隙間《すきま》から、ちらちらと明かりが見えた。

浩志は、再び雑草をかき分けるように前進した。さらに五分ほど歩くと、屋形とは名ばかりのひなびた山小屋が見えて来た。軒先に旅荘屋形と書かれた行灯《あんどん》のような看板がある。狸にでも化かされているのではないかと、思わず頬《ほお》をつねりたくなった。格子の引き戸を開け、敷居をまたいで中に入った。まるで時代劇のセットにでも入ったかのような立派なたたきと黒光りする式台があった。

「いらっしゃいませ」

入り口のすぐ横にある帳場から、メガネをかけた白髪の老人が顔をのぞかせた。作業着を着て首にタオルをかけ、ひと昔前の学校の用務員といったところだ。年は七十前後、小柄で鶴のように痩せている。

「お客様は、藤堂様ですか」

老人は慌《あわ》てて首のタオルを外して、ズボンのポケットにつっこむと、浩志の前に座りお辞儀をした。

「そうだ」

表情にこそ出さないが、腰の激痛はひどく、返事をするのも煩わしかった。

「ご到着が遅いので、心配しておりました。当宿の主人、松尾富雄《とみお》と申します。どうぞお上がりくださいませ」

浩志が靴を脱《ぬ》いで式台に上がると、松尾は、外見に似合わず機敏な動作で足下にスリッパを置いた。

「世話になる」

浩志は激痛に堪《た》え、靴を脱ぐと、松尾の後について廊下を進んだ。磨き込んだ廊下や漆《しっ》喰《くい》の壁は年代を感じさせるが、外見とは違い、しっかりとした造りをしている。客室は木造の平屋で、廊下の両側に四部屋ずつ、合計八部屋しかないらしい。浩志は、一番突き当たりの右側の部屋に案内された。

「桔梗《ききょう》の間でございます。すぐにお食事のご用意をいたしますので、おくつろぎくださいませ」

松尾は、宿の案内を手短にすると部屋を出て行った。部屋は、十畳一間でトイレや洗面所もついていない。部屋の真ん中に大きな木製のテーブルと座布団が敷かれてあるだけで、旅館にありがちなコンパクトな有料テレビも置いてなかった。

窓際には小さな床の間があり、水墨画の掛軸が掛かっていた。木の枝に鳥が一羽とまっている素朴な絵柄だが、繊細な筆さばきに気品を感じさせる。もともと豪奢《ごうしゃ》なホテルや旅館は肌に合わないため、質素な佇まいが気に入った。

浩志は、壁にもたれると足を投げ出すように座り込んだ。これまでも、負傷した後遺症に悩まされたことはあったが、腰の痛みで歩くのも困難になったのは初めての経験だ。

しばらくすると松尾は、食事の膳を持った六十代と思われる着物姿の女と現われた。松尾の妻で久美《くみ》といい、痩せた夫と違いふくよかで品のいい女性だ。宿の女将《おかみ》として丁寧な挨拶《あいさつ》をすると、浩志の様子を見かねて尋ねてきた。

「お腰の具合がかなり悪いようですが、だいじょうぶですか」

「……食事を済ませたら、すぐ休みたい」

浩志は、一目で苦痛を悟られるようでは傭兵失格と苦笑するより他ないが、治療に来たのだからと素直に答えた。

「よろしければ、お休み前に温泉にお入りになることをお勧めします。下部温泉郷は、ご存知のように信玄公の隠し湯として、古くから怪我や病《やまい》に効くと言われております。実際、ご利用になればお分かりになると思いますが、腰痛や神経痛にも効き目があり、弟の忠徳がこの地で開業したのも、なによりも湯の効用が、体にいいと判断したからでございます」

「弟？」

女将は、にこやかに微笑《ほほえ》みながら説明した。姓が同じと思ったら、女将は整体師である松尾忠徳の実の姉ということだ。宿の主人は、入り婿《むこ》で女将の久美が、実質この宿の主人らしい。忠徳は、宿の裏山に一人で住んでいるらしく、治療は、この宿の離れを改造した診療所〝快整堂〟で行なう。ただし、忠徳は森本に聞いたように変わり者らしく、気に入った患者しか治療しないらしい。

「ご心配には、及びませんよ。藤堂様の場合、森本様のご紹介ですから、明日から間違いなく治療をさせて頂きます」

女将の言葉に、浩志はほっと胸を撫《な》で下ろした。正直言って、腰痛が始まると身動きが取れなくなるため、いささか弱気になっていた。

三

食後、女将の勧めもあり、温泉に入ることにした。廊下の突き当たり、浩志の泊まる桔梗の間のすぐ近くにある引き戸を開けると中庭があり、屋根のついた渡り廊下を渡った別棟に浴室はあった。外見は、本館と同じく山小屋のようだが、中は総檜《そうひのき》造りの贅沢《ぜいたく》なものだった。六畳ほどの脱衣所で服を脱ぎ、アルミサッシの引き戸を開けると、ほのかな暖かみと湿気を感じさせる空気が、流れてきた。強い硫黄《いおう》の匂いと視界がかすむような湯気を期待していただけに、少々肩すかしを喰らった感じだ。

浴室は二十畳ほどで、宿の規模に比べれば大きい方だろう。大小二つの湯船があり、大きい湯船に半身浴をしている先客がいた。白髪混じりの髪をオールバックにし、眉間《みけん》に皺《しわ》を寄せて目を閉じている。五十代後半と思われるが、贅肉《ぜいにく》のない鍛え上げられた体つきをしている。浩志は洗い場で体をざっと洗うと、先客に軽く会釈《えしやく》をして、湯船に足を入れた。

「うっ！」

湯船のお湯が、異常に冷たいので思わず声を漏らした。

「ハッハ。初めてここの湯に入るのかね。隠し湯というのは、昔から冷泉が多い。ここも三十度ほどだ。隣の沸かし湯に入って体を温めてから入るといい。冷たい源泉と熱い温泉に交互に入るのが、こつだよ」

男は、快活に笑った。

浩志は、礼を言うと男の勧めに従い、沸かし湯で体を温めてから、源泉に改めて入った。冷たい源泉が、まるでマッサージするかのように体につんと染みる。しばらくすると不思議なことに腰痛が嘘のように引いて行くような気がした。腰を動かすとさすがに痛みは走るが、とりあえず左足のしびれは取れたようだ。

「腰をいためているのかな」

男は、目を閉じて湯に入っているようで、その実、浩志のことを観察していたようだ。

「はあ」

腰痛のため話をする気になれず、浩志は曖昧《あいまい》に返事をした。

「どうやら、そうとう重傷らしい。快整堂の治療を受けに来たんだね。ここの治療院の松尾先生は気に入らないと、治療しないという変わり者だ。先日も、どこかのお偉い政治家が来たらしいが、門前払いでこの湯に入ることも許さなかったらしい。もっとも、その政治家は、先客を押しのけて、先に治療するように迫ったらしいから、自業自得だな」

男は、退屈していたのだろう。返事もろくにしない浩志を相手によく喋《しやべ》った。十分ほどすると、いい加減喋り疲れたのか、ふいに湯船から出ると、さらばとばかりに手を振って男は出て行った。

浩志は天井を仰《あお》ぐように湯船に身をまかせ、首まで源泉に浸かると大きく息を吐いた。体は弛緩《しかん》状態になったが、それに反して頭は冴《さ》え、過去の出来事が次々と思い出された。

この十五年間、傭兵として戦場を流浪《るろう》するような生活を送って来た。きっかけは、警視庁の刑事だった頃、喜多見《きたみ》一家惨殺事件の容疑者にしたてられたことだ。半年後アリバイが立証された後、真犯人がフランスの外人部隊に入隊したという密告を受け、犯人を追って外人部隊に入隊した。結局犯人を見つけることはできず、五年の任期を経て除隊した。その後フリーの傭兵となり犯人の噂を頼りに、十年間ひたすら戦地を流浪した。そして、いつの間にか〝リベンジャー（復讐者）〟と呼ばれる凄腕の傭兵になっていた。

昨年、日本に戻ってきた浩志は、中野《なかの》で起きた殺人事件をきっかけに、十六年前の事件を解決し、事件の真相も知ることができた。その後、傭兵としての生活にピリオドを打とうとしていた浩志は、悪魔の旅団と呼ばれている国際犯罪組織〝ブラックナイト〟の傭兵部隊に襲われる。このいわれなき闘いに、腕利きの傭兵仲間を招集した浩志は、軍艦島《ぐんかんじま》で決着をつけ勝利を収めた。

現在ブラックナイトばかりか凶悪な事件に対して、内調（内閣情報調査室）、あるいは傭兵代理店を通して防衛省情報本部から仕事が依頼されることになっている。しかも傭兵代理店からは、自由に使える武器庫を一つ任されていた。

そもそも政府に一番近い情報機関である内調との関係は、一年前、銃撃された浩志が内調の特別捜査官である森美香《もりみか》に助けられたことに始まっている。当初彼女は、渋谷のスナック〝ミスティック〟のママと称していたが、それは潜入捜査するためのかりそめの姿だった。二人は、幾度かの危険を乗り越えて行くうちに愛し合うようになった。とはいえ、彼女に感情の表現はしない。いつ死ぬか分からないような人間に愛情の表現ほど陳腐なものはないと思っているからだ。

目を閉じ、次々に浮かんでくる雑念を消し去ろうとすると、いつの間にか浩志は松濤の森本病院にいた。ふっと目の前の闇に白い影が浮かんできた。

「藤堂、何度でもおまえを殺してやる」

白い影は、狼のうなり声にも似た声を発した。影の正体は、闇の世界で〝ドク〟とコードネームを持つ殺し屋で、浩志とともに病院の三階から転落した大道寺だった。

大道寺は、駐車中の車の上に落下した浩志と違い、まともに道路に落ちたはずだが、未《いま》だに消息も分かっていない。常人なら、瀕死《ひんし》の重傷を負っていてもおかしくないのだが、直後に現場に駆けつけた傭兵代理店のコマンドスタッフである瀬川《せがわ》ですら、その姿を発見することはできなかった。

浩志は、かっと目を見開いた。いつの間にか湯船の中で眠っていたようだ。

(何度でも、殺してやるか、笑わせる)

浩志は、ふんと鼻で笑うと、飛び起きるように湯船から出て、悲鳴をあげる体を叱咤《しった》しながら浴室を後にした。

四

浴室がある別棟を出ると、空気は冷え冷えとしていたが、温泉で火照《ほて》った体にほどよい刺激を与え心地よかった。行きと違い、中庭の石畳を歩く足取りも心持ち軽くなった。腰の痛みはまだ残るが、左足のしびれは消えた。だが鼻歌でも歌いたい気分は、本館に通じる扉を開けた途端、霧散した。

「おい、下手《したて》にでりゃいい気になりやがって、この俺が、こうして頭を下げているんだ。

いいかげんにしろ。どうなっても知らねえぞ、コラッ」

玄関で、客と何か揉めているようだ。筋もの特有の台詞《せりふ》で、しかも声に聞き覚えがあった。浩志は、部屋に戻らず玄関まで歩いて行った。

二人のやくざ者が、女将と主人を相手にすごみをきかせているところだった。一人は背が高く白いスーツを着ており、もう一人は太って背の低い男で、黒いスーツを着ている。どちらも趣味の悪い柄のシャツを着ているところは、一昔前の売れない漫才コンビのようだ。

「てっ、てめえ」

白いスーツの男が、奥から現われた浩志に気付き声を荒らげた。特急ふじかわで五人のチンピラを従えていたやくざ者だった。

「誰だ。こいつは」

黒のスーツの男が、浩志にガンを飛ばしながら、白のスーツに聞いた。一六五センチほどで、ビール腹。色が黒く眼光が鋭い。四十二、三といったところか。

「こいつですぜ。電車の中で、ふざけた真似した野郎は」

「俺に、礼を言いに来たのか」

浩志は、薄笑いを浮かべて言った。

「調子に乗るのもいい加減にしろ！　誰がてめえに用があると言った。てめえも居場所が分かったからには、ただじゃおかないから、そう思え」

「ゴキブリが、何の用だ」

「なんだと、コラッ」

ほとんど同時に二人の男が声を上げた。見てくれと違って、なかなか息のあったコンビのようだ。

「女将。どうした」

「はい。こちらの方の会社の社長さんが、どなたのご紹介もないのにうちで治療させろと、先日から無理難題をおっしゃるのです」

宿の女将が、溜息混じりに説明した。隣に座る痩せた主人共々、意外と落ち着いている。商売上、この手のトラブルには慣れているのかもしれない。

「どうせ、どこかの田舎《いなか》やくざだろ」

浩志は、軽く鼻で笑った。こんなことなら、電車の中で、六人とも口がきけなくなるほど叩きのめせばよかったと今さら悔《く》やんだ。

「てめえ、いったい何者だ」

黒のスーツ男が、大声を張り上げた後で首を捻《ひね》った。やくざと知って平気な浩志をさすがにただの一般人だとは思えなくなったのだろう。

「人間のクズに名乗る名前はない。とっとと消え失せろ」

浩志は、式台の端から男たちを見下ろした。これまでに死地を何度も経験した男の持つオーラは圧倒的に強かった。二人のやくざは、貫禄《かんろく》負けする形で、浩志から視線を外した。

「おい、女将。さっきも言ったが、このままで済むと思ったら大間違いだぞ」

黒いスーツの男は、捨て台詞を吐くと、荒々しく引き戸を開け、白いスーツの男を従え出て行った。

「助かりました。藤堂様、一時はどうなるかと思いましたよ」

大きく息を吐いた主人が、胸を撫で下ろしながら言った。

「なんでも、あちら様は、住川《すみかわ》会系暴力団朝霞《あさか》組の方らしいのです。うちの宿の評判をどこから聞いたか知りませんが、脳卒中で倒れた組長の治療をしろと、三日ほど前から、それはしつこく言ってくるので、ほとほと困っております」

今度は女将が、すがるような目で浩志に説明した。

「脳卒中？　確か朝霞組の組長は、先月、新宿で対立する組のヒットマンに銃撃されたはずだ。よほど経過が悪いのだろう。脳卒中は笑わせる」

昼間、車内で会った組員は組長のボディーガードか、あるいはこの宿を脅《おど》すために呼び寄せたのだろう。抗争がまだ終結していないので、警察や対立する組からもマークされているはずだ。車に乗らず、こそこそと電車で移動する理由が分かった。

「警察には、言ったのか」

「もちろん、相談しましたが、なにぶん、まだ何も被害を受けたわけではないので、動きようがないそうです」

当然とはいえ、浩志は舌打ちをした。事前に事件や事故を予防することに警察が消極的なことは今に始まったことではない。

「分かった。用心棒とはいかないが、なんとかしよう」

言ってはみたが、それも腰の具合次第《しだい》だ。

「お客様にお手数をおかけするのは心苦しいのですが、なんとも心強い限りです」

女将と主人は、二人揃《そろ》って頭を下げた。

午前一時、浩志は宿の玄関の式台に座り、一人作業に没頭していた。裏山で拾って来た手頃な木の枝を宿から借りたナイフで、削《けず》っては素振りをしてまた削る。この作業をすでに二時間近くしており、今は仕上げの段階に入っていた。長さ九十六、七センチ、少々いびつだが、反りのある立派な木刀に変わっていた。

浩志は小学校の低学年から町の剣道場に通い、中、高と剣道部に所属していた。高校二年の時に県大会で優勝したこともあり、三段の段位を持つ。大学に入ってからは空手に興味を持ち、実戦空手の道場に通っていたため、剣道とは縁が薄くなった。警視庁に入ってからも剣道をする機会はあったが、犯人逮捕を考えると自ずと柔道に熱が入り、二段の段位を取るまでになった。

仕上がった木刀で軽く素振りをしてみた。風呂でじっくり温まったせいか、不思議と腰の痛みは取れていた。次に踏み込んで木刀を振り下ろしてみた。さすがにこれは、腰から背中にかけてつんと痛みが走った。だが、木刀の出来映《できば》えは気に入った。浩志は、木刀を手に玄関の引き戸を音も立てずに開け外に出ると、玄関先の茂みに身を隠した。

ほどなくして温泉街に通じる小道から懐中電灯を持った男たちが、数名現われた。

「いいか、おまえとおまえは、裏口に火をつけて、火事だと叫ぶんだ。裏口から、人を逃すなよ。女将とじじいは、殴っても絶対殺すな。それから、例のふざけた奴は、見つけ次第《しだい》叩きのめせ。だが一人でやろうと思うな。必ず二人以上でやれ、手加減するな。分かったか」

夕方、白いスーツを着て現われた背の高いやくざと電車に乗っていたその他大勢のやくざだ。さすがに全員、黒っぽいジャージを着て、目立たないようにしている。黒いスーツを着ていた男は見当たらない。もっともあの体型では、足手まといになるのがオチだろう。

浩志は木刀をだらりと下げて、暗闇からのっそりと現われた。浩志に気がついたやくざは、驚きつつも素早く浩志を取り巻いた。人を襲うことに慣れているようだ。

「てめえ、待ち伏せしてやがったのか」

背の高いやくざは、浩志の木刀に目を移し、前に出ると適当に距離をおいて立ち止まった。間合いも正確に推し量れるほど修羅場《しゅらば》も経験しているようだ。

「帰れ。刃向かえば、手加減はしない」

体が完全な状態なら、凶器を持っていたとしてもやくざ相手に武器など必要ない。だが、今は何と言っても腰痛持ちの体《てい》たらくだ。木刀を削り出したのは、そのためだった。

「ざけんな！」

背の高い男が、懐《ふところ》から刃渡り二十センチ以上あるサバイバルナイフを出すと、他のやくざもそれにならってナイフを構えた。

「死にたいのか」

浩志がぼそりと言うと、襲撃のフォーメーションがあるかのように背後に回った若い男が、背中から斬りつけてきた。男のナイフより早く浩志は前に飛び出し、攻撃に移った。

正面の男の顔面をいきなり木刀で殴りつけると、振り向きざまに斬りつけて来た男の側頭部を打ちつけ、瞬《またた》く間に二人の男を叩き伏せた。他の者は、一瞬の出来事に硬直した。浩志は攻撃の手を緩めなかった。右斜め前の男の首筋を木刀で打ちつけ、続けて左斜め前の男の首筋も打ちつけた。そして、体をコンパクトに回転させ、左後方にいた男の手首を砕き、ナイフを飛ばした。わずか数秒の立ち回りで、その場に立っているのは、浩志と背の高いやくざだけになった。

「俺が、素人に見えるのか」

浩志が背の高い男の喉元《のどもと》に木刀を当てると、男はナイフを落とし、尻餅《しりもち》をついた。

「どっ、同業者の方で？」

男は顔を引き攣《つ》らせ、高い声を出した。

「馬鹿野郎。俺がやくざに見えるか」

「そっ、それじゃ、サツの旦那ですか？」

「どうでもいい。二度と、ここに来るな。次は、殺す」

浩志は木刀を伸ばし、男の喉に突き立てた。

「わっ、分かったから勘弁してくれ」

「この温泉街からも消え失せろ」

「しかし、親分が」

「村中《むらなか》は、背中に二発も銃弾を受けて、脊椎《せきつい》を損傷したらしいな。自業自得だ」

「なっ、なんでそれを」

夕方、女将から事情を聞いた後、傭兵代理店から情報を得ていた。傭兵代理店は、もともと防衛省の特務機関だが、代理店業を営むことにより、国内外を問わず闇の情報を幅広く得られるようになっている。暴力団の情報を得ることなど容易《たやす》いことなのだろう。

「東京の病院で気長にリハビリをすることだ。わかったか、野田《のだ》！」

「………」

男は、自分の名前まで呼ばれ、驚きを越して恐怖すら感じたらしく、口を開けたまま何度も頷《うなず》いてみせた。男たちは、気を失った二人を担いですごすごと帰って行った。

浩志は、男たちの気配が消えるのを確認すると、玄関の引き戸を開け、倒れ込むように中に入った。土間に足を踏み入れた途端、膝をついて肩で息をした。やはり、急激な運動で腰の痛みが蘇《よみがえ》った。それでも、這《は》うように式台にあがり、廊下の壁を伝いながら自分の部屋に戻った。その様子を風呂で会った男に帳場の陰からじっと見られていたことなど、浩志は気付くはずもなかった。

五

翌日の朝は、フランスの外人部隊に入隊して初めて五十五キロの歩行訓練をした時を彷《ほう》彿《ふつ》とさせる体の痛みで目が覚めた。歩行訓練といってもフル装備なので、どちらかというと行軍訓練と言った方がいいだろう。五十五キロの行軍は、南米にあるフランス領ギアナのジャングルで行なわれる過酷《かこく》なもので、熱帯雨林の道なきジャングルをたった三日で踏《とう》破《は》するというものだ。初めて参加した時、それまで体力には自信があったが、ジャングルの湿気と足下の悪さで二日目の朝、起きる際に体中の筋肉がばりばりと音を立てて悲鳴をあげたものだ。

「お目覚めですか」

廊下から、女将の声がした。

「なんとか」

昨夜は、やくざの襲撃を防いだのはいいが、布団《ふとん》に辿り着くのがやっとで、服を着たまま寝てしまった。浩志の覇気《はき》のない返事を受け流すように、女将はさっさと布団を片付け、朝食の用意をした。この宿は食堂がないので、食事はすべて各部屋でするようだ。アジの干物に、納豆と卵、のりにご飯とみそ汁、それに漬け物の盛り合わせが添えられている。どこにでもありそうな朝食だが、肉厚の干物がなんとも香ばしい。

浩志は、腰の痛みも忘れて膳の前に座った。女将が茶碗にご飯を盛るのももどかしく、大盛りの茶碗を受け取るとさっそくアジの干物にかぶりついた。皮はぱりっと焼けて、中はジューシー、しかも塩加減がほどよく、ご飯が進んだ。とりあえず、干物で一膳食べ、納豆と卵で、一膳。漬け物でさらに一膳と合計三杯も食べてしまった。最後にみそ汁を飲み干して椀を膳に戻すと、女将が笑顔で座っているのに気がついた。配膳した後も座っていたらしいが、食事に夢中で気がつかなかった。こんな時、命を狙われたらひとたまりもないと思わず苦笑した。

「藤堂様の食事を召し上がられるお姿を拝見しておりますと、なんともこちらまで幸せになりますわ」

女将は、笑顔で会釈をした。

「アジの干物がおいしかった。物もいいが、焼き加減が絶妙だ。卵も地鶏の卵と聞いたが、黄味はチーズのように濃厚だったな。それに漬け物もおいしかった。特に粕漬けの香りが実にいい」

浩志も、いつもながら食べ物のことになると饒舌《じょうぜつ》になる。女将は、口元を手で隠し、ほほっと笑った。

「焼き物は、炭火焼で主人の仕事になっております。主人が聞けば喜びます」

女将の平静ぶりをみれば、昨夜のことは知らないようだ。外とはいえ手荒なことをしたので気になっていたが、気付かれずにすんだらしい。

「お食事の後、忠徳が治療をしたいと申しております。すぐにでもご案内できますが」

翌日と聞かされていたものの、朝一番で治療が受けられるとは夢にも思わなかった。

浩志は浴衣《ゆかた》に着替えると、女将の案内で中庭に出た。別館に通じる石畳を途中で左にはずれ、鬱蒼《うっそう》と茂る竹林に入ると、庵《いおり》とでも言うべき離れの前に出た。玄関の脇に快整堂と大きな立て看板がかけてある。まるでタイムスリップしたかのような錯覚を覚える雰囲気は、どこか傭兵代理店の丸池屋《まるいけや》を彷彿《ほうふつ》とさせる。

「どうぞ、お入りください。私が一緒に顔を出すと忠徳の機嫌が悪くなりますので、ここで失礼いたします」

女将は、一礼すると足早に立ち去った。家族すら気を使う変人ということなのか。いささか気が重くなった。

玄関の引き戸を開けると、お香の香りがした。線香臭いものではない。少し甘い香りが混じっている。おそらく東南アジアのものだろう。

「ごめん」

雰囲気にのまれた浩志は、つい時代がかった挨拶《あいさつ》をしてしまった。

気難しそうな男の声が、廊下の奥から響いてきた。

「奥に入ってくれ」

浩志は、お香の香りに引き寄せられるように、薄暗い廊下を奥へと進み、暖かな日差しが当たる縁側に出た。縁側のある部屋は、十二畳ほどの板張りになっていた。中央に診察用ベッドが置かれており、その前に敷かれた座布団に、風呂で会った男が作務衣《さむえ》を着て座っていた。

男は、にやりと笑って、右手を挙げて部屋の奥を指した。男の指先を見ると、人体全身骨格モデル、いわゆる骸骨《がいこつ》のモデルの隣に、およそ場違いと思われる白い綿のズボンにオレンジのアロハシャツを着た六十前後の男が立っていた。身長一七〇センチほど、鬢《びん》は白いが、全体的に髪は黒く、口ひげをはやした顔は、よく陽に焼けている。格好といい、整体師というよりワイキキのタクシー運転手といった感じだ。

「松尾忠徳です。昨夜は、馬鹿な連中のために、ご迷惑をかけたようですな。お詫《わ》びに、きっちりと治療させてもらいますよ」

忠徳は、人懐っこい表情で笑った。浩志は、忠徳が昨夜のことを知っていたことに驚いたが、それよりも想像とあまりにもかけ離れた忠徳の容姿に呆然《ぼうぜん》とした。

「この格好かね。これは、半分趣味だが、何と言っても南国のイメージは、リラックスさせられる。初対面の患者は、君のようにいつも面喰らうらしいがな。もっともそれを見るのも一興《いっきょう》だ」

浩志のあきれ顔に満足したように頷きながら、忠徳は聞かれもしないのにいろいろ話し始めた。気難しいと言うより、やはり少々変人なのかもしれない。

「君が、やくざどもを懲《こ》らしめたことは、こちらの明石妙仁《あかしみょうじん》さんから聞いている。明石さんは、古武道の達人でね。君の立ち回りを、誉《ほ》めていたよ」

「君が木刀を削っていたから、どんな立ち回りをするのか興味があってね。あえて傍観《ぼうかん》させてもらったよ」

明石は、風呂上がりに温泉街まで買い物に出かけていたため、やくざが来たことを知らなかったらしい。宿の主人と女将がやくざを前にしても落ち着いていたのは、明石の存在があったからなのだと、納得した。

「それじゃ、始めようか。明石さんもゆっくりしていくといい」

忠徳は、そう言うと側にあったステレオのスイッチを押した。ＢＧＭは言わずと知れたハワイアンだ。

浩志は浴衣を脱ぎパンツ一丁の姿になると、忠徳から渡された薄手の作務衣に着替え、診察用ベッドに座った。

忠徳は、浩志の背骨を右手の人差し指と中指の指先で上から下へ何度も触診しながら、普段の生活状況や、職業について聞いてきた。痛めた理由を知る上で話さなければならないらしく、気は進まないが、正直に傭兵だと説明した。

「なるほど、体中の怪我《けが》は、そういうわけか。背骨のきしみも職業柄と納得はできるが、藤堂君、最近体にかなり強い衝撃を受けたはずだ。どうかね」

浩志は、大道寺と共に病院の三階から落ちたことを渋々付け足した。

「ハッハ、三階から落ちてこの程度で済んだのか。なるほど、これは驚いた。少々人間離れしておるな」

忠徳は、楽しげに笑うと、側の明石も低い声で笑っていた。

「腰が痛くなるのは、背骨が歪《ゆが》んでいるせいもあるが、一番の原因は尾骶骨《びていこつ》が衝撃で曲がったせいだ。レントゲンで撮《と》ったところで、これは分からない。おそらく森本は、背骨の歪みは気がついたのだろうが、尾骶骨の異常まで気がつかなかったのだろう。もっとも現代医学を自認しておる医者じゃ、分からないかもしれないがな」

　忠徳は、部屋の隅に置いてある人骨モデルで説明を始めた。

「この見本のように尾骶骨の形は、ゆるやかにカーブを描いている。だが、君の尾骶骨は落下した時の衝撃で体に食い込むように曲がってしまったんだ。骨折しているわけではないが、体の疲れや新たな衝撃を受けると痛み出す。尾骶骨は、普段は何の役にも立ってないようだが、腰を支える位置にあるから、君のように曲がっていると、周辺の筋肉や神経を逆なでするように刺激する。痛み出すと、歩くことも困難になるというわけだよ」

　触診が終わり、浩志は診察用ベッドにうつぶせに寝かされた。

「とりあえず、昼前に、背骨の歪みを治そう。その後、温泉に入ってもらい、夕方から尾骶骨を正常に戻す治療をするが、一日じゃどうにもならない。言っておくが、沸かし湯に入っちゃいかんよ。体に熱を帯《お》びてしまうからな」

　忠徳は、ベッドの上から浩志の背骨を何度も気合いを入れては体重をかけて押してきた。診察用ベッドは、体に負担をかけないように作ってあるらしく、押されると同時にベッドも沈み込む仕組みになっていた。最後に、ベッドに座らされ、背後から忠徳に羽交《はが》い締めのような格好で抱きつかれ、何度も体を勢いよく左右に回転させられた。最初は目から火花が出るほど痛かったが、最後は体が弛緩《しかん》したように楽になった。

「これだけの治療でも、かなり体は軽くなるはずだが、藤堂君の場合、長年体を酷使してきたせいで、すぐに元の状態に戻ってしまう。この治療を数日行ない、三ヶ月後にまた治療すれば、ほぼ完全に治るだろう。とにかく、ここにいる間は、温泉に入り、体も心もリラックスさせることだな。それから、これまでと同じように体を酷使すれば、年齢に関係なく、確実に元に戻ってしまう」

「はあ……」

そう言われても、傭兵を辞めてかたぎの仕事ができるものでもないし、ブラックナイトからも命は狙われ続けるだろう。気のない返事をする他なかった。

「仕事を辞めろと言っているわけではない。これまでと同じ体の使い方をしては、いかんということだよ。体の使い方は、明石さんから教えてもらうといい」

浩志の表情を読み取ったのか、忠徳はにやりと笑ってみせた。

診療が終わり、快整堂を後にすると、体がふわふわして足が地面につかないような錯覚に襲われた。忠告に従い沸かし湯には入らず冷泉に浸かると、治療のせいで全身に気怠《けだる》さを感じるものの腰の痛みは、嘘のように無くなっていた。

六

刑事を辞め、傭兵となり十六年経つ。怪我はともかく、病気にかかったこともなく体力にも自信があった。だが、体は正直なものでかなりガタがきていたようだ。今回の休息は治療を目的としていただけに、まさに命の洗濯ができた。この十年を振り返れば、治療三日目にして、体調は最高の状態になっていた。

午前中の治療を終え、いつものように温泉に浸かっていると、明石が後から湯船に入ってきた。快整堂や風呂場で何度も顔を合わせており、浩志が治療している間、明石は診察室にいることも多いが、逆に明石が治療を受けているところを浩志は見たことがない。

「明石さん、古武道をされていると聞きましたが、流派は何ですか」

ふと明石の贅肉のない引き締まった体を見ていると質問してみたくなった。

「先祖代々伝えられているのは、疋田新陰流《ひきたしんかげりゅう》だが、今は主にその源流である陰流を研究している」

「陰流ですか。疋田新陰流が現代に伝わるというのも驚きですが、その源流である陰流を研究されている方が現代にいるとは思いませんでしたよ」

一時は剣道に打ち込んでいただけに、浩志は剣術の歴史にも詳しかった。

「よく知っているな。陰流は室町時代、愛洲移香斎《あいすいこうさい》が創始した剣術で、兵法三大源流の一つといわれている。実家は、もともと陰流の流れを汲む疋田新陰流を代々伝える家系だったが、私は剣術の原点に戻るべく陰流を中心に三大源流である念流《ねん》、新当流《しんとう》の研究もしている。世間では、私のことを古武道研究家と呼んでいるらしい。だが、そもそも武術に古いも新しいもない、と思っている」

腰の状態が良くなったせいか、明石の長話にもじっと耳を傾けていられるようになった。体の回復が、精神のゆとりを生んでいるのだろう。

「どこかで道場を開かれているのですか」

「道場は、東京の目黒《めぐろ》にあるが、息子に任せてある。もっとも息子は近代剣法をもっぱら教えているがな」

「明石さん、立ち入ったことを聞くようですが、どこが悪いのですか」

浩志は、明石の動作になんの支障もないことに疑問を持っていた。

「騙《だま》すつもりはなかったが、私はこの年になるまで体を壊したことがない。ここにいるのは、治療のためではない。ただ温泉に浸かりに来ただけだよ」

明石は、浩志を見てふうと笑った。

「強いて言えば、忠徳に呼ばれたんだ」

「呼ばれた？」

「今度来る患者は、面白そうだから湯治《とうじ》がてら見に来いとな」

「俺のことですか?」

「そうだ。忠徳は、君のことは森本という大学の後輩から紹介された際、傭兵だと聞かされたらしい。私も実際に生死をかけた仕事をしている人物をこの目で見たくなってね」

「はあ、そうですか」

「実際、君の治療ばかりか、やくざとの立ち回りまで見せてもらって大いに楽しませてもらった。いや、失敬、参考にさせてもらった」

「……………」

まるで見せ物だと思い、浩志は憮然《ぶぜん》とした表情をした。

「まあ、そうふくれなさんな。忠徳が私を呼んだのは、本当はあいつが言っていたように、君に体の使い方を教えるためでもあるんだ」

「体の使い方?」

「そうだ。一昨日の立ち回りは、すばらしかった。だが、その後、君の体はどうなった?」

確かに激しい腰痛が襲ってきた。やくざを追い払った後は、精神力だけで歩いていたようなものだ。

「君は、いくつだ?」

「四十四になります」

「四十四か。背格好も似ていると思ったら、歳も息子と変わらないな。まだ若いが、あんな体の使い方をしていれば、いくら体を鍛えたところで、限界はすぐにやってくるぞ」

痛いところをつかれた。傭兵としては、すでに峠を越している。体力の限界もすでに感じていた。

「腰の痛みは、もうないだろう。そろそろリハビリが必要だ。風呂上がりに、軽い運動をしてみるか。風呂から出たら、中庭に来てくれ。私は先に失敬するよ」

上がり湯を軽く浴びた明石は、風呂場から立ち去った。

浩志も後を追うように風呂から上がった。中庭に出てみると、明石は木刀を持って立っていた。浩志が先日削り出したものだ。

「とりあえず、これを使いたまえ」

浩志は明石から自作の木刀を受け取った。

「その木刀は、なかなかの出来映えだ。それで私を打ち据えてみてくれ」

「怪我しても知りませんよ」

体調は、以前にましていい。いくら相手が武道の達人でも後《おく》れをとるとは思えない。

浩志は、正眼に構えると猛然と面を打ちに行った。しかし、明石はいとも簡単にするりと抜けるように攻撃をかわし、立ち位置を変えていた。

「ちなみに、私は今年で六十四歳になる」

そう言って、明石は白い歯を見せて笑った。

浩志は再び猛然と面を打ち、右に流れた明石を逃すまいと水平に木刀を振った。だが、明石は木刀の刃風に押しやられるように、木刀のわずか数センチ先に逃れていた。

「どうした。終わりか」

「まだまだ！」

憤然と浩志は、突きから、面、胴と打ち込んだが、かすりもしない。十分ほどやっきになって木刀を振りまわしたが、足がもつれ膝を突いた。

「もし、私が凶器を持っていたら、君は五度、刺されていた。しかも、そのうちの二度は、致命傷だ」

明石の言う通りだった。明石はただかわすだけでなく、浩志の脇をすり抜けるように位置を変える。その瞬間に、凶器を振るわれたらひとたまりもない。浩志は、全身にびっしょりと汗をかいたが、明石は汗をかくどころか、呼吸すら乱していない。

「参りました。とても敵《かな》わない」

「何か、分かったかね」

「あなたの言うように、体の使い方が、違うのでしょう。体に力が入ってないのに敏捷《びんしょう》に行動している」

浩志は、明石が決して力を入れずに、しかも体重の移動のさせ方が、奇妙に変化するのを見ていた。

「さすがだな。それが分かれば教えがいがあるというものだ。試しに打ち込まれたと想定し、横に移動してみせてくれ」

浩志は、腰を落とし、軸足に力を入れて横に飛んだ。

「まあ、普通の人間ならそうするな。私の場合は、こうだ」

明石は、大して姿勢を変えずに体の力を抜くと、ふっと横に移動した。不思議なことに軸足に力は入っておらず、まるで頭から引っ張られるように移動していった。

「軸足に力は入れない。両足を同時に水平に移動させている。ここまでは、大方の武道家ならできる。私は、さらに丹田《たんでん》を移動させることにより、体移動する。そうすれば、踏ん張ることなく移動できる。踏ん張る時間がない分、敏速に行動できるというわけだ」

丹田とは、気を集める体の場所で、眉間《みけん》にある上丹田、心臓の下が中丹田、ヘソ下にあるのが下丹田と言われている。説明されても、浩志は首を傾げるばかりだ。

「簡単に言えば、体を自然体にし、体重を先に移動させてしまうんだな」

「体を先に移動させるのですか？」

「いや、中身だよ。体の中身を先に移動させれば、体はその後からついていくんだ」

「まるで、禅問答のようですね」

浩志は、苦笑するほかない。

「藤堂君、それじゃ、私に悟られないように左右どちらかに体を動かそうとしてみてくれ」

浩志は正面を向いたまま腰を少し落とし、右に飛ぶように筋肉に力を入れた。むろん体の向きなどは変えていない。

「今、君は右に飛ぼうとしている。違うか。現代のスポーツや武道では、〝かかり〟と言って、次の動作に移る際に筋肉の動きで分かってしまう」

「確かに」

通常、格闘技では相手の目つきや筋肉の動きを見て、攻撃に対応する。それは、当たり前のことだ。

「それじゃあ、体の力を抜いて、そこに立っていてくれ」

明石は、そう言うと右横からいきなりぽんと浩志の肩のあたりを突いてきた。明石は軽く打ったはずなのに、体ははじかれるように左に飛んだ。浩志は、慌てて左足でバランスをとりながら着地するように立った。

「今、君は、横に移動したが、軸足は使ったか」

軸足どころか両足が、一瞬宙に浮いていた。

「いえ」

「押されなくても君は同じことができるのじゃないのかね」

体全体で移動すれば、軸足だけ踏ん張って移動するより余分な力はかけずに済む。明石の言いたいことが分かるような気もするが、実際にどうやったらいいか分からない。

「君がすぐにできるとは、私も思わない。言われてできるようだったら、誰も苦労はしないからな。だが、丹田をうまく使いこなせるようになれば、余分な力を使わずとも体を使うことができるようになる。体を動かすとは思わないことだ」

「……………」

「まあ、いい。まずは、丹田に気を溜める訓練から行なうとするか」

浩志は明石に連れられ、快整堂に向かった。

明石は、勝手知ったる人の家とばかりに、玄関ではなく、中庭の縁側から診察室に上がった。

「さっそくリハビリを始めたようだね。明石さんに修行してもらえば、君は体を治すどころか怪我をしない体になるぞ」

今日は、ブルーのアロハシャツを着た忠徳が診察室から顔を出した。

「先生、縁側を借りるよ」

明石は、縁側で座禅を組むと瞑想《めいそう》するように目を閉じた。浩志もそれにならい座禅を組んだ。

「丹田をヨガでは、チャクラと言う。ヨガでは、人体の七箇所に光っているように感じる箇所があると言われているが、難しく考えることはない。まずは、こうして座禅を組んでヘソ下三寸に気を溜める訓練から始める」

浩志は、眉間に皺《しわ》を寄せ、目を固く閉じ、気を集中させた。

「気張っていても気は溜まらんぞ。なにより精神を解放することだ」

明石は、浩志の心が読めるかのように目を閉じたまま助言した。結局、この日は座禅を組むだけで得るものは何もなかった。

二日後、浩志は夕暮れ迫る快整堂の縁側で座禅を組んでいた。治療の方は、忠徳が完治したと太鼓判を押してくれた。そこで昨日から明石に頼んで剣術の訓練を午前、午後二時間ずつ行ない、陽が傾きかけてから、快整堂で座禅を組むことにしている。座禅も三日目ともなると、精神を集中させるでもなく雑念を取り払うことができるようになった。午後四時から座り、すでに二時間経っていた。時間の感覚はすでにない。有機的な束縛から逃れ、無機質な存在に近づく無の境地に入っていた。同じような感覚を、負傷し絶体絶命の境地に立たされた時、幾度も経験してきた。

しばらくすると、闇の中に光の玉が漂っているイメージが浮かんできた。大きな光だ。それを体の中に取り込むように念じると、光の玉は消え、同時にふっと何か暖かいものが、体中にしみ込んで行く感じがした。そしてその感覚が体の末端まで広がった瞬間に、今度は急速に末端から逆流するように、ヘソの下あたりに集まり熱を帯びるのを感じた。

「ほう」

隣で座禅を組んでいた明石が、感心した様子で浩志を見つめていた。

まるで日向《ひなた》で居眠りするかのように穏やかな表情で座禅を組む浩志は、この瞬間、生死の境すら超越したまったく新しい境地に一歩踏み出していた。無論本人は、何も意識もせず変わったという感覚すらない。だが、隣で座禅を組んでいた老武道家は、浩志の成長ぶりを確認し満足そうに頷いていた。

連続殺人事件

一

　待合室がある駅構内の時刻表を見ると、浩志は両手を上げて大きく背伸びをした。ジーパンにTシャツ、それにネイビーの綿のジャケットが、身延山から降りてきた南西の風を受けて、心地よくなびいた。

　午前十時八分、甲府行きの各駅停車が到着するまでまだ五分ある。行きと違い、帰りは身延線の車窓を楽しむべく、あえて急行に乗るつもりはなかった。下部温泉駅から甲府駅までは、一時間十数分。甲府駅からは、特急かいじに乗れば、新宿には一時過ぎには着く。この時間に乗るのは、甲府駅で駅弁を買って乗り込むためだ。列車の旅の楽しみは、何と言っても駅弁だ。行きは素通りしただけだが、甲府駅構内の売店で釜飯や幕の内、炊き込みご飯など様々な種類の弁当が販売されているのを確認している。

各駅停車が、身延山を背景にゆっくりとホームに入ってきた。ゴールデンウイークも終わった平日ということもあり、列車は空いていた。浩志は、二両目の窓際の席に座った。列車が駅を離れるとさすがに感慨深いものがあった。当初、治療でせいぜい三日もいれば充分と思っていたが、結局二週間も滞在してしまった。

快整堂の松尾の治療は、最初の三日間で基本的な治療を終え、その後は、二日に一度というペースで行なわれ十日で終わった。松尾に言わせれば、一週間の治療でも充分ということだが、ここまで長居したのは、明石に古武道の修行を受けていたからだ。

発車ベルにふと携帯電話の電源を切ったままにしていたことを思い出した。軽い溜息をつくと、浩志は携帯の電源を入れた。するとそれを待っていたかのように携帯は鳴り響いた。すぐさま保留にし、デッキに出ると携帯を耳にあてた。

「藤堂さんですか」

傭兵代理店の瀬川の声だった。

「どうした」

「今どちらですか！」

何度もかけてきたのだろう、瀬川は咎《とが》めるような口調だ。

「身延線に乗ったところだ」

「すみませんが、次の駅で降りていただけますか」

「何？」

「すぐにお迎えにまいります」

「俺は、電車で帰る。来なくていいぞ」

「いえ、すぐ近くまで来ておりますので、お願いします」

甲府駅で駅弁が買えなくなったと、浩志は舌打ちをした。

浩志は、次の駅、甲斐常葉《かいときわ》駅で仕方なく降りた。すると、待つこともなく瀬川が運転するランドクルーザーが駅前に停まった。助手席に座ろうかと一旦フロントドアに手をかけたが、驚いたことに後部座席に池谷が座っていることに気付き、改めて後部座席に乗り込んだ。どうやら、ただの出迎えではなさそうだ。

「何か、あったのか？」

池谷は、相変わらずの馬面をゆっくりと縦に振った。

「そのご様子では、ここ数日、新聞やテレビをご覧になっていないようですね」

浩志は、わずかに首をすくめた。旅荘屋形の個室にテレビはついてなかった。それにどういうわけか、毎日欠かさず読んでいた新聞すら見る気にもなれず、ひたすら治療と古武道の訓練に明け暮れていた。

「世界情勢としては、アメリカの大統領の暗殺未遂事件がありました。犯人は、分かっていません。お隣の韓国では、北の工作員の仕業と思われる事件が相次いで起こっています。当の北朝鮮は、南の挑発行為だと否定してますが、六カ国協議が停滞している現在、朝鮮半島は緊張状態にあります」

「世間話は、いい。本題に入れよ」

「一週間前、深夜の六本木《ろっぽんぎ》で、クウェート人の死体が、その二日後に同じく六本木でイラン人、昨日は、渋谷でイラク人の死体が見つかりました。いずれも銃殺です。警視庁では、犯行に使われた凶器が一致したとして連続殺人事件として捜査しています」

池谷は、浩志に促《うなが》されて手短に説明した。

「線条痕《ライフルマーク》が一致したのか」

「それが、犯行現場は別のところらしく、弾丸は見つかっていません」

「馬鹿な。射殺死体というだけで、連続殺人と警視庁では決めつけているのか」

「それだけではないと思いますが、まだ警視庁からの情報が我々にも届いてないので、詳しくは分かりません。ただ、一つ問題が起きまして」

池谷は、眉間に皺を寄せ上目遣いに浩志を見た。かつてこの男がこの仕草をする時、ろくな話を聞いたためしがない。

「早く話せ」

「それが、京介《きょうすけ》さんが、重要参考人として昨夜警視庁に確保されました」

「京介が！」

京介は、浩志の率いる傭兵チームの一員だ。仲間内では一番技術力は劣るが、気力体力ともにずば抜けており、仲間に追いつこうと努力を惜しまない根性を浩志は買っている。

「まさか、殺人の容疑がかけられたんじゃないだろうな」

「そのまさかでして。二番目に殺されたイラン人と六本木で言い争いをしていたという目撃者がいたそうです」

「馬鹿馬鹿しい。それだけで警察は京介を逮捕したのか」

「それが、職務質問をしてきた警官を殴ったそうです」

「あの馬鹿野郎！　やっぱりクレイジー京介という渾名《あだな》は伊達《だて》じゃないな」

浩志が苦笑すると、運転席の瀬川がまったくですと相槌《あいづち》を打った。京介はその昔、戦地に向かう空港で、税関を通過するのにテロリストのような迷彩服を着て捕まったという経歴がある。それ以来、傭兵仲間からクレイジー京介と呼ばれている。

「防衛省関係でしたら、顔が利《き》きますのでなんとかなりますが、警察関係は、やはり藤堂さんにお願いした方がいいと思いまして、こうして足を運んだ次第です」

池谷は、ずるそうににやりと笑ってみせた。確かに浩志は古巣である警視庁の一課とは未だに関わりがあり、パイプも持っている。だが、好んで彼らと付き合っているわけではない。

「殺人事件と関わってなければ、そのうち出てくるだろう。その方が、京介のいかれた頭を冷やすのにちょうどいい」

「藤堂さん。それが、京介の奴、何考えているのか、黙秘しているらしいんですよ」

池谷に代わって、瀬川が答えた。

「黙秘か」

京介は、元来《がんらい》嘘がつけない不器用な男だ。傭兵代理店に登録されている傭兵は、代理店のことや仲間のことは一切口外してはならないという掟《おきて》がある。奴らしいと言えば、それまでだが、嘘がつけない京介は、自分の職業や代理店との関係がばれないように黙秘を続けているのだろう。

「なんとか、なりませんか」

池谷が改めて、心配顔で聞いてきた。京介というより、彼の持っている情報の流出を恐れてのことなのだろう。

浩志は、大きな溜息をついた。警視庁の敷居をまたぐのは気が重い。

「藤堂さんしか、京介を救える人はいません。お願いします」

溜息をもう一度つき、窓の外を見た。かつて殺人犯に仕立てられ、釈放されてからも職場に復帰させてもらえずに辞職に追い込まれたという苦い過去が、粘ついた唾《つば》を呑み込むように脳裏を過《よぎ》った。

「……瀬川、桜田門《さくらだもん》だ」

「ありがとうございます」

池谷が、浩志の手を取らんばかりに喜んだ。

「その前に」

「分かってますよ」

何度も一緒に闘ったことがあるだけに瀬川は承知していた。したたかな一課の連中を相手にするには、まずは腹ごしらえだ。

二

警視庁六階の小会議室。

十畳ほどのスペースには窓もなく、過密な東京を物語るように壁際にホワイトボード、折りたたみテーブル四つに、椅子十脚が置かれている。

目の前のテーブルには、部屋に入ってから一時間も経つというのに、お茶一つ出されていない。その代わり、白髪の背の高い老刑事が、苛立《いらだ》った表情で目の前にいる。警視庁一課の佐竹学《さたけまなぶ》の顔を見るのは久しぶりのことだが、泣く子も黙ると言われた鋭い目つきと額に刻まれた皺は、健在だ。その隣に小柄な杉野《すぎの》刑事が供え物のように座っている。

「藤堂、なんべんも言わせるな。刑事でもないおまえに面会ならともかく、尋問を許せないことぐらい、元刑事のおまえなら分かるだろう」

浩志は、京介との関係は一切明かさず、警視庁の一課に乗り込んだ。そして、協力するという名目で、京介の尋問をさせるように直談判《じか》しているが、不毛ともいうべき押し問答を三十分近く行なっている。無理とは分かっていても、とにかく京介の口から直に事情を聞かない限り、救い出すこともできないからだ。

「いいか、このままじゃ、第四、第五の犠牲者が出るぞ」

「何の証拠があって、そんなことを言うんだ！」

佐竹がテーブルを叩いて口から泡を飛ばした。隣に座っている杉野が亀のように首を引っ込めた。

「被害者の共通点を調べたのか！」

今度は浩志が、咎《とが》めるように佐竹に迫った。

「今のところ、何も出ていない。被害者の国籍も違うし、職業も、年齢も、住所も違う。これまでの調べでは、彼らに面識があったとも思えない」

捜査が進んでいないのか、佐竹の声が小さくなった。浩志は、やはりと首を振った。

「一課では、共通点に誰も気がつかないのか」

「偉そうなことを言うな。おまえは分かるのか」

「彼らの共通点は、中東出身ということだ」

浩志がそう言うと、佐竹と隣でじっとしていた杉野まで、ぷっと噴《ふ》き出した。

「馬鹿馬鹿しい。みんなアラブ系ということぐらい子供でも分かる。それがどうしたんだ」

「そう思う段階ですでに間違っている。イラン人はペルシャ系だ。犯人は、あんたと一緒で、イラク人なのかイラン人なのか分からないで殺している。もっとも区別してないのかもしれないが。とにかく、第四、第五の被害者も中東の人間だということだ」

浩志は、中東の紛争地には何度も行っているし、現地に知り合いもいる。中近東は確かに見た目で国籍の判断は難しいが、イラン人とイラク人の違いは分かる。

「……続けてくれ」

佐竹は、真顔になった。

「彼らはよく同国人同士の諍《いさか》いでトラブルを起こすが、今回は国籍がすべて違う。被害者が犯罪での繋がりがなく、無差別に殺されたとした場合、犯人は中近東出身者ではない可能性が強い。それに被害者は、おそらく六本木や渋谷の繁華街で拉致《らち》され、別の場所で殺害された後で、また繁華街に遺棄されたはずだ」

「どうして、そう考える」

「イラン人ならともかく、街中でイラク人やクウェート人はそうそうお目にかかるものじゃない。犯人は、繁華街の彼らが集まりそうな場所で見つけたのだろう」

「おそらくそうだろう。だが、別の場所で殺害しておきながらどうしてまた人目につく危険を冒《おか》してまで、死体を繁華街に捨てなきゃならんのだ」

「それは、見せしめだ。犯人にとって、イラン人あるいはイラク人に恨みを抱いていて、彼らを繁華街で見かけるのが面白くないのだろう」

「被害者にクウェート人もいたぞ」

「今回の殺人は、おそらく被害者個人への恨みじゃない。犯人の恨みはもっと漠然としたものだと思える。クウェートは、紛争国じゃない。恨みを買う可能性が低い。殺されたクウェート人は、イラクかイラン人に間違えられて殺されたのだろう」

「なるほど……」

佐竹は、腕組みをしながらも、頷いてみせた。

「それより、弾丸が見つかっていないのに、どうして連続犯だと警視庁は見ているんだ」

「どっ、どうしてそれを知っている」

佐竹と杉野は顔を見合わせ、驚きの表情を見せた。警視庁では、単に殺人事件が三件起きたと発表しただけで、連続殺人とは公表していない。浩志が池谷から聞いた情報は、防衛省の情報本部からのもので、もちろん関係者しか知らない情報だ。

「杉野。新《しん》さんを呼んで来い」

佐竹は、しばらく考え込んでいたが、肚《はら》を決めたらしく、杉野に検死官の新庄《しんじょう》を呼びに行かせた。新さんこと、警視である新庄秀雄《ひでお》は、浩志が殺人容疑で逮捕された時も、彼を信じて助けてくれた数少ない支援者の一人だ。また、鑑識課検死官室の室長で敏腕検死官として鳴らしている。

杉野が会議室を出てから五分ほどすると、会議室の内線が鳴り響いた。佐竹は、電話をとると無言で浩志を促《うなが》した。二人は、エレベーターに乗り地下の死体安置所に向かった。

「君が、顔を出すということは、今回の事件はまた大掛かりになりそうだな」

新庄は、気難しい顔をしながらも浩志に握手を求めた。警察を辞めたとはいえ、浩志はこれまで大きな事件の解決に協力してきた。新庄も、浩志のずば抜けた捜査能力に期待しているのだろう。

「最初の被害者であるクウェート人の遺体は、すでに家族が引き取っているが、後の二人は、まだ引き取り手がない」

新庄は、死体が安置されている壁際のロッカーの一つを引き出した。浅黒い肌の裸の死体が、ロッカーの凍《い》てついた台に載っていた。

「昨日発見された被害者だ。持っていたパスポートからイラク人だと分かったが、見ての通り、肝心の写真とは整合できていない。長年、数多くの弾痕は見てきたが、こんな大砲のような穴は初めてだよ」

イラク人と思われる遺体の顔面は中央に大きな穴が開き、鼻が無くなっているため、人相が分からなくなっていた。新庄は、遺体の上半身をそっと持ち上げ、後頭部を見せてくれた。後頭部には、直径十五、六ミリの穴が空いていた。まるで遺体の頭部は壊れたはりぼてのようになっていた。浩志の隣で見ていた杉野が、うっと声を漏らし、後ろに下がった。

「五十口径か」

射入口の大きさ、射出口の破壊力から判断して間違いなく、五十口径のハンドガン、あるいは狩猟用のライフル銃で撃たれたのだろう。だが、五十口径のライフル銃は、大型動物のハンティング用だ。日本で入手するのは難しいし、持ち歩くこともできないだろう。

「これまで、こうした銃痕を見たことがあるかね」

「米軍出身の傭兵が、デザートイーグルを自慢げに使っていた。近距離で敵兵を撃ったのをたまたま目撃したことがある。敵兵の頭は、スイカのように破裂したよ。もし、五十口径のハンドガンだとしたら、他にもS&W社のM五〇〇が考えられる。破壊力はM五〇〇が上だが、リボルバーだし、全長四十センチ近い銃を持ち歩くとは思えんがな」

デザートイーグルは、もともとイスラエルの軍と警察用に開発され、支給もされたが、制式採用はされなかった。サイズも大きいが、銃だけでも二キロ以上ある。世界的に装備の軽量化が進んでいる中、殺傷力を高めたところで、携帯性に欠けるハンドガンは嫌われたのだろう。特に軍では、アサルトライフルかサブマシンガンを携帯するため、ハンドガンの軽量化が求められるのは当然だ。だが、デザートイーグルは、オートマチックの銃では、最高の破壊力を持つため、マニアの間では根強い人気がある。

イラク人の遺体を元に戻すと、新庄はすぐ隣のロッカーを引き出した。イラン人の遺体の胸には大きな穴が開いていた。

「背中から撃たれたのか」

「そうだ。最初の犠牲者も、背中から腹にかけて弾丸は抜けていた。三人の犠牲者はいずれも背後から撃たれたようだ」

浩志の脳裏にイラクで頻発している胸くそ悪い事件が過《よぎ》り、体中の血液がふつふつと沸き出すのを感じた。

三

二〇〇七年九月十六日、イラクで外交関係者や要人の警護をしている米国民間軍事会社ブラックウォーターの要員が、バグダッドのヌスール広場で銃撃事件を起こした。ブラックウォーター社は、飽くまでも自衛のための銃撃としているが、多くの目撃者の証言によれば、ブラックウォーター社の四台の車列が広場に侵入し、その場に居合わせた民間人の車にいきなり発砲してきたそうだ。女性や子供を含む十人以上が死亡し、その他にも多数の負傷者を出した。被害者の中で武装している者など誰一人いなかった、と目撃者は口をそろえる。また、ブラックウォーター社は二〇〇五年以来二百件近い銃撃事件に関与していると米国政府では報告されている。これに対して、イラク政府は米国との地位協定で罪は問えないことになっている。

「人間狩りか」

無惨な殺され方をした遺体を見て、浩志は眉間に皺を寄せ、吐き捨てるように言った。

「人間狩り？」

新庄と佐竹がほぼ同時に聞き返した。

「治安部隊の兵士や民間軍事会社所属の警備員によるイラク住民に対しての銃撃事件が多発しているそうだ。これは、飽くまでも噂だが、五十口径の銃を使用し、無差別に殺戮をしている連中もいるらしい。軍では事実をひた隠しにしているが、関係者の間では、人間狩りだと問題視されている。無論、それはごく一部の狂った連中の仕業だろうが、テロリストを正当化させる逆効果だということは事実だ。俺の友人も一人犠牲になっている」

浩志は五年前、長年追っていた殺人犯の情報を得るため、イラクに行っていたことがある。その時、現地で取材していたフリーのルポライター刈沼康夫《かりぬまやすお》と会った。現地生活が長い刈沼は、浩志のために奔走してくれた。歳が近いせいもあり無二の親友とでも言うべき存在になっていた。その刈沼が、五十口径の銃で殺害されたという知らせを二年前、傭兵仲間から聞かされた。噂では、米軍関係者による乱射事件の犠牲になったという。

「狂っている。イラクではそんな事件が起きているのか」

佐竹も苦々しい顔をした。

「戦争に狂気はつきものだ。戦争が長引けば、コンバット・ストレスに耐えられなくなった連中は、ノイローゼで自殺するか、人殺しになる。アフリカの紛争地じゃ、子供をさらって兵隊に仕立てる国もある。指導者たちは、ダイヤの利権のために住民を虐殺《ぎゃくさつ》している。戦争自体、狂気の行為だということを認識すべきだ」

浩志は、傭兵として各地の戦闘地域をその目で見て来ている。どこの戦地でも闘う正当な理由などなかった。あるのは人間の浅ましさだけだ。

「今回の殺人事件の犯人は、戦争経験者だと藤堂は見ているのか」

「おそらくな。被害者の傷口は、デザートイーグルで使用される五十ＡＥ弾か大型動物のハンティング用の弾丸四五四カスールの銃痕に酷似《こくじ》している。だが、俺は携帯性から考えて、使われた銃はデザートイーグルだと見ている」

「仮にデザートイーグルだとした場合、撃った時の衝撃が大きいから誰でも使えるわけじゃないだろう」

それまで、浩志と佐竹のやりとりをじっと見ていた新庄が初めて口を挟んだ。

「撃つだけなら、誰でもできる。以前アフリカの射撃訓練場で、デザートイーグルを試射したことがある。確かにベレッタのような三十八口径の銃に比べれば、衝撃は大きいが正しい姿勢で撃てば何の問題もない」

「訓練すれば、女性でも撃てるということか」

「ただ被害者は三人とも背後から撃たれている。もし被害者が逃げ回っていたとしたら、犯人は動く標的を撃ったことになる」

「背後から気付かれないように撃ったとしたら女子供でもできるが、そうでないとしたら、銃の腕前は、相当なものだということか。なるほど、藤堂君の言わんとしていることがやっと分かってきたよ。犯人は、その辺の銃マニアじゃなく、銃の扱いに慣れた兵士、あるいは傭兵だった。しかも被害者の国籍からみて、犯人は中近東の紛争地で働いた経験があり、アラブ系を嫌う者ということか」

「今の段階で決めつけるのは危険だが、そう考えると、残虐でしかも奇妙ともいえる犯人の行動に説明がつく。だが、中近東の人種の区別もつかないところを見ると、長期にわたって中近東の紛争地にいたわけでもなさそうだ。まして、そこの住人じゃないだろう」

「とすると、君の言うように中近東出身者は、この際対象からはずしても良さそうだな」

「おそらく」

「可能性としては、白人なのか」

佐竹が、再び会話に参加してきた。

「米軍なら、黒人もいるし、傭兵なら俺のようなアジア系もいる」

「なるほど」

佐竹は腕組みをして、天井を見上げた。

「藤堂、今拘留《こうりゅう》している重要参考人の面通しをした上で、一度面会してくれないか」

「いいだろう」

やっと、浩志の思惑通りにことが進みそうになったが、あえて渋面《じゅうめん》で頷いてみせた。

「ただし、条件がある」

佐竹は、にやりと笑った。

「以前も言ったことだが、条件は、おまえが犯罪捜査支援室の犯罪情報分析官あるいは技術支援官に就任することだ」

犯罪捜査支援室は、刑事部刑事総務課におかれ、統計学や心理学、医学などの科学捜査員や犯罪情報の分析官を配置して各捜査課の捜査支援を行なっている。専門分野だけに民間からの起用もされている。アメリカのＦＢＩを手本にして、二〇〇三年に設立された部門だ。昨年、鬼胴《きどう》代議士の捜査をするにあたって、佐竹から就任を勧められたが、浩志は断わっていた。

「断わる。何度も言わせるな。二度と桜田門で働くつもりはない」

刑事を半ば辞めさせられたような過去を持つ浩志にとって、どんな形にせよ警視庁に戻るつもりはない。佐竹に対して、乱暴な口調になるのも根強い警察不信が拭《ぬぐ》えないからだ。

「そう言うと思った。おまえは頑固だからな。何も、常駐だとは言っていないぞ。犯罪捜査支援室は広く専門分野の人材を求める必要がある。だから、事件ごとに臨時に就任する形をとっている。その場合、必要経費は払われるが、給料は出ない。基本的にボランティアみたいなものだ。ただし、一時的にせよ警視庁で身分は保証される」

身分などどうでもいい。むしろ警察から身分が保証されることに屈辱感すら覚える。

「堅苦しく考えるな。協力してもらっている間、犯罪捜査支援室の名簿に一時的におまえの名前が載るだけだ。ここに出勤する必要もない。適当に俺たちを助けてくれれば、それでいいんだ」

佐竹は、似合いもしない笑顔を見せた。

「適当か……分かった。だが、協力は、飽くまでも俺からの一方通行だ。その条件を飲むなら、いいだろう」

以前、ブラックナイトの捜査では内閣情報調査室から、また、ブラックナイトに人質になった特殊部隊救出の時には陸上自衛隊から依頼を受けた。国の組織はいつでも都合のいいとき、猫なで声を出す。そして、用が済めば後は知らん顔だ。これまで、幾多の事件を解決してきたが、組織の責任者から礼すら言われたことがない。

「よし、決まりだな。まずは、取調室に参考人を入れるから、面通ししてくれ。奴が藤堂の知っている傭兵だった可能性もあるからな」

佐竹は、そう言うとジャケットのポケットから何かカード状のものを取り出し、浩志の目の前に差し出した。それは、浩志の顔写真入りのネームプレートだった。犯罪捜査支援室の犯罪情報分析官という肩書きが書かれてあった。

「何！　いつのまに……」

浩志は、声を荒らげたものの、呆れて言葉が続かなかった。

「去年、鬼胴の捜査で何度かここに来てもらったからな。庁内を民間人にうろつかれては咎められるのは俺だ。勝手に作らせてもらったよ。結局使わなかったがな。まあ、許せ」

佐竹が、またにやりと笑った。衆議院議員である鬼胴から警視庁に圧力がかかる中、浩志と協力関係にあった佐竹は、そうとう肚をくったと思っていたが、こんな形で布石を打っていようとは思わなかった。伊達に捜査一課の飯を長く食っていない。

「食えない野郎だ」

浩志は、ネームプレートをポケットにねじ込むと、案内するように佐竹を顎《あご》で促した。

四

取調室の隣室、目撃者に面通しをする薄暗い部屋に入ると、ガラス越しに無精ひげをはやした京介が腕組みをして座っているのが、目に入った。

「本人は、黙秘しているが、寺脇《てらわき》京介という名前で、六本木のラーメン屋の厨房《ちゅうぼう》で働いているそうだ。ラーメン屋の隣にあるスナックの店員が、イラン人と口論しているのを目撃している。ラーメン屋の店長にも面通しして身元は確認済みだ。まあ事件とは関係ないと思うが、職務質問した刑事を殴りつけたから、懲《こ》らしめに拘留している」

佐竹は、取調室でむっつりと座る京介をつまらなそうな表情で見ながら言った。

「俺の知っている日本人の傭兵は、もっと顔つきが締まっている」

京介の疲れきった目に精気はなく、一点をぼうっと見つめたまま動く気配はない。

「顔つきか。なるほど、確かに傭兵という感じじゃないな」

浩志の答えに納得したのか、佐竹は笑って頷いた。京介は、戦闘中は恐ろしく凶悪な顔をするが、普段の生活では気が抜けるらしく、しまりのない間抜けな表情をしていることが多い。

「完全黙秘なのか？」

「ああ、そうだ。それに警官に恨みでもあるのか、反抗的な態度をとり続けている」

「俺にやらせろ」

浩志は、横目で佐竹を見た。

「……まあいいだろう」

佐竹は、渋々頭を縦に振った。

浩志は、ポケットからサングラスを取り出してかけた。

「杉野。ついてこい」

いきなり呼ばれて動揺する杉野を従えて、浩志は取調室に入った。

浩志を見た京介は、案の定目を見開いて驚いた。サングラスをかけたのは、京介が驚くことを予測して、それをごまかすためだった。

「佐竹君、容疑者がえらくびびっとるぞ」

「テレビドラマじゃあるまいし、取調室にサングラスかけて入る刑事なんていませんよ」

隣室で見守る新庄と佐竹は京介の動揺した様子を見て、苦笑した。

浩志は、咳払いする振りをして右手を軽く握り、戦闘時に使う停止というハンドシグナルを京介に送った。無論、この場合、動揺するなという意味だ。京介はそれに対し、了解と右の耳たぶを右手でつまんでみせた。浩志は、小さな机の前に置かれた折りたたみ椅子に腰かけると目の前の京介をじっと見たまま動かなかった。

「なるほど、心理作戦か」

佐竹と新庄は、浩志の芝居とも知らず顔を見合わせると頷いた。

五分ほどして、浩志は低い声で質問を始めた。

「刑事、殴ったそうだな」

同時に顎に手をやる振りをして、右手の人差し指を微かに前に出した。これは進めの合図だ。この場合、話せという意味だ。本来、右の手のひらを前に出すポーズをするところを京介に分かる程度に最小限のゼスチャーをした。

「刑事とは、知らなかったんですよ。なんせ警察手帳も見せないで、いきなり例のイラン人のことを聞いて来たもんで、てっきりやくざかと思ったんです。本当です。何日か前に店の前にいたイラン人を追っ払ったから、お礼参りに来たと思ったんです」

命令を理解した京介は、上官とも言える浩志に対して、丁寧に答えた。だが、京介の豹変《ひょうへん》ぶりに隣室の佐竹は唖然《あぜん》とした表情のまま動かなかった。一課の鬼とまで呼ばれた佐竹も尋問したが、京介は口を開くことがなかったからだ。

「追っ払った？」

「あいつは、ヤクの売人なんですよ。店の前で商売してたから、頭に来て追っ払ってやったんです」

「ヤクの売人という証拠は？」

「ありませんよ。だから、これまで言わなかったんです。だけど、前も別のイラン人が客と取引しているのを見たんです。店の前のイラン人は、客と交渉するだけで、ブツは持っていないんです。交渉が成立したら、別の場所に客を連れて行って、ブツを渡すらしいんです」

「どうして、そんなことを知っている」

「一度、後をつけて確かめたんです」

「馬鹿野郎！　なんで最初っからそう言わない。警察を甘く見るなよ！」

浩志は刑事らしく怒鳴ってみせた。

「すっ、すみません。どうせ信用してもらえないと思って」

京介は下手《へた》に自白し、身元を調べられることを心配していたのだろう。パスポートでも調べられたら、紛争国に頻繁に出入りしていたことがばれてしまうからだ。

「イラン人が売人なら、元締めもいるはずだ。どこの組なんだ」

「そこまでは、知りませんよ」

京介は、手のひらを顔の前でひらひらと泳がせるように否定した。

浩志は、携帯を取り出すと傭兵代理店の池谷に電話した。

「六本木五丁目を縄張りにして、イラン人にヤクを卸《おろ》しているのは、どこの組だ」

「六本木五丁目ですね。折り返しお電話いたします」

浩志の唐突な質問にも池谷は、落ち着いた声音《こわね》で対応してきた。二分後、浩志の携帯は鳴った。

「六本木五丁目の縄張りは、現在二つの組が重なっています。関東和合《わごう》会系芝沼《しばぬま》組と関西の御木浦《みきうら》組系滝長《たきなが》組です。すみませんが、どちらがヤクの取引をしているかまでは、当方では情報は得られませんでした」

「サンキュー」

浩志は、すぐさま渋谷の大和《やまと》組の組長犬飼《いぬかい》に電話した。

「お久しぶりです。藤堂さん。どうなさいました」

塩からした太い声が、携帯から響いた。大和組は、御木浦組の傘下でありながら、その実関東の龍道《りゅうどう》会の手先になっている特殊な組だ。以前浩志は、龍道会の会長の命を救ったことがあるため、犬飼からは一目置かれる存在になっていた。

「六本木五丁目を縄張りにして、イラン人にヤクを卸しているのは、どこの組だ」

池谷にした質問と同じ内容を犬飼に尋ねてみた。

「五丁目ですか。でしたら、御木浦組系の滝長組ですよ。五丁目はもともと芝沼組の縄張りだったんですが、関東和合会の勢力が弱くなったのに乗じて関西から滝長組が進出してきましてね。一時は、滝長組がそっくり縄張りを奪うような勢いがありました。しかし去年、芝沼組が反撃して全面戦争になりました。双方で二人ずつ死人を出したところで、龍道会の会長が中に入って手打ちになりましてね。みかじめ料は芝沼、ヤクは滝長、と仕切られました」

犬飼は、龍道会の情報屋ともいうべき存在だけに、難なく答えてきた。

「分かった。ヤクの売買は、滝長組だな」

「ひょっとして、この間、殺されたイラン人のことを調べているんですか」

「そんなところだ。何か知っているのか」

「一時は、芝沼組の仕業だと、騒然としていました。犯人は組の関係者じゃないでしょう」

「殺されたイラン人以外にも、ヤクの売人はいるのか」

「もちろんですよ。イラン人の売人のグループがありますからね。詳しい情報が必要ですか？」

「ああ、頼む」

浩志は、犬飼からイラン人の売人グループの詳細を聞き出した。グループのボスの名前から、構成人員、たむろする場所など、情報があまりにも詳しいため驚きを越して、いぶかしさすら覚えた。

「それにしても、そこまで話して大丈夫なのか」

「私は、ヤクで商売する奴が大嫌いなんですよ。やくざの風上にも置けない」

浩志は犬飼が、昔気質《かたぎ》のやくざだったことを思い出し、苦笑した。

「お役に立てましたか？」

「大いに助かった」

「それは何より。いつでも気軽にご連絡ください」

携帯をポケットにしまうと浩志は、突然立ち上がった。

「いくぞ！」

唖然とする杉野の肩を叩いて、浩志は取調室を出た。

「おい、どうなっているんだ」

廊下で佐竹が追いかけてきたが、無視するようにエレベーターホールに向かった。

「どこに電話していたんだ」

「くだらんことを聞くな。参考人も言っていたが、殺されたイラン人はヤクの売人だったそうだ」

「あの男の言葉を真に受けるのか」

佐竹は、腕組みをして浩志の前を塞ぐように立った。

「いや、他からの情報だ。六本木にイラン人のヤクの売人のグループがあるそうだ。そいつらに聞けば何か手がかりがあるはずだ」

「…………」

「とりあえず、杉野を借りるぞ」

「……分かった。後で、詳しく教えてくれ」

浩志の自信に溢《あふ》れた態度に、佐竹は無言で浩志に道を譲った。

五

六本木五丁目、飯倉片町《いいぐらかたまち》交差点に近い外苑《がいえん》通りに面した雑居ビルの一階に京介がバイトをしているラーメン店〝天龍軒《てんりゅうけん》〟があった。

時刻は、午後六時二十分。すでに日は暮れている。浩志と杉野は、ラーメン店から二十メートルほど離れた路上に覆面パトカーを停めて、店先を窺《うかが》った。期待はしていなかったが、怪しげなイラン人の姿はない。

「藤堂さん、ヤクもマルボウも管轄《かんかつ》が違いますが、ヤバくないですか」

〝マルボウ〟とは暴力団のことで、かつて捜査第四課、通称〝マルボウ担当〟の管轄だった。捜査第四課は二〇〇三年に独立し、生活安全部の銃器対策課と薬物対策課を統合し、新たに組織犯罪対策部という部署に生まれ変わっている。杉野が心配しているのは、警視庁の他部署のテリトリーを侵《おか》すことを危惧しているのだろう。それに麻薬となれば、地方厚生局の麻薬取締部、いわゆる麻薬Gメンの管轄にも触れることになる。

「俺といる時は、刑事ということを忘れろ。縄張りを気にしていたら、何もできないぞ」

浩志は、助手席から降りるとラーメン店に向かった。

「藤堂さん、待ってください」

杉野は、車をロックすると慌てて浩志の後について来た。

「まずは、腹ごしらえだ」

「店先を見張るのじゃないんですか」

「俺は、刑事じゃないんだ。張り込みをするつもりはない」

浩志は店に入り、カウンター席に座ると迷わず店名がついた天龍ラーメンを注文した。

晩飯は京介がバイトしている店でなくてもよかったのだが、店の看板を見ていたら、急にラーメンが食べたくなった。店内の壁には、札幌《さっぽろ》ラーメンの醬油と味噌をベースとしたラーメンのメニューが並んでいる。天龍ラーメンは看板メニューらしく、後から来た客の大半が注文していた。

「天龍ラーメン、お待ちーい」

数分後、分厚いチャーシューと白髪ネギが盛られたラーメンが浩志と杉野の前に出された。スープは透明感がある醬油ベースで、麵《めん》は中太の縮れ麵だ。まずは、脂《あぶら》が浮いたスープをレンゲですくって飲む。見た目こってりした脂は、背脂だと思っていたが、意外にあっさりとしていた。おそらく他の部位の脂を使っているのだろう。その分、臭みもなく昆布や魚介類、ガラの風味が活《い》きているようだ。次に麺を食べてみる。なかなかコシがあり歯ごたえのある玉子麺だ。スープがあっさりしている分、縮れ麺を使用しているのは、正解だ。しかも、麺が主張する太麺でなく、さりとてスープを前面に出す細麺でないのも、あっさりとしながらもこくがあるスープによく合っている。これはうまい。

「藤堂さん。この店、スープがいけてますね。背脂を使ってないのも、かえっていい」

隣で、職務を忘れた杉野も絶賛している。刑事はとかく外食が多い。外で食べる分、味にうるさいか、舌が鈍感になるかどちらかだ。ラーメン通と自称する刑事も意外と多い。杉野もその一人らしい。

二人は、あっという間にスープも残さず完食すると、店を後にした。

「店を見張らないで、あてはあるのですか」

杉野には、携帯で得た情報についてはまだ説明していない。もともと彼を連れ出したのは、京介を自由にするため警察に協力していると見せかけるという意味合いもあるし、職務質問が必要な場面では、警察を表に出した方が楽だからだ。

「この先のイラン料理の店の隣に、イラン人が集まる雑貨店があるらしい。そこでとりあえず、聞き込みをする」

浩志は、犬飼から聞いた情報を元に動いている。外苑東通りから三丁目に向かう細い路地に入った。しばらく歩くとこの界隈《かいわい》では一番古そうなビルの一階にイラン料理の店があり、その隣に間口の狭い雑貨店があった。

「ここで待っていろ、正式な捜査じゃないからな。俺が店から出て来たら、後をつけろ。話しかけるなよ」

渋面の杉野を残し、浩志は雑貨店に入った。間口は狭いが、意外と奥行きがあり、中東の雑貨が置かれた店の奥には、四組のテーブル席があった。四人掛けのテーブル席の一番奥に、銀のポットからチャイ（紅茶）を入れて飲むイラン人と思われる男が三人座っていた。イランも他の中近東の国と同じでチャイがよく飲まれる。おそらく食後のお茶を飲んでいるのだろう。近くに水タバコの容器も置かれている。この店は、雑貨店というよりイラン風の喫茶店らしい。

口ひげを蓄《たくわ》えたイラン人らしい体格のいい男が、奥から現われた。年は四十前後、おそらく店主だろう。滅多に現われない日本人の客に警戒しているらしい。浩志を品定めするかのように上から下に目線を動かし、とってつけたような笑顔をしてみせた。

「何か、ゴヨウデスカ」

男は、早口だが、流暢《りゅうちょう》というほど発音はよくない。

「ここの店主か？」

「テンシュ？」

「ここのマスターか？」

「そうです。ワタシ、ここのマスター」

「聞きたいことがある」

浩志の言葉に、男は途端に眉間に皺を寄せた。

「モハエド・ラハマティを探している」

単刀直入に、イラン人の麻薬売人グループのリーダーの名前を出してみた。男の顔がさらに険しくなった。間違いなく知っているらしい。

「俺は、警察でもないし、やくざでもない。モハエドと取引したいだけだ」

男は、幾分表情を和《やわ》らげたものの固く結んだ口を開こうとしない。

「モハエドに会いたいと伝えろ」

「…………」

「とりあえず、俺にもチャイをくれ」

浩志は、チャイを飲んでいる男たちから離れた一番出入り口に近いテーブル席に座った。モハエドの名前を出したところで、素直に答えてくるとは最初から思っていない。だが、いきなりアジトにやってきた日本人に聞かれれば、なんらかのアクションがあってもいいはずだ。

十分ほどして先ほどの男が、チャイが入ったポットとグラス、それに一口大の砂糖の塊《かたまり》を載せた銀のトレーを持って現われた。男は、チャイのセットをテーブルに置き、ポットからグラスにチャイを注《そそ》ぎながら、小声で聞いてきた。

「あなた、ケイサツか、分からない。だれ？」

浩志は、一口大の砂糖を口にぽんと放り込むとグラスを傾け、チャイを口に流し込んだ。濃厚なチャイの甘みが砂糖の甘みと混じり、紅茶の香りと共に口中に広がった。天龍ラーメンのネギ臭さが、口に残っていたため、その甘みと香りが心地よかった。

男は、イラン人のように手慣れた手つきでチャイを飲む浩志に驚きの表情を見せた。

「警察なら、麻薬グループのリーダーに会わせろとは言わないだろう。それに、ここがアジトだと知っていたら、とうにおまえは捕まっている」

男は、右眉をつり上げた。浩志は、空のグラスをテーブルにコツンと音をたてて置いた。すると、店主は、頷きながらポットからチャイをグラスに注いだ。浩志は、チャイをまたぐいっと飲んだ。暑い国ならともかく、日本でチャイは甘過ぎる。一杯目はイラン人のように砂糖を口に入れて飲んだが、飽くまでも相手の警戒心を解くためのものだ。二杯目は、口の中の甘みを流すようにストレートで飲み込んだ。

六

チャイを飲みながら雑貨店にたむろする男たちは、離れた席に座る浩志を気にすることなく雑談にふけっている。イランも他の中東諸国と同じく、多民族国家だ。公用語とされるペルシャ語以外の言語を話す国民は、半数近くいる。浩志は会話こそできないが、ペルシャ語は聞いていれば、なんとなく発音の特長はつかめる。彫りの深いペルシャ系の顔と彼らの発音からして、男たちはやはりイラン人なのだろう。

店主は、モハエドと連絡をとっているのか、店の奥の厨房に入ったまま出て来る様子はない。かれこれ十分以上待たされている。

ポケットの携帯が、振動した。浩志は、さりげなく厨房に目をやり携帯をとった。

「藤堂さん、大丈夫ですか。ずいぶん時間がかかっていますが」

店の外で待つ杉野がしびれを切らしたようだ。

「心配ない」

それだけ答えると、浩志は携帯を切った。連中は、警察関係者と疑っているに違いない。実際そうなのだが、外部と連絡をとっていると思われたくない。まして、外に仲間がいると思われるのは、この際、得策とはいえない。

目の前のポットには、まだチャイが入っているが、さすがに三杯目を飲もうとは思わなかった。イスラム教徒は、アルコールを口にしない。奥のテーブル席に座る三人組は、チャイを飲んでは手振りを交えて会話をしていたが、話が尽きたのか一人が水タバコを吸い始めると後の二人も水タバコを吸い始めた。

店から客も引けていいかげん痺《しび》れを切らしたころ、店主が厨房から顔を覗かせ、手招きをしてみせた。

「モハエドは、あなたと会うと言っている」

店主の後ろに付いて、トイレの脇を通り厨房に入った。香辛料の匂いがきつい六畳ほどの厨房には、店主以外誰もいなかった。厨房は、広くはないが雑貨店にしては調理器具も揃っている。店内には、メニューすら置かれていなかったが、常連の客には簡単な食事も出すのかもしれない。部屋をぐるりと見渡すと、店に通じる通路と反対側の壁に出口らしきドアがあった。

「分かった。ここに呼べ」

「モハエドは、用心深いね。あなた、会いたいなら、モハエドの所に行く。いいね」

「…………」

浩志は、仕方なく頷いた。

店主は外に出るよう厨房の奥にあるドアを指差した。だが、浩志は首を横に振り、顎で先に出ろと促した。店主は、両手を大げさに上げ、肩をすくめて見せると、奥のドアから渋々外に出て行った。浩志は、店主が完全に出た後も外の様子をドアの手前で窺った。出口は街灯もない狭い裏通りに面しているらしく、厨房から漏れる光に照らされた店主と薄汚れたゴミ箱が見えるだけだ。だが、ゴミ箱の悪臭に混じりピリピリとした危険な匂いが漂ってきた。

「ドアの陰にいる奴、出て来い！」

店主が、また肩をすくめてみせた。すると、店主を押しのけるようにオールバックの人相の悪い男が現われた。身長は、一八五、六センチ、歳は三十後半といったところか。龍の刺繍が入った黒のナイロン製のブルゾンに、だぶだぶの黒のズボンを穿いている。三白眼に口ひげと、見てくれだけで威嚇《いかく》効果満点だ。店主は、モハエドではなく滝長組に連絡したようだ。イラン人の密売グループは、ヤクを滝長組から仕入れるだけでなく、みかじめ料を払ってトラブルに対処しているのだろう。

「何、嗅ぎ回っているんだ。コノヤロー」

「俺は、モハエドに用があると言ったんだ。チンピラに用はない」

「なんだと、クソガキ！」

男は、裏口から飛び込んできた。はっきり言って面倒くさかった。浩志は、容赦のない強烈な前蹴りを男の鳩尾《みぞおち》に入れた。男は、入ってきた時の倍のスピードで外にふっとんでいった。男が路上に仰向けに倒れる前に、浩志は外に飛び出していた。案の定、暗闇に紛れて、三人の男が待機していた。だが、仲間がいきなりやられて呆然としている男たちの反応は鈍かった。浩志は、右に立っている男の股間を蹴り上げ、体を素早く反転させると、反対側の右にいる男の鳩尾を右前蹴りで蹴り上げた。右足を素早く引きつけ軸足にすると、左奥にいた最後の男の大振りの右のパンチに合わせるようにカウンターぎみに左前蹴りで男の鳩尾を蹴り上げ、前のめりに崩れる男の顔面に右肘撃ちを入れた。路上で気絶する四人の男を見て、浩志は我が目を疑った。自分でも信じられないほどの俊敏な動きだった。考えるよりも先に体が動いた。しかも急激な運動をしたにも拘《かかわ》らず、息も乱れていない。古武道研究家の明石から授かった技が、身体能力を驚異的に高めたに違いない。

下部温泉に滞在した二週間、治療にも努めたが、何よりも明石から稽古《けいこ》をつけてもらう古武道の修行に励んだ。さすがに二週間という短期間では、多くを学ぶことはできない。そこで、基本の足さばきと体移動だけを集中的に習った。

短期間の集中的な稽古で体移動が難なくこなせるようになった浩志は、東京で再び会うことを約束し、温泉を後にしたのだが、これほど劇的に体の動きが変化するとは思ってもいなかった。

「こいつらは、滝長組のチンピラか?」

浩志が問いただすと、路地の壁に吸いつくように立っていたイラン人の店主は、はっと我に返り慌てて頷いてみせた。

「すぐモハエドに連絡しろ。それとも、おまえもここで気絶してみるか」

店主は、大げさに首を振るとポケットから携帯を取り出した。

薬の売人

一

雑貨店を経営するイラン人を脅《おど》し、麻薬密売グループのリーダー、モハエドに連絡をさせたところ、待ち合わせに指定されたのは六本木三丁目、シネマート六本木近くの雑居ビルの一階にある〝ソル・デ・カフェ〟というラテン系のバーだった。

時刻は、午後八時十分、杉野をバーの斜め向かいにある喫茶店で待たせ、浩志は、一人店に入るとカウンターの奥の席に座った。スペイン系のバーテンに、ターキーのストレートをダブルで頼んだ。

サルサをBGMに流す薄暗い店内は、古い南国の写真と赤い三角形の中心に白抜きの星があしらわれたキューバの国旗が壁一面に飾られていた。カウンター席の後ろにあるソファー席で二人のラテン系の美人が雑談を交わしている。

浩志の前にターキーのショットグラスが置かれると、女の一人がさりげなく浩志の隣に座ってきた。

「この店の名前でソルの意味、知っている?」

小麦色の肌をした目の大きな女は、唐突に尋ねて来た。

「いや」

横目で女をちらりと見た浩志は、素っ気なく答えた。

「ソルは、キューバで生まれたサルサの原型よ。私とサルサ、踊ってみる?」

なかなか流暢な日本語だ。それに美人が情熱的なサルサを一緒に踊らないかと言うのは、口説き文句としては上等だ。もっとも、その先が恐いが。

「悪いが、人待ちだ」

女は首を横に振ると元の席に戻り、相方と思われる女と何事もなかったかのように会話の続きを始めた。

いつもなら、ショットグラスのターキーを呷《あお》るように飲むのだが、時間を持たせるためにちびりちびりと飲んだ。それでも十分ほどでグラスは空になった。すると空のグラスにバーテンが、勝手にターキーを注いできた。

「俺は、頼んでないぞ」

浩志が咎めると、バーテンはにやりと笑い、顎で浩志の後ろを示した。

「私が、頼んだのよ」

振り返ると声をかけてきた女とは別の女が、笑ってみせた。女は、高いヒールを履《は》いているため、立ち上がると身長は浩志と変わらない。丈の短いワンピースの下に伸びた足は、すらりと細い。だが、前が大きく開いた胸元は、深い谷間が見えるほど豊満なボディーをしている。

「ターキーは、私がおごるから、カクテルごちそうしてくれる?」

「好きにしろ」

「キューバ・リブレ」

女はバーテンにラム酒をコーラで割ったキューバのカクテルを頼むと、浩志の左隣の席に座った。

「モハエドに何の用事があるの?」

女は、モハエドから連絡を受けていたに違いない。浩志が安全かどうか品定めをしていたようだ。女を使うとは、そうとう用心深い。あるいは、この女は、モハエドの情婦なのかもしれない。

「俺は、モハエドと直接話がしたい」

「私が、納得したら、会わせてあげる」

女は、カクテルグラスに手をかけ、にやりと笑った。

「モハエドは、そうとうな臆病者らしいな」

「そうじゃなきゃ、ここじゃ、やっていけないでしょ。彼にいったい何の用があるの?」

「俺は、六本木で最近起こった殺人事件の犯人を捜している」

麻薬の捜査でないと信じ込ませるため、正直に目的を言った。

「あんた、取引したいんじゃないの」

「薬の取引をするつもりはない」

「あんたポリスなの?」

「俺が、ポリスに見えるか」

浩志がおうむ返しに聞くと、女は鼻で笑った。

「ポリスは、少なくともやくざを四人も病院送りにしないわね」

女は、雑貨店のイラン人から仔細《しさい》は聞いているようだ。

「ある組織から、金をもらって動いている。犯人を捕まえれば、さらに賞金がもらえることになっている」

「私立探偵なの」

「そういうことだ。だからモハエドに迷惑はかけない」

この手の人間には、金目当てと言った方が、信頼性が高い。女は、納得したらしく大きく頷いた。

「分かった。とりあえず、信用するわ。モハエドとは、一時間後に会う約束をしているの。それまで私と付き合ってくれたら、会わせてあげる」

女は、浩志の太腿《ふともも》に右手を置くとウインクをしてみせた。

「酒だったら、付き合う。それ以外のことは、断わる」

挑発的な女の仕草に、浩志は予防線を張った。得体の知れない女と付き合うものではない。ましてや、出会い頭にセックスアピールする女ほど危険なものはない。

「あら、私を拒《こば》む男なんて、この世にはいないわよ。それに、私を拒絶すれば、モハエドには会わせない。それでもいいの」

そう言うと女はゆっくりと席を立ち、手招きをしながら奥のトイレがある通路に浩志を誘った。

浩志は、舌打ちをして渋々女の後に従った。

女は、トイレの前にある洗面台の前で立っていた。ホテルのような大理石で作られた洗面台の前は意外に広かった。しかも照明が店内より暗いため、肉感的な女をさらに妖《あや》しく浮かびあがらせた。

「普通、こういう場面では、男はやさしく抱いてくれるんじゃないの」

浩志は、あえて右手を下にたらし、左手だけを女の腰に回した。その時、背後のトイレのドアがいきなり開いて男が襲って来た。浩志は、振り向きもせずに腰をかがめると右肘を男の鳩尾に決め、弓なりになった男の顔面に右の裏拳を喰らわせた。息をひそめていてもトイレに人の気配は感じていた。男は白目を剝《む》き、店のフロアーまでたたらを踏むと大の字に倒れ込んだ。

店にいたもう一人の女が悲鳴を上げた。その悲鳴に気をとられ、前にいる女から一瞬意識が飛んだ。途端に胸に強烈な痛みを感じ、気が遠くなった。襲撃して来た男はむしろ囮《おとり》だった。女の右手にスタンガンが握られていた。慌てて女から離れてみたが、足がもつれた。体はすでに麻痺《まひ》しており、壁に背中をぶつけるのが精一杯だった。女はスペイン語で何か喚《わめ》くと、浩志の左の首筋にスタンガンをあて、再び放電させた。

頭の中でバチンと、まるでブレーカーが落ちたような音がし、女の顔が壁に溶け込んで霞《かす》んだかと思うと、白濁した世界に意識は沈んで行った。

二

微かに揺さぶられるような感覚と騒音で目が覚めた。埃《ほこり》っぽい饐《す》えた臭いが、鼻をついた。首を振って、頭の中にこびりつく霞《かすみ》を払ったが、天井近くの小窓から漏れるわずかな光以外、何も見えなかった。後ろ手に縛られ、両足も縛られているため自由は利かない。スタンガンをあてられた首筋はひりひりするが、特に体の異常はなさそうだ。それにしても、美人とはいえ女に油断したものだ。戦場で鍛えられた警戒システムも、いつの間にか錆《さ》び付いて機能しなかった。あるいは、傭兵としての感覚まではリハビリできなかったということか。いまさら後悔しても仕方がない。とりあえず生きているだけで得したと思うべきだろう。

しばらくすると小刻みに部屋が揺れ始め、ガタンゴトンという聞き慣れた騒音が耳に飛び込んで来た。どうやら、線路沿いの倉庫にでも連れて来られたようだ。目が暗闇に慣れてくると、部屋の様子が次第に分かって来た。部屋は十二畳ほどの広さで、段ボール箱や巻かれた絨毯《じゅうたん》の束が床にいくつも置かれていた。

後ろ手に縛られた手で、音を立てないように段ボール箱を開けて中身を床に出した。三つ目の段ボール箱から、陶器の皿が数枚出てきた。暗いながらもペイズリー柄のような複雑な文様が描かれているのが分かった。ペルシャ陶器と呼ばれるものだろう。

浩志は、そのうちの一枚を床に置き、他の箱に入っていた布を上に被せると電車が通り過ぎるのを待った。時間は分からないが、五、六分おきに電車が通り過ぎていることから、さほど遅い時間ではないのだろう。ほどなくして部屋が微かな振動を始め、列車の轟音が響いた。浩志は列車の音に紛れるように、皿をかかとで割った。手頃な破片を右手で持ち、手首のロープに切れ目を入れると、後は力任せに引きちぎった。いかにも素人の縛り方で助かった。足首のロープをほどき、ポケットから携帯電話を取り出した。予想はできたが液晶画面が割れており、通話不能になっていた。腕時計で時刻を確かめると、午後九時五十分、六本木の店で、気絶させられてから一時間近く経っていた。

唯一の出入り口である古びた鉄製の扉は、外から鍵がかけられている。浩志はドアに耳をあて、外の様子を窺った。機械室でも近くにあるのだろう、モーターが回転するような機械音が伝わってくる。耳をあてたまま辛抱強く待った。殺さずに押し込めておくのは、理由があるはずだ。おそらく、滝長組に引き渡すために浩志を拘束しているに違いない。

しばらくすると複数の靴音が聞こえてきた。浩志は素早くドアの陰に隠れた。ドアから入って来たのは、二人のイラン人とおぼしき男で、部屋の照明のスイッチを入れた途端、異変に気付きペルシャ語で何か喚《わめ》いた。すると二人のやくざ者が先を争って部屋に入って来た。浩志は、後ろにいるやくざ者の股間を蹴り上げ、男が床に沈み込む前に、男の懐から銃を抜き取った。

「動くな!」

男たちは、一瞬にして凍り付いた。

「モハエドはいるか」

イラン人らしき男の一人は三十代前半、一八〇センチを越える大男だ。この男が部屋の鍵を開けたらしく、右手に鍵の束を持っている。もう一人は二十代後半のメガネをかけた身長一七〇センチほどの優男《やさおとこ》、神経質そうに顔を引き攣《つ》らせている。彼らは互いに顔を見合わせただけだが、やくざ者の目が一瞬、優男を見た。浩志はやくざに近づくと無造作に鳩尾に前蹴りを入れ気絶させた。白目を剝いて失神した男の懐から銃を抜き、ポケットに入れた。そして、大男が手にぶら下げている鍵を取り上げ、優男の襟首をつかむと、部屋の外に連れ出した。

「モハエド、ドアの鍵を締めろ」

浩志は優男に日本語で命令し、鍵を投げ渡した。

「わっ、私は、モハエドではない」

男は日本語が理解できるにも拘らず、なまりのある英語で答えてきた。

浩志は、男の鳩尾のやや上を蹴った。かなり手加減したが、男は、床に倒れると腹を抱えてもがき苦しんだ。

「立て、死にたいのか！」

「ナァ（ペルシャ語でノー）！」

浩志が一喝《いっかつ》すると、男は悲鳴を上げながら立ち上がりドアの鍵を締めた。

「俺の質問に答えろ！　モハエドだな、おまえは」

浩志は、男の襟首を摑み壁に押し付けた。

「イエス、頼むから殺さないでくれ！」

モハエドは、両手で拝むような格好をして、足をがくがくと震わせた。

「おまえの命などいらない。欲しいのは情報だけだ。日本語で話せ」

浩志は、モハエドを離すと一歩下がって銃をポケットにしまった。

「…………」

「情報だ」

「……情報？　何の情報デスか」

命の保証がされたと思ったのか、モハエドの震えはぴたりと止まった。そして、流暢な日本語で答えてきた。

「おまえの手下が殺されただろ。俺はその犯人を探している」

「エンリケに言ったことは、本当だったのデスか」

「エンリケ？　あのキューバ女か」

「そうデス」

「あの女も、おまえの手下か」

「エンリケが」

モハエドは、意味ありげに笑うと、店の経営者は自分だと付け足した。

「アナタ、本当に私立探偵なのか」

「俺に質問するな。奴はどうして殺された」

「それは、こっちが聞きたいくらいデス。アルを殺した奴は私たちも、滝長組も探している。だが、まだ見つからない」

「それなら、渋谷で殺されたイラク人と六本木で殺されたクウェート人は、おまえらと関わりがあるのか」

「知らない。二人とも、まったく知らないデス」

「奴らも、麻薬を売っていたということはないのか」

「それはないデス。滝長組が許さない」

「本当か」

モハエドの目をのぞき込んだ。浩志の視線をまともに受け止められずに下をうつむいたが、嘘はついてないらしい。浩志は、モハエドの知りうる限りの情報を聞き出そうとしたが、アルは新参者でモハエド自身よく知らないらしい。だが、イラク人を毛嫌いしていたらしく、殺されたイラク人と利害関係があったとは思えないとモハエドは言っていた。結局渋谷と六本木で殺された三人に、何の繋がりも見いだせなかった。今のところ、一連の事件は通り魔的殺人の可能性が高い。

監禁されていた倉庫を出ると、渋谷駅にほど近い山手線《やまのて》の線路脇にある古い雑居ビルだった。浩志は、渋谷駅にある公衆電話から杉野の携帯に連絡をした。

杉野は警視庁に戻って、連絡を待っていた。六本木のバーの前にある喫茶店で見張っていた杉野は、浩志を待ちきれず、店に乗り込んだが、すでに浩志の姿はなかったそうだ。

店では、三十分近く粘ったが、諦めて帰ったという。浩志が、別の場所に移された理由が、これで分かった。よれよれのスーツを着たうさんくさい男が店に現われたので、気絶した浩志をエンリケとモハエドの手下が店の裏口から連れ出したのだろう。杉野には、翌日、詳しく報告すると言って電話を切った。

浩志は、そのままねぐらに帰ることも考えたが、駅前の雑踏に身をまかせるように渋谷の繁華街に向かった。

三

「いらっしゃいませ」

渋谷の東急文化村の裏にあるスナック〝ミスティック〟のドアを開けると、まずは沙也加《さやか》の明るい声に出迎えられた。

浩志は、ドア近くのカウンターに立つ沙也加に軽く頷いてみせた。すると看板娘は愛くるしい笑顔を送ってきた。

「あら、いらっしゃい」

カウンターの中央に立っている美香の艶《つや》のある声に浩志は右手を軽く上げて応えた。

彼女は、白いタンクトップに上下ベージュの綿のスーツを着ていた。ボディーラインがはっきりと分かる細身のスーツは、彼女の魅力をいかんなく表現している。

浩志はいつものごとくカウンター中央の席に座った。カウンターの左の席にナッツをつまみにワインを楽しむ女性客が二人と、奥のテーブル席にピザや鳥の唐揚げなど盛りだくさんの肴《さかな》でビールを飲んでいるサラリーマンが三人。控えめに流れるBGMを楽しんでいるかのように、どの客も静かに酒を飲んでいる。

美香は、この店のオーナー兼ママということになっているが、真の姿は内調の特別捜査官であり、かつては防衛省の大臣だった鬼胴代議士の不正を調査する潜入捜査をしていた。その潜入捜査の過程で店を持つことになったのだが、捜査が終了した今もママとして店を経営している。内調としても彼女が一般人の顔を持っていた方が何かと都合がいいのだろう。

浩志は、内調のトップである前任の内閣情報官、杉本秀雄《すぎもとひでお》がブラックナイトの日本支部の責任者だったことを暴き出し、その組織ごと闇に葬《ほうむ》っていた。美香から聞いた話によれば、内調は杉本逮捕による突然のトップ交代で、一時パニック状態に陥ったもののようやく立ち直りつつあるらしい。だが新たに就任した情報官が組織に慣れるまでにはまだ時間がかかるため、彼女のような特殊な任務についている部署は当分開店休業らしい。

「体の調子は、どう？」

「治った」

「よかった。いつものにする？」

「頼む」

美香は、カウンターにショットグラスを出すと、ターキーをなみなみと注いだ。最近では、ダブルとかシングルとか頼まなくても、彼女は好みの量を注いでくれる。

「腹が空いたな」

時刻はすでに十一時を過ぎている。ラーメンを食べたのが早い時間だったので腹が減ってしまった。いつもなら、遅い時間に食べ物を口にすることはない。長年軍人として培《つちか》ってきた体調管理の習慣がそれを許さなかったからだが、今日はなぜか、理性の赴《おもむ》くままに行動する気になっている。鼻の下を伸ばしたつもりはないが、キューバ女にふがいなく気絶させられたという鬱憤《うっぷん》がそうさせるのだろう。

「任せといて」

美香は、えくぼを見せ、厨房に消えた。

厨房から材料を切る音や、シューと鍋が沸騰する音が聞こえた。美香は、きっと精力がつくような肉料理を作ってくれるに違いない。最後にジューサーが回転する音がしたかと思うと、彼女はトレーに食器を載せて厨房から出てきた。

「お待ちどおさま」

美香の笑顔と共にカウンターに出されたのは、意外にもただのポタージュスープだった。

「スープ、ねえ」

　確かに食事をするには時間的に遅い。だが、今日は自分のふがいなさに活を入れるためにもガツンとくるものが食べたかった。思わず奥のテーブル席で、ピザや鳥の唐揚げを肴にしているサラリーマンのグループを恨めしげに見た。

「そう言うと思った。でも遅い時間は、これぐらいでちょうどいいの」

　美香は、スープボールの横にフランスパンを二切れ載せた皿を添えた。ニンニクの香ばしい香りがした。

「ほう、ガーリックトーストか」

　浩志は、ガーリックトーストに免じてスープを飲むことに決めた。スプーンを取って、一さじ口に運ぶ。初めにかぼちゃの芳香が鼻孔を抜け、次にチーズの濃厚な味わいが舌を通り過ぎ、最後に数種の野菜のうまみが心地よく口の中に残った。

「うまい。かぼちゃだけかと思ったら、チーズに……タマネギ、人参か」

　浩志は、味を確かめるように二さじ目のスープを口にした。

「それに、ジャガイモもね」

「よく、これだけのスープを短時間で作ったな。ひょっとして、作り置きか」

「まさか。野菜を切る音、聞こえなかった？」

浩志は、こと料理となるとうるさい。戦地では何事につけ贅沢が言えるものではない。特にレーション（携帯食）は、参加する軍隊により激変する。それだけ食に対する欲求は人一倍強い。浩志が所属していたフランスの外人部隊のレーションは、他国の兵士が交換してくれと懇願するほど評判がよかったが、米英軍のレーションは、先進国の中では最悪だ。もっとも、レーションすらなくジャングルでサバイバルすることを考えればましかもしれないが、ジャングルで捕まえたトカゲや蛇を調理し、米英国軍のレーションに負けないくらい、うまいサバイバル料理を作る自信はある。

「ざく切りの野菜とブイヨンを圧力鍋で一分煮て、牛乳を加えてジューサーで混ぜれば、出来上がり。最後に鍋に戻して、塩、胡椒《こしょう》で味を整えれば、五分もかからないわ」

「ジューサーなら、裏ごしする必要もないか」

美香の説明になるほどと納得した。この店の売りは、美香と沙也加という二人の美人であることに間違いはないが、常連にとって彼女らが作る酒の肴も大きな魅力に違いない。

浩志は瞬く間にスープとガーリックトーストを平らげると、今日一日あった嫌な出来事はきれいに頭の中から消えていた。食事をとれば、憂《う》さを忘れるというのは、浩志の特技とも言うべき性格だ。これは生まれ持った才能で、戦場における極度のコンバット・ストレスに耐えられることができるという一流の兵士の証拠でもある。

「落ち着いたらしいわね」

美香は、スープボールを片付け、空のショットグラスにターキーを注いだ。彼女は、人の心を読むのがうまい。歳は今年でまだ二十九のはずだが、見てくれは三十半ばに見える。老けているというのではなく、年齢より落ち着いて見えるからだ。話していても、歳の差を感じたことはない。彼女の持つ特殊な職業のせいもあるのだろうが、これまで相当苦労をしてきたのだろう。

浩志は、三杯目のターキーを飲むのにゆっくりと時間をかけ味わった。空になったグラスを右手の中指と人指し指の間でしばらく遊ばせていたが、四杯目を飲むのを止《や》めカウンターにグラスを置いた。

「帰る」

腰を浮かせると、美香はさりげなく浩志の右手を握ってきた。

「待ってて、今お店閉めるから」

時計を見ると、午前十二時半。閉店時間より三十分も早いが、終電に乗るために帰り支度をすませた沙也加が最後の客を送り出すところだった。

カウンター席に座り待っていると、美香は沙也加を先に帰し、店の電源を落とした。

「送って行くわ」

浩志は何も言わず、店の戸締まりをすませた彼女の後について行った。

店の近くにある立体駐車場に美香の赤いアルファロメオ・スパイダーが停めてあった。

助手席に乗り込むと、グッチの香水、エンヴィの気品ある優しい香りが、控えめに浩志の鼻孔を刺激した。

傭兵として十四年以上、世界中の戦場を転々とする生活を送ってきた。それが、昨年十六年前の事件を解決して以来、生活は一変した。今では美香の存在があり、生活感とも言うべき匂いを時として嗅ぐこともある。だが、この不慣れな感覚に時折どうしようもない違和感を覚えてしまうことがある。

「どうしたの？」

ふと我に返ると、美香の心配顔があった。車は、山手《やまて》通りを北に向かっていた。

「なんでもない」

浩志は美香のやさしさを拒絶するかのようにそっけなく答えると、サイドウインドウを開けた。排気ガス混じりの夜風が、エンヴィの香りを拡散させた。

「ドライブしない？」

「そうだな」

「私、東京湾の星が見たいの」

「まかせる」

美香は、山手通り、富ケ谷《とみがや》の交差点でタイヤを鳴らしながら急ハンドルを切り、Uターンさせた。

四

「あら?」

富ヶ谷の交差点でレーサー並みに急ハンドルを切った美香は、バックミラーを見ながら首を傾げた。

浩志は美香の視線の先をサイドミラーで追うと、三台の車が、先を争うようにすぐ後ろに割り込んできた。一瞬だが、すぐ後ろとそのまた後ろの車の鼻先にベンツのエンブレムが見えた。

「高速に乗るわね」

「好きにしてくれ」

美香は山手通りを南下し、神泉町《しんせんちょう》の交差点で左折し国道二四六号に入ると、道玄坂上《どうげんざか》の入り口から首都高渋谷線に乗った。平日ということもあるのかもしれないが、閑散としている。終電が終わったこの時間、かつてはタクシーで溢れかえっていたものだが、長引く不況とガソリン高は、夜の人口をぐっと減らしたようだ。

料金所を抜け、走行車線に入るとそのまま車の流れに従った美香は、楽しげにアップテンポのジャズを鼻歌混じりに口ずさんでいる。

「ちょっと、遠回りしていい？」

バックミラーで三台の後続車を確認した美香の目は輝いていた。

「ああ……」

美香は、いきなりアクセルを踏み込み追い越し車線に入った。三・二リットルV型六気筒エンジン、アルファロメオ・スパイダーは水を得た魚のように小気味いいエンジン音を響かせた。瞬く間に六本木のジャンクションを通り過ぎ、首都高環状線に入った。本来東京湾に行くなら、ジャンクションを右折し、赤羽橋《あかばねばし》、浜松町《はままつちよう》へと抜けるべきだろうが、美香は都心を周回する環状線を選んだのだ。時速は直線部で軽く一五〇キロを超えている。追い越し車線と走行車線を走る車の間を縫うように高速で走り抜ける。その狂気ともいえる走りは、首都高で馬鹿げたレースをするローリング族も顔負けだ。実際、途中で美香に追い抜かれたスポーツタイプの改造車が果敢に挑んで来たが、彼女の華麗なハンドルテクニックの前では赤子同然で、スピードを落として後方に消えてしまった。

「なんだ。全然ついてこないじゃない」

美香は、スピードを落として走行車線に入った。当たり前だろう。追跡者が何者かは分からないが、この美香の運転に付き合えるものではない。スパイダーという車からしてただ者ではないとは思っていたが、まさかスピード狂だとは思わなかった。普段の料理好きで、女性らしい態度からは想像できるものではない。

「さっきの連中、あなたのお客さん？」

「さあ、どうだか」

さんざん痛めつけられた滝長組が、必死に探していた可能性は充分考えられる。あるいは、麻薬の売人モハエドの手下かもしれないが、三台の車で追ってくるところを見るとおそらく滝長組と考えた方がよさそうだ。

「そうだ！」

美香は甲高い声を出した。そして新橋《しんばし》を抜けるとまたアクセルを踏み込み、追い越し車線に躍《おど》り出た。深夜の高速を走る車は、いずれも制限速度を超えて走っている。だが、彼女にかかれば追い越し車線を高速で走るつっぱりの車ですら、恐れをなして走行車線に退避する他ない。

「どうするんだ」

スパイダーは、浜松町のジャンクションを右折し、再び六本木方面に向かった。

「車種、覚えている？」

「少なくとも二台はベンツだった」

「それなら、すぐ分かるわね」

「おいおい、ここから奴らのケツを追いかける気か？」

「だって、尾《つ》けられたってことは、私の店覚えられたと見た方がいいでしょう。相手を特定しておかないと、後でお店に火をつけられても困るわ」

確かに彼女の言う通りだ。しかも実際昨年店を爆破され、長期にわたって閉店することになった。店は改修工事の末、新規にオープンしたばかりだ。

「それにしても、本当に公務員なのか」

「えっ、私のこと？　まさか、自分が公務員だと思ったことは一度もないわ。それに公務員だと思ったら、今の仕事続けられないから」

なるほど、内調の特別捜査官は、米国でいえばＣＩＡの特別捜査官と同じだ。まして、美香は、夜の女として長年潜入捜査をしてきた経験を持つ。半端な仕事ぶりではとても務まらないだろう。

「あら、あれかしら」

美香の声がはずんだ。

首都高環状線をほぼ一周し、新橋に再びさしかかるころ、追い越し車線を走る二台のベンツを発見した。よく見れば、その前にもベンツが走っている。どうやら追いかけて来た三台の車は、全部ベンツだったようだ。

「まったく、まだこんな所にいたの。これじゃ私に追いつけるはずないじゃない」

遅いと言う前に、美香の車を見失ってもまだ首都高に乗っていたことをむしろ褒《ほ》めるべきだろう。

「隊長！　敵を捕捉しました。ご命令ください」

以前から、ハンドルを握ると性格が変わると薄々感じていたが、今日の美香は異常にハイテンションだ。

「お台場《だいば》の例の空き地に誘導してくれ」

例の空き地とは、江東《こうとう》区有明《ありあけ》の十号埋め立て地にある広大な空き地で、ブラックナイトのメンバーを誘《おび》き寄せるのに使用したことがある。夜間まったく人気がない場所であるため、何事にも都合がいい。

美香は、最後尾のベンツの後ろにつけると激しくパッシングし、走行車線から三台をゴボウ抜きすると先頭のベンツの鼻先寸前にスパイダーを滑り込ませた。しかも、わざと軽くブレーキを踏み、車間距離を極端に縮めてみせた。追突しそうになった後ろのベンツはさすがに頭に来たらしく、けたたましく警笛を鳴らして来た。

「そうこなくちゃ」

美香は再びアクセルを踏み込み、芝浦《しばうら》ジャンクションからレインボーブリッジを渡った。

「私、橋って大好き。特に夜のレインボーブリッジは最高ね」

興奮しているのかと思いきや、意外に美香の口調は落ち着いていた。

スパイダーは、有明ジャンクション手前の出口で高速を降り、有明埠頭《ふとう》にある広大な空き地に乗り入れるとコンパクトに回転し、追跡車を迎え撃つように停まった。

後方に砂煙を上げながら近づいてくる三台のベンツは、ヘッドライトを向けられたため、警戒しているのかゆっくりと停まった。

「後は、よろしくね」

「結局、俺か。銃は、持っているのか」

「銃？　内調では携行できないことぐらい知っているでしょう」

「特別捜査官だろ」

「………」

美香は肩をすくめると、無言で手を伸ばし、ダッシュボードの奥からグロッグ二六を取り出した。

グロッグ二六は、小型のグロッグ一九をさらに軽量化したポリマーフレーム（樹脂）製で、重量はたったの五百六十グラムだが装弾数は十発、九ミリパラベラム弾を使用する。最小限の威力を保持しつつ、軽量小型化されたフレームは女性が持つには手頃な銃と言えた。

「グロッグは、苦手じゃなかったのか」

昨年、浩志が殺人犯である片桐勝哉《かたぎりかつや》と死闘を繰り広げている際、美香は片桐の銃を使い、浩志を援護しようとしたが、反対に浩志を誤って撃ってしまった経験がある。もっとも、片桐に麻薬をうたれていたため、意識朦朧《もうろう》としていた中での出来事だった。その時の銃がグロッグだった。

「私は、前向きな女なの。弱点は自ら克服するタイプよ」

浩志は、笑いながらグロッグをベルトの後ろにねじ込んだ。

「なるべく使わないでね」

「分かった」

車から降り、大きく背伸びをすると筋肉がきしむような音を立てた。美香の手荒な運転で体中の筋肉が強張《こわば》っていたようだ。

五

スパイダーの十メートル手前で停められた一台のシルバーと二台の黒のベンツから、それぞれ三人ずつ、合計九人のやくざ風の男たちが降りてきた。そのうちの二人に浩志は見覚えがあった。

「滝長組の宮下《みやした》さんよ。あんたらをいたぶった人ってのは、この人のことか」

最初に口を開いたのは、一番左側に停められたシルバーのベンツから降りてきた長身の男で、渋谷に組事務所を構える大和組の若頭、幸田《こうだ》だ。

大和組は、関西の広域暴力団御木浦組傘下ということになっているが、実は関東の龍道会系の暴力団で、御木浦組傘下になることにより、その情報を龍道会にもたらすという特殊な事情を持った掟《おきて》破りの組だ。その大和組と上部組織である龍道会には、行きがかり上何度も力を貸したことがあり、組長の犬飼の言葉を借りれば、龍道会は浩志に「百年分の借り」があるそうだ。

幸田は、浩志と目が合うと軽く会釈した。

「そうだ。こいつに組の者が何人もやられたんだ」

幸田の素振りに気がつかず、息巻く宮下という男は真ん中の黒のベンツから降りた男で、薬の売人であるモハエドが所有する渋谷の倉庫で叩きのめしたやくざの一人だ。

「この人はうちの組とわけありでね。この人を相手にするなら、うちの組は手を貸せねえことになっているんだ。悪く思うな滝長組の」

「なんだと！　渋谷はあんたらの縄張りだから筋通したじゃねえか。大和組もわしらと同じ御木浦傘下の組のはずだ。手を貸さねえとは言わせねえぞ！」

「分かんねえ人だなあんたも。筋を通したからこそ、うちの縄張りを自由に探させもしたし、こんなところまで付き合ってやったんじゃねえか。もっとも最初から、相手がこの人と分かっていたなら、手伝わなかったがな」

幸田は、若頭というだけあって馬鹿じゃない。滝長組の手下の前で、あえて浩志の名を呼ばないように気を使っている。

「ちゃんとした理由があるんだろうな、犬飼組の。ええ!」

宮下は、幸田に迫りすごんだ。幸田は、一八六センチで頭に数箇所切り傷があり、こわもてだ。宮下も体型は互角、頬に大きな傷痕があるため、迫力では幸田に負けてはいない。

「いきがんなよ、滝長組の。うちの問題をおめえにとやかく言われる筋合いはねえんだ」

幸田と宮下は、今にも胸ぐらを摑まんばかりに睨《にら》み合った。

「おまえら、内輪喧嘩《げんか》するなら、俺は帰るぞ」

「なんだと、コノヤロ! さっきは不意をつかれたが、今度はそうはいかねえぞ! 大和組の、よく見とけ。わしらだけで充分じゃ」

浩志を振り返った宮下は、凶悪な表情で息巻いた。

「そうしてくれ」

幸田は、浩志の恐ろしさを知っているだけに肩をすくめ、ふうと息を吐いた。

滝長組の宮下は、顎をしゃくり他の五人をけしかけた。宮下も含め、滝長組の手下は全員一八〇前後でがっちりとした体型をしている。おそらく組の中でも腕の立つ者を選び、追跡組に加えたのだろう。五人の男たちは二人ずつ組んでいるのか、前後左右均等に分かれ、一人は少し距離を置いて前の二人の後ろに立った。体を動かすにはそれなりに場所がいる。五人で一度に襲えるものではない。彼らはそうとう喧嘩慣れしているようだ。後ろから組み付き、身動きがとれなくなったところで前から攻撃するつもりなのだろう。

浩志は、とっさに左横に飛んだ。古武道の足さばきは俊足を極めた。案の定、後ろの二人が前に飛び出してきた。浩志は飛び出してきた左後ろの男をすれ違いざまに裏拳で顔面を殴りつけ、前のめりになったところに左膝蹴りを右の脇腹に入れ、後ろに転がした。存分に体を回転させただけにバキッという肋骨《ろっこつ》の折れる音がした。そして、左足を地面につけた瞬間、それを軸足にし、右回し蹴りを右後ろから出て来た男の右脇腹に入れ、すぐさま左回し蹴りをコンパクトに男の顎にヒットさせた。男は激しく頭を後方に揺らした後、ゆっくりと後ろに倒れた。

瞬く間に二人倒され、事態が呑み込めない前方の二人はフリーズしていた。

浩志は、右前蹴りで右にいる男の鳩尾を蹴り上げ、ほぼ同時に左の男の頭を両手で鷲摑《わしづか》みにすると鼻先に頭突きを喰らわせ、さらに頭を引き落とし、後頭部に肘撃ちを入れ昏倒《こんとう》させた。後ろに控えていた男は、腰が抜けたのか身構えることもなくただ呆然と立っていたが、浩志が近づくと我に返り、大振りのパンチを繰り出してきた。左右のパンチを難なく避けた浩志は、男の顎に強烈な掌底突きを入れ失神させた。五人の男を倒すのに三十秒とかからなかった。

「なっ、何！」

宮下は、驚愕《きょうがく》の表情を見せると、ポケットからナイフを取り出した。

「かかって来い」

浩志は低い声で、挑発した。すると、宮下はナイフを捨て、慌ててポケットをまさぐりトカレフを出した。中国製のトカレフだ。

「やくざをなめんなよ！」

宮下は、凶悪な表情を見せ、指ではじくように安全装置を外した。

「地獄に行って、いきがんな」

薄笑いを浮かべると、宮下はトカレフを構えトリガーに指を添えた。

その瞬間浩志は、宮下の右手をグロッグで撃ち抜き、こめかみに銃口を当てた。

「宮下とか言ったな。俺に二度と構うな。おまえの組ごと潰すのは簡単なことだぞ。分かったか」

宮下は目を見開き、必死に何度も頷いてみせた。

それまで傍観していた幸田は手下に命じ、負傷した滝長組の組員を彼らの車に乗せ、自分の部下に運転させ、この場から退かせた。

「すみませんでした、藤堂さん。知らぬこととはいえ、本当にご迷惑をおかけしました。藤堂さんに助太刀《すけだち》するべきだったんですが、うちの組は、一応御木浦の傘下ということになっていますんで、失礼を承知で傍観させてもらいました」

幸田は、これ以上下げられないというくらい何度も頭を下げた。幸田が、手下を滝長組と共に帰したのも、手下に頭を下げるところを見られたくなかったのだろう。

「滝長組の連中も縄張りで殺人事件が連続して起こっているのでピリピリしているんですよ。特に薬の売人まで殺されたものだから、犯人探しに躍起になっていましてね」

「馬鹿な奴らだ。俺はその犯人を追っているのに、俺が犯人だと思っているらしい」

浩志は、ことの顚末《てんまつ》をかいつまんで幸田に説明した。

「そうだったんですか。宮下の奴は、襲撃犯をうちの縄張りで見つけたから助っ人を頼むと言ってきたんですよ」

「仕様がない連中だな」

「それにしても、藤堂さんは、相変わらず恐ろしく強いですね。それに銃までお持ちとは恐れ入りました」

「世辞はいい。犬飼を通じて滝長組に釘をさしておいてくれ。俺に構うなとな」

「もちろんです。そうじゃなきゃ藤堂さん、本気で滝長組を潰すつもりなんでしょ」

「場合によってはな」

幸田は浩志と視線を合わせると、一瞬ぶるっと身震いさせた。

「分かりました。発端は、滝長組に非があることですから、処理はお任せください」

幸田は、浩志に深々と頭を下げると、自分が乗って来たシルバーのベンツに一人で乗り込み帰って行った。

「待たせたな」

浩志は、スパイダーの助手席に戻った。

「やくざにも知り合いがいたの」

やくざ相手の乱闘よりも、浩志が幸田と親しげに話していたことに美香は驚いているようだ。

「たまたま知り合いがいただけだ。話はついた」

「……それなら、いいんだけど」

美香は、いかにも腑に落ちないという顔つきをした。

「やくざとの揉めごとは、やくざに処理させた方がうまくいくんだ」

「そう……。まあ、いいか。結局、東京湾の夜空を見ることができたんだから」

「そういうことだ」

浩志は、スパイダーの電動トップの開閉ボタンを押した。すると小気味いい機械音を立てながら電動トップが開き、夜空との境界は無くなった。

美香が、浩志の左腕をつかみ寄り添って来た。浩志は左腕を彼女の背中に回し、引き寄せた。美香のふくよかな胸から彼女の体温が直に伝わってきた。エンヴィの芳香と彼女の温もりがいい知れない安堵《あんど》感を生み、前頭葉を麻痺させるようだ。

「えっ、嘘！」

美香が気づいた時には、浩志はすでに規則正しい寝息を立てていた。復帰初日は日をまたいで終わった。実に長い一日だった。

デザートイーグル

一

六本木連続殺人事件の捜査を始めて二日、最後の殺人事件からは三日が経過していた。これまで被害者の利害関係を中心に捜査をしてきたものの、手がかりはまったく摑めていない。結論を急ぐわけではないが、これ以上被害者を洗い直しても関連性はなさそうだ。

警視庁と麻布署の合同捜査本部も、五十人態勢で六本木に日参して聞き込みをしているが、こちらも新たな手がかりは摑めてないようだ。唯一の進展は、警官への暴行で拘留されていた寺脇京介こと〝クレイジー京介〟が釈放されたことだ。浩志の捜査により、京介の供述の裏がとれたことと、京介が殴った刑事がそもそも警官として身分を名乗らずに職務質問していたことが、逆に問題視されたからだった。

浩志は、警視庁の杉野との捜査を一旦打ち切り、下北沢《しもきたざわ》の傭兵代理店を訪ねた。

池谷は、遅い昼をとっていたようで、慌ててどんぶりを事務机の下に片付けると、いつもの取ってつけたような愛想笑いを浮かべながら奥の応接室に浩志を案内した。毎度のことながら、ワイシャツにネクタイ、その上から灰色の事務服を着るという冴えない出で立ちだ。防衛省の特務任務についている上級幹部、あるいは陸自の幕僚長クラスのみ知ることができるコードネーム〝K機関〟。その責任者が池谷であると知っていても、この男の価値を外見から判断することはできない。

「えっ、捜査を続けられるのですか」

池谷は、自他ともに認める馬面をさらに長くして聞き返してきた。

「そのつもりだ」

池谷から依頼されていた京介釈放の件は処理済みのため、報酬もすでに受け取っていたが、浩志は六本木の殺人事件の捜査を独自に続けようと思っている。警察に義理があるわけではない。五十口径を使った殺しの手口に許せないものを感じるからだ。そこには、イラクで人間狩りの犠牲となった友人への思いもあった。できれば、犯人をこの手で捕まえるか、殺してやりたいとさえ思う。

「今日来たのは、調べてほしいことがあるからだ」

「情報ですね」

傭兵代理店は、上部組織である防衛省の情報本部以外にも、独自に海外の傭兵代理店とのネットワークから情報を得ることができる。だがそれにもまして、代理店の女性スタッフで、天才的なプログラマーであり、ハッカーでもある土屋友恵《つちやともえ》から得られるインターネットを通じての情報は得難いものがある。彼女にかかれば、民間のサーバーはもちろん、各国政府の軍事サーバーにも侵入して機密データをダウンロードすることができる。

「今回の殺人事件で使われた銃を、俺はデザートイーグルだと思っている」

「ほう、デザートイーグルですか。それは、それは」

武器マニアの池谷は、途端に目を輝かせた。

「ここの武器庫でも一丁見たことがある。どこで手に入れたんだ」

「藤堂さん、武器の出所から犯人を割り出したいのですね。残念ながら、私の銃は、米国の普通のガンショップで購入したものなので参考になりませんよ」

やましいところは、何もないとばかりに池谷は不服顔をしてみせたが、そもそも日本で本物の銃を保持していること自体違法だということを根本的に無視している。もっとも、そうでなくては防衛省の特務機関の長は務まらないのかもしれない。

「武器庫には、クーデターを起こせるほどの武器がある。全部正規のルートで買ったわけじゃないだろう」

下北沢にある丸池屋は、隣の住宅と二軒隣の電気工事会社に地下で繋がっており、この三軒が傭兵代理店として機能している。また、丸池屋と芝浦の倉庫の地下には、武器倉庫がある。

「お答えにくいことをお聞きになりますな。確かに個人的に正規ルートで購入したものもありますが、大半は私が防衛庁に勤めていたころ、取引先の軍事商社からプレゼント、あるいは防衛庁がサンプルとして購入したものです。ただ、手に入りにくいクラシックなものは、個人的に何度か〝大佐〟に頼んだことがあります」

「軍事商社からのプレゼント？　横領か着服じゃないのか？」

「めっそうもない。人聞きが悪い。傭兵代理店を設立する上で、必要なものでした。いかんせん傭兵代理店は、ただの人材派遣会社ではありませんから。派遣した傭兵のサポートができるかという力量が問われます。その一つが、傭兵に供給する武器です。欧米では、国から認可されれば重火器だろうと堂々と所有することができます。また紛争国の代理店は、量と質が問われます。当社はフランスの代理店のシステムを参考にしましたが、世界中にある代理店のネットワークに参加するには、所有する武器のリストを提出する必要がありました。また、その武器が実際にあるかどうかは、最初に相互契約を結ぶ代理店に確認してもらわなければならないという規定があるのです」

「実際に、ここまで海外の代理店の人間が来たのか」

「システムを参考にしたフランスの代理店と最初に契約しました。出張費はもちろんこちらもちです。近場のフィリピンやインドネシアなどアジアにも代理店はありますが、どこも零細です。あえて、フランスの大手代理店と契約を結んだのは、フランスの会社と契約ができれば、他の代理店と改めて契約を取り交わす必要がないからです」

「なるほど、見せ金ならず、見せ武器ということか」

「十三年前、ここを訪れたピエールという担当者は、武器が禁じられている国ということで、大して期待していなかったようですが、芝浦の武器庫を見せたところ大変驚いていましたよ」

「芝浦？　ここじゃなかったのか」

「当初、傭兵代理店としては、芝浦の倉庫を事務所としていました。ここは、亡くなった父から引き継いだばかりで、ただの質屋でした。下北の住宅街に武器庫になる地下室や地下通路を造るのは、大変なことでしたから、すぐにはここで商売が始められなかったのです。いかんせん一度に工事ができなかったために、ここで商売を始めるのに三年もかかりました」

「大佐からここを紹介してもらったのは、確か九年前だったな」

九年前、浩志は米国の支援を受けたアフリカのある国に雇われ、その国の傭兵部隊で副隊長として三ヶ月ほど働いたことがある。大佐ことマジェール佐藤《さとう》は、部隊の隊長だった。傭兵としてすでに二十年以上のキャリアを持つ大佐から学ぶところが多かった。また、大佐が日系ということもあり、浩志と無二の親友になるのにさほど時間はかからなかった。帰国後、大佐に紹介された傭兵代理店として丸池屋を訪れたというわけだ。

「藤堂さんが、当社に登録されたころ、芝浦からこちらにすべての機能を移転させていました。芝浦の倉庫にある武器は、設立前に集めた武器がほとんどですよ」

浩志は、なるほどと納得した。下北沢の武器庫は一部の武器がガラスケースに納めてあり、実戦では使われなくなったマニアックな武器も多い。それに反して、芝浦の武器庫は、種類は少ないが実践的で量は揃っている。管理を任されている責任上、武器のチェックをしたことがあり、ＡＫＭやＭ一六などアサルトライフルだけでも、五十丁、サブマシンガンも同数あった。ハンドガンなら、二百丁はある。無論弾薬も豊富にあり、どれも未使用で、箱に収まっていた。フランスの代理店の担当者が目を丸くしたのも頷ける。浩志がクーデターを起こすほどの武器というのは、決して大げさな話ではない。

「納得していただけましたか」

「まあな」

池谷とは九年以上の付き合いになるが、防衛省の特務機関の長だと知ったのは、一年前のことで、未だに謎が多い人物だ。叩けば叩くほど、埃《ほこり》は出てくるのだろう。

「ご存知とは思いますが、暴力団の間で大量に出回っている武器の流入経路を知るのが難しいように、いくら特長がある銃だからといって、たった一丁の銃の動きを知るのは、困難だと思います。大量に出回っているものは、大半は船で入ってきますので、ルートさえ分かれば摘発は可能ですが、一丁となると、分解して機械の部品と混ぜてしまえば、発見するのは不可能でしょう」

「俺は、元刑事だ。そんなことは、充分分かっている」

「ですよね」

「今回の事件で銃を使っている奴は、かなり扱いが慣れている。デザートイーグルを使うのも、ただ威力があるというだけではないような気がする」

「確かに、あの銃を好んで使うのは、力を誇示したいという者が多いですからね」

「そこでだ。デザートイーグルを好んで使う奴が、日本に入っていないか調べてほしい」

「ファンクラブは、米国にありますからね。さっそく土屋君に調べさせましょう」

「ファンクラブ！　そんな手合いじゃない。特に武装警備員《プライベート・オペレーター》として中東に行っていた奴だ」

「しかし、それでは、ちょっと漠然としていて調べようがありません」

「中東で、銃撃事件などの問題を起こした連中をとりあえず調べてくれ」

地域紛争などで自ら志願する兵士などを別にして、浩志が自称する傭兵という呼び名は、現在ではあまり使われない。中近東の紛争の激化により、戦争のあり方も近年変わって来たからだ。少なくとも現在の行なわれている戦争の大半は、国対国ではなく、国対テロリスト集団との闘いだ。しかも、主体とする米国もすでに闘いを民営化するようになり、民間軍事会社が主要施設、重要人物の警護にあたっている。そこに投入されているのが、かつて傭兵と呼ばれた兵士で、今はプライベート・オペレーターと呼ばれている。

「……なるほど、それなら、調べられるかもしれませんね」

池谷は、何度か頷いてみせた。

「藤堂さん、捜査を続けられるのなら、捜査費用は当社で持ちますから、後でご請求ください」

「そんなつもりはなかったが」

「藤堂さんのお話を伺っていますと、犯人は、ただ者ではなさそうな気がしてきました。早いところ手を打っておいた方がいいと思います。捜査は、引き続き当社からの依頼ということにしてください」

浩志は、黙って頷いた。

二

丸池屋の引き戸をガラガラと開け外に出ると、夏を思わせるような日差しが照りつけていた。五月もまだ半ばというのに、半袖のTシャツ一枚で過ごせる陽気だ。

浩志は下北沢の雑踏を避けるために、裏通りの細い路地を辿り駅に向かった。ベージュの麻のジャケットから、携帯を取り出すと国際電話をかけた。以前持っていた携帯は、滝長組のやくざに壊されてしまったが、翌日には傭兵代理店から新品のものが支給された。至れり尽くせりだ。

「ハロー、ナチュラルツアー」

携帯から、よく通る男の声が響いた。

「大佐、俺だ」

「何だ。浩志か。どうした」

電話の相手が浩志だと分かると、大佐はいつもの低い声で答えてきた。

「頼みたいことがある」

多少のタイムラグは別として、携帯で話していると国際電話をかけている気がしない。

「今どこにいるんだ、浩志」

「日本だ」

大佐は、六年前に傭兵をリタイヤしている。マレーシアのランカウイ島で、観光ガイドを務めるかたわら、未だに東南アジアの国々で軍のアドバイザーもすることがある。そのため、諸外国の軍とのパイプは強い。また、闇のシンジケートの情報網を持つ傭兵代理店との付き合いもある。そのため、大佐のブラックマーケットに関する情報は豊富だ。池谷に銃を使いそうな人物の情報を依頼したが、期待していなかった。武器のことを聞くなら、何と言っても大佐に限る。

「今、日本である殺人事件の捜査をしている」

「ああ、六本木の連続殺人事件だな」

「知っていたのか」

「当たり前だ」

大佐の住んでいるランカウイ島は、タイとの国境にほど近いアンダマン海に浮かぶ常夏のリゾート島だ。そんな浮き世離れした所に住んでいて、日本の事情に詳しいのだから驚くより他ない。

「犯人は、五十口径の銃を使っている。銃痕からすれば、多分デザートイーグルだろう」

「ほう、そいつはたまげた」

「日本で手に入れる方法を知らないか」

「ないこともないな」

大佐はこともなげに答えた。

「日本の売人から買う方法と、海外の売人から輸入する方法だ」

「直接買うなら分かるが、海外から輸入できるのか？」

「インターネットで、家具なんかを個人輸入するのとはちょっと違うがな。国際便を使う武器商人を知っていれば、どこにいたって送ってくれる。もっとも、事前に取引がないとだめだ。注文すると、銃を分解して、工業製品に紛れ込ませて送ってくれる」

「その手の業者は、いくつもあるのか」

「俺の知っている限りでは、三社というところかな。そのうち直接知っているのは、二社だ。後の一社も知り合いを通じて間接的に調べることはできる。明日まで時間をくれ」

「助かる。日本の売人は俺が調べる。売人を紹介してくれ」

「それは、いくらおまえさんの頼みでもできない相談だ。闇の世界にもルールがある。電話一本で、紹介できるものでもない」

「やはり、そうか」

「日本の売人も、私がなんとかしよう。とりあえず一日待ってくれ」

翌日の夕方、大佐から連絡が入った。大佐の知っている武器商人は日本向けにデザートイーグルを輸出したことがないということが分かったらしい。

「とりあえず、私がそっちに行く」

大佐は街に買い物でも出かけるような口調で、言ってきた。

「仕事は、大丈夫なのか」

「ああ、ゴールデンウイークも終わったからな。日本からのツアー客も当分ない。それにここんとこ、働き過ぎた。休暇を日本で過ごすのもいいだろう」

「すまないな。旅費は俺が出す」

「気を使うな。ちゃんと条件を出してやる」

当然と言えば、当然だが、何か企んでいるようないたずらな声で大佐は答えた。

「アイラも日本に行きたいと言っている。まだ行ったことがないからな。それに、おまえさんの彼女に会いたいらしい」

「彼女？　美香のことか」

「去年、うちに泊まったことがあるだろう。彼女に観光案内してほしいそうだ」

鬼胴を捕まえるためにカウイン島急襲作戦に参加した際、美香は大佐のキャビンに宿泊していたことがある。一週間程度だったが、夫人のアイラとかなり親しくなったらしい。

「…………」

「どうした。自分の女に返事を聞かないと答えることもできないのか」

「いや、そういうわけじゃないが……」

正直言って、美香にあまり頼みごとをしたことがないので、なんて切り出したらいいか思い浮かばないだけだ。

「しっかりしろ、女のケツに敷かれているんじゃないのか。まあいい。今日中にスケジュールを決めて、また連絡する」

大佐の笑い声を残して電話は切れた。

浩志は舌打ちをすると、携帯をジャケットに仕舞い、腕時計を見た。まだ、午後三時過ぎだ。歩いてミスティックに行ったところで、開店までには時間がある。浩志は、スポーツジム代わりに通う駅前のボクシングジムに行くことにした。時間をつぶすには、汗を流すに限る。

三

大佐から連絡を受けた二日後の土曜日の朝、大佐はアイラを伴《ともな》い日本にやって来た。浩志は大佐との約束通り、美香を同伴し大佐がチェックインした新宿のホテルに行った。もちろん美香には観光ガイドを頼んだ上のことである。アイラのことを話すと、彼女は久しぶりに会えると大喜びをし、申し出を快く引き受けてくれた。

二人は大佐夫婦が外出の準備をする間、ホテルのラウンジでコーヒーを飲みながら待つことにした。ウエイトレスがコーヒーカップをテーブルに載せるのを美香は思案顔で見ていた。

「質問してもいい？」

ホテルまでは美香の運転するアルファロメオ・スパイダーに乗って来た。ホテル内の和食レストランで大佐夫婦と昼食をとった後、美香はアイラをスパイダーの助手席に乗せ、二泊三日の京都観光に出かける予定になっている。

「私、単純に大佐夫婦が日本観光に来るって聞いていたから、アイラが私に会いたいというのも納得していたし、彼女が望むまま私と二人で京都に行くことになったんだけど、どこか引っかかるのよね」

「何が」

「アイラと私が京都に行っている間、あなたたち何をしているの？」

「別に。……男同士で都内見物でもするさ」

「ふうん。都内見物ね」

「それが、どうした」

美香は、笑みを浮かべながら目を幾分細くし、浩志をじっと見た。

「怪しい。このシチュエーション、よく考えたら、一年前もあったわよね」

「何のことだ」

「去年の九月、あなたは鬼胴を逮捕するためにミャンマーのカウイン島を襲撃したでしょ。その時、私を大佐のキャビンに残して行ったわよね。あの時も私は、アイラと二人だった」

「そう……だっけ」

「白々しい、今回は、その逆バージョンでしょう」

「今回、大佐が日本に来たのは、人に会うためだ。それにアイラが美香に会いたいと言ったのは本当だ」

「ねえ、本当のこと言ってよ。あなた今、何か捜査しているんでしょ」

「捜査？　刑事じゃあるまいし」

浩志は、鼻で笑ってみせた。確かに傭兵代理店からは、捜査費用を貰っているが、個人的に続けているだけだ。まして警視庁一課とは別物と考えている。隠すつもりはないがあえて言うつもりもなかった。

「どこかのクライアントに頼まれたの」

「そんなものは、ない」

美香は、浩志をのぞき込むように見つめてきた。かなり、真剣な顔だ。だが、額に寄せられた眉間の皺も、彼女の彫りの深い美しい顔立ちを崩すことはない。

「私、今とっても暇なの。もちろんお店の方は充実しているんだけど、本店の方の仕事はないから、緊張感がなくて」

「本店、ねえ」

警視庁の刑事が使う隠語として、本庁のことをよく本店という。美香が内調のことを本店と呼ぶことが、まるで叩き上げの刑事を思わせて、浩志は、思わず飲みかけのコーヒーを噴き出しそうになった。

美香は内調の特別捜査官として、長年隠密捜査を行なっていた。隠密捜査の基本は人の目を欺《あざむ》くことだ。それゆえ、人間不信に陥ることもある。特に内調のもぐら探しでは、仲間ばかりか、トップにまで裏切られたために、浩志にも内調を辞めたいと漏らしていた。だが、現在内調は、トップだった杉本逮捕による突然の交代によりパニック状態に陥り、まともな仕事ができないとは聞いている。

「だから、手伝えることがあったら、いつでも言ってね」

美香は、表情を一転させ、えくぼを見せて笑った。

「そうだな。だが、今のところ何もない」

美香の仕事ぶりこそ見てないが、長年隠密捜査をしてきただけに捜査官としての腕は一流だろう。それに、先日、やくざのベンツ三台を向こうに回し、首都高の環状線をサーキットにみたてた運転ぶりは、浩志も敵《かな》わない。

「私、あなたに本店辞めるかもしれないって言ったけど、やっぱり、お店だけじゃどうも張り合いがないの。当分、状況を見るつもりだけど、転職も真剣に考えているわ」

「転職？」

美香は、車の運転以外にもネイティブのように英語を流暢に話すことができる。外資系の企業に転職したら能力をいかんなく発揮できるに違いない。

「正式なルートを通してもいいけど、今度、下北の質屋さん紹介してくれない？」

「何！」

「いいでしょ」

美香は、屈託のない笑顔を見せているが、日本の傭兵代理店は、飽くまで闇の組織である。まして、防衛省の特務機関であることは、政府関係者でも知っているのは、一握りの高官に過ぎない。

「あそこのことをどこまで知っているんだ」

「逮捕された杉本が、部下だった坂巻達夫《さかまきたつお》を使って下北の店を調べていたことは、知っているでしょう。あなたが杉本のことを疑いだしたころ、私も彼のことを調べ上げていたの。だから、国家機密で言うレベル四クラスまで、知っているわ」

坂巻は、内調の捜査官でありながらブラックナイトのエージェントでもあった。彼は、丸池屋が傭兵代理店であるばかりか、防衛省の特務機関であることまで摑んでいたようだが、証拠隠滅を図った池谷により、情報の流出は免《まぬが》れたはずだ。当の本人もすでにブラックナイトに暗殺されている。ひょっとして、美香は、坂巻が摑んだ断片的な情報をもとに、知っていると見せかけているだけなのかもしれない。

「レベル四……どんな？」

「質屋でない方。日本では、正規に営業ができない商売。もっとも欧米では堂々と営業できる軍事関係の代理店業」

「………」

「問題は、日本では闇の稼業なのに、実は、とある省の特務機関ということ」

「確証でもあるのか」

「ここまでは、坂巻が調べ上げたことなの。これだけじゃね。実際坂巻は、この情報を特務機関ということを抜きに、公安に情報を流したけど、見事に失敗している」

浩志と池谷の機転により、公安と警察から丸池屋が家宅捜査を受ける直前に武器やパソコン等の物証を移転させ、ことなきを得ていた。

「私、CIAに知り合いがいるの。それで、軍事会社や特殊警備会社、それに傭兵代理店のネットワークを片っ端から調べてもらったら、日本にもあることが分かったの」

「それで？」

「海外の代理店のサーバーをハッキングして、日本の代理店の責任者を調べたわけ。そして、その人物の履歴を調べたら、ある省に十三年前まで在籍したことが分かったわ」

「………」

「心配しないで。これは、私の個人の裁量で得た情報で、どこにも報告してないから」

気だてのいい美人という容姿に騙されていた。国家機密をやすやすと手に入れた美香は、情報員としてはやはり凄腕のようだ。考えてみれば、レーサー並みの運転テクニックを披露したのも、情報員としての腕を浩志に見せたかったのかもしれない。

四

浩志と大佐は、美香のスパイダーを見送った後、新宿駅に向かった。

大佐は、日本に来るのは十年ぶりらしいが、まるで地元の人間のように浩志の前をすたすたと歩いて行く。

「行き先は？」

「秋葉原《あきはばら》だ」

秋葉原駅までの会話は、それで終わった。本来二人とも無口だが、長年培《つちか》った信頼関係がなおさらそうさせるのかもしれない。

「なんだここは。私の知っていた秋葉原は、どこに行っちまったんだ」

中央改札口を出た大佐は、目の前にそびえる高層ビルを見上げ、溜息を漏らした。

秋葉原駅周辺は再開発が進み、古びた駅舎は改装され、山手線を挟んで東西にこぎれいなロータリーを備えたオープンエリアも新たに作られた。また、隣接していた旧神田《かんだ》市場跡には、ヘリポートを備えた高層ビルが建てられ、秋葉原は新たにＩＴ都市として再生しようとしている。大佐が知っている煩雑《はんざつ》な電気街のイメージは、駅前から払拭《ふっしょく》されていた。

三十一階建ての秋葉原ダイビルの横を抜け、中央通りを渡ると、大佐は、神田明神下交差点を右折して、ふと立ち止まった。中央通りより西側は、昔の姿を留めている場所も多い。大佐の目の前には、白いタイルにひびが入った六階建ての雑居ビルが建っていた。〝木村《きむら》ビル〟と小さな看板の付けられた入り口の奥に、エレベーターがあるのだが、浩志たちが入ろうとすると、エレベーターのドアが開き、荷物を抱えた二人の男が出て来た。通路は決して狭くはないのだが、無用なトラブルを避けるため、二人は出口で男たちをやり過ごした。男たちは、スーツをちゃんと着こなしていたが、見るものが見れば分かる筋ものだった。彼らは、律儀《りちぎ》に浩志らに会釈して通り過ぎて行った。

「どうやら、繁盛しているらしい」

大佐は、ぼそりとつぶやくとエレベーターに乗った。浩志がエレベーターに乗ると、大佐は電話のマークの緊急ボタンを押した。

「はい、こちら警備室です。何かありましたか」

ボタンの近くのスピーカーから、若い男の声が響いた。

「監視カメラで、俺の顔が映っているだろ。さっさと動かせ」

「大佐、気が短くなるのは、年を取った証拠ですよ。お隣の方が新顔なので、簡単にご紹介願えますか」

「おい、今日はおまえの親父はいないのか」

「生憎《あいにく》、風邪をこじらせて、家で寝込んでおります」

「代替わりすると、水臭くなるもんだ。隣の男は、古くからの友人だ」

「ご承知とは存じますが、いくら大佐でも、初めての方をお連れいただくときは、事前にご連絡をいただかなければなりません。隣の方の資料を郵送されるか、インターネットでファイルを送ってください。その上で、またお越しいただけますか」

「ふん、面倒くさいことを言うな！　リベンジャーと言えば、分かるか」

大佐は、苛立たしげにスピーカーに向かって怒鳴った。

「何ですって、それを先に言ってください。藤堂様なら、話は別です」

スピーカーの音声がぷつりと切れた途端、ガタンとエレベーターは音を立てて、上昇し始めた。六階の表示ランプが点滅した後もしばらく動き続け、やがて止まった。

「ここは、七階だ」

大佐は、首を傾げる浩志を見て低い声で笑った。

エレベーターのドアが開くと、三メートル足らずの短い廊下の奥に頑丈そうな鉄の扉があった。ドアには、金庫のような大きなドアノブがついている。

廊下の途中に段差があり、それをまたいだ途端、ベルのような音が鳴った。

「すみません。何か金属類をお持ちでしたら、廊下右手にロッカーがありますので、そこにお預けください。もちろん武器類は携帯できませんので、ご協力お願いします」

廊下のスピーカーから男の声が聞こえてきた。空港でおなじみの金属探知機が設置してあるようだ。日本で武器商をするだけのことはある。

大佐は、ぶつぶつ言いながらもズボンのベルトを外し、ロッカーに入れた。ロッカーは、二つあり、浩志もベルトといつも携帯している小型の特殊警棒をロッカーに入れた。

再び段差を越えると、今度は問題なく二人ともドアの前まで行くことができた。ドアは厳重な電磁ロックがかけてあるらしく、機械的な音がすると内側に開いた。

「ご無沙汰しています、大佐。それに藤堂さんですね。どうぞ、中にお入りください」

ドアから顔をのぞかせたのは、グレーのスーツを着たサラリーマン風の優男だった。身長は、一七〇センチほどで痩《や》せ形。年齢も若く、三十前後。鼻筋が通り、二重《ふたえ》の大きな目が印象的で、身長があと十センチ高ければ、モデルでも通りそうな男だ。海外の武器商のように、うさん臭さなど微塵《みじん》も感じさせない清潔感があった。

「改めてご紹介させてください。私は、木村商会の社長をしております木村祐一《ゆういち》です。藤堂さん、お会いできて光栄です」

木村は、笑顔で握手を求めて来たが、浩志は憮然とした表情でそれを無視した。

「どうして、俺のことを知っている」

基本的に初対面で笑顔を振りまく人間を、浩志は本能的に警戒する。まして、サラリーマン風の武器商など、ヤクザ顔の武器商よりうさん臭い。

「蛇《じゃ》の道は蛇《へび》と、昔から言われていますように、藤堂さんが鬼胴を殺し、組織を潰したことで、あなたは闇の世界では今や有名人ですから」

浩志は、舌打ちをした。同じことを関東の暴力団龍道会の顧問宗方誠治《むなかたせいじ》からも言われたことがある。裏社会とはいえ、名前が売れていては傭兵として仕事に差し支える。

「言っておくが、俺が鬼胴を殺したんじゃないぞ」

「へっ、そうなんですか」

木村は、首をすくめて大佐を見た。

「浩志、そうムキになるな。鬼胴と奴の組織をぶっ潰したのは、おまえさんだ。これまで鬼胴は日本の闇の世界でもダニのような存在だった。それだけに、噂が広まるのも早かった。それに、闇の住人もおまえのことを好意的に捉《とら》えているという証拠だ」

「そっ、そうですとも、藤堂さん」

木村は、どもりながらも、精一杯の笑顔を見せた。

「それなら、言っておく。俺の前でへらへら笑うな」

浩志は、男のにやけた顔が無性に気に入らなかった。

「すっ、すみません」

木村は、真っ青な顔になると慌てて頭を下げた。

「ハッ、ハッ、ハ。その辺にしとけ、浩志。おまえさんを連れて来たのも、この店を紹介しておけば、これから何かと役に立つかもしれないと思って連れて来たんだ。知っていて損はないぞ」

「そうですとも、藤堂さんなら、商売抜きで御用を承《うけたまわ》ります」

現在、武器は傭兵代理店の武器庫を一つ任されている関係で、不自由はしていない。だが、場所が芝浦の倉庫街だけに不便といえば不便だ。また、使用目的をはっきりさせることを条件にされているため、事前の報告が義務づけられている。定期的に傭兵代理店のスタッフが武器庫をチェックすることになっているため、無断使用もすぐばれてしまう。別にやましいことに使うつもりはないから問題はないが、傭兵代理店は防衛省の特務機関ということを考えると、気兼ねなくというわけにはいかない。そうかといって、やくざと取引する連中から武器を買うつもりなどない。

「ところで、最近やくざとの取引は増えたのか」

大佐は、本題に入る前に世間話でお茶を濁すつもりらしい。

「ひょっとして、先ほどのお客様をご覧になったのですね。あの方たちは、ある組の幹部の方たちです。最近では、ロシアンマフィアからマカロフが大量に入ってきていますので、末端の組員にまで武器は流通しています。それだけに組関係には、幹部用に高級な銃を販売しています」

「つい最近まで、中国製のトカレフが常識だったのにな」

「そうなんですよ。一旦、性能がいいロシア製が出回ったら、紛《まが》い物は誰も使いたがらないものです。特に幹部の方は、軽いものがいいとか、デザインがいいものとか、こだわりが出て来たようです」

「それで、ここにくるのか」

「親父の代から、うちは大量にさばくような店ではありませんが、品質では折り紙付きですから」

「値も張るがな」

大佐がちゃちゃを入れると、木村は肩をすくめた。

浩志は、二人が世間話をしている間、部屋の様子を窺った。

部屋は十五、六畳の広さで、革の大きなソファーが対面に置かれ、その間に大理石のテーブルが真ん中に置かれている。真正面の壁にはルノアールの絵がかけられており、左右の壁にはそれぞれ木製の豪華なドアがある。この部屋で商談をするのだろうが、浩志が知る限り、海外でこんな場違いな雰囲気の武器商を見たことがない。

五

浩志と大佐が出口に近いソファーに腰掛けると、木村は二人に軽く会釈をして、対面のソファーに腰を下ろした。そして、テーブルの上に置いてある手持ちの付いたベルを振った。すると、丈の短い黒のドレスにフリルのエプロンをかけた若い女が左手のドアから現われた。

「お呼びですか。ご主人様」

メイド姿の女は、浩志らに笑顔を振りまいた。

「コーヒーでよろしいですか」

木村の問いかけに浩志と大佐は、無言で頷いたが、大佐は相当驚いているようだ。

木村が「コーヒー三つ」と言うと、女は「かしこまりました。ご主人様」と言って部屋から出て行った。

「駅前にも、あんな娘がいたが、近頃の流行か」

「お客様が喜ばれるので、メイド喫茶の真似をさせているのですよ」

「メイド喫茶？」

「言っておきますが、私の趣味じゃありませんよ。ただ秋葉原の名物というだけです」

「……………」

毒のないリゾート島から来た大佐には、オタクの趣味などとても理解できないだろう。

「まあ、どうでもいい、そんなことは。今日ここに来たのは、ある銃を買った男を探しているからだ」

「人探しですか。場合によっては、お答えできないかもしれませんが」

店としては、当然顧客のことは他人に話せない。木村は、戸惑いの表情をみせた。

「最近、五十口径の銃を売ったことはあるか」

「五十口径？」

木村は目を丸くした。

「おそらくデザートイーグルだろう」

「デザートイーグルですか、この日本で。残念ながら、五十口径のような大口径の銃は今まで取り扱ったことはありませんね」

木村は首を傾げた。どうやら、心当たりはないらしい。

「とはいえ、親父はどうか分かりませんが」

「調べてくれ」

「お調べはしますが、誰に売ったかまではお教えできませんよ」

木村は念を押すと、右のドアから出て行った。すると入れ替わりに左のドアからコーヒーをトレーに載せた先ほどの女が現われた。女は床に膝をつき、コーヒーカップをテーブルの上に音も立てずに置いた。ドレスの胸元が大きく開き、Ｇカップはありそうな胸が深い谷間を作っている。しかもブラジャーはしてないらしい。優雅に揺れる胸を大佐はにやけた顔で見ている。

「大佐、この店をどうして知っているのだ」

「うんっ、ここか」

大佐は、女が部屋から出て行くのを目で追いながら答えた。

「ここの親父は、元傭兵だったんだ。長いこと中央アフリカの戦線で働いていた。同じ部隊にしばらくいたことがあってな。傭兵を辞めるように俺が勧めたんだ」

五分とかからず木村は右のドアから再び現われた。

「すみません。父が直接お話をしたいと申しておりますので、一緒においでください」

木村の後をついて行くと、ドアの向こうは、長い廊下になっていた。

廊下に窓は一切なく、間接照明が天井と足下を照らしている。回廊になっているようで、いくつもの部屋を通り過ぎ、二度角を曲がった突き当たりの部屋の前で、木村は立ち止まった。

「父が、私抜きで話をしたいと言っております。愚痴《ぐち》でも聞かされると思いますが、我慢してください。最近は、年のせいか気弱になっておりますので」

木村は、そう言うと浩志と大佐を残し、今来た廊下を戻って行った。

大佐はドアを軽くノックしただけで、返事も待たずにドアを開けて中に入って行った。

「風邪をこじらせたと聞いたが、元気そうじゃないか。勇三《ゆうぞう》」

ドアのすぐ近くに立っていたのは、身長一七〇センチ前後、がっちりとしているが、頭はすっかり禿《は》げ上がった初老の男だった。息子と違い、鷲鼻で目つきが鋭く、動作に隙がない。まさに武器商にふさわしい雰囲気を醸《かも》し出していた。額に刻まれた皺は幾重にも重なり、大佐よりかなり年上と思われる。

「実は、大したことはないんだ、マジェール。できるだけ息子に接客をさせようと、最近ちょくちょく仮病を使うんだ」

男は、大佐と握手をしながらも、油断のない目つきで大佐の斜め後ろに立つ浩志に視線を送って来た。

「後ろのご仁が、藤堂さんかね」

「ああ、息子に私と来ることを伝えてなかったのか」

「すまん。あんたが今日、日本に着くことは聞いていたが、まさかその日のうちに来るとは思っていなかったんだ。引退しても、アグレッシブだな相変わらず」

「かみさんと別行動しているし、時間ももったいないからな」

「あんたらしいよ」

「浩志、私の古くからの友人、木村勇三だ」

「木村勇三です。その顔つきじゃ、よっぽど息子が気に入らなかったとみえる。まあ、おかけください」

部屋は、十二畳ほどの広さでソファーにテレビ、それに本棚が置かれている。浩志と大佐は、勧められるままにソファーに座った。

「藤堂さん、お噂はマジェールから、かねがね伺っています。藤堂さんのお人柄は、私なりに理解しているつもりです」

「どういう意味だ」

武器商に、理解していると言われてもありがた迷惑な話だ。

「マジェール、藤堂さんなら話しても構わんだろう？」

勇三は、不機嫌な浩志を無視するかのように大佐に目配せすると、大佐はゆっくりと頷いた。

「藤堂さん、傭兵として腕利きと聞いているが、大佐によればあなたほど戦争を嫌っている人もないそうだね」

「戦争を好きな奴はいないだろう。戦争をしたがる奴、武器を持ちたがる奴、それに持たせたがる奴も嫌いだ」

傭兵という職業に就《つ》いていながら、いやそれを生業《なりわい》にしているからこそ、浩志は戦争を憎んでいた。

「当然、武器商はお嫌いというわけですな」

「そういうことだ」

「私も、そうです。だからこそ、この商売をしているのです」

まるで禅問答でもしているかのような勇三の口ぶりに呆れる他ないが、当の本人はいたってまじめらしい。

「日本は、武器の所持を厳しく取り締まっています。だが、それは、一般人に対して効果があるだけで、闇の世界では、ロシア、中国、韓国、台湾、フィリピンなどの近隣諸国から武器が豊富に入っているのが現状です」

「二十年前、勇三に会った時、この男は、内戦が続く中央アフリカで傭兵をしていた。当時日本人は珍しいから、すぐ友人になれたよ。この男は、戦争を無くしたいから参加したという変わり者だった。だから、傭兵に向かないと私は忠告したんだ。たかだか傭兵一人、がんばったところで戦争なんぞ、無くなりはしないからな」

「マジェールに説教されたおかげで無駄死にしなくて済んだよ。本当は、自分が一番よく分かってはいたがね。それじゃ、日本に帰って、せめて日本だけでも平和にしてやろうと思ったんだが、何をしたらいいか分からない」

「警官になったところで、たかが知れている。それならいっそのこと、武器を売れとアドバイスをしてやったんだ」

「武器を売って、何が平和だ。笑わせるな」

大佐と勇三の話を聞いていると、禅問答どころか頭のいかれた老人の戯言《ざれごと》のように聞こえる。聞いていてだんだん腹が立ってきた。

「まあ、そう言うな。最後まで聞いてくれ。警官や自衛隊が使う銃は別として、改造銃でない限り、銃は日本では製造されない。製造から流通が追えない密輸された銃は、警察じゃ当然管理できない。だから、銃は人知れず流通するんだ」

大佐は、話を続けた。

「それに、やくざは刻印を消した銃を通常使う。無論ここで売られている銃もそうだ。だが、ここの銃は、すべて線条痕《ライフルマーク》が記録されている」

「ライフルマークが……」

銃身には螺旋《らせん》状の溝が切ってある。弾は高速で回転しながら発射されるため、指紋のように個々の銃特有の螺旋状の傷痕が弾につく。

「銃が犯罪で使われた場合、該当する銃のライフルマークと持ち主の情報を警察に送るんだ。もっとも、このことは勇三の息子も知らんがね」

「俺は、警視庁に何年もいたが、そんな協力者がいたなんて聞いたことがないぞ」

「当たり前だ。あくまでも密告という形をとっている。それに、使われない場合、何もしない。全部、密告したんじゃ、すぐにばれちまうからな」

「私が売らなくても暴力団は、銃をどこからか手に入れます。けれど、少なくとも私が販売した銃が使われたら、警察に通報することができます」

浩志と大佐の会話に勇三が割り込んできた。

「だが、すぐ捕まったんじゃ、やっぱり密告がばれるだろう」

「それが、そうでもないのですよ。当初から、私は銃でも高級品を扱ってきました。というより、安い中国製には敵いませんし、中国製を扱ったところで、儲けになりませんでしたから。それで、うちの銃を買う客は、やくざの幹部クラスとか、銃が趣味の会社の経営者とかです。そのため、皮肉なことに犯罪率が極めて低いのです。残念というか、そういう意味では、平和に貢献しているとはいえません。ただ、闇で商売していれば、いろいろと危ない情報は入りますので、小出しに密告していますよ」

「なるほど……まてよ。池谷が大佐から、銃を買ったことがあると言っていたが、ここのことを知っているのか」

とすれば、とんだたぬきおやじだ。

「まさか。あいつは、傭兵代理店の社長に納まっているが、政府の関係者だ。政府側の人間にここのことを教えるわけがない」

大佐から池谷に教えてないと聞かされ、浩志は、初めて納得した。

六

浩志と大佐が木村ビルから出ると、すでに日が暮れていた。勇三が夕食でもというのを大佐が断わりきれず、やむなく早めの晩飯を食べることになったからだ。

勇三は事件に使われた銃に絡んでいなかったが、新たな情報は得られた。

「大佐。木村から聞いたガンスミスのことは聞いたことがあるのか」

ガンスミスとは、銃の製造、改造や分解、メンテナンスなどを行なう職人のことで、無許可で生業《なりわい》とする連中もいるが、欧米ではライセンスがいる。

「いや、欧米のガンスミスなら沢山知っている。もぐりもあるがな。だが、日本では、競技用か狩猟用の散弾銃ならまだしも、武器として使う銃のガンスミスなんて聞いたことがない。やくざ連中も銃が壊れれば、新しく買うだけだ。必要もなかったはずだ」

闇の武器ルートに詳しい大佐も、首をひねった。

二人は山手線に乗り、原宿《はらじゅく》駅で降りた。

「話には聞いていたが、これはすごいな」

原宿駅の代々木《よよぎ》寄り、竹下《たけした》口の改札を出た大佐は、竹下通りの人ごみを見て呆然とした。

「今日は、何か、イベントでもあるのか」

「いや」

「違う？　……そうか、マレーシアでもナイトマーケットは、賑わうからな。ここは、市場があるんだな、きっと」

「ここは、昼でも夜でもこうなんだ」

浩志の説明に納得がいかないらしく、大佐は辺りを落ち着きなく見渡した。お上りさん丸出しだ。

「大佐、いい年してきょろきょろするなよ」

浩志は大佐の服の袖を摑み、竹下通りの人ごみをかき分けながら進んだ。二百メートルほど進み、コンビニ前の小道を右折した。人通りは、嘘のように少なくなった。原宿は、裏道にもレストランやヘアメイクなどしゃれた店があるが、竹下通りを賑わすティーンエージャー向けの店は、裏道にはほとんどないためだろう。

さらに五十メートルほど進むと、木村勇三から聞いた五階建てのマンションがあった。外見はツタが絡まるほど古いが、かえって趣《おもむき》がある。マンション名は〝サンノゼ〟。言われてみると、白い壁材と玄関の湾曲した柱がどことなくアメリカの西海岸を思わせなくもない。このマンションの五階、五〇八号室に青戸《あおと》雅彦《まさひこ》という名のガンスミスが自宅兼用の工房を構えているらしい。

青戸は、シカゴ郊外にあるガンスミスに五年ほど勤め、二年前帰国してから商売を始めたそうだ。歳は三十四とまだ若いが、腕は確かだと勇三が言っていた。アメリカの工房にいた時に、日本からやってきたガンマニアの勧めで独立したらしい。いざ開業してみると、裏社会の銃マニアの間で瞬く間に噂が広まり、仕事はひっきりなしにあるという。なにせ、日本にただ一つのガンスミスというだけあって、客は全国からやってくる。しかも、マニアが多いため珍しい銃の取り扱いも多く、客の注文によっては銃の販売もするそうだ。

「本当にこんなこじゃれた所で、ガンスミスなんてやっているのかね」

大佐の気持ちは分かる。ガンスミスといえば、試射する必要性から、大抵は郊外にあるものだ。大手は別として、二、三人の職人が油だらけのつなぎを着て、工作機械の前で汗を流しているというのをよく見かける。

「ここは、日本だ。どうせ、試射なんてできない。だとしたら、便利な都会にあった方がいいのだろう」

青戸には、事前に都内の暴力団の名前でアポイントを取ってある。実際、銃の修理を頼むことにしているので、怪しまれることもないだろう。そのため、勇三からジャム（弾詰まり）を起こしやすいハンドガンを一丁借りて来た。

マンションは、古いがセキュリティーはしっかりしているようだ。玄関はガラス張りになっており、ドアはオートロックになっている。しかも、ＩＣカードキーを入れるタイプだ。

大佐は、マンションの玄関にあるカメラ付きインターホンのボタンを押した。だが、返事はなかった。もう一度ボタンを押そうと手を伸ばすと、ロビーのエレベーターが反応した。浩志と大佐は、素早く隣の雑居ビルの陰に隠れた。木村ビルのように雑居ビルならまだしも、マンションだけに一般住民に顔を見られたくなかったからだ。

エレベーターから、三人の白人男性が降りて来た。三人ともがっしりとした体格で、いずれも一八〇を越す大男だ。男たちは、辺りを気にするそぶりもなく、マンションを出ると原宿駅と反対側に歩き出した。三人のうち一番年長の男が後ろの二人を従えるように歩いている。浩志の左頬が引き攣《つ》った。

「あの野郎！」

浩志はうめき声ともつかぬ声を発した。

「知っているのか」

大佐は、ただならぬ様子の浩志に驚いて尋ねてきた。

「カクタスだ」

「何！　あいつがカクタスか」

大佐は、吐き捨てるように言うと拳《こぶし》を握りしめた。カクタスとは、ＣＩＡ極東地区のチーフで、リチャード・スミスのコードネームだ。

去年、衆議院議員の防衛族のトップとして長年防衛省を食い物にし、裏では麻薬と武器の密輸入をしていた鬼胴をミャンマーのカウイン島に追いつめた。急襲作戦は、浩志と大佐が念入りに計画し、浩志率いる傭兵チームとタイ特殊部隊、それに傭兵代理店のコマンドスタッフ混成チームがアタックするというものだった。結果的には成功したのだが、カクタスが鬼胴に襲撃を密告したため、待ち伏せ攻撃を受けた。そのため、急襲チームに多数の死傷者を出してしまった。

「大佐、青戸が無事か確認してくれ。俺は奴を追う」

「分かった」

浩志は、大佐をマンションに残すと三人の後を追った。

七

カクタスらは警戒する様子もなく明治《めいじ》通りに出ると、信号を無視して横断歩道を渡り、タクシーを拾った。浩志も急いで明治通りを渡ると、近くで客を降ろしたタクシーに飛び乗った。幸いカクタスらを乗せたタクシーは、百メートル先の神宮《じんぐう》前交差点で赤信号につかまっていた。

カクタスらのタクシーは、神宮前交差点を左折し、表参道《おもてさんどう》交差点から左に青山《あおやま》通りへ出た。もし、赤坂《あかさか》の米国大使館に進むなら表参道を直進するはずだ。まあ、ＣＩＡの工作員なら大使館より一般人になりすまし、どこかのホテルにでも宿泊しているのだろう。タクシーは、青山一丁目交差点を左折し、外苑東通りに入った。適度な車の通りがあった。

たとえすぐ後ろに車を尾けたとしても気付かれることはないだろう。タクシーの運転手には、二台先を行くタクシーに知り合いが乗っているからと言って尾けさせているが、運転手は気がない返事をしただけで、特に怪しむ様子もない。

前方のタクシーは、東宮御所《とうぐうごしょ》を右手に権田原《ごんだわら》交差点を右折し、外堀《そとぼり》通りに出ると四谷見附《よつやみつけ》交差点で再び右折した。新宿通りに入ったのだが、交差点から二百メートルほど進むと、渋滞で車は動かなくなった。

「そういえば、お客さん。麴町《こうじまち》で道路工事しているから、今日明日は、車線規制で渋滞しているんですよ」

タクシーの運転手は、溜息混じりに状況を説明してくれた。

「あっ、お客さんの知り合いが、降りましたよ」

運転手に言われなくても、すでに確認していた。浩志は、釣りを貰うのももどかしく、一万円札を運転手に握らせると車を降りた。

カクタスらは、タクシーを降りるとすぐ横道に入った。道は一方通行の出口で、まっすぐ行けば、日テレ麴町ビルに出る。渋滞を嫌ったのかもしれないが、目的地に近いことも考えられる。だが、人通りがほとんどないのが難点だ。

浩志は、仕方なくカクタスらから距離を置いて後を尾けた。この辺りは、構えが大きなビルやマンションが多い。そのため、身を隠す場所があまりない。自然とカクタスらから百メートル近く離れてしまった。

前方の三人が、交差点で立ち止まった。浩志は、左手にあるビルの入り口にさりげなく入った。男たちは、右から走って来た車をやり過ごすと交差点を渡った。浩志はビルから出るととりあえず、男たちがいた交差点まで進んだ。カクタスらは、次の交差点でまた立ち止まっていた。だが、三人いるはずが二人しかいない。

（しまった！）

そう思った瞬間、背後の暗闇に人の気配を感じた。浩志は、振り向くと同時に顔面を強襲してきた回し蹴りを避けた。カクタスと一緒にいた若い白人の男だった。身長一八五、六センチ、胸板は厚く、なかなか手強そうだ。

「フー、アー、ユー」

蹴りを入れておいて、月並みな質問をしてきたものだ。

黙っていると、男は左右の鋭いパンチを入れてきた。ボクシングのフリッカージャブではない。マーシャルアーツの重くスピードがあるパンチだ。当たれば必ず効く。まして顎に当たれば、骨を砕くほどの威力を持っていた。男は、左右に体を揺らしながらファイティングポーズをとっている。よほどパンチに自信があるのだろう。

あえて構えを甘くし、相手を誘った。案の定、男は右、左とパンチをくり出してきた。浩志は相手の右パンチをガードもせずに紙一重で避け、左のパンチがくり出された瞬間、相手のパンチの下をくぐるように右横に飛び出し、左手を男の喉に勢いよく当てた。カウンターで決まったために、男はたまらずのけぞるように体勢を崩した。浩志は、そのまま左腕を男の首に絡ませ、すぐさま右手を添えると、男の背後から全体重を乗せた。普通の人間なら、これで首の骨が折れてしまうが、浩志の予測通り、鍛え上げられた男の体は持ちこたえ、口から泡を吹いて気絶するに留まった。

「止めろ！　リベンジャー。殺す気か」

交差点から戻ってきたカクタスが叫んだ。別の男は、歯をむき出して向かってきたが、カクタスがそれを止めた。

「相変わらず挨拶の仕方を知らないな、おまえらは」

浩志は鼻で笑い、泡を吹いた男を道路に転がした。

「それは、こっちのセリフだ。リベンジャー。さっきマンションの玄関にいた男は、どうした」

青戸のマンションの玄関にあるカメラ付きインターホンで、大佐は顔を見られていたようだ。

「おまえたちこそ、何をしていたんだ」

「おまえには関係ない」

カクタスは、首をすくめ、鼻で笑った。

「青戸に用事があったんだろ、隠すな」

「別に隠すつもりはない。あのマンションでそれ以外の用事はないからな。おまえこそ、あの男に何の用事があったんだ」

「おまえたちは、六本木の殺人事件の犯人を追っているのだろう」

浩志は一か八か、あえて断定的に言った。

「何！　……」

浩志が鎌をかけたとも知らず、カクタスは見苦しく狼狽《ろうばい》した。CIAが追うということは、アメリカと関係する人物に違いない。

「おまえらが追うということは、犯人は、米軍関係者ということか」

「リベンジャー、忠告しておく。我々の仕事の邪魔をしないことだ。今度こそ、命を落とすぞ」

「ほう、またこそこそと誰かに密告でもするのか。まさか犯人に密告はしないよな」

「………」

カクタスは、苦虫を潰したような顔をした。

「カクタス、おまえには貸しがある。人のことより、自分の命の心配をしろ」

「貴様！　もし、私に指一本でも触れてみろ。アメリカ合衆国を相手にすることになるぞ」

カクタスは目を吊り上げ、憎悪の表情をみせた。

「それなら、指も触れずにおまえを殺してやる」

浩志は、にやりと笑ってカクタスに近づいた。カクタスの傍らにいた男が、浩志を制止するべく前に飛び出し、振りかぶるように右ストレートを打ち込んできた。浩志は、左手で相手のパンチを流し、同時に右掌底打ちを男の顎に入れた。見事にカウンターで決まり、男は二、三歩斜め前に歩き、道路脇の塀に激突して気絶した。

「おっ、落ち着け、リベンジャー。俺が悪かった」

カクタスは手下があっけなく倒されたのを見て、慌てて両手を上げ、謝った。

「質問に答えろ！　なんで犯人を探している」

「いくら君でもそれは言えない」

「犯人は、青戸のところでデザートイーグルを手に入れたのじゃないのか」

「なんで、銃のことまで知っているんだ」

カクタスは、驚きの表情を見せた。やはり、ＣＩＡでは犯人が使った銃が、デザートイーグルだと断定しているようだ。

「ここは、日本だぞ。俺の情報網はＣＩＡの上だ」

「…………」

カクタスは首をひねり、真剣に考え始めた。

「リベンジャー、こうしようじゃないか。昔のように私の下で働かないか」

「おまえの下で働くくらいなら、死んだ方がましだ」

六年前、浩志はＣＩＡの指揮下にある傭兵部隊で一時働いていたことがある。カクタスが指揮官となり、コロンビアのテロリストを急襲する作戦だった。だが、この男のミスで危うく傭兵部隊は、壊滅、下手をすれば全滅するところだった。

「分かった。それなら、協力ではどうかな。私の連絡先を教えるから、君の連絡先も教えてくれ」

カクタスは、懐《ふところ》のポケットから名刺を出した。名刺には、貿易商のバイヤーの肩書きとトム・ベレンジャーという名前が記されてあった。カクタスは、名刺をもう一枚出すとペンと共に浩志に渡した。しばし悩んだ末に浩志は、名刺に自分の携帯番号を書き込み、カクタスに渡した。

「これからは、協力者だ。お互い、新しい情報は教え合おうじゃないか」

カクタスは、満足そうに頷くと表情を緩めた。

「場合による」

浩志は、そう言うとカクタスから離れ、新宿通りに向かった。これ以上、カクタスの近くにいると自分を抑えきれずにこの男を殺しかねないと思ったからだ。

コマンドZ《ズイー》

一

浩志はカクタスと別れた後、大佐と五反田《ごたんだ》で合流した。大佐が、寝る前に一杯やりたいといったからだ。新宿で適当に飲み屋に入ることも考えたが、大佐が人ごみの多い繁華街を嫌ったため、五反田の行きつけの店で飲むことにした。若者でごった返す竹下通りを往復したせいで、大佐は人酔いしてしまったようだ。

五反田の駅前から八ツ山《やつやま》通り、通称ソニー通りを品川《しながわ》方面に向かって五、六分歩いたところに、〝須賀川《すかがわ》〟という間口の小さな飲み屋がある。歩きながら大佐から話を聞くと、須賀川のちょうど店先に着いた。

大佐は、浩志がカクタスらを追って姿を消した後、青戸と連絡がつきマンションに入ることができた。青戸がガンスミスとして自宅兼工房にしている部屋は、カクタスが手下に命じ家宅捜査したらしく、惨憺《さんたん》たる状態だった。

カクタスは、日本在住の米国のマフィアとして青戸の工房に現われたそうだ。初めこそ紳士的に振る舞っていたが、デザートイーグルの情報をしつこく聞き出そうとするので、青戸が質問を拒絶すると、態度を豹変させた。部屋を家捜しされた上に暴行されたが、最後まで沈黙を守った。結局、カクタスらは何も得られずに帰ったらしい。だが、青戸によれば二週間前にアメリカの知り合いの武器商から紹介された「トム・ヘイニ」という米軍兵士に五十AE弾を二百発売ったことがあるという。五十AE弾は弾丸径〇・五四インチあり、デザートイーグルで使用される。普段なら客の情報は漏らさないが、アメリカを出し抜けるならと、青戸は臆面もなく教えてくれたと大佐は笑いながら説明した。

浩志が、〝須賀川〟と染め抜かれた暖簾《のれん》を上げ、引き戸をがらがらと開け中に入ると、大佐は入り口から珍しそうに店内の様子を窺った。

「いらっしゃい。藤堂さん、久しぶりですね」

店の主人である柳井《やない》の東北なまりが心地よく響いた。柳井は福島《ふくしま》の須賀川出身で、同い年の妻、香苗《かなえ》と二人で店を切り盛りしている。

「すまない。なかなか、来られなかった」

土曜ということもあるのだろうが、珍しく客がほとんどおらず、浩志はカウンター席の真ん中に座った。

「お連れさんですか?」

振り返ると、入り口近くで大佐がまだきょろきょろとしていた。

「大佐、座りなよ」

大佐は日本人の父親を持ち、日本語も流暢に話すことができる。日本にも何度か来たことがあるそうだが、基本的に日本文化に触れる機会が少ない。そのため、今日一日でそうとうカルチャーショックを受けたらしい。

大佐は、疲れた表情で浩志の隣の席にどかっと座った。

「大佐、ビールでいいか」

この店には、瓶ビールと日本酒と焼酎しかない。あまり、酒の種類はないが、瓶ビールはこれでもかと言うほどよく冷やしてある。

「ビール! いいね」

ビールと聞いて、大佐の表情が生き生きとしてきた。常夏の国の住人ということもあるのだろう、大佐は、根っからのビール党だ。よくよく考えれば、日本に来るのに十時間以上かけ、その足で捜査活動をしている。愚痴こそ言わないが、相当疲れているのだろう。

柳井が、よく冷えた瓶ビール二本とグラス、それに突き出しとして、わかめとキュウリの酢の物を出してくれた。

「今日はすまなかったな、大佐」

浩志は、大佐と自分のグラスにビールを注いだ。

「年だな私も、確かにくたびれた。だが、なかなか楽しかったよ」

二人は、グラスを軽く上げると、一気にビールを飲み干した。

「くーう。沁《し》みるな。やっぱり、日本のビールは、うまい」

大佐は、自分でビールを注ぐと、またぐいっと一息で飲んだ。

「おやじさん、適当に頼む」

「今日は、初鰹《はつがつお》のいいのがあるよ」

「鰹、いいねえ。それと、焼き蛤《はまぐり》、頼むよ」

「悪いね、藤堂さん。昨日から、かみさん風邪引いて休んでいるんだ」

焼き方は、女房の香苗が担当している。香苗が休めば、焼き物は自動的にメニューから無くなる。客の入りが悪いのも頷ける。

「風邪じゃ仕様がないな。ウニでも貰おうか」

「それじゃ。とりあえず、ウニね」

柳井は、ウニを箱入りのまま皿に載せカウンターに出した。

「ウニか。むかし一度食べてみたが、どうもねえ」

箱に入ったウニを眺め、大佐は渋い顔をした。

「大佐、とりあえず、そのまま食ってみな」

大佐は、浩志に勧められるまま皿の脇に置かれたスプーンでウニをすくい口に入れた。

「なんだ、これ。まるで、濃厚なチーズを食べているようだ」

「おやじさんが、築地《つきじ》で一番うまいのを選んでくるそうだ。箱ごと出すのは、少しでも鮮度が落ちるのを防ぐためらしい。見た目は悪いがな」

「なるほど、一切手をかけないということは、ある意味、採れたてのウニを食べているのと同じということか」

「そういうことだ。料理人として、恥を承知で箱ごと出すところが憎いだろ」

浩志もそうだが、大佐も食い物にはうるさい。普段無口な二人も、食べ物の話題になると会話も弾《はず》む。

「はい、お待ち」

カウンターに置かれたのは、銀色に光る見事な鰹の刺身だった。

「おお、皮付きか」

浩志は、一人歓声を上げた。すでにCIAの局員を二人叩きのめしたことなど頭の片隅にも残っていなかった。鰹は一センチ弱の厚さに切られ、銀色の皮の方から、ほぼ中央に隠し包丁が入れられている。これは、皮の歯ごたえを楽しみつつ、食べやすくしてあるのだ。また、皮がついているのは、皮と身の間がうまいということもあるが、ネタが何より新鮮でなければならない。

柳井は、何も言わずニンニク醬油を一緒に出した。浩志が鰹を食べるのに、ショウガ醬油よりニンニク醬油が好きなことを知っているからだ。

「うまい！　やっぱり腹だよなこれは」

刺身は背の部分ではなく、脂の乗った腹の部分だった。

「おっ、おい、私にも食べさせろ」

浩志の食べっぷりを傍観していた大佐は、慌てて箸《はし》を取り、刺身を口にした。

「くそっ、なんてことだ。生まれて五十八年、皮付きの鰹がこんなにうまいとは知らなかった。人生台無しだ」

大佐は、頭を抱える仕草をしたかと思うと、皿を引き寄せ、猛然と刺身を食べ始めた。

「おやじさん、刺身、もう一皿頼む。それから、日本酒ね」

いつもはバーボンと決めている浩志だが、うまい刺身が出れば、日本酒を飲む。

二人は、この日初めて食事をするかのようによく飲み、よく食べた。

二

翌日の朝、浩志は下北沢の丸池屋に調べてもらいたいことがあり顔を出した。

出かける前に大佐の予定を聞こうと宿泊先に電話をかけると、一人で浅草《あさくさ》見物に出かけ

ると のことだった。武器商を紹介したことで、大佐の仕事は終わっている。久しぶりの日本を満喫したいのだろう。

「朝早くから、よくいらっしゃいました」

池谷は、いつもの応接室に浩志を招き入れた。

「お食事は、されましたか」

「もう九時だぞ」

昨夜は〝須賀川〟が閉店する十一時半まで飲み食いして帰ったが、今朝はいつも通り六時に起きて、五キロのロードワークをこなし、朝飯も七時過ぎにすませている。

「先日、ご依頼の件でしたら、まだ調査中ですが」

デザートイーグルを使いそうな人間という、まるで雲を掴むような調査を依頼したのだ。当てにはしていなかった。

「今日は、別の用件だ」

「はい、なんなりと」

池谷の長い顔に張りはなく、声のトーンも低い。

「どうした？」

「いえ、こちらのことなのですが、最近の防衛省は不祥事続きで、どうにもこうにも」

防衛庁が防衛省になったからというわけではないが、事務次官の汚職や自衛官の機密漏洩、イージス艦の事故など、不祥事は枚挙《まいきょ》に暇《いとま》がない。一年前、防衛族のトップだった鬼胴を始末し、なんとか世間に知られずに防衛省の癌《がん》細胞を取り除いたかに見えたが、癌は防衛省の末端まで広がっているとも言えた。

「俺から言わせれば、起こるべくして起こったとしか言いようがない」

「起こるべくして？……ですか」

「そうだ。自衛隊は、戦争を知らない軍隊だ。今や仮想敵国だったソ連すらない。あえて北朝鮮を敵にしてみたところで、たかが知れている。敵国による緊張感がない中で、いくら訓練や演習を重ねたところで、コンバット・ストレスはない。だから、当然のごとく風紀は緩む。自衛隊のあり方を根本的に改革しない限り、不祥事は今後も続くだろう」

「確かに、右派の政府高官や、一部自衛隊の幹部の間で、海外派遣は米国に追随するのではなく、戦地に自衛隊員を送り、コンバット・ストレスを経験させるためと考えていることは事実です」

「そうかといって、世界で一番コンバット・ストレスにさらされている米軍の内情を知っているだろう」

「と、申しますと」

「米軍兵士の自殺者がここ数年で急増している。それに犯罪もな。米軍の首脳部や日本政府は、犯罪は風紀の乱れと単純に解釈しているが、あれは間違いだ。米兵は、極度のコンバット・ストレスで精神に異常を来《きた》している者が急増しているに過ぎない。職業軍人である傭兵ですら、コンバット・ストレスに耐えられる者は、ごくわずかだ。それなのに何万人も兵隊がいたら、頭のいかれた連中が大勢出てきて当然だろう」

「それじゃ、日本の米軍基地周辺で頻発する米兵の犯罪は、仕方がないとおっしゃるので」

「俺は、奴らの弁護をするつもりなどない。そもそも米軍が日本にいること自体、間違っている」

「それは、ちょっと極論ですな」

「俺は、客観的に物事を言っているだけだ。討論をしに来たんじゃないぞ」

「そうでした。すみません」

「調べて欲しいことがある」

「土屋を呼びましょうか」

「そうしてくれ」

池谷に呼ばれた土屋友恵は、すっぴんにトレーナーとジーンズ姿で現われた。一時、浩志に熱を上げ、派手な格好をしていたが、それも一過性のものだったらしく、今は元の無愛想な女に戻っていた。

「駐留のアメリカ兵で、トム・ヘイニ陸軍軍曹のことを知りたい」

「私のデスクで一緒に見ますか?」

浩志は頷くと、友恵の後について行った。

友恵の部屋は、応接室の廊下を隔てた向かいにある。部屋に窓はなく、ドアと反対側にデスクとパソコンが置かれ、右側の壁面にはコンピューター関係の本がぎっしりと詰められた本棚があり、反対側には、コーヒーメーカーとSFもののヒーローやわけの分からないフィギュアが所狭しと飾られた棚が置かれてある。彼女の見てくれと同じで、女性らしい感覚のものは何一つ置いてない。友恵は、自分の椅子に腰掛けるとさっそく米軍のサーバーにハッキングを開始した。

「トム・W・ヘイニ陸軍軍曹。身長は、一七八センチ、体重七十二キロ、ルイジアナ州出身、三十二歳。地元のハイスクール卒業後、陸軍に入隊。現在、横田《よこた》基地に勤務しています。住所は、基地内ではありませんね」

ものの二分というところか。あっという間に友恵は、目的の人物を探し当てた。米陸軍のマークが付いたファイルには、どこにでもいそうな白人の男の顔写真が載っていた。

「前科は」

「前科は、ありませんが、二〇〇六年に米軍の備品を外部に売却した嫌疑をかけられ、MPに取り調べられた記録が残っています」

「なるほど、どこの軍隊でもいる横流しの常習犯か」

「プリントアウトしますか」

「そうしてくれ」

「藤堂さん、先日依頼された中東で問題を起こした兵士を調べているのですが、なかなか調べられません」

友恵が珍しく弱音を吐いた。

「米兵で該当者はいないか」

カクタスの絡みから、犯人は米兵だと、浩志は思っている。

「もちろん軍法会議のデータは調べましたが、該当者はいませんでした」

現役の米兵と決めつけるには早過ぎるかもしれないと、浩志は思い直した。

「今は、民間を調べています。しかし、民間軍事会社や大手警備会社は、不祥事を記録として残してないんです」

「証拠は残さないというわけか」

「そうなんです。そこで、民間企業については、雇用リストから解雇、あるいは退職者を調べているのですが、たとえ解雇されていても理由までは分からないのです」

「なるほど……」

確かに、首にされた理由が分かれば世話はない。

「どの業界にも、ブラックリストはあるだろう。そんなものはないのか」

「それが、今のところ、発見できないんです」

「他社間はともかく、再雇用する際に問題の人間をピックアップできるようにしているはずだ。ブラックリストは別の形になっているかもしれないぞ」

「そうですね。引き続き、調べてみます」

「頼む」

溜息を漏らす友恵を残し、浩志は応接室に戻った。

「情報は、見つかりましたか」

池谷は、相変わらず浮かない顔をしていた。

「ああ、見つかった」

「それは、よかったですね」

池谷は、気怠い相槌を打った。

「防衛省の問題を、悩んでも仕様がないだろ」

「それが、他にも悩みがあるのです」

「まだあるのか」

「北朝鮮の工作員が、日本でも動きを強めていると情報本部から連絡がありまして、ことによると当社も捜査に人員を割かなければならなくなります」

「北の工作員が、日本で何をするんだ」

「それが、まだ分からないから困っているんです」

「いくら、工作活動が活発化したところで、大したことはないだろう。気苦労のし過ぎだ」

「そうだと、いいのですが」

「ところで、もう一つ、頼みがある」

「なんでしょうか」

「瀬川を借りるぞ」

「六本木の殺人事件の手がかりを掴まれたようですね。結構です。ただし、当社は現在人材不足でして、瀬川を呼び戻す可能性があることをあらかじめご承知ください」

「人材不足？」

「詳しくはお話しできませんが、黒川《くろかわ》と中條《なかじょう》はすでに別件の捜査にかり出されています」

傭兵代理店のコマンドスタッフは、三人しかいない。そのうちの二人がいないというのでは、すでに傭兵代理店として機能不全に陥っているのと同じだ。

「大丈夫なのか？」

「本当言いますと、藤堂さんに助けていただきたいくらいなのです」

どうやら、池谷が漏らしていた防衛省、あるいは自衛隊の問題に関わっているらしい。浩志に助けを求めたくても、内部のことでできないのだろう。

浩志は、池谷に礼を言うと、瀬川を伴い丸池屋を後にした。

三

瀬川の運転するランドクルーザーで甲州《こうしゅう》街道を西に向かっていた。急ぐわけでもないので、首都高速は使わなかった。もっとも日曜日のため、かえって首都高の方が混んでいる可能性もある。

「藤堂さん、質問していいですか」

「なんだ」

瀬川は、最近顔を合わせるたびに思案顔をしていることが多い。池谷と同じく、防衛省や自衛隊の不祥事を憂《うれ》えているのかもしれない。

「軍艦島《ぐんかんじま》から帰ってきてから、なんだかふぬけになったようで、正直困っているんです。何をするにしても力が入らなくて、これではいざ任務に就いた時、役に立たないんじゃないかって気がして」

軍艦島でブラックナイトの攻撃部隊、セルビアタイガーに拉致された自衛隊員を救うための戦闘は熾烈《しれつ》を極めた。負傷者も多数出たが、人質の自衛隊員が四名、仲間の傭兵が一名、敵兵も十九名死亡した。数時間の局地戦と考えると犠牲者は多い。そんな闘いをほんの一、二ヶ月前に経験したのだから、瀬川は一種のショック状態に陥っているのだろう。

「去年のカウイン島の襲撃作戦の後は、どうだった」

カウイン島襲撃作戦の時も敵味方双方に多数の犠牲者が出ている。

「正直言って、よく覚えてないんです。戦闘中は、無我夢中だったこともありますが」

瀬川は、実に正直な男だ。雇われ兵である傭兵は、自分が落ち込んでいるところなど人に見せない。というより、人からチキン扱いをされないように軍人なら誰しも虚勢を張るものだ。

「戦闘を思い出すと、どんな感情が湧いてくる。恐怖か、怒りか、それとも喜びか」

「喜び？　まさか、人が何人も死んでますからね。どういうわけかはっきりとした感情自体湧いてこないんです。なんだか胸に風穴でも空いたような。あえて表現するなら、寂しさのような感情ですね」

「それは、おまえが兵士として成長している証拠だ」

「それじゃ、藤堂さんは、戦闘が終わるといつもこんな感じになるのですか？」

「まさか、新兵じゃあるまいし」

「なるほど、自分は新兵ですか。とほほっ、ですね」

「おまえは戦闘中、極度のコンバット・ストレスに耐え抜いた。だから、今その反動が来ているんだ。くだらんことは考えずに、普通に生活をすることだ。そうすれば、感情の起伏が少なくなり、やがていつも冷静に行動することができるようになる」

「なるほど、しかし、それって……」

瀬川は府中《ふちゅう》を過ぎ、甲州街道から新奥多摩《しんおくたま》街道に入った。

「紛争地域の前線に行けば、一日に何度も敵と遭遇することがある。そういう経験をすれば、新兵でもすぐ一人前になる。あるいはその反対ですぐ使えなくなるかのどちらかだ。ひょっとしてそっちの方が多いかもしれないな」

「自衛官の私が戦闘経験を積むというのは、至難の業です。一体どうしたらいいのですか」

「とりあえず気持ちの入れ替えが、すぐできるように訓練するんだな」

「おっしゃっていることは分かりますが、藤堂さんはどうされているんですか」

「おれは、飯を食う。アルコールに依存する奴もいるが、アル中になるから止めといた方がいい。飯がなけりゃ寝るしかないが、大抵飯を食えば憂さは晴れるぞ」

「それって、説得力がありますね」

飯を食うことで何とかなると言う方も問題あるが、それを素直に納得する瀬川も世間から相当ずれている。だがそれが傭兵、軍人の世界なのだろう。

瀬川の声が弾《はず》んだ。

「そうだ。ちょっと寄り道して、立川《たちかわ》で昼飯食いませんか」

時間は、十一時半。ちょっと早いが、確かに腹は減った。だが、立川はすでに通り過ぎている。

「立川駅の近くに、バイキング形式で食べ放題の串揚げ屋さんがあるんですよ」

「ほう、串揚げか」

「だめですか?」

「いいに決まっているだろ」

「やった。持ち時間は、九十分ですからね。急いで行きましょう」

瀬川は、交差点でUターンすると立川駅に向かった。


一時間後、昼食をすませた浩志たちは、拝島《はいじま》から東京環状線に入り、北に向かっていた。横田基地がある福生《ふっさ》は目と鼻の先だ。

「いやー、食ったな。いくら食っても料金が同じと思うと、つい食い過ぎちゃいますね」

瀬川の昼飯前の屈託は、どこかに行ったらしい。

二人は、福生市内に入ると友恵の割り出した住所を頼りに、トム・ヘイニ陸軍軍曹の住《す》処《か》を探し当てた。新築とは言えないが、白い外壁の六階建てのマンションで小さな公園が敷地内にあり、近隣に高い建物がないせいでひと際目立っていた。ガラス張りのエントランスは、オートロックでセキュリティーもしっかりしており、マンション名も〝パティキュラコート〟と、直訳すれば「特別な建物」というのが笑わせる。場所的にも青梅《おうめ》線の福生駅の近くで横田基地の第二ゲートにも歩いて六、七分というところだろう。

浩志らは、近くにあるコンビニ前の駐車場に車を停めて、様子を窺った。

「あのマンションは、分譲ではなくすべて賃貸らしい。トム・ヘイニは最上階、六〇五号室に一人で住んでいる。とりあえず、車から監視するか」

相手が現役の米兵だけにいきなり踏み込んで拷問《ごうもん》することもできない。気長に監視する他ないだろう。そう思うと溜息が漏れた。すると、溜息に反応したかのようにジャケットに入れてある携帯が振動した。

「何！ ……分かった。すぐ取りに行く」

携帯を切った浩志は、ヒューと口笛を吹いた。

「どうしたんですか」

「驚いたよ。お宅の社長からの電話だが、六〇六号室の賃貸契約を結んだから勝手に使ってくれと言ってきた」

「トム・ヘイニの隣室ですか。さすがに、社長はやり手ですね。社員の私ですら、驚くことがたまにあります。それにしても、よく隣の部屋が空いていましたね」

「このマンションは賃貸物件の割に、値段が高くて人気がないそうだ。特に最上階は空き部屋が多いらしい」

「なるほど、ラッキーでしたね」

「鍵は、駅前の不動産屋が持っているそうだ」

「いたれりつくせり。なんだか後が怖いですね」

まったく瀬川の言う通りだ。池谷の親切心には用心が必要だ。これまでも、甘い言葉に乗って無理な仕事を後で課せられたことも多々あった。とはいえ、これを利用しない手はない。浩志と瀬川は、車に乗り駅前の不動産屋に向かった。

四

浩志は〝パティキュラコート〟の六〇六号室を借りると、浩志が組織する傭兵チームのメンバーで、ドイツ人のミハエル・グスタフと加藤豪二《かとうごうじ》を呼んだ。二人には、今回の仕事は傭兵代理店絡みで、報酬も代理店から出ることを話した。でなければ、瀬川が一緒にいることが説明できないからだ。

ミハエルは、傭兵になる前にドイツの陸軍特殊部隊に所属していた。部隊はＫＳＫと呼ばれ、英国の特殊部隊ＳＡＳと共にヨーロッパ最強と言われている。そのため、敵陣突入時の工作活動も熟知しており、浩志は温泉療養に行く前、ミハエルに必要な機材を揃えておくように指示をしていた。

これまで、監視や諜報活動には、傭兵代理店からコマンドスタッフを機材ごと借りていたが、傭兵代理店も政府の特務機関である。浩志は、政府から距離を置いてチームを編成したかった。報酬を貰うからといって、クライアントの言いなりにはなりたくない。まして、それが、政府ならなおのことだった。心情的な問題もあるが、制約を受けながら戦闘活動をすれば、命取りになりかねない。だが、まったく無視することもできない。瀬川を付き合わせたのも、情報を選んで池谷に報告させるためだった。

四十分後、ミハエルは乗用車で、加藤は二五〇ＣＣのオフロードバイクで現われた。ミハエルは、ふだん外語学校でドイツ語の臨時講師をしており、加藤は、傭兵仲間の浅岡辰《あさおかたつ》也《や》、宮坂大伍《みやさかだいご》と共に練馬《ねりま》で自動車修理工場を立ち上げ、そこで働いている。どちらも仕事は順調なようだ。

ミハエルは、到着するとあらかじめ取り寄せておいたマンションの設計図を参照して、隣の部屋と接する壁に二箇所、小さな穴を開けた。そして穴に超小型カメラを差し込み、隣室の内部を直接監視できるようにした。ミハエルは、〝ブルドーザー〟という渾名の通り、身長一九二センチ、体重九十六キロ、見てくれはプロレスラーといった感じだが、手先は器用で、趣味でピアノを弾くという繊細さも持ち合わせている。

小型カメラで、隣室が無人であることを確認した浩志は、ミハエルに外を見張らせ、一人六〇五号室に潜入して部屋を家捜ししたが、トム・ヘイニがガンスミス青戸から購入した五十ＡＥ弾は、どこにもなかった。すでに転売したのだろう。部屋の内部は、シンプルだが、建築家のル・コルビュジェの家具を置くなど、センスもいいし、金もかかっている。やはり何かサイドビジネスをしていると考えた方がよさそうだ。

浩志は、ソファーの下などに盗聴器や小型監視カメラを仕掛け部屋から出た。

瀬川は、マンションの電話ボックスに細工をし、盗聴だけでなく回線をコントロールできる装置を接続した。

加藤は、無人の管理室に忍び込みマンションの監視カメラの映像を盗み出していた。加藤は、〝トレーサーマン〟と呼ばれ、身長一六七センチと小柄だが、徒歩でもバイクでも追跡に特化したプロで、潜入に関しても右に出るものはいない。加藤は、過去の防犯記録映像を二ヶ月分コピーした。その上、監視カメラの回路に小さな装置を取り付け、無線で加藤のパソコンからも監視カメラの映像が見られるようにした。すべての作業が終わるのに三十分とかからなかった。

浩志は、組織する傭兵チームを改めて、コマンドＺと命名した。アルファベットの最後の文字にしたのは、これ以上のチームはないという意味を込めてはいるが、たまたま浮かんだという程度でこだわりはない。作戦時に備え、少人数でも行動できるようにいつものようにチームをさらにイーグルとパンサーという二チームに分けた。

チームイーグルは、隊長である浩志、それに、どんな乗り物も運転、操縦できるというオペレーションのスペシャリスト〝ヘリボーイ〟田中俊信《たなかとしのぶ》、スナイパーのミハエル、そして、トレーサーの加藤がいる。加藤は、ミハエルが狙撃する際、無防備になるスナイパーを守るスナイパーカバーも担当している。

パンサーチームは、リーダーの通称〝爆弾グマ〟と呼ばれる爆破のプロ浅岡辰也と、同じく爆破のプロで〝ボンブー〟のあだ名を持つジミー・サンダース、スナイパーのプロで〝針の穴〟と呼ばれる宮坂大伍とスナイパーカバーは〝クレイジーモンキー〟または、〝クレイジー京介〟と呼ばれる寺脇京介が担当している。京介は、辰也に爆破の講義を受け、最近では簡単な時限爆弾や爆弾の解除ができるようになった。そのため、チームパンサーは、爆破チームという性格が強くなり、それに対して、チームイーグルは、加藤とミハエルがいるため、偵察と諜報を主体としたチームという色分けができてきた。

浩志は、加藤が六階のエレベーターホールの監視映像から、人物の映像を抜き出しているのを見て、瀬川を別室に呼び出した。

「瀬川、監視カメラの映像を土屋友恵に送って調べてもらおうと思っている。できれば、池谷に知られないように手配してくれ」

友恵なら、情報本部のサーバーだけでなく、警視庁、公安警察などから、犯罪者の情報を得られる。監視映像に犯罪歴がある人物が映っていれば、すぐ分かるはずだ。

「池谷に知られると何か問題でも」

「特務機関の長として、上の組織への報告義務があるだろう。解析したデータを精査した上で、池谷には報告したい」

「了解しました」

瀬川は、浩志に誘われた段階ですでに傭兵代理店の管轄を離れ、浩志の指揮下に入っていると認識している。何の問題もないと言わんばかりに笑顔で頷いた。

浩志は、部屋に戻るとパソコンで編集作業をしている加藤の後ろに立った。

「送る前に、一度見せてくれ」

「了解しました。意外と簡単にすみそうです」

加藤が言うように、六階は元々住人が少ないため、高速で映像を見ても問題なかった。

「日本人が多いな」

先入観はむろん禁物だが、六本木の殺人事件で使われた銃がデザートイーグルで、犯人は米軍関係者かプライベート・オペレーターとして、中東で勤務した経験を持つ人間と浩志はあたりをつけていた。しかも、ＣＩＡが絡んでいることを考えれば、犯人はアメリカに害をなす者と考えられる。

「分かった。友恵に送ってくれ」
二、三日監視を続け、トム・ヘイニの行動パターンを把握したら池谷に報告し、監視活動を情報本部に引き継いでもらおうと思っている。浩志のチームは、人数が少ないだけに長期の監視活動には向いていないからだ。それに、浩志も含めて傭兵という職業柄、銃を使わない仕事には、もの足りなさを感じてしまうのは事実である。

五

張り込みを始めて、三日経った。この間の出来事と言えば、美香と京都に二泊三日の旅行に出かけていたアイラが東京に帰ってきたことと、大佐が京都から帰ったばかりのアイラを連れて、慌ててランカウイに帰ったことぐらいだ。暇と決め込んでいたにも拘らず、団体観光客の予約が入り、留守を預かる社員だけでは対応できなくなったらしい。

肝心の張り込みだが、標的のトム・ヘイニは実につまらない男で、特に変わった様子はない。監視カメラの映像からも、この二ヶ月間、来客は一人もなく、疑わしい人物が侵入した形跡もない。

池谷が気を利かして、トム・ヘイニの隣室を借りてくれたおかげで、張り込みは快適だった。交代で休憩を取り、別室に折りたたみベッドも二つ用意したので睡眠もとれる。まだまだ監視を続けられるだけの余力はあったが、二ヶ月間の映像記録が物語るように、これからも特別変わったことが起きる可能性は低い。張り込みもここいらが潮時だろう。

現在、浩志と瀬川、加藤とミハエルがペアを組み、交互に監視カメラの映像と室内の映像をチェックしている。日中は、トム・ヘイニが基地に行くまでの数分を尾行するだけで、室内の監視は必要なくなり、マンションの監視カメラをチェックするのみだ。友恵にトム・ヘイニの休暇届けが出ていないか調べさせたが、日本に赴任《ふにん》してまだ半年と短期間なせいかクリスマス休暇すらとっていなかった。

過去の防犯映像を見る限り、病的なまでに毎日同じ行動をとる。もちろん、部隊の訓練により、時間帯がずれる時もあったのだろうが、基本的にトム・ヘイニは、週末は遅くても七時、八時には部屋に戻り、平日は、まっすぐ七時に帰ってくる。ただし、決まって火曜日は、一度部屋に帰ってからどこかに出かけ、十二時近くに帰ってくる。大方飲みに行くか、スポーツジムにでも通っているのだろう。

トム・ヘイニに前科はないが、備品を横流しした嫌疑をかけられたことがある。それにガンスミスの青戸から、五十AE弾を二百発購入している。まじめな暮らしぶりは、裏で法に触れることをしているのを隠蔽《いんぺい》するためと浩志は見ていた。

十二時を少し回ったところで、浩志と瀬川は昼飯を買いにマンションを出ようとすると、玄関ホールでひげ面の男と鉢合わせになった。

「辰也、どうした」

爆弾グマことひげ面の辰也は、両手にケンタッキーの袋を抱えて、にやりと笑った。

「どうせ、退屈していると思って、差し入れに来たんですよ」

チーム内ではすべての作戦は、公開することになっている。作戦が急遽《きゅうきょ》変更になり、他のメンバーと交代しても支障がないようにするためと、結束を高めるためだ。

「気が利くな。もっとも、ここは一旦引き上げるつもりだ」

「そうなんですか。俺も手伝おうと思っていたんですがね」

「工場は、大丈夫なのか」

「実は、今日まとめて三台納車したもので、二、三日暇なんですよ」

「そういうことか。容疑者は、平日の動きはない。毎週火曜の夜にどこかに出かけるだけだ。今夜それだけ調べたら、後は週末また来るつもりだ」

「藤堂さん、なんだか、刑事のような喋り方しますね。容疑者だなんて」

「しょうがないだろう。元刑事なんだから。暇なら、今夜付き合え」

「了解！」

辰也は、冗談で敬礼してみせた。

トム・ヘイニは、時計仕掛けの人形のようにいつも通り午後七時に帰ってくると、手早く着替えを済ませ、マンションを出た。マンションの近くに加藤はバイクで、ミハエルと辰也には白いバンで待機させた。全員ハンドフリーのインカムを装着している。浩志と瀬川のみ、音楽用ヘッドホンに見せかけたインカムを装着して、トム・ヘイニの尾行を開始した。

トム・ヘイニは、徒歩で駅前の繁華街を通り過ぎ、駅の南、拝島寄りの踏切を渡った。駅周辺は大型ストアがあり、特に駅の西口正面の駅前通りはまだ賑わいを見せているが、一本通りを入れば人通りもぐっと減る。浩志と瀬川は、尾行の距離を十五メートルほど離した。トム・ヘイニは、踏切からまっすぐ西に進み、昔ながらの銀座通りと呼ばれる商店街も抜け、五階建ての古いマンションの一階にあるバーに迷わず入った。

バーの名前は、〝シングルモルト〟。店の壁には、イエローのネオン管で綴《つづ》られた店名の下にパープルのネオン管でスコッチバーと英語で書いてある。どこか安っぽさを感じる看板と違い、入り口の扉は木製で重厚な感じがする。

浩志は、店に入る前に友恵に連絡を取り、バーが入っているマンションを調べさせた。すると、住人の多くは、横田基地に勤務する米兵とその家族で占められていた。マンションを経営する不動産会社のサーバーをハッキングしてすぐ分かったらしい。しかし、肝心のバーの情報は、テナントの契約者がアメリカ人と分かっただけだ。

友恵からの情報を確認すると、浩志と瀬川は店に入った。店内は間接照明で照らされ、入り口の正面奥に六人掛けのカウンターがあり、カウンターの横の壁際にはダーツのコーナーがあった。ボードは、ゲームセンターにあるデジタルのソフトダーツではなく、木製の本格的なブリッスルボードだ。

スローイングラインから身を乗りだしてダーツを構えている白人男性を、すぐ脇のカウンター席で酒を飲んでいる別の白人がやじっている。どちらも米兵なのだろう。店は四十平米《へいべい》ほどで、店内のいたるところに港や船をイメージさせるモノクロ写真やカンテラが飾られている。

トム・ヘイニは、カウンターの真ん中で一人酒を飲んでいた。カウンターの後ろのホールには、二つの丸テーブル席、入り口側の壁際には、四角いテーブル席が二つある。さらに右奥にもテーブル席が二つ並び、四人の米兵らしき外人が座っていた。日本人は、浩志と瀬川だけだ。どうやら米軍御用達《ごようたし》の店らしい。

丈の短いブルーのドレスを着た二十歳前後の白人の女がオーダーを取りに来た。浩志と瀬川は、ギネスビールとブルーチーズを頼んだ。

一杯目のグラスを空け、二杯目のグラスも半分に減ったころ、トム・ヘイニの隣の席に東洋人の男が座った。男は座った途端、流暢な英語で喋り始めたため、国籍は今のところ分からない。とりあえず、次の尾行のターゲットということだ。

浩志は、カウンターが見える席に座り、瀬川はその対面で出入口が見える席に座っている。東洋人の男が席に着いて数分後、新たな客が店に入って来た。いつもは冷静な瀬川が、新しく入って来た客の顔を見て目を見開いた。浩志も瀬川の視線の先を見て驚いた。

客は、傭兵代理店の黒川と中條だったからだ。

二人は、トム・ヘイニの隣に座った男の後を追って来たのだろう。その男の後ろの丸テーブルに座るとウエイトレスにビールを頼んだ。そして、店内を見回し、ようやくすぐ隣の席に浩志と瀬川が座っていることに気付いたらしく、二人揃ってばつの悪そうな顔をした。二人は、別件の捜査に加わっていると池谷から聞いている。カウンターに座っている東洋人を尾行してきたのだろう。普通の飲み屋なら問題ないが、米兵のたまり場のような店で、二組の日本人客は目立つ。先ほどまでダーツをしていた白人が、浩志たちをうさん臭そうにじろじろと見始めた。浩志は、さりげなくウエイトレスに勘定を払い瀬川と店を出た。

店を出ると五十メートルほど離れた路上に駐車してあるバンで待機していた辰也とミハエルに、見張りを交代するように命じた。その際、辰也には、店内では英語で話すように注意し、黒川らが、店内にいる旨を伝えた。そして、彼らと入れ替わり、浩志と瀬川はバンに乗り込んだ。

「瀬川、黒川たちの任務を聞いているか」

「黒川たちは情報本部に短期間出向する形をとっているので、捜査の内容は知らされていません。おそらく池谷も知らないのじゃないでしょうか」

瀬川も首をひねるばかりだ。

「それにしてもまずいぞ。俺たちはともかく、黒川たちの尾行がばれたかもしれない」

「あの店、日本人だと目立ちますからね」

浩志の視線の先に、〝シングルモルト〟のネオンサインがちかちかと点滅していた。

六

シングルモルトとは、他の蒸留業者のモルトウイスキーと混ぜない、一つの蒸留所で造られたモルトウイスキーのことを言う。本場スコットランドでは、シングルモルトは地方の蒸留所が地酒として出荷しているものに人気があり、日本でもピュアモルトとして、近年輸入されている。だが、浩志たちが見張っている〝シングルモルト〟は、店名と違い、内容はとてもピュアとは言えないらしい。

「黒川たちが、米国人の客に囲まれました。ポケットに何か武器を持っているようです。閉店するから帰れと言われました」

辰也がささやき声で、連絡を入れてきた。店にたむろしていた白人は、トム・ヘイニの仲間だったようだ。東洋人と会うために護衛としてあらかじめ呼び寄せていたのかもしれない。

「爆弾グマ、すぐ応援に行く」

浩志は、瀬川にバンを店の前につけさせた。

「トレーサーマン（加藤）、裏口をそのまま見張れ」

「了解！」

「瀬川、いつでも車を出せるようにしておけ」

瀬川に店の前で待機させると、浩志は一人店に入った。店内は、黒川と中條たちが四人の白人に囲まれ、異様な空気が漂っていた。東洋人を尾行して来た黒川らに対して牽制《けんせい》しているに違いない。最悪、喧嘩を売られて袋だたきになる可能性もある。

浩志は、カウンター席の東洋人が座る左隣に座ると、

「スプリングバンクをくれ」

以前、スコットランド出身の傭兵から教えられたシングルモルトの名前を言ってみた。

「お客さん、もう閉店だ。それにそんな酒、うちじゃ置いてないよ」

カウンターにいる黒人のバーテンが、吐き捨てるように言った。

「おい、この店は、酒を置いてないからって、閉店にするのか。まだ、子供だって寝る時間じゃないぞ」

「そういうわけじゃないんだ」

バーテンは、舌打ちをした。

「あんた常連か？　この店おかしくないか」

浩志は、わざと日本語で隣の東洋人に話しかけたが、男は肩をすくめて見せただけで、浩志を無視した。

「それじゃ、グレンロッキーの八十年ものだ」

グレンロッキー蒸留所は、ずいぶん前に閉鎖されたらしく、現存しているものは幻の酒と呼ばれているそうだ。浩志も飲んだことがない。

「それも、うちにはないよ」

バーテンは、苛立ち気味に答えた。

「ここは、スコッチバーじゃないのか！」

浩志は、わざと大声で怒鳴った。今や店にいる全員が浩志に注目していた。

「そんなこと言うんだったら、メニューから頼んでくれ」

バーテンは、メニューを浩志の前に投げてよこした。

「マッカランなら置いてあるだろう」

浩志は、メニューには見向きもしないで棚のボトルをちらりと見た。確かにマッカランはあるが、一九九七年ものだ。

「マッカランね。初めっから、店にある酒を頼んでくれ。まったく」

バーテンは、ショットグラスにマッカランを注ぐと、浩志の前にグラスを滑らせてきた。

「一杯だけで帰ってくれ」

バーテンは、浩志がグラスを手に取ると、釘を刺してきた。浩志は、バーテンを睨みつけ、ぐいっと一息で飲む振りをして、すぐに口の中の酒を噴き出した。

「おい！　俺は、いつも八八年ものしか飲まないんだ。俺に水を混ぜた酒を飲ませたな」

浩志は、グラスを床に叩き付けた。

「ガッデム！」

怒り狂ったバーテンは、浩志に殴り掛かってきた。浩志は、バーテンののろいパンチを顔面からわずかにずらし、わざと首筋に当てると、大げさに後ろに倒れ、黒川を取り囲んでいる男の一人の膝裏に強烈な肘撃ちを喰らわした。男はバランスを崩し、後頭部をテーブルの角にぶつけて気絶した。

浩志は、床でもがくような仕草をしながら、さりげなく戦闘開始のハンドシグナルを仲間に送った。そして、立ち上がると、勝ち誇った顔をしているバーテンのテンプルに強烈な右フックを入れ、気絶させた。黒川らを取り囲んでいた三人の男たちが、一斉に浩志に襲いかかってきた。浩志は、肘を掴んで来た男の鳩尾に膝蹴りを喰らわせると、残りの二人に、辰也とミハエルが襲いかかった。この騒動に他の客も加わり、店内は大騒動になった。乱闘のさなか、トム・ヘイニとその隣にいた東洋人は、奥の扉から出て行った。

「トレーサーマン、裏口から二人逃げたぞ」

「了解！」

浩志は、乱闘に戸惑っている黒川の襟首を掴み立ち上がらせると、

「全員、退避！」

と命令を出した。

出口に近かったミハエルを先頭に、仲間は次々店から飛び出した。浩志はしんがりを務める形で最後まで店に残り、しぶとく襲って来た男を前蹴りで失神させると、店を出た。

店のすぐ前には、バンが待機しており、浩志が乗り込むと、タイヤから白煙を出しながら急発進した。車内には、仲間とともに黒川と中條の姿もあった。

「こちらトレーサーマン、逃げた二人は出口で分かれました」

「東洋人を追いかけろ」

「了解。東洋人は、近くの駐車場に向かっています。車で逃走するようです」

「逃がすな」

浩志が言い終わらないうちにバンッという大きな音がした。

「大変です。イーグルマスター。東洋人が狙撃されました。犯人が」

加藤の報告が終わらないうちに、また大きな銃声がした。

「トレーサーマン、大丈夫か！」

浩志の声に加藤の反応はなかった。

「瀬川、ビルの後ろにある駐車場に行ってくれ！」

瀬川は、急ハンドルを切りバンをUターンさせた。

浩志らが急行すると駐車場のすぐ近くに、バイクが倒れており、加藤は三メートルほど離れた路上に倒れていた。目立った外傷はない。

「加藤、しっかりしろ！」

浩志は、加藤の肩を掴み、ゆり動かした。

「とっ、藤堂さん」

「立てるか！」

「すみません。でかい銃を向けられたので、避けようとして転倒しました」

転倒したのが幸いして、銃弾から免れたようだ。

「話は後だ」

二発の銃声で通報されている可能性がある。一刻も早くこの場を退散すべきだ。

加藤は気丈にも立ち上がり、バイクを起こしまたがった。二五〇ＣＣのオフロードバイクは、加藤の一蹴りでエンジンがかかった。

「行け！」

加藤は頷くと排気ガスを残し、犯人の車を追った。

浩志は、バンに飛び乗った。

「瀬川、下北だ」

「了解！」

加藤が言っていた「でかい銃」というのが気になった。浩志は悩んだ末、警視庁の捜査一課、杉野刑事に連絡を取り、現場に急行するように指示をした。

国防研究連絡会

一

下北沢の住宅街にある質屋、丸池屋。ツタが絡まるその外見は、古臭さを通り越し、骨《こっ》董《とう》品の部類に入ってもおかしくない。

打ち合わせでよく使われる応接室は実に殺風景だが、入り口と反対側の壁に古風な振り子時計が飾られているのに救われた感がある。風格のある時計は部屋の主のごとくなじんでいるが、実はつい最近、質流れの商品を池谷が気に入って取り付けた代物だ。振り子時計の長針と短針が重なり、ボーン、ボーンとクラシックな響きで十二時を知らせた。

部屋の右手のソファーに浩志と瀬川が座り、テーブルを挟んで対面のソファーに黒川と中條が座っている。池谷は、振り子時計の下にある一人掛けのソファーにまるでオブザーバーのようにちょこんと座っていた。

トム・ヘイニを監視すべく、辰也とミハエルを福生のマンションに戻し、加藤からも、犯人を見失ったと連絡が入ったため、マンションの張り込みに行くように指示をした。浩志と瀬川は、黒川と中條を伴い、福生から下北沢の傭兵代理店に直行した。何はともあれ、黒川らがあの場所に来た理由を糾《ただ》さなければ気がすまなかった。

「いいから、俺に捜査内容を教えろ」

浩志は腕組みをし、黒川と中條を睨みつけた。

「藤堂さん、こればかりは勘弁してください。我々の判断ではお答えできません」

黒川と中條が、応接室のテーブルに手をついて謝った。

「黒川君、ここは一つ、藤堂さんにお話をしてみたらどうかね」

池谷は、オブザーバーを決め込んでいたようだが、浩志の剣幕に押されたのか、口を挟んできた。

「社長までそんなことを言わないでくださいよ。我々の立場はご存知でしょう。そこまで言うのなら、情報本部に問い合わせてください」

黒川は、味方とも言うべき池谷の裏切りに動揺しているようだ。

「そんな面倒くさいことはしたくありません。藤堂さんにお話しして、問題になると思いますか。私は、むしろ情報本部の捜査能力では事件が解決しないと思っています。だから、あなた方を出向させることになったのですよ。藤堂さんに積極的に捜査に加わってもらうのが、最善だと思っています。それに、ここで話したことを情報本部に報告しなければ、何の問題もありません」

浩志は、池谷が意外と男気のあるところに感心した。

「社長がそこまでおっしゃるのなら、お話しします」

黒川は、腹を決めたようだ。

「藤堂さんは、イージス艦の機密が外部に漏れた事件をご存知ですよね」

「あれは中国のスパイが絡んでいたそうだな」

「そうです。その他に自前のパソコンに入れておいたデータが、ウイルスにより外部に流出した件もご存知ですよね」

「どれもこれも馬鹿馬鹿しい事件だ。自分の管理している情報が国防機密だという緊張感にまったく欠けている。欧米なら下手をすれば終身刑だぞ」

「ごもっともです。相次ぐ国防機密の漏洩《ろうえい》で、アメリカが我が国を警戒して、日本への最新鋭の兵器の売却を見合わせるという措置をとっているほどですから」

「当たり前だ。いくら自国で機密を守っても、同盟国がせっせと中国やロシアに機密を漏らしたんじゃ、どうしようもないだろう」

「ここ一、二年で起きた事件は、それぞれ犯人が特定され、事件は解決したものと判断されていました」

黒川は池谷の顔色を窺い、池谷が頷いたのを確認すると話を続けた。

「実は、背後に陸、海、空自衛隊を横断する組織が関係しているようなのです」

「ほう」

「陸、海、空自衛隊には、有志で構成された国防研究連絡会というのがあります。名前は連絡会となっていますが、それぞれ理事会から各地に支部まであり、年間二億を越す予算を持つ大きな組織です」

「二億！ 自衛官の自主的な献金だけでそんなに集まるのか」

「まさか、大きな組織とはいえ、ほとんどの自衛隊員には、存在すら知られていないのが現状です」

「秘密の組織ということか」

「微妙ですね。参加するかどうかは個人の自由で、幹部クラスになるとほとんどの者は知っているようです。膨大な予算は、理事会の構成メンバーしか分からないようになっていたのですが、情報本部の調査により、徐々に実態がつかめてきました」

「連絡会のことは、私がまだ防衛庁にいたころ、聞いたことがある。もっとも、ソ連が崩壊する前のことだから、まじめに国防を研究し、陸、海、空の連携を高めるための有志の集まりだと聞いたが」

池谷は、横から口を挟み遠くを見るような目をした。

「しかし、連絡会に目をつけた軍需会社が、会の性格を一変させたようです」

「ふん、膨大な予算は、軍需会社が出しているということか」

日本の軍需会社が、自衛隊との取引で便宜を図ってもらうために事務官に賄賂《わいろ》を渡していた事件を思い出し、浩志は納得した。

「そういうことです。今や連絡会は一部の幹部の私有物のようになっています」

「それと捜査が何の関係があるんだ」

「これまで、機密漏洩事件に関わってきた自衛官の多くがこの連絡会の会員で、中には情報を外部に売っていた者もいたようです」

「パソコンのウイルスによる情報流出は、偶発的な事件ではなかったというのか」

「もちろん、単純な事件もありました。連絡会の会員は、上級幹部を通じて、かなり高度な機密情報が手に入ります。それを一部の幹部が利用し、私腹を肥やしていたわけです」

「それじゃ、一時間前に殺された男も、自衛官だったのか」

「我々が尾行していたのは、航空自衛隊の高射部隊に所属する成瀬《なるせ》三等空尉で、国防研究連絡会の会員でした。我々は航空自衛隊員に扮して、一週間前から成瀬を入間《いるま》基地の内外問わず、尾行していたのです」

「理由は?」

「成瀬が、不正にパトリオットミサイルの情報を持ちだしたためです」

「成瀬を泳がせていたのか」

「情報を持ちだしたのは、受け取る側があってのことですから」

「取引き相手に心当たりはあるのか」

「それが、まったく分かりません」

「それじゃ、トム・ヘイニのことはどこまで知っている」

「トム・ヘイニ？　誰ですかそれは」

黒川と中條は、顔を見合わせ、首を傾げた。どうやら二人は、単に成瀬を追っていたに過ぎなかったようだ。

浩志は、二人から事情聴取を終えると、すぐさま瀬川を伴い再び福生に向かった。

二

浩志と瀬川は、トム・ヘイニの住む〝パティキュラコート〟の六〇六号室に戻った。

「奴は、どうしている？」

浩志は、退屈そうに監視カメラのモニターを見ている辰也に声をかけ、近くのコンビニで買ってきた缶コーヒーを渡した。辰也は「ありがたい」と礼を言うと、缶コーヒーのプルトップを開け一息に飲み干し、ふーと息をついた。

「見てください。殺人事件があったのに何事もなかったようにぐっすり寝込んでいますよ」

辰也の指差すモニターに、自分のベッドに行儀よく寝ているトム・ヘイニの姿が映し出されている。

「殺人事件と関わりがないという自信があるのだろう。たとえ、殺された成瀬と直前まで会っていたことがばれても、奴は犯人じゃない、罪に問われることもないからな」

「藤堂さん、モニターの監視は俺一人で充分ですから、隣の部屋で休んでいてください。ベッドは、まだ一つ空いてますから」

ベッドを使っているのが誰か聞かなくても、ミハエルの高いびきがドア越しに聞こえてくる。

「加藤は、まだ戻ってないのか」

「戻って来たんですが、不機嫌を決め込んでいるようです。ベランダにいますよ」

辰也は、加藤の不機嫌の理由を知っている。触らぬ神にと、放ってあるのだろう。

浩志はベランダに出て加藤に声をかけると、缶コーヒーを投げ渡した。加藤は気まずそうな顔をし、頭を下げた。

「藤堂さん、ヘマをやってすみません」

「気にするな。状況を説明してくれ」

「私は駐車場の外に停めてあるトラックの陰でライトを消して見張っていました。ところが犯人は夜目が利くのか、東洋人を銃撃した直後、私にも銃を向けてきました。ハンドガンでしたが、大きな銃でした。私は犯人を確認するのが遅れた上に至近距離で逃げる暇もなかったので、わざとバイクを倒して避けました。そこまではよかったのですが、右手がバイクのスロットルに引っかかりウイリー気味になって、派手に転んだ次第《しだい》です」

加藤は、トレーサーとしての腕はいいが、年齢は三十と若く、傭兵としての経験も十年に満たない。至近距離で狙われ、動揺したのだろう。もっとも、銃撃戦は二、三十メートル内の至近距離になれば歴戦の強者《つわもの》でも恐怖心が先に立つ。数メートルの距離で狙われれば、悲鳴の一つも上げたくなるものだ。

「狙撃された位置関係を図解できるか」

「おおよそなら、描けます」

トレーサーの加藤は、自らの位置を自然界から読み取り、地図に正確にポイントすることができる。また精緻《せいち》な地図でさえ、頭に再現することができるという能力がある。その加藤が、「おおよそ」と表現するのだから、動揺ぶりは推測できる。

浩志は、加藤が描いた犯人との位置図を頭に入れると、スコッチバー〝シングルモルト〟の裏にある駐車場に向かった。さすがに夜中の一時を過ぎているため、野次馬も少なく、報道陣の姿もない。数台の警察関係の車両が、駐車場を取り囲んでいた。

浩志は、作業灯で昼間のように明るい駐車場の出入口に立っている警官に、捜査一課の杉野を呼んでくるように言った。一課の刑事を呼び捨てにする浩志に警官は敬礼をすると、急いで駐車場に走って行った。

「藤堂さん。よかった来てくれて」

手放しで喜んでいる杉野の後ろに、渋面の佐竹が立っていた。

佐竹は、犯罪情報分析官の肩書きが書かれた浩志のネームプレートを投げてよこすと、無言で中に入れと顎で示した。

「藤堂、おまえから杉野に入れた通報が、第一報だった。しかも、通報は、それだけだ。地元の警察にも通報はなかった。もっとも基地周辺の住宅は、防音がしっかりしているから聞こえなかったのかもしれないが。おかげで、初動班より早く現場に着いて白い目で見られたぞ。どうして通報できたか、説明しろ」

自衛隊や米軍基地周辺の住宅には、航空機による騒音被害に対処するべく、防音工事には国から補助が出る。

「目撃者から連絡をもらった。それだけのことだ」

「それじゃ、その目撃者を出せ」

佐竹は、歩きながら喧嘩腰に言ってきた。

「俺は、俺なりに捜査すると言ったはずだ。目撃者のことは忘れろ」

「何だと！」

浩志は、食ってかかろうとする佐竹を無視して、杉野に案内させた。

駐車場の入り口から、十メートルほど入ったところに、人型が描かれてあった。事件発生後二時間以上経っている。死体はなく、まるで猟銃で撃たれたかのようなおびただしい血の痕《あと》が残っているだけだ。

「被害者の状態は」

浩志は人型に向かって心の中で手を合わせると、杉野に尋ねた。

「即死です。銃弾は貫通していました」

「射入口は？」

「射入口は、左胸でした。射入口、射出口ともに六本木の事件と似ています。これって、ひょっとして、藤堂さんが言っていた銃が使われたのじゃないですか」

「それは弾を見つけてから言うんだな。見つけたのか」

「それが、まだ見つかってないのです」

もし、犯人が使った銃がデザートイーグルだとすれば、被害者の体を貫通した弾丸は、思わぬ所まで飛んでいる可能性がある。

殺人現場となった駐車場は二等辺三角形の形をしている。道路に面した入り口は南側に位置し、東西に五十メートル、南北に五十メートルの幅があり、東の端から北東に向かって道路が走っている。また、道を挟んで東と西側にも別の駐車場がある。見通しがよく、弾の行方が分からないのも頷ける。

浩志は、加藤が描いてくれた犯人との位置関係を示す図を思い浮かべた。加藤は、「およそ」という言葉を使ったが、実際渡されたメモは、距離まで記された精緻な図面とも呼ぶべきものだった。まず、犯人が加藤に銃を向けた場所に向かった。被害者が倒れていた場所から、五メートル東南側、入り口からは、六メートル北東の位置に立った。

「杉野、鑑識から長尺のメジャーを二つ借りて来てくれ」

駐車場の出入口近くの路上に停められたトラックの陰に加藤は隠れていた。追跡中の成瀬三等空尉からは、死角になっていたが、皮肉なことに狙撃犯からは丸見えだったようだ。犯人の撃った弾丸は、転倒した加藤をかすめるように飛んで行ったそうだ。

「お待たせしました」

杉野は息を切らせて、五十メートル巻きのメジャーを二つ持って来た。

「杉野、このメジャーを持って駐車場の出入口から、東に六メートルの所に立ってくれ」

浩志は、メジャーの端を持つと、本体を杉野に渡した。

「はっ、はい」

杉野は、「人使いが荒い」と小言を言いながらも、浩志が示した場所まで走っていった。

メジャーの延長線上に住宅とビルの間を南北に抜ける細い路地があった。

「これを持ってくれ」

「あっ、ああ」

メジャーの端を無理矢理持たせられて唖然とする佐竹を尻目に、浩志は駐車場の出口まで歩いて行った。そこから別のメジャーで加藤から聞いた数値を計った。

「杉野、ここまで来てくれ」

杉野の持つメジャーの誤差を修正すると、今度は近くに立っている警官を呼び、位置がずれないようにメジャーの途中を持たせた。

「杉野ついてこい」

浩志は、メジャーの本体を持った杉野を連れ、細い路地を南に向かって歩いた。路地は二メートルほどの広さで、街路灯もなく暗い。浩志は、ポケットからハンドライトを出すと、メジャーが歪《ゆが》まないように注意しながら、その延長線上を注意深くライトで照らした。メジャーは、路地に入って十一メートルほどでビルの壁に突き当たった。突き当たりの壁には何もない。浩志は、二、三歩下がって突き当たった場所を中心にして広範囲にライトで照らした。

「杉野、見ろ」

「あっ、ありましたよ。藤堂さん」

メジャーが突き当たったビルの壁から、一メートルほど手前、地上から高さ約三メートルのレンガ色の壁材に五十円玉ほどの穴が空いていた。

「鑑識を呼べ」

浩志は、杉野に命じると短く息を吐いた。

加藤の目測は、恐ろしく正確だった。ビルの穴からは、五十ＡＥ弾と思われる弾頭が回収された。三十分後、弾痕から改めて犯人の位置を割り出し、被害者の位置を結びつけることにより、一発目の弾頭も発見された。

三

浩志は、殺人現場を撤収する杉野に下北沢のマンションまでパトカーで送ってもらった。張り込み拠点としている現場近くのマンションに戻るというわけにもいかず、戻ったところで仮眠用ベッドが足りないということもあった。ひとまず張り込みは辰也らに任せ、帰ることにした。また、発見された弾頭を確認するため、佐竹と朝九時に警視庁で打ち合わせをすることになっていた。眠くはないが、少しでも横になった方がいいだろう。

下北沢も明け方の四時、しかも週中ということもあり、夜通し遊んでぐったりとした若者を駅周辺でちらほら見かけるぐらいで、いたって静かなものだ。

浩志は部屋のロックを解除し、玄関に入った。すると見覚えのあるエナメルのパンプスが置かれてあった。パンプスの主を起こさないようにそっとドアを閉め、玄関の左手にある洗面所に入った。

このマンションはよくあるタイプで、洗面所の奥に浴室がある。汗臭い洋服を脱ぎ捨てると、浴室に入りシャワーのコックをひねった。少しぬるめにしたお湯が、全身を覆っている疲れの殻《から》を剝ぎ取るように流れて行く。肩と首を回すとごりごりと音を立てた。

背後に人の気配を感じたが、気にせずにお湯を使い続けた。

「後ろを簡単にとられるとは、傭兵失格ね」

「分かっていたさ」

そうは言ってみたものの、気配を感じただけで物音など聞こえなかった。

「音をたてずに、歩く訓練も受けたのか」

「あらっ、象のように足音をたてていたわ。シャワーの音で聞こえなかったんじゃないの」

浩志がシャワーのコックを閉めると、後ろからバスタオルがかけられた。

「寝ていたんじゃないのか」

浩志は、体を拭きながら振り返ると、一瞬声を失った。

美香は、生まれたままの姿で浴室の入り口に立っていた。着痩せするタイプの彼女の体は、豊満で眩《まぶ》しくさえある。

「寝ていたわよ。でも、まだご褒美もらってないでしょ」

美香は、浴室に入り、浩志の首に両腕を絡ませた。

「ご褒美？」

「二泊三日の観光ガイド料、まだもらってないわ」

「ほう。クレジットでもいいか」

「キャッシュじゃなきゃ、だめ」

「即金だな」

美香の腰に両腕をまわし引き寄せ、唇にキスをした。

浩志がわずかに唇を離すと、美香は何も言わずに熱い唇を押し付けて来た。甘美で、とろけるようなやわらかい唇が、生き物のようにまとわりつき、理性の牙城を破壊しようとしている。

浩志は、美香をひょいっと抱きかかえると、ベッドルームに向かった。まどろみにつくには、どうやら間ができた。

一時間ほど仮眠した浩志が、目を覚ますと、美香はすでにベッドにはいなかった。まだ、六時を過ぎたばかりだ。朝が弱い彼女にしてはめずらしいことだ。着替えてキッチンを覗くと、美香は朝食を作っていた。

「おはよう。出かけるんでしょう。簡単にすましちゃったけど朝ご飯食べて行ってね」

顔を洗ってキッチンに戻ると、テーブルには、二人分のトーストとベーコンエッグにサラダが出されていた。いたってシンプルなメニューだが、トーストは浩志の好きなイギリスパン、サラダはトマトとレタスにポテトサラダが添えられている。見ただけで、いきなり食欲が湧いてきた。

「はい、コーヒー」

美香は、マグカップに煎《い》れたてのコーヒーを注ぐと椅子に座った。

ありふれた朝の風景に違和感を覚えながらも、据え膳の朝食を堪能した。特にポテトサラダは、キュウリとハムのみじん切りを入れただけのシンプルなもので、それがかえってジャガイモのうまみを引き出していた。

「どうした」

黙々と食べている浩志を美香がにこにこしながら見ていた。

「食事をしている時のあなたって、本当に無邪気ね」

「四十男をつかまえて、笑わせるな」

「だって、話しかけても全然聞こえないみたいなんだもん」

「俺は、食事をする時は集中するタイプなんだ」

「子供みたい」

美香は、くすくすと笑った。

彼女の笑い声に嫉妬《しっと》したかのように、ポケットに入れてあった携帯電話が振動した。浩志は、口の中のトーストをコーヒーで流し込むと携帯を取り出した。

「藤堂さん！」

携帯を離しても聞こえるほどの大声が響いてきた。捜査一課の杉野だ。

「どうした。慌てて」

「大変です。また殺しです」

「なんだと！」

「現場は、千駄ヶ谷《せんだがや》、首都高の高架下。被害者はアジア系です。我々は、これから直行しますが、すぐ来られますか？」

「分かった。今から行く」

携帯を切ると、美香が麻のジャケットを渡してくれた。

「千駄ヶ谷まで行くのだったら、車じゃだめよ。明治通りで事故があったから付近は渋滞しているって、ニュースで言っていたわ」

杉野のばかでかい声は漏れなく聞かれたようだ。

「新宿から総武《そうぶ》線ね」

「はい、はい」

まるで古女房のような美香の口調に苦笑しつつ、浩志は素直に返事をした。

「これ忘れないでね」

玄関で靴を履いていると、浩志の顔写真入りの犯罪情報分析官のネームプレートを美香が渡してきた。今朝シャワーを浴びる際に脱ぎ捨てたジャケットのポケットに入れっぱなしにしておいたものだ。

「警察のお仕事も大切だけど、あんまり露出しちゃだめよ」

「どういうことだ」

「あなたは民間人で自由の身だけど、日本のレベル四クラスの国家機密を持っているの。しかもあなたの存在そのものもそうなのよ。事件の現場には、マスコミがうろうろしているから気をつけてね」

「そうだな」

国家機密に関係なく、傭兵という職業はマスコミにさらされるとろくなことはない。現に仲間の傭兵は、日本で手記を出版したばかりに一部のマスコミから人殺し扱いされたことがある。浩志も危惧していることだけに、美香の忠告には素直に頷いた。

四

千駄ヶ谷は、東西に走る中央、総武線と首都高速を境に、北に新宿御苑《ぎょえん》、南に東京体育館と国立競技場があり、南北に外苑西通りが神宮《じんぐう》から内藤《ないとう》町まで抜けている。殺しのあった現場は、千駄ヶ谷のへそとも言うべき外苑西通りの首都高速の高架下だった。

千駄ヶ谷駅を降りた浩志は、高架下の現場に向かうと立ち入り禁止のテープの前で仁王立ちしている警官に身分証になるネームプレートを見せ、テープの下をくぐった。

「藤堂さん、早かったですね。我々も着いたばかりです。今、初動班と鑑識が遺体の処理をしています。もうすぐ本庁に搬入されますので、その前にご覧になりますか」

杉野は矢継ぎ早に説明すると、浩志が頷くよりも早く死体に向かって歩き出した。途中近くにいる鑑識から白手袋を一つふんだくり、浩志に渡してきた。

「新庄警視も、来ています」

杉野に言われなくても、ハンドライトで死体の様子を調べている新庄をすでに見つけていた。死体は、浅黒い肌をしており、インドかパキスタン系の顔立ちをした三十前後の男だ。茶色の綿のシャツにジーパンを穿いており、近くに被害者のものと思われるナイキのブルーのスポーツバッグが落ちている。死体のまわりは、おびただしい血が流れたあとがある。殺害現場は、ここに違いなかった。

「藤堂君、こっちに来てくれ」

新庄は、浩志が見やすいように死体の左胸をライトで照らした。高架下のため、昼でも薄暗い。

浩志は杉野から貰った白手袋をすると、自前のペンライトを出し死体の上半身を注意深く観察した。被害者の左胸に射入口と思われる傷口があり、そのまわりのシャツがわずかに焦げ付いていた。至近距離で撃たれた時に銃のバーストで焦げたのだろう。気になるのは、射入口近くにナイロンかプラスチックが溶けたような物が付着していることだ。銃を撃った際に、何か障害物があったのだろう。

「かなりの至近距離で撃たれている。しかも、真正面から」

どでかい銃を構えられて、被害者は恐怖のあまり動くことすらできなかったのだろうか。それとも顔見知りの犯行なのか。疑問の残るところだ。

「シャツの焼け跡は、やはり、そうか。いかんせん、大型銃の犯罪歴が日本ではほとんどない。私も戸惑うばかりだ」

新庄は、溜息をついた。

「杉野、弾は見つけたか」

「いえ、まだです」

「被害者の身元は？」

「パスポートの類《たぐ》いも今のところ見つかっていません。ただ、ズボンのポケットに財布がありまして、その中に本人のものと思われる英語の名刺が数枚入っていました。名前は、ムハメド・モハディン。名前からして、インドかパキスタン人という感じですよね。職業は、ト、トレーダーと書いてあります」

「貿易商のことだ」

浩志は、もう一度射入口の近くを注意深く見た。やはり、溶けた物質が気になる。銃を撃つ際に、銃口と被害者の間に存在した、ナイロンか、プラスチック製の物が何かあったはずだ。

浩志は、被害者の近くに転がっているスポーツバッグに目をやった。

「杉野、鑑識の撮影は、終わったな」

「はい、終わりましたが」

杉野は、きょとんとした顔をしている。

「そこのバッグを見せてくれ」

「中には着替えと、メモ帳が入っていただけです。鑑識のオーケーが出てないので、入れたままにしてあります。メモ帳は後でコピーしたのをお渡ししますよ」

「いいから、よこせ」

「いいですけど、中身は出さないでくださいね。鑑識に怒られますから」

杉野は、渋々ナイロン製のスポーツバッグを浩志に渡した。

渡されたバッグはナイキのバッグと思いきや、よく見ると中国製の偽物だった。バッグの表に印字されているロゴがナイキではなく、ナイクになっていた。浩志は、バッグの底を調べた。案の定、三センチほどの穴が空いていた。溶けたために弾の口径以上に大きくなったのだろう。

「ホシは、このバッグに銃を隠し、狙撃したんだ」

バッグのファスナーを少し開け、匂いをかぐと焦げ臭い匂いがした。

「えっ、本当ですか。そんなことで消音効果があるのですか」

杉野は浩志からバッグを受け取ると、慌ててバッグの穴を確認した。

「馬鹿野郎、五十口径だぞ。あるわけないだろう」

「それじゃ、どうして犯人は、わざわざバッグを使ったのですか」

「被害者は、たまたまここを通りかかったわけじゃなく、おそらく車で犯人に連れてこられたんだ。ここは、夜中なら人はめったに通らない。住宅も近くにほとんどない。あったとしても、この界隈の住宅は防音がされているから、銃声すら気付かれることもないだろう。犯人は、被害者のバッグを持つ振りをして、真正面から狙撃したんだ」

「なるほど、服に付着している溶解した物質が気になっていたが、それで分かったぞ。発砲した時に溶けたバッグの素材が、シャツに付着したんだな」

新庄は、浩志の説明を聞いて納得したように何度も頷いてみせた。

「そうなんですか」

杉野も新庄の説明を聞いてやっと納得したらしい。

「それにしても、中近東、日本、アジアと犯人はいよいよ人間狩りを楽しんでいるという感じがしてきましたね」

杉野の言うように確かに人種が増えたことは無差別殺人に繋がるように見える。だが、それを素直に受け入れるわけにはいかない。

一連の殺人事件で〝人間狩り〟という言葉を最初に使ったのは浩志だが、福生で自衛官が銃撃された時点で、浩志の中ではすでに死語になっていた。当初、アフガニスタンかイラクに従軍した帰還兵、ないしはプライベート・オペレーターによる逆恨み的な犯行と、浩志は考えていた。だが、自衛官ばかりか新たにインドかパキスタン人が被害者に加わるとなると、恨みの線は消えるからである。

さらに詳しく調べようと、死体の顔、首筋、次に手を見て浩志は、はっとした。右手の人指し指の第一と第二関節の間が固く盛り上がっていた。

「これは」

浩志は、さらに盛り上がっている場所を指でなぞるようにして感触を確かめてみた。

「銃ダコだ」

「何！」

浩志のつぶやきに新庄が反応した。新庄も右手の人指し指を確認した。

「なるほど、これは銃ダコかもしれないな」

「新さん、これまで殺された連中の身元をもう一度洗い直す必要があるぞ」

「確かに、殺された人間が、平凡なサラリーマンや貿易商じゃなかったとしたら、被害者に何か繋がりがあるのかもしれないな」

迂闊《うかつ》だった。被害者に関連性が見いだせないばかりに、事件を通り魔的犯行と半ば決めつけていた。今は見えない糸かもしれないが、被害者同士、強力なパイプを持っていたのかもしれない。

浩志は、血を流しきった死体の背後に得体の知れない闇を見たような気がした。

五

翌朝、浩志は警視庁の小会議室にいた。会議室には、一課の佐竹と杉野、それに検死官の新庄というおなじみの顔ぶれが揃っていた。

「杉野、書き出してくれ」

佐竹の指示で、杉野がホワイトボードに一連の殺人事件の概要を書き始めた。浩志らは、ホワイトボードに書き出される文字をひたすら見つめた。

五月五日（月）六本木　アル・サバーハ　クウェート人
五月七日（水）六本木　イブラヒム・ラハマティ　イラン人
五月十一日（日）渋谷　アハマド・ハマド　イラク人
五月二十日（火）福生　成瀬友明《ともあき》　航空自衛隊員　日本人
五月二十一日（水）千駄ヶ谷　ムハメド・モハディン　国籍不明

「昨日殺されたムハメドだが、まだ国籍も分からない。入管に問い合わせてみたが今のところ該当者もない」

杉野の作業が終わると、佐竹はつぶやくように補足した。

「ホテル旅館組合には、問い合わせたのか」

「ああ、旅館組合を通じて、都内のホテルや旅館には問い合わせてもらったが、やはり該当者はいなかった」

浩志の質問に佐竹は力なく答えた。佐竹ばかりか、警視庁全体に沈滞ムードが漂っていた。わずか三週間で五件も殺人事件が起き、捜査の糸口すら見つけられないことをマスコミから無能、給料泥棒と叩かれている。士気が下がるのも当然だろう。

「杉野、最後に殺された奴は、メモ帳を持っていただろう。調べたのか」

「それが、アルファベットが羅列《られつ》してあるだけで、意味が分かりません。これは、そのコピーです。お持ちください」

杉野から、A四の用紙にコピーされたものを渡されたが、ざっと見る限りでは、彼の言う通り意味不明のメモが乱雑に書かれているようにしか見えない。ひょっとして暗号なのかもしれない。

「新さん、他の死体も改めて検証したのか」

浩志が知りたかったのは、死体に銃ダコがあったかどうかだ。千駄ケ谷で殺されたムハメドの手は、明らかに銃を使い慣れた兵士の手をしていたからだ。

「死体は、すべて遺族か関係者が引き取った後だ。遺体の写真を改めて調べてみたが、指先まで確認できなかった。迂闊だったよ」

新庄も覇気なく答えを返してきた。

「死体を引き取った遺族のことは、調べたのか」

「面目ない。被害者だと思ったから、よく調べてなかった。先週までは、連絡もついたのだが、今は誰とも連絡がつかない。今、捜査員を手分けして連絡先の住所を調べさせている」

「それじゃ、ライフルマークはどうした」

佐竹は、用意していた茶封筒から二枚の写真を出して、机の上に並べた。

「右の写真が福生の事件で発見された銃弾で、左の写真が千駄ヶ谷の高架下で新たに発見された銃弾だ。ライフルマークは一致しなかった。銃は、一つじゃないということだ」

浩志は、ゆっくりと頷いた。一連の事件は、単独ではできないと最初から思っていた。これで、犯人が複数いることが分かった。

「我々が、溜息ばかりついている理由がこれで分かっただろう。一連の事件は複数犯の可能性が出てきたというわけだ」

警視庁はマスコミに銃の口径まで発表していない。そのため、一部マスコミを除いて連続殺人事件としてはまだ扱われていない。だが、一連の事件が同一のしかも複数犯の犯行ということが公になれば、さらに警察は叩かれるだろう。

「被害者の身元は、洗い直したのか」

「それぞれの国の大使館を通じて、人物の照合を再度確認しているところだ。結果は、二、三日中に出るだろう」

「聞き込みは、どうなっている」

「六本木を始めとした殺人現場での聞き込み捜査は引き続きしている。だが、何も出て来ないんだ。普通、殺人事件が五件も発生すれば、何かあってもよさそうだがな」

佐竹に何を聞いても、お手上げの状態ということはこれで分かった。短期間に五件の犯行をまったく足取りも掴ませず行なう。これは、明らかにプロの仕事だ。

「藤堂、今度はこっちからの質問だ。おまえの行動は、個人の行動範囲を超えている。おそらくどこかの政府機関に協力しているのだろう。あえてどこの機関かなどと野暮な質問はしない。話せる範囲でいいから、情報をくれ。頼む」

佐竹は、珍しく下手に出てきた。

浩志は腕組みをして沈黙した。たとえどんなに信頼していても浩志の知りうる事実で話していいことなどほとんどない。

「俺のスタンスは、変わらない。協力する時はする。それだけだ」

「それなら、聞きたいことがある。自衛官の殺害現場にたまたま居合わせたわけじゃないだろう。殺された成瀬とかいう自衛官をどうしてマークしていたんだ。それだけ教えてくれ。一連の事件で、この男だけが、日本人だ。手がかりがあるとしたら、俺はこいつだと思っている」

浩志の答えは想定内だったとみえ、佐竹は怯《ひる》む様子もなく質問してきた。

「奴をマークしていたわけじゃない。俺は、五十口径の弾丸のルートを調べていた。たまたまそこに成瀬が登場してきただけだ」

浩志は、情報本部や傭兵代理店が絡まない情報のみ教えても構わないと判断した。

「それじゃ、その弾丸のルートは解明したのか」

「ルートは問題じゃない。今、弾を買った奴の張り込みを続けている」

「続けている？　なるほど。その弾を買った奴が、成瀬と接触したんだな」

「そういうことだ」

「藤堂、警察を信用していないのは分かっている。すべて任せろとは言わない。せめて俺たちにも手伝わせろ。俺たちは、捜査のプロだ」

福生でトム・ヘイニの張り込みは続けているが、未だに動きはない。張り込み現場は、もともと情報本部にすぐ引き継ぐ予定にしていたが、殺人事件が起きたためにそのままの態勢を維持しているのが現状だ。しかも情報本部は、傭兵代理店のコマンドスタッフを駆り出してまで自衛隊内部の捜査をするほど深刻な人手不足に陥っている。とても、捜査の引き継ぎなどできる状態ではなかった。だが、慣れない張り込みで浩志の仲間は疲れが出始めている。代わって欲しいのは、やまやまだ。

「俺たちは、令状なしで張り込み捜査している。あんたらにそれができるのか」

佐竹は、うっとうなり声を上げた。

「それができるなら、引き継いでもいい」

「…………」

浩志の畳み掛ける質問に、佐竹は天井を見上げたまま黙り込んでしまった。

「お互いのテリトリーは、侵さないことだ」

浩志は、会議室を出ようと席を立った。発見されたライフルマークの件だけ聞けば、充分だった。

「何人必要だ」

佐竹が、重い口を開いた。

「……二人は、最低必要だな」

浩志の答えに、佐竹が杉野をちらりと見た。

「私と係長ですか？」

「他に誰がいる」

杉野は、自分を指差し苦笑した。鬼瓦のような佐竹と一緒に仕事をしたくないと思っているのだろう。杉野の気持ちも分かる。

「藤堂、俺たち二人なら問題ないだろう」

「いいだろう。張り込みの引き継ぎは、夜中の十二時。場所は、福生の事件現場の近くだ。詳細は後で連絡する」

浩志は、佐竹の申し出をすんなりと受け入れた。佐竹が浩志のテリトリーに踏み込むということは、警視庁をいつでも辞める覚悟はできていると判断したからだ。

六

浩志は、福生の張り込みに戻る前に丸池屋に立ち寄った。情報分析のプロである土屋友恵から報告があると連絡を受けたためだ。

「連続殺人事件の犯行声明らしきものを発見しました」

友恵は、浩志の顔を見るなり興奮した様子で話し始めた。

「テロリストを処刑したと言っています」

「処刑？」

「そうです。被害者の名前まで書かれていました」

「書かれていた？　ちゃんと説明してくれ」

「すみません。自作の検索ロボットがうまく作動したので、つい興奮してしまって」

友恵は、検索ロボットというインターネット上を自動的に検索するソフトを自前で制作していた。例えば〝殺し〟とか〝爆弾〟とか危ない言葉をキーワードに設定し、ホームページ上を自動的に巡回させ、その言葉を使っているサイトを自動的にリストアップさせるというものだ。リストアップされたサイトを閲覧し、犯罪を未然に防ぐことができるため、海外では警察や情報機関も使用している。だが、土屋の開発した検索ロボットはそれだけに留まらず、パスワードが設定されているサイトに侵入したり、犯人の特定が難しい掲示板のサーバーを逆探知したりでき、危険な文章を発信した犯人のパソコンまで特定してしまうという優れものだ。

「ほう、そんなことまでできるのか」

この女ならやりかねんと、浩志は感心した。

「犯行声明は、アルカイダ系のホームページに外部から書き込まれていました」

「アルカイダ系？」

イスラム主義急進派の国際テロ組織アルカイダは、もともとサウジアラビアの富豪だったウサマ・ビン・ラーディーンが、その財力で作り上げた組織と言われているが、現在アルカイダを名乗る、あるいはアルカイダと関係しているというテロ組織は世界中数えきれないほどある。

「アルカイダ系のホームページは、これまでいくつも出現したかと思えば突然閉鎖されたり、サーバーを移転させたりと特定が難しいのですが、サウジアラビアにあるサーバーに掲載されているのを検索ロボットが発見しました」

「要点だけ説明してくれ」

友恵は、自慢するわけではないのだろうが、放っておくとやたら専門用語を使うため、早目に釘を刺しておかなければならない。

「そのホームページに、日本で潜伏中のメンバーを四人処刑した、と書かれていました」

「今見ることはできるか」

「それが、先ほど突然閉鎖されてしまいました。犯行声明が掲載されて、数時間と経っていません。仲間の殺害について書き込まれたためと思われますが、検索ロボットが抜き出したテキストは見られます」

友恵は、パソコンのモニターに英語のテキストを表示させた。

文章は冒頭に「我々ゴッドハンドは、日本に潜入した悪魔の手先を処刑した」と書かれ、殺害された順に被害者の名前を列挙し、最後に「神の印である五十インチを恐れよ」とだけ書かれていた。使用された銃の名前までは書かれていないが、警察でも発表されていない銃の口径が表記されていることから見て、犯人の犯行声明とみて間違いないだろう。

「……これは！」

被害者の名前を改めて見てみると、警視庁が調べ上げたものと若干違っていた。最初に殺されたはずのアル・サバーハというクウェート人は、ラフマン・ダエイという名になっている。また最後に殺されたムハメド・モハディンは、アクタル・シャリダという名になっていた。

「ラフマン・ダエイとアクタル・シャリダの身元を調べてみてくれ」

友恵は、すぐさまキーボードを叩いた。

「二人とも、インターポール（国際刑事警察機構）から、アルカイダ系のテロリストとして手配されています。ラフマン・ダエイは、クウェート人ではなくアフガニスタン人で、アクタル・シャリダはパキスタン人です」

「なるほど、国際手配されていたから偽のパスポートで潜入したのか。日本もなめられたものだ。それにしても、ゴッドハンドなんて組織は聞いたこともない」

「私も調べてみましたが、ゴッドハンドと呼ばれる組織は、見当たりませんでした。そこで、サウジアラビアのサーバーのアクセスログを解析したら大変なことが分かりました」

サーバーとは、簡単に言えばホームページのデータが入っているコンピューターのことで、ホームページにアクセスした記録はアクセスログと呼ばれている。

「通信経路をごまかすため、世界中のサーバーを迂回させてありました」

「それじゃ、解析不能ということか」

「凡人のハッカーなら、できないでしょうね。私は、迂回されたサーバーからさらに軌跡を辿ることに成功しました」

「自慢話はいいから、結論を言ってくれ」

「別に、自慢しているわけじゃありません」

友恵が膨《ふく》れっ面《つら》をした。この際、彼女の機嫌を損ねるのは良策とは言えない。

「友恵の能力に凡人が敵うはずがないだろう。先を聞かせてくれ」

「分かりました。ペンタゴンです」

「何！」

友恵は、すました顔で言ったが、ペンタゴンとはアメリカの国防総省のことだ。

「確かにペンタゴンから発信されていたのか」

「ペンタゴンのサーバーを経由したのは、確かです。それより先の解析はさすがに無理でしたが」

「この件を池谷に報告したのか」

「はい。藤堂さんが見える五分前に報告しました。そしたら、真っ青な顔になって自分の部屋に戻られました。藤堂さんがいらしたのに出て来ないということは、まだ電話でもしているのじゃないですか」

浩志は、舌打ちをした。傭兵代理店は、防衛省情報本部の特務機関としての顔を持つ。池谷は当然上部組織である情報本部の幹部に報告しているのだろう。相手が米国の国防総省となれば、日本の役人は手も足も出ない。凶悪な犯罪だとしても見て見ぬ振りをしろと言うに決まっている。

部屋のドアがノックされると硬い表情の池谷が入ってきた。

「藤堂さん、土屋君から聞きましたか？」

「殺人犯に関することならな」

「藤堂さんは、これらの事実をどうお考えになりますか」

「ペンタゴンが関係しているのなら、話は簡単だ。陸軍の特殊部隊が日本に派遣され、実力行使をしたということだ。アルカイダが相手なら、ＣＩＡよりデルタフォースを使った方が確実だからな」

デルタフォースとは、イギリスの特殊部隊ＳＡＳをモデルに創設された米軍第一特殊作戦部隊の通称で、対テロの最強部隊と言われている。

「やはり、そう思われますか。情報本部長も同じことを言っていました」

「捜査を止めろと言ってきたか」

「いえ、その逆です。礼儀をわきまえない連中をのさばらせるなと、怒っていました」

殺された被害者がアルカイダの関係者なら、日本の警察に情報を流し、捜査させるのが筋というものだ。それをしなかったというのは、日本の力では取り締まれないと馬鹿にしているからだろう。

「それにしても、アルカイダ系のテロリストを殺害しただけでなく、どうして自衛官まで殺さなければならないのですか」

「やつらの使っている銃は、脅しであると同時に権力の象徴だ」

「権力の象徴？……なるほど、米国そのものということですか」

「アルカイダを力でねじ伏せるという示威行動。同時に自衛隊に対しては、同盟軍の情報を流す者に対する制裁。つまり米国に逆らえば怖いぞと言いたいのだろう」

「米国は、自衛隊の情報漏洩に対して再三クレームを入れてきましたが、一向に収まらないのに業を煮やしたのでしょうな。そうかといって、こんな手段で訴えなくてもいいじゃないですか」

「まだ、犯人が米軍の特殊部隊と決まったわけじゃないぞ」

「それは、そうですが」

池谷は肩をすくめて溜息をついた。

デルタフォースは、任務によりさらに特別編成されたタスクフォースと呼ばれる四人単位のチームが派遣されるということを以前米軍出身者に聞いたことがある。いずれにせよ彼らの活動は常に極秘任務のため世間に知られることはない。だが、彼らなら五十口径のデザートイーグルを三十八口径の銃のように自在に扱えたとしても不思議はない。

気がかりがあった。仮に犯人は四人組のタスクフォースとしても、殺人は飽くまでも命令で行動している。それをＣＩＡのカクタスが追跡する理由が分からない。

浩志は、福生に戻るべく席を立った。

闇の調達人

一

浩志は、福生のマンション〝パティキュラコート〟の六〇六号室に戻り、隣室の六〇五号室の住人トム・ヘイニを監視モニター越しに眺めていた。そして、この男をこのまま監視するだけでいいのかどうか迷っていた。トム・ヘイニの行動からして、どこの軍隊でも見かける闇の調達人だと考えていた。この手の人間は裏の情報に詳しく、いたるところに人脈を持っているものだ。それゆえ客の求めに応じ、物資を合法、非合法に拘らず調達し、売買することができる。米軍の特殊部隊がそんな便利屋である闇の調達人を利用したことは容易に想像がつく。だが、トム・ヘイニが闇の調達人だとしても、機密漏洩の自衛官と接触するとなると、話がややこしくなる。まさか、自衛隊の最高機密までクライアントの求めに応じて売買していたというのだろうか。

あと一時間ほどで午前〇時になり、捜査一課の二人と張り込みを交代することになっている。これまで張り込みをしていた辰也は浩志と入れ替わりに引き上げ、残っているミハエルと加藤もそろそろ引き上げることになっている。

「加藤、俺の愛車で、これから六本木に行かないか」

マンションの駐車場にミハエル自慢の中古のベンツが停めてある。年式は古いが左ハンドルのシルバーのステーションワゴンだ。修理工場を開いた辰也から一ヶ月前、格安で手に入れた掘り出し物だ。

「六本木もいいけど、行くんだったら、渋谷がいいな。藤堂さんは、どうされますか。引き継ぎが終わったら合流しませんか」

まじめな加藤もミハエルの誘いに乗るつもりらしい。

「俺は、遠慮しておく」

浩志は、トム・ヘイニが気になって仕方がなかった。今日は佐竹と杉野に付き合うつもりだった。

「それじゃ、先に失礼します」

二人は、足取りも軽く部屋を後にした。浩志は、二人の姿をマンションのモニター映像で何気なく追った。マンションの防犯カメラは玄関やエレベーターなどの内部だけでなく、玄関の外や非常階段まで設置されているが、駐車場にはない。

駐車場に向かうミハエルと加藤が玄関の外に設置されているモニターからフレームアウトした。しばらくしてドーンという爆発音がした。ベランダに行き駐車場を見下ろすと、ミハエルのものと思われるベンツから煙がでている。しかも車の近くで加藤が倒れていた。

「くそっ!」

部屋を飛び出し、駐車場まで全速力で走った。

エンジンルームから炎を上げ始めたベンツに駆け寄ると、佐竹と杉野がミハエルを助手席側から引きずり出そうとしていた。いかんせんミハエルは、一九二センチ、九十六キロの巨漢だ。杉野は、ミハエルのジャケットを引きちぎって尻餅《しりもち》をついた。

「どけ!」

浩志は、煙にむせる佐竹を脇にやり、ミハエルのズボンのベルトを掴み、車体に足を掛けると一気に引っ張り出した。

「ミハエル、しっかりしろ! 杉野、救急車を呼べ!」

浩志は、佐竹の手を借りミハエルを安全な場所に移すと傷の状態を確認した。左半身にかなりの損傷があるものの、意識はあるようだ。

「藤堂、やられたよ。加藤は大丈夫か」

自分の怪我をさし置いてミハエルは、仲間の心配をしている。

「動くな！　ミハエル」

ブルドーザーというあだ名の通り、大怪我をしているくせに立ち上がろうと半身を起こし、意識を失った。

ベンツの脇に倒れていた加藤は、杉野の介抱ですでに意識は取り戻していた。額を何箇所か切ったようだが、大きな怪我はしていないようだ。

「驚いたぞ。早く来ちまったから、駐車場に車を停めて待っていたら目の前で爆発したんだからな」

一課の鬼と呼ばれた佐竹も、動揺が隠せないらしくいつもより早口で喋った。

「いつから来ていたんだ」

「十分、いや、十二分ぐらい前か」

「あやしい人影はなかったのか」

「うん……。おい藤堂、俺に職務質問するな。俺は刑事だぞ。怪我をした連中以外、誰も見てない。それより、怪我をしたのは、おまえの部下か」

「仲間だ」

駐車場に野次馬が集まり始めたので、杉野が出入口で交通整理を始めた。

ほどなくして救急車が現われ、救急隊員がミハエルをストレッチャーに乗せた。

「加藤、悪いがミハエルに付き添ってくれ。それにおまえも精密検査を受けるんだ」

加藤は、力なく頷くと救急隊員に付き添われ救急車に乗り込んで行った。

「藤堂、犯人に心当たりはあるのか」

「いや、ない」

佐竹の質問に答えようにも、今の段階ではできない。だが、ミハエルの車が爆破されたのは、爆発の規模から見て殺害というより、警告だということは分かった。とすれば、トム・ヘイニの監視を嫌う者がいるということだろう。また、仕掛けられた爆弾を調べないと分からないが、車は大破したものの限定的な爆発をした。爆弾はかなり高度な技術で作られたものと推測できる。

「藤堂、後で説明を聞かせてくれ」

頭をかきながら、佐竹は駐車場の出口へと向かった。けたたましいサイレンの音を響かせながら、次々とパトカーが駐車場の外に停まったからだ。

佐竹は、パトカーから飛び出してきた警官たちを現場に案内している。前回の成瀬三等空尉が殺害されたときも、地元の警察から嫌な顔をされたらしいが、今回は事件の目撃者であり、通報者でもある。佐竹は、どんな言いわけをしたらいいかさぞ困っていることだろう。

どこからか強い視線を感じた。未だに正体が分からない相手から確実にマークされているようだ。もし、相手が狙撃銃を持っていたならいつでも狙い撃ちができるだろう。

浩志は、監視の目を引きつけるように現場を離れた。

二

午前〇時二十分、上り線の最終電車が終了した福生駅は静まり返っていた。

駅の南寄りの踏切を渡り、西に向かうと、一昨日成瀬三等空尉が殺された駐車場に足を踏み入れた。辺りに人影はない。だが、痛いほど尾行者の視線を感じる。

殺害現場はきれいに清掃されていた。だが、いくら水で洗い流しても、雨でも降らない限り完全にきれいになるものではない。現に、血液の腐った匂いが足下から漂ってくる。無理もない。左胸を撃たれた成瀬の遺体は、心臓は破裂し、背中に大きな風穴が空いていたそうだ。大動脈を破壊された遺体からは、惜しげもなく血液が流れたに違いない。弾丸径〇・五四インチの五十ＡＥ弾が体内を抜ける瞬間、爆発的な威力を発揮したということだ。

浩志は、誰もいない深夜の駐車場で微動だにせずひっそりと佇《たたず》んだ。やがて四方から殺気が膨らんでくるのを感じたが、それでも動こうとはしなかった。しばらくすると殺気は、ふっと消えた。

「くそっ」

尾行者は誘いには、乗って来なかった。だが、浩志の予想通り四つの気配を感じた。一連の事件が単独犯でないことは、使われた銃が複数あることからも分かっていた。また、犯行声明がペンタゴンからなされたことを考えれば、米陸軍の対テロ特殊部隊デルタフォース、またその単位が四人であれば、デルタフォースの中でもさらに精鋭を集めたチームの可能性が考えられた。たとえば、対イラク戦争で数々の戦歴を残し、逃亡したフセイン大統領の息子を殺害したと言われているタスク二十に類するチームだ。タスクとは、タスクフォース下にあるチームのコード名だ。

苛立つ浩志を逆なでするようにジャケットに入れてある携帯が振動した。

「加藤か。……分かった。すまないが、ミハエルに付き添っていてくれ」

治療を終えた加藤からの連絡だった。加藤は精密検査の結果、異常なしと診断された。だが、ミハエルは、左半身に爆発物の破片が大量に刺さっており、一回の手術では、除去できないそうだ。容態は、今のところ安定しているが、予断は許さないらしい。

加藤は当初助手席に乗っていたが、車が爆発する寸前急遽《きゅうきょ》運転を代わることになり、車を降りて、運転席のドアに手をかけた途端爆発したそうだ。爆弾は運転席の下で爆発したらしく、ミハエルはその時、助手席に移った直後だった。もし、ミハエルが運転席に座っていたら、おそらく即死していただろう。

浩志は携帯をポケットに納めると、また爆破現場に戻った。

真夜中ということもあり、野次馬もほとんどいなくなっていたが、現場の捜査はまだ続いていた。現場の入り口で警官に呼び止められたため、犯罪情報分析官の身分証でもあるネームプレートを出し、立ち入り禁止のテープをくぐった。

駐車場はマンションの真横にあり、六台停められるスペースが、入り口から奥に向かって八列並んでいる。そのうち一列目の左二つは来客用共有スペースになっている。爆破当時、ミハエルの車は一列目の一番右に停められており、佐竹と杉野は来客用の一番左のスペースに車を停めていた。

杉野は、ミハエルの車の前のフェンスにぐったりともたれかかっていた。

「藤堂さん。探しましたよ。どこに行ってたんですか」

よれよれのスーツを見るまでもなく、杉野は疲れきった顔をしていた。

「爆発物は、パイプ爆弾だったようです」

「パイプ爆弾？　破片が見つかったのか」

「ちぎれたパイプの破片が見つかりました。明るくなったら、詳しく分かると思いますが、車の破損状況からして、比較的規模の小さいものだったようですね」

「杉野、佐竹を呼んで来い」

杉野は、重い腰を持ち上げて、駐車場の奥で地元の捜査陣と話をしていた佐竹を呼んで来た。

だろうな」

「藤堂、どこに行っていた。もっともおまえがここにいたら余計ここの連中に怪しまれた

佐竹は意外に機嫌がよく、にやりと笑ってみせた。

「どんな言いわけをしたんだ」

「こないだの殺害現場を見に来たら、たまたま爆発音を聞いて、駆けつけたと言っておいた。こんな遅い時間になぜ、なんて聞きやがったから、都内の殺人事件で忙しいからだと、逆切れしてやったら恐縮していたぞ。実際、一課は全員この二週間不眠不休だ」

確かに佐竹や杉野の目の下には、はっきりと分かる隈《くま》ができている。

「二人ともついて来てくれ」

浩志は駐車場の隣のマンション〝パティキュラコート〟の六〇六号室に二人を連れて行った。

「何だこれは！」

佐竹と杉野は、リビングに設置されたデスクの上の二台のノート型パソコンに驚きの声を上げた。

「この左のパソコンは、マンションの防犯システムと同期されている」

浩志の指し示したパソコンには、マンションに設置された防犯カメラの映像を六分割で映し出していた。

「右のパソコンは、隣室の六〇五号室のリビングと寝室に設置された監視モニターの映像を映し出している。住人は、トム・ヘイニ陸軍軍曹だ」

「なんだって……」

佐竹が絶句した。この二台のパソコンを設置した段階で、法律をいくつも破っていることになるからだ。

「違法捜査と言いたいのだろう。言っておくが俺たちは、警官じゃない」

「……確かに」

「だが、この場所は閉鎖する」

「なんだと、爆弾で脅されて、怖じ気づいたのか」

「馬鹿を言うな。俺も、あんたらも敵に面が割れているからだ」

駐車場にいた時点で、敵に監視されていたことは分かっていた。当然、居合わせた佐竹たちの顔も知られているはずだ。だが、浩志たちの監視は、早い段階で敵に知られていた可能性がある。それを確かめるために浩志は、二人を連れて来たのだ。

浩志は、リビングの壁や天井を探し、天井に設置されている火災報知器に目をとめた。ミハエルたちが使っていた道具箱からドライバーを出し、椅子に乗ると火災報知器を分解した。

「こいつか」

浩志が報知器から引っ張り出したのは、小型カメラだった。電源は、報知器から得ており、配線の接続部にサビが浮いていた。かなり前に設置されたものだろう。しかも半永久的に作動する仕組みになっている。佐竹と杉野は、唖然として声も出ない様子だ。

「監視しているつもりが、監視されていたということだ」

浩志は、手招きすると二人を部屋の外に連れ出した。トム・ヘイニが仕掛けたのか、彼を餌として使っている連中が仕掛けたのかは分からない。いずれにせよ敵の方が一枚上手だったということだ。

「いよいよ、トム・ヘイニとかいう米兵が怪しくなってきたな」

佐竹は、下に降りるエレベーターで一人頷いた。

「いくら怪しくても、奴からは捜査の糸口は摑めないぞ」

浩志は断言した。

「奴は、もう何も動きは見せないだろう。もし、ヤバいと思っていたら、とうの昔に引っ越しているはずだ。奴の仲間は、それを見越して派手に警告してきたんだ」

「見張っても無駄ということか」

佐竹は憮然とした表情をした。

「そういうことだ」

捜査は、進展したかに見え、また振り出しに戻った。

三

翌日、浩志は、ＣＩＡの捜査官であるカクタスから渡された名刺の電話番号に電話した。

「カクタスか、藤堂だ」

「元気そうだな、藤堂」

「まだ、日本にいたのか」

「天気はいいし、毎日快適だ。しばらく離れるつもりはない。しかし、日本ではそろそろ梅雨《つゆ》と呼ばれる雨期に入るそうだが、私は、じめじめしたところが大嫌いなんだ。雨期に入ったら、考えるよ」

「いい気なもんだ。ちゃんと仕事をしているのか」

「日本は、東南アジアと違って、平和だ。仕事らしい仕事もない。働けというほうが間違っているだろう」

「デザートイーグルを使う殺人犯を追っていたのじゃないのか」

「あれは確かに日本じゃ凶悪だな。だが、我々の追っていた人間と違うことが分かった。だから、連続殺人犯は、日本の警察に任せることにしたんだ。なんなら藤堂、おまえが捕まえたらどうだ。元刑事だったよな」

「ふざけるな。一度会って情報交換してみないか」

「いったい、何の情報を交換しようというんだ。私が今欲しい情報を藤堂、君が持っているとは思えない」

「本当にデザートイーグルを使った犯人の情報は、欲しくないのか」

「だから、言っただろう。人違いだったと。我々が追っている人物とは違うんだ」

「本当に、そうか」

「くどいぞ、藤堂」

浩志は、目の前で土屋友恵がオーケーサインを出したのを確認した。

「そうか、それじゃ。また別の機会に連絡する」

浩志は、電話を切った。

「逆探知できました。藤堂さんの言った通り、回線は途中で転送されていました」

浩志は、カクタスから貰った名刺の住所を調べ、すでに記載されていた貿易商がないことを確認していた。そこで、友恵に逆探知をしてもらうために、彼女の仕事部屋を訪れていたのだ。

一時間後、浩志は新宿アイランドタワーの地下広場にある椅子に腰掛けていた。地下と言っても天井がないパティオと呼ばれる屋外の広場で、パラソルが付いた白いテーブルと椅子が配置され、植栽や小川を模した人工的な川まである。パティオを囲むようにレストラン街があるため、季節のいい今頃は、快適な休息場所と言える。

「お待たせ」

白い綿のジャケットにブーツカットのブルージーンズを穿いた森美香が、手を振りながらやってきた。待ち合わせにこの場所を指定したのは、彼女だった。

「ちょっと早いけど食事しながら、話をしない？」

「そうだな」

時間は、午前十一時四十分。胃袋はいつでもスタンバイしている。

「バーガーキングで買ってくるけど、適当に頼んでいい？」

「まかせる」

あまりファーストフードの店には入らないが、直火で焼いてあるビーフパティのバーガーキングなら歓迎だ。美香は、最初からバーガーキングが食べたくて、待ち合わせをこの場所に決めたに違いない。

「お待たせ」

美香は、トレーをテーブルの上に載せた。ハンバーガーの包みとオニオンリングとコーラがそれぞれ二つずつ、所狭しとトレーに載っている。

「私は、普通のワッパーセット、あなたは、ダブルワッパーでいいでしょう」

ワッパーとは、五インチ（十二・七センチ）セサミバンズで四オンス（百十三・四グラム）のビーフパティとトマト、オニオン、レタスが挟み込まれたバーガーのことだ。これだけでもかなりのボリュームがある。ダブルワッパーとはビーフパティが二枚つまり八オンス、二百二十六グラムも入っている。食べごたえ満点だ。

美香は、さっそく頬張り満面の笑みを浮かべている。

浩志もさっそく巨大ハンバーガーを両手で圧縮するようにかぶりついた。初めにサラダの香りがしたかと思うと、次いで香ばしいビーフの香りが口に広がり、嚙み締めた瞬間、濃厚なビーフパティの味とタルタルソースが絡まったサラダの優しい味が舌を刺激する。そして口を動かすたびに、ビーフとオニオンの刺激がほどよく混じっていく。

「うまい」

久しぶりに食べただけに格別においしく感じた。

「よかった。ひょっとして、ビーフパティが足りなかったんじゃないの」

「これで、充分だ」

好みにより、どんなトッピングもできるが、これ以上パティを入れたら、厚みが出て食べることができなくなるだろう。

「聞きたいことって、何？」

美香は食べ終わると、満足そうな表情で尋ねて来た。

「以前、CIAに知り合いがいるって言っていたが、そいつにCIAの日本での活動をどんなことでもいいから聞き出すことはできないか」

「それって、今現在ということ?」

「もちろんだ」

「CIAはエリアごとに明確に区切りがあるから、彼女に聞いても極東地区のことは分からないと思うわ。それに、今、CIAの動きが日本であるとは思えないけどね」

「どうして、そう思うんだ」

「だって、極東エリアの局員は、中国と東南アジアで忙しいはずよ」

「…………」

極東エリアのチーフであるカクタスが、日本にいることを言いたいが、言ったところでどうにもならない。

「あっ、そうだ。一ケ月後に千葉《ちば》でG8地球サミットがあるから、その警備で忙しくなるかもしれないわね。噂通りに大統領が来日すれば、CIA局員まで駆り出されるかもしれないわ。私は期間中、手伝いに行くことになっているの。めずらしく本店から要請があったわ」

環境と開発に関する国際連合会議、いわゆる地球サミット、あるいは環境サミットと呼ばれる国際会議が、千葉の幕張《まくはり》で行なわれることになっている。会期中に平和と環境のシンボルとしてディズニーランドを使うらしい。

「なるほど」

浩志は一連の殺人事件を単純な対テロ作戦として考えていたが、これで納得がいった。大統領の来日は現段階では未定だ。もっとも、当の大統領は、今月に入って二度も命を狙われている。外遊などするとは思えない。あるいは、反対に国内は危険とばかりに来日するかもしれない。現大統領は、これまでと違い、平和主義を前面に押し出している。そのため、軍事産業の後ろ盾があるネオコン（新保守主義）の政治家や軍人にかなり恨みを買っている。あえて平和を象徴するサミットに参加する可能性は捨てきれない。

これらの事情を踏まえれば、サミット開催前に日本に潜在する不安材料を消去しようとしているのかもしれない。いかにも米国政府が考えそうなことだ。

「それから、これを見てくれ」

浩志は、美香にA四のコピー用紙を数枚渡した。

「何、これ？」

「千駄ヶ谷で殺されたパキスタン人が持っていたメモ帳のコピーだが、わけが分からない。ひょっとして暗号かもしれない。見たことはないか」

傭兵代理店の土屋友恵にもコピーを渡してあるが、未だに連絡を寄越さない。浩志もなんとか自力で解読しようといつも持ち歩いているが、お手上げの状態だ。

「うーん。確かに意味不明ね。私は、北朝鮮の暗号表なら見たことあるけど、正直言って、この手は不得意なの。これ借りていい？　同僚で専門家がいるから」

「コピーだから、持っていてくれ」

美香は気軽に受け取ったものの、彼女に頼みごとした自分にどこか後ろめたさのようなものを感じ、思わず苦笑してしまった。

四

浩志は、美香との昼食を終えると、傭兵代理店に仲間を招集した。

軍艦島でブラックナイトの特殊部隊と闘って以来、全員が顔を揃えるのは久しぶりのことだ。もっとも、福生の病院に入院しているミハエルはこの場にはいない。

丸池屋の奥の応接室にあるソファーには五人しか座れないので、折りたたみ椅子が三つ用意された。コマンドZのメンバーでない傭兵代理店の瀬川も参加しているが、軍艦島では一緒に闘っているので、誰も部外者とは思っていない。

隊長である浩志が一人掛けのソファーに座り、分かりやすく右と左でいつものチームで分けた。

右側のソファーには、チームイーグルの田中と頭に包帯を巻いた加藤が座り、瀬川が折りたたみ椅子に座った。本来なら、ミハエルもこのメンバーに加わることになる。

左側のソファーには、チームパンサーのリーダーである辰也とジミーが座り、折りたたみ椅子に宮坂と京介が座った。階級があるわけではないので、座る順にこだわりはない。京介と瀬川が遠慮して折りたたみ椅子に座っただけだ。

彼らは、コマンドスタッフである瀬川と、やっとAランクに昇格した京介を除いて、傭兵代理店で特Aランクの傭兵として登録されている。しかも、それぞれ何らかのスペシャリストだ。

〝爆弾グマ〟こと辰也と、爆弾と痩せた竹の造語である〝ボンブー〟ことジミーは、爆破専門。

〝針の穴〟と呼ばれる宮坂と〝ブルドーザー〟こと巨漢のミハエルは、スナイパー。呼び名も〝トレーサーマン〟の加藤は、トレーサーと呼ばれる、追跡と潜入。

〝ヘリボーイ〟と呼ばれる田中は、オペレーティング。オペレーティングとは操縦のスペシャリストで、元陸自の輸送ヘリのパイロットだった田中は、ヘリコプター以外にも様々な乗り物を乗りこなす。

京介は〝クレイジーモンキー〟のニックネームがあるが、親しい仲間からは〝クレイジー京介〟と呼ばれている。その京介でさえ、辰也とジミーから特訓を受け、様々な爆弾を自作し、また爆弾の解除技術もかなり高等なレベルまで習得している。

「昨夜、ミハエルと加藤が襲われたことは、知っての通りだ。加藤からの報告によれば、ミハエルは、これまで二回の手術を受け、小康状態を保っているそうだ。だが、まだ体内に爆弾の破片が残っているらしい。現在、集中治療室に入っているため、付き添いもできない。予断は許さない状態だそうだ」

浩志が挨拶も抜きでミハエルの報告をすると、仲間からは溜息が漏れた。仲間の死や負傷は職業柄よくあることだが、慣れるものではない。

「爆弾を仕掛けた犯人は、今のところ分かってない」

浩志は犯人を特定できないため、苛立っていた。いつも持ち歩いている殺されたパキスタン人のメモのコピーを右手に丸めて持ち、それで左手をぽんぽんと叩いた。

「だが、一連の殺人事件の犯人は、おそらくデルタフォースの指揮下にあるタスクフォースか、それに匹敵する特殊部隊だと俺は思っている」

仲間から、どよめきが上がった。傭兵を長くしていれば、デルタフォースの戦歴を知らない者はいないからだ。米軍最強と言われるデルタフォースの中でもさらに精鋭の少人数で行動するチームをタスクフォースと呼び、チームは、それぞれ〝タスク二十《トゥエンティー》〟というように番号を付加されたコードネームで呼ばれている。

「ミハエルと加藤が襲われたのは、福生の米兵の捜査を中止せよという警告だったと認識していいだろう」

「それで、撤退したんですか」

珍しく加藤が、口を挟んできた。自衛官の成瀬が殺害された時、犯人を逃がしてしまったという自責の念が強く、さらに今回、自分が狙われたことにより捜査が中止になったと思い込んでいるようだ。

「違う。監視していた部屋に隠しカメラが設置されていたからだ」

「本当ですか」

「監視しているつもりが、監視されていたというわけだ」

「しかし、そんなことまでタスクフォースの連中は、するんですかねえ」

瀬川が、首をひねった。現役の自衛隊員として、同じ軍人がスパイ活動までするのか疑問を持ったのだろう。

「タスクフォースは、俺たちと同じで破壊活動専門だ。もっともいつも極秘任務についている連中のすることだから、通常の軍人とは違うとは思う。だが、隠しカメラは、俺たちが監視活動に入る前から仕掛けられていた形跡がある。ということは、トム・ヘイニ自身、以前から監視態勢の中にいたことになり、支援する別のチームの存在があると思う」

「支援チームというのは、仮に、敵がタスクフォースだとすると、彼らに武器弾薬も含めた支援活動をしているということですか」

瀬川が言うことはもっともなことだ。戦場での支援、補給というなら、武器弾薬、食料、そして敵の情報だろう。

「いや、おそらく彼らが支援されているのは、情報だけだろう」

浩志は、犯人のこれまでの行動に疑問を持っていた。デザートイーグルを使う意味、弾の補給を闇でしたこと、そして手製の爆弾、少なくとも正規の特殊部隊ではありえないことばかりだ。だが、これらの問題点を繋いで行くと、おぼろげながら彼らの行動が読めてきた。飽くまでも憶測と念を押して、浩志は自らの考えを披露した。

「彼らは、ペンタゴンのかなり上級クラスから、直接命令を受けて極秘に任務を遂行していると俺は思う。それゆえ彼らは、日本の駐留軍からも支援を受けずに行動している。だから、弾を闇で購入し、そこら辺で手に入る材料で爆弾を作ったのだ。一方で、CIA極東支局のカクタスは、現地の情報を提供するように命じられているが、殺人鬼まがいの事件を起こすチームの所在を確認しようと後を追っていたというわけだ」

「なるほど、それで、弾を売ったガンスミスの青戸のマンションで、藤堂さんと鉢合わせになったというわけですか」

瀬川が、相槌を打った。

「しかし、本来極秘任務をするチームが暗殺を行なっているなら、もっとスマートな殺しをするんじゃないですかね」

辰也の疑問は、もっともだ。

「彼らは、アルカイダ系のホームページにハッキングする形で犯行声明を掲載している。その文章からも、暗殺が残虐な武器であることにこだわりがあるのだろう」

「見せしめですか」

辰也はなるほどと頷いた。

「一連の殺人事件は確かに同じ犯人だと分かりますが、テロリストの殺害と、情報漏洩の犯人殺害を同時にしているということですか」

「結論から言うと、そうなのだが……」

結局、浩志の推測は、テロリスト暗殺と情報漏洩者の暗殺という相容《あいい》れない内容で壁にぶち当たってしまう。地球サミット前に不穏材料をなくすという意味では、テロリストの暗殺は目的に合致しているが、情報漏洩者の暗殺や自衛隊への警告ということなら、いつでもいいはずである。

「ケチをつけるつもりはありませんが、殺されたのがテロリストと自衛官じゃ犯人の意図が分かりません。いまいち納得できませんね」

辰也の言葉は、浩志を黙らせるには充分だった。

五

傭兵代理店の奥の応接室に、むさ苦しい八人の男がいれば、たとえ何もなくても息苦しい。まして、打ち合わせの口火を切った浩志が黙ってしまえば重苦しい空気が漂うことになる。

「藤堂さん、ちょっと休憩しませんか。コーヒーでもいれてきますよ」

瀬川は、一八六センチの大きな図体の割には、時として気の利いたことを言う。

「そうだな」

浩志は、連日駆け回っているため、少々煮詰まっていた。右手に持っていたメモ帳のコピーを広げて、応接テーブルの上にぽんと投げ出した。

「何ですか、これは」

机の上に置かれたコピーを見て、田中が聞いて来た。勢いよく置いたため、田中の目の前まで飛んで行ったのだ。

「殺されたテロリストと思われるパキスタン人が持っていたメモ帳のコピーだ。暗号か何か知らないが、さっぱり分からないんだ」

「確かに、これは意味不明ですね」

田中は、ぺらぺらとコピーをめくって首をひねった。

「すみません。俺にも見せてもらえますか」

田中の斜め前に座っていた京介が、身を乗り出して覗き込んだ。

「やっぱり、そうだ」

京介は、にやりと笑った。

「おまえに分かるはずがないだろう」

辰也がちゃちゃを入れた。

「これ、電話番号じゃないですか」

「このアルファベットと記号の羅列を数字に置き換えたと言うのか。だとしたら、おまえ天才だぞ」

辰也は、馬鹿にして鼻で笑った。

「これ、暗号じゃありませんよ。インド数字とアルファベットです。字も汚いから読みにくいだけですよ」

「インド数字！」

瀬川を除いて、ほぼ全員が中東に行ったことがある。むろんアラビア語は多少理解できても、読み書きまではできない。ただひとり、アラビア語が堪能なのは、何を隠そうクレイジーと呼ばれる京介だけだ。京介は、タリバーンがアフガニスタンで政権をとり、内戦状態だったころ、タリバーンに対抗する北部同盟という組織に義勇兵として参加していた経験を持つため、アラビア語の会話だけでなく、読み書きまでできる。

アラビア人が使う数字はインド数字と呼ばれるもので、インドで発見された算用数字のためそう呼ばれている。ところが、世界でもっとも流通しており、我々が算用数字と呼んでいるものがアラビア数字と呼ばれるのは、ちょっとした皮肉かもしれない。

「京介、説明してくれ」

浩志は、京介を促した。

「最初に、英語のアルファベットが書かれています。これは、イニシャルだと思います。例えば、この一行目の最初に書かれているのは、〝S・W〟ですね。次が、インド数字です。インド数字は、・がゼロを意味しますから、一見〝S・W・〟と書かれているように見えてしまいますが、実は、電話番号のゼロなのですよ。アラビア語でイニシャルを書けば、誰でもアラビア語だと分かりますが、数字だけだと分からないかもしれませんね」

「続けてくれ」

浩志は頷きながら、手を振って京介を促した。

「次の文字は、サラーサと読みますが、三ですね。だから、この番号は、都内ということです。しかも、このパキスタン人は、インド数字を続けて書かずに、数字の間にハイフンで区切ってありますよね。こうするとインド数字ってただの記号と英語のアルファベットに見えるんです。むかし、知り合いのアフガニスタン人が、同じことをしていましたよ。アラビア語が分からない連中に読まれないようにって。俺はアラビア語が読めるから、子供騙しだと思っていましたが、やっぱり読めないもんなんですね」

日頃、クレイジーだと馬鹿にされているせいか、京介は勝ち誇ったように白い歯を見せて笑った。

「調子に乗るな。分かったから、これを全部、俺たちが読めるように書き直せ」

辰也が、そう言うと、瀬川が隣の事務所に飛んで行き、紙とペンを持って来た。

京介が紙に数字を書き出すと、確かにイニシャルと電話番号になっていた。

「瀬川、友恵を呼んでくれ」

すぐ廊下を挟んで向かいの部屋にいる友恵は、瀬川に呼ばれ、慌てて入って来た。

「暗号が、解けたんですか！」

友恵は、真っ青な顔をしていた。自分こそ世界一の情報分析のプロであり、ハッカーだと日頃思っているだけに、体力馬鹿と言われている京介に先を越されたのは、相当ショックに違いない。

「これは、暗号じゃない。ただのインド数字らしいぞ」

「インド数字！　インド数字って、アラビア人が使う数字のことですか。私は、てっきり乱数だと思ってプログラミングしていたのに、ショック！」

「アラビア語が読み書きできれば、誰でも読めるそうだ。それより、京介が書き写した電話番号を調べてくれ」

浩志は、京介が書き終えたメモ書きを友恵に渡した。友恵は、溜息をつきながら受け取ると、目を通しながら部屋を出て行った。

「あっ！」

廊下から友恵の悲鳴ともつかない大声が聞こえてきた。

「大変です！」

友恵が、勢いよくドアを開けて戻って来た。

「藤堂さん、この一枚目の六行目。これって、トム・ヘイニの電話番号ですよ」

友恵の指差す六行目を見ると、Ｔ・Ｈとイニシャルが書かれている。

「確かか」

「私は、トム・ヘイニの書類には何度も目を通していますから、間違いありません」

「とすると、トム・ヘイニは、情報の売買の仲介をしようとしていたのか。あるいは、囮《おとり》だったのか」

一連の殺人事件にとうとう繋がりが見つかった。殺されたアルカイダ系のテロリストとパトリオットの情報を売ろうとしていた自衛隊員が、闇の調達人を介して繋がった。まだ推論すら許される段階ではないが、パキスタン人のアクタル・シャリダと現役の自衛隊員成瀬は、五十AE弾という凶弾によって殺されたという事実は、決して希薄な繋がりではないことが証明されたことになる。

六

トム・ヘイニが、連続殺人事件のキーマンだということが分かってから、三日経った。この間、傭兵代理店は友恵を中心に、トム・ヘイニを徹底的に調べ上げた。彼は米陸軍に入隊して十四年になるが、所属していた部隊では闇の調達人として有名だった。起訴されそうになったこともあったが、なんとか切り抜けてきたようだ。しかも何でも調達するということで、部隊では重宝されていた節もある。階級は軍曹にも拘らず、かなり資産を持っていることも分かっていた。

福生のトム・ヘイニの住む〝パティキュラコート〟の裏側に面する路上に傭兵代理店の白いワンボックスカーが停められている。

時刻は、午前二時。

夜空に浮かぶ半月はうす雲に包まれ、星もどんよりとした空にわずかばかりのきらめきを見せるだけだ。空気が重い。梅雨の前触れとでも言いたげな空模様だ。

「行け！」

浩志はぽんと加藤の肩を叩いた。

上下黒のトレーニングウェアを着た加藤は音も立てずにワンボックスカーから飛び出すと、人間離れした跳躍を見せ、防犯カメラの死角であるマンションの塀を乗り越え、裏口から侵入した。

「イーグルマスター、潜入しました」

加藤からの連絡が、ハンドフリーのインカムから聞こえてきた。

コマンドZは、いつものようにイーグルとパンサーの二つのチームに分かれて行動していた。イーグルチームは、マンションの裏手に車を停め、万一に備えて待機している。車内には、浩志、瀬川、田中がそれぞれサイレンサーを装着したサブマシンガンMP五と、やはりサイレンサーをつけたベレッタで武装していた。

「セキュリティーシステムに接続しました」

加藤は、無人の守衛室にあるセキュリティーシステムのパネルを外し、友恵の設定したパソコンを接続した。

「友恵、頼む」

無骨な浩志らと対照的に、友恵はトレーナーとジーンズという身軽な服装で乗り込んでいた。友恵は、加藤が接続したパソコンを通じ、マンションのセキュリティーシステムをコントロールすることになっている。

「完了!」

ものの十秒と、かからなかった。

友恵によると自作のプログラムに同期させるだけなので、いたって簡単らしい。友恵のパソコンの画面には、マンションの防犯カメラの映像が映し出された。作戦中、マンションの防犯システムには、タイムコードのみ正常に作動し、無人の静止画像が連続して記録されることになる。

「トレーサーマン、そのまま待機。パンサー、行け」

「パンサー、了解」

辰也率いるパンサーチームが乗ったバンがマンションの前に停まった。軍艦島の戦闘で内臓に損傷を受けたジミーは、退院したばかりなので運転手役だ。

パンサーチームのリーダーで、コマンドZの副隊長でもある辰也は、宮坂と京介を連れ、マンションの玄関から堂々と入った。もちろん、彼らの映像は、防犯カメラには映っておらず、玄関のオートロックも友恵の操作で解除された。三人とも、ハンドガンタイプの麻酔銃をジャケットに隠し、宮坂と京介は道具箱を持っている。

「爆弾グマ、六〇五号室前に到着、これより、捕獲します」

辰也が麻酔銃を構えると、宮坂は道具箱からピストル型の解錠機を取り出した。これは、シリンダー式の鍵ならなんでも解錠できる優れもので、欧米の交通課の警官が駐車違反の車を移動する際に使うものと構造的に似ている。そして、京介は道具箱からチェーンカッターを取り出した。

　辰也が頷くと、宮坂は解錠機を鍵穴に差し込み、レバーを二、三度引いて鍵を開けた。宮坂がすぐさまドアを薄く開けると、京介がドアチェーンを切断しドアを開けた。続けて辰也が寝室に駆け込み、何事かと飛び起きたトム・ヘイニを麻酔銃で立て続けに二発撃ち、床に倒れる寸前で抱きかかえた。ものの十秒という早業だった。

　辰也が、トム・ヘイニを担ぎ上げて部屋の入り口までやってくると、京介が、切断したドアチェーンを交換しているところだった。辰也と入れ違いに、寝室に入った宮坂はクローゼットにあったスーツケースに下着や洋服など身の回りのものを詰め込んだ。辰也はトム・ヘイニの口にガムテープを貼ると、リビングのソファーに転がし、部屋を荒らさないように細心の注意を払いながら机の引き出しやバッグの中を探し、クローゼットの小物入れから小さなキーホルダーを二つ見つけるとにんまりとした。

「イーグルマスター、捕獲完了。探し物も見つかりました」

「了解、カメラは設置したか」

「設置しました」

　部屋の入り口が見えるところに超小型の監視カメラを京介が設置した。トム・ヘイニの関係者が入ってくる可能性を考えてのことだ。

「爆弾グマ、撤収せよ。ボンブー、車を回せ」

「ボンブー、了解」

ジミーは、マンションの裏口に車を回した。

待つことなくトム・ヘイニを担いだ辰也らが、マンションの裏口から出てきた。

「トレーサーマン、機器を設置しろ」

加藤は防犯システムを元の状態に戻すと、別の小さな装置をシステムに接続した。防犯カメラとトム・ヘイニの部屋に設置した監視カメラの映像をインターネット経由で見られるようにする通信装置だ。

「設置完了しました」

友恵が、さっそく正常に作動するか確認し、浩志に親指を立ててみせた。

「トレーサーマン、オーケーだ。撤収せよ」

加藤はマンションの防犯システムの中に侵入した時のように塀を軽々と飛び越え、車に乗り込んで来た。

「作戦終了。全員撤退せよ」

浩志の合図で二台の車は、何ごともなかったかのようにマンションを離れた。

「友恵、始めてくれ」

「了解」

友恵は、パソコンで事前に調べ上げていたトム・ヘイニの銀行口座のデータを画面に映しだした。日本にも支店があるアメリカのモルトン銀行の口座だ。

「全額、転送していいですね」

「そうしてくれ」

友恵は、軽いタッチで、キーボードを叩いた。

「完了です。残りの銀行も処理しますか」

「とりあえず、奴を無一文にしないとな」

「分かりました」

今度は、香港に本店があるゴールドチャイナ銀行の口座を画面に表示させ、先ほどと同じ要領で処理した。

「送金完了です。これで、トム・ヘイニの銀行預金は、すべてスイスに設けた新しい口座に本日付で、送金されたことになります」

友恵は、スイスにある銀行にトム・ヘイニ名義の口座を一昨日の土曜日のうちに開設していた。トム・ヘイニは、モルトンとゴールドチャイナの両銀行に併せて二百万ドル近い預金があったが、そのすべてをスイスの銀行に送金したことになる。部屋も荒らされずに、身の回りの物が無くなっている。しかも、全財産を送金されているとなると、自らの意志で脱走したと米軍は判断するだろう。

証人攻防

一

傭兵代理店の社長である池谷は、亡くなった父親から動産、不動産に拘らず莫大《ばくだい》な遺産を相続しているが、不動産に関しては先祖伝来の下北沢周辺の土地ばかりでなく、東京近郊に別荘地をいくつか所有していた。その中でも、二十年前に建てられた山梨《やまなし》県大月《おおつき》市にある別荘は、五百坪の敷地に六十坪の洋館が建っている豪奢《ごうしゃ》なものだ。壁材に使われているレンガに苔《こけ》が生えているのが、かえって洋館らしい風格を醸《かも》し出している。大月インターを降り、東京に少し戻ると奥多摩湖に通じる深城《ふかしろ》バイパスと呼ばれる国道一三九号がある。この道を二十分ほど北上すると民家が絶える寂しい場所に出る。そこから脇道に五分ほど入った所だ。自然に溢れ、静かという以外何もないところに別荘は建てられている。池谷の父親は、この場所にあと二つ洋館を建設し温泉付き別荘として売り出す予定だったが、肝心の温泉を掘り出すことができず、結局自分の別荘として使うことになったらしい。

浩志は、米兵のトム・ヘイニを拉致するとパンサーチームに別の任務を与え、都内に帰した。そして、浩志の乗ったバンにトム・ヘイニを乗せると、イーグルチームの田中と加藤に友恵を加えたメンバーだけで夜明け前、大月の別荘にやって来た。

別荘は久しく使われていなかったそうだが、事前に傭兵代理店のコマンドスタッフである黒川と中條が迎える準備をしていたので、浩志らは観光気分で宿泊することができた。

午前七時二十分、山間《やまあい》とはいえすっかり夜は明けていた。

「藤堂さん、トム・ヘイニが目を覚ましました」

トム・ヘイニの見張りをしていた黒川が、一階の二十畳もあるリビングでコーヒーを飲んでいた浩志を呼びに来た。

「不当逮捕だと、わめいています」

黒川は、苦笑しながら報告した。

浩志は、黒川の後について別荘の地下に降りた。別荘は二階建てで、一階は二十畳のリビングとキッチンに浴室、それに十畳の主寝室が一つあり、二階には客間が四部屋ある。

そして、地下には、ランドリースペースがあるボイラー室と、空の棚があるだけの十畳ほどの倉庫があった。昔は、薪《まき》を割ったりする作業場だったらしく、小さなトイレまでついていた。この倉庫から黒川と中條が棚を運び出し、簡易ベッドを入れて即席の監禁室に仕立て上げていた。窓もなく扉も昔ながらの分厚い鉄の扉のため、トム・ヘイニが本当の留置場と勘違いしても仕方がないのかもしれない。

難点と言えば、食事を中に入れるための小窓がないことだが、ドアの上部に室内のライトの点滅を確認するための穴が開いているため、外から中の様子を見ることはできる。

「トム・ヘイニ、後ろの壁まで下がれ！」

黒川は、ドアの小窓から中を覗き、英語で命令した。

「隊長どうぞ」

黒川は、浩志をわざと名前で呼ばないようにしている。ドアを開け、MP五を構える黒川を従え、浩志は中に入った。ちなみに黒川は戦闘服を着ているが、浩志はTシャツにジーパンとラフな格好だ。

「あんたが、ここの責任者か……」

トム・ヘイニは首を傾げ、浩志の顔をじっと見つめた。

「貴様、福生のスコッチバーでバーテンに因縁つけていた男だな！」

「俺は、うまいスコッチウイスキーが飲みたかっただけだ」

「どういうつもりか知らないが、俺を早く釈放しろ。今頃、米軍は俺が不当逮捕されたことで大騒ぎになっているはずだ。今なら、なんとか国際問題にならないようにすることができるぞ」

真っ赤な顔をして、トム・ヘイニは一気にまくしたてた。

「トム・ヘイニ陸軍軍曹、状況を把握していないようだな。まず、米軍は大騒ぎしていない。おまえのことは脱走兵として手配したに過ぎない。それから、俺たちは、おまえを逮捕したわけじゃない」

トム・ヘイニは、きょとんとした顔をしている。

「俺たちが警察じゃないことぐらい分かるだろ」

「当たり前だ。おまえらは、日本の自衛隊の警務官だろ」

盗み見るようにトム・ヘイニは、ちらりと戦闘服姿の黒川とMP五に目をやった。

「馬鹿馬鹿しい。アメリカンドラマの見過ぎだ。自衛隊の警務隊は、サブマシンガンで武装はしない。おまえは拉致されたんだ」

「拉致……」

トム・ヘイニの顔色が、さっと青くなった。

「殺されたくなかったら、脱走なんて考えないことだ。それに、人質を取ってある」

「人質?」

「おまえの全財産だ。モルトンとゴールドチャイナ銀行の預金をすべて没収した。協力するならすべて返却してやってもいい。だが、協力を拒《こば》めば、おまえは死ぬだけだ」

「嘘だ！　銀行の預金を操作できるはずがない。たとえ天才ハッカーだろうが、銀行のセキュリティーを破れるはずがない」

「嘘だと思うなら、自分で確かめてみるといい」

浩志が合図すると、黒川はパソコンを取りに外に出た。

トム・ヘイニは、浩志が手ぶらと確認すると、いきなり殴り掛かってきた。

浩志はその場を動くこともなく、くり出された右パンチをかわすと、右手をトム・ヘイニの奥襟に回し、引きつけると同時に右膝蹴りを決めた。

浩志は、トム・ヘイニが膝から崩れようとするのを無理矢理立たせ、ベッドに投げ飛ばした。

「今度は、手加減しないぞ。俺たちは、傭兵だ。ここにいる者は、簡単に素手でおまえを殺すことができる。歯向かおうとしないことだ」

黒川が、ノートブックパソコンとＰＬＣアダプターと呼ばれる通信機器を持って帰って来た。ＰＬＣアダプターとは、コンセントに繋いだ親ターミナルをインターネットに接続されたモデムに接続し、子ターミナルをコンセントに繋ぐだけで、屋内電気配線を通じインターネットに接続できるという機器だ。そのため、電波がまったく入らない地下室やランケーブルが配線されてない場所でも、コンセントさえあればインターネットを見ることができる。

黒川は、ノートブックパソコンをベッド脇の小さなテーブルにセットし、コンセントに子ターミナルを接続するとランケーブルで繋いだ。

「五分だけ時間をやる。インターネットで口座を確かめろ」

浩志は、そう言うと小さなキーホルダーを二つ、トム・ヘイニに投げて渡した。辰也が、マンションの部屋で見つけたものだ。

「これは……」

トム・ヘイニは、絶句した。浩志が渡したものは、キーホルダーの形をしたハードウェアトークンと呼ばれる六十秒ごとに違うパスワードを発行する機器で、モルトンとゴールドチャイナの両銀行の口座にインターネットでログインする際に必要となる。

浩志は黒川を残し部屋を出ると、一階のリビングの片隅のテーブルでノートパソコンに向かっている友恵の後ろに立った。

「トム・ヘイニは、さっそくモルトン銀行のネットワーク口座に接続しました」

友恵のパソコンのモニターには、トム・ヘイニのパソコンの画面がそのまま表示されている。

トム・ヘイニは、驚きの声をあげると何度も接続しては口座を確認した。

「疑り深いですね、この男は」

次いでゴールドチャイナ銀行の口座にも、別のハードウェアトークンでログインしてみたが、結果は同じだった。

「やっと、諦めたようですね」

今度は、パソコンのプログラムを確認している。メールソフトを探しているのだろう。だが、直接メールできないように、メールソフトは消去してある。

「ひっかかりました。ウエブメールを開いています」

友恵は、くすっと笑った。

ウエブメールとは、インターネットの接続をしている会社（プロバイダ）がしているサービスで、メールソフトがなくてもインターネット上でメールが送受信できる。友恵は、あらかじめトム・ヘイニの契約しているプロバイダの偽のウエブメールがパソコン上で起動するようにセットしていた。メールソフトを消去したのは、偽のウエブメールを使わせるためだ。

トム・ヘイニは見張りをしている黒川を気にしながら、偽物と知らずにウエブメールを使い始めた。だが、相手のメールアドレスを途中まで入力すると、しばし首をひねり、パソコンの電源を落とした。

「引っ掛かりませんでしたね」

友恵は、がっくりと肩を落とした。

「気長に待つさ」

浩志は、はやくも別の作戦を考えていた。

二

地下の元作業場だった留置場の見張りは、二時間おきに交代することになっている。別荘にいるメンバーは、浩志も含めて、瀬川、田中、加藤、それに手伝いで来た代理店スタッフの黒川と中條の男六人と友恵だ。本来なら、浩志も見張りに付くべきなのだが、他の仲間が隊長のする仕事ではないと、スケジュールの割り振りにも参加させてくれなかった。

浩志は、携帯で辰也に連絡をとった。

「藤堂さんですか。ちょうど連絡を入れようとしたところです」

浩志は、パンサーチームにカクタスの居所を突き止めるように命令を出していた。友恵の逆探知で電話の所在地までは分かっていたからだ。

「電話の所在が、やっかいな場所にありました。日テレ麹町ビルの脇の道を入ったところにある〝パレルホテル〟の地下一階です」

辰也の言うやっかいというのは、すぐに分かった。

パレルホテルの近くにはイスラエル大使館がある。大使館は、テロに備えて二十四時間態勢で厳重に警備されている。その警備態勢は大使館内だけでなく、周辺地域も含まれており、防弾チョッキを着た警察官が常にまわりをパトロールするという物々しさだ。しかも、日テレ麴町ビルの脇の道は狭いため、道路に車を駐停車させることもできない。CIAのアジトとしてこれほど好都合なところはないだろう。なにせ、ただで他人の警備の恩恵に預かれるというわけだ。

「何かの事務所なのか」

「〝ブランシェ〟という名前の花屋です。宮坂に法務局で調べさせたら、代表は坂田宏司《さかたひろし》という日本人でしたが、こいつを調べたら、記載された住所に該当者はありませんでした。引き続き宮坂が調査しています」

パンサーチームが、カクタスの捜査を始めてまだ数時間しか経ってないはずだが、辰也たちは精力的に情報を集めている。どうやら捜査のこつが分かってきたようだ。もっとも一流の傭兵は、偵察という面でも優れた洞察力を発揮する。彼らは、捜査員としての素質もあるようだ。

「花屋か」

「なんでも高級な花を扱っているということで、顧客に日本の政治家や在外大使館の駐在員もいるそうです」

「ひょっとして、観葉植物のリースもしているのじゃないのか」

「その通りです。よく分かりましたね」

浩志は、なるほどと感心した。日本のＣＩＡの支局と違い、カクタスが使うようなアジトは、電話番を置いただけの単なる事務所だとばかり思っていたが、積極的に諜報活動をする出先機関だった。花屋なら、どこに行っても怪しまれることはない。まして、リースの観葉植物に盗聴器や隠しカメラを仕掛けた上で貸し出せば苦もなく諜報活動ができるというわけだ。

「外で見張ることはできませんので、ホテルの一室を借りることにしました。地下がレストラン街になっているため、ある程度うろつくことはできますが、限界があります」

「それなら、閉店時間を見計らって、カクタスの後をつける他ないな。カクタスの乗っている車は確認したか」

「本人がまだ来てないので分かりませんが、交代で地下駐車場を見張っているので、大丈夫です」

パンサーチームは、辰也、宮坂、ジミーに京介だが、ジミーは戦力から外して考えた方がいいだろう。

「分かった。友恵と加藤をそっちに向かわせる。追跡は加藤に任せろ」

「本当ですか。助かるなあ」

携帯を切ると、トム・ヘイニの見張りをしていた黒川が困惑顔で立っていた。

「どうした」

「トム・ヘイニの様子が変です。熱があるようです」

「計ったのか」

「いえ、妙に汗をかいていて、自分の常備薬が欲しいと言っています」

「常備薬?」

トム・ヘイニのデータファイルを調べた限りでは、身体的に問題はなかったはずだ。

会話を聞いていた友恵が、陸軍のデータベースにアクセスをして再度確認したが、病歴の記載はなかった。

「プロバジール錠という薬を飲んでいるそうです。最近分かったことらしいのですが、本人曰《いわ》くバセドウ病だと言っています」

バセドウ病は、甲状腺ホルモンの異常により、身体に様々な異常を来《きた》す病気だ。

「プロバジール錠はバセドウ病の治療薬で、甲状腺ホルモンの合成を抑える薬だそうです」

友恵が、さっそくインターネットで調べたらしい。モニターには、薬の説明が表示されていた。

「宮坂さんが、トム・ヘイニのマンションから持ち出した薬の中にありました」

黒川は、カプセル薬が入った透明のプラスチックの容器を見せた。

「薬の表示を確かめて、必要な量を毎回必ず飲んだか確認して与えるんだ」

まさか、治療薬で自殺もできまいと思いながらも用心に越したことはない。

「そうします。なんでもアイソトープ治療も受けているそうです」

アイソトープ治療とは、ヨードの放射性同位元素を服用することで甲状腺細胞の数を減らし、甲状腺ホルモンの量を抑える治療法らしい。なんにせよ、捕虜が病人というのはやっかいな話だ。

「それから、逃げないから、たまには外の空気を吸わせろと言っています」

「馬鹿馬鹿しい。いちいち言うことを聞いていたら、切りがないぞ」

トム・ヘイニは、唯一連続殺人犯と接触がある男だ。また、アルカイダ系のテロリストや自衛隊の極秘データを売ろうとしていた自衛官とも関係がある。叩けば、いくらでも埃が出るだけにしたたかだ。これからも様々な要求を出し、自分に有利な条件を出してくるに違いない。

浩志は、様子を見るため地下に降りた。

トム・ヘイニはぐったりとして、ベッドに横になっていた。見張りの黒川を外で待たせ、浩志は一人で監禁室に入った。

「協力する気になったか」

「ファック、ユー！　誰が、泥棒野郎の言いなりになる」

トム・ヘイニは半身を起こし、中指を立てた。

「強気だな。別におまえをすぐ米軍に返しても構わないぞ。おまえが無一文であることに変わりはないがな」

浩志は、ふんと鼻で笑った。

「くそっ！　協力したら、金を返してくれる保証はあるのか」

「金は返してやろう。だが、今のおまえは命の保証もされてないことを忘れるな」

「俺が、死んだら、殺人犯が誰だか分からなくなるぞ！」

トム・ヘイニは、はっと口を手で押さえた。

「おまえが殺人犯に五十ＡＥ弾を売ったことは、分かっている。それにアルカイダ系のテロリスト、ムハメド・モハディン、本名アクタル・シャリダ、同じく自衛官の成瀬三等空尉の殺害に関係していることもな」

「…………」

トム・ヘイニは、黙って下をうつむいた。

「アクタル・シャリダが所持していたメモ帳におまえのイニシャルと電話番号が記載されていた。米軍が知ったら、おまえはグアンタナモ行きだな」

グアンタナモとは、中米キューバ東部にあるアメリカが半永久的に借地権を有している土地だ。そこに、アルカイダ、あるいはアルカイダと疑わしき人物を裁判も受けさせずに留置する悪名高き刑務所がある。

「俺は、そんな誘導尋問にひっかからないぞ」

「せいぜい悩むことだ」

浩志は、そう言うときびすを返して部屋を出た。浩志の予想通り犯人が特殊部隊の兵士なら、命令以外の余計な殺人は犯さないはずだ。だが、たとえ警告だったとしても仲間を殺そうとしたことに変わりはない。その代償の大きさを犯人に分からせねばならない。

三

浩志は一人大月駅の上り線ホームに立って、特急あずさを待っていた。

午後七時四分、定刻通り特急あずさがホームに滑り込んで来た。

浩志は自由席に座ると、ふうと大きな溜息をついた。トム・ヘイニには当分の間、こちらから一切働きかけないことにした。下手に出れば図に乗るだけだからだ。また、彼の病気の件は、森本病院の院長である森本に相談したところ、目や首に顕著な症状が出ていなければ心配ないと言われ、追加の薬を送ってもらうことにした。トム・ヘイニは、協力するかどうか悩んではいるが、結論を出す様子はない。そこで、監視は瀬川らに任せ、カクタスを監視する辰也らと合流すべく、浩志は別荘を後にした。

デザートイーグルを使った殺しは、一週間前パキスタン人が殺害されてから起きてない。ひょっとすると、犯人グループは、すでに国外に逃亡しているのかもしれない。カクタスも梅雨入りしたら、出国する可能性をほのめかしていた。とにかく、今できることは、トム・ヘイニから情報を引き出すことと、カクタス率いるCIA極東チームの動きを探ることだけだ。

午後八時十分、特急あずさは二分遅れで新宿駅に着いた。

浩志は駅の南口から出ると、人ごみをかき分けるように新宿通りを渡った。道を渡ると代々木方面に向かって広がるサザンテラスと呼ばれるオープンエリアがある。ここを抜け、ＪＲの線路を横切る大きな橋を渡ると、高島屋や東急ハンズや紀伊國屋書店など大型のショッピングビルが並ぶタイムズスクエアがある。

橋を渡り、高島屋に入るとエレベーターで十三階まで上った。エレベーターと反対側のフロアに進み、突き当たりのドアから屋上テラス〝ホワイトガーデン〟に出た。すれ違ったカップルが思わず振り返るほどいい女が手を振ってきた。黒のタンクトップに白いパンツスーツを着た美香だった。

「店は、どうした」

「大丈夫、沙也加ちゃんに任せてあるから」

美香から会いたいと連絡を受けていたのも、東京に帰って来た理由の一つだ。

「歩きながら、話をしましょ。食事をしたいところだけど、今日はすぐ帰るわ」

ホワイトガーデンは、ウッドデッキになっており、噴水や植栽がそこここに配置され、壁際にテーブルや椅子も置かれている。昼は高層からの風景、夜は夜景をバックに、充実したレストラン街を売りにしたデートスポットになっている。

「あなたから、借りたメモだけど。調べたら、電話番号だったわ」

「分かっている」

「なんだつまらない、もう……」

美香は、わざわざ調べたのにとでも言いたいのだろう、子供のように口を尖《とが》らせた。

「すまん。たまたまアラビア語を話せる仲間がいたんだ」

「あのメモ用紙の元は、千駄ヶ谷で殺されたパキスタン人が持っていたと聞いたけど、あなた連続殺人事件を追っているんでしょ？」

「ああ」

「気をつけてね。あの事件は、アメリカ政府が絡んでいるから」

「分かっている。米軍の特殊部隊が絡んでいるんだろ。しかも情報のサポートはＣＩＡがしているらしい」

「驚いたわ。そんなことまで知っているの？」

「まだ憶測の域を出ない。だが、現在までの証拠や状況から、犯人グループは、デルタフオースに所属するタスクフォースだと俺は考えている」

「…………」

美香は浩志の顔を見つめ、しばらく思案顔をしていたが一人頷くと話を始めた。

「一昨日、アメリカのラムズリー国防長官から、内閣官房長官の鶴川《つるかわ》に直接連絡が入ったの。米軍の特殊チームを二つ派遣して、日本国内でテロ掃討作戦を遂行していると」

「二チーム！」

思わず浩志は、声を上げた。犯人グループは、四人の最低人員で構成されるタスクフォース、一チームだと思っていた。だが、浩志たちが遭遇した連中とは別にもう一チーム日本に潜入しているというのだ。

「官房長官は、当然主権侵害だと抗議をしたけど、逆にテロリストを野放しにしていた日本政府を国防長官は激しく非難してきたらしいわ」

「ありがちな話だな」

国防長官であるラムズリー・ライトは、ネオコン（新保守主義）の代表とまで言われ、ことあるごとに北朝鮮と中国を非難し、両国に対する強硬論を唱え一時問題になったことがある。また、現大統領が進めているイラクからの米軍の段階的撤退にも反対している。ラムズリーは、アフガニスタン、イラクで部隊の指揮官として活躍したことにより、軍内部では彼を支持する者も多い。そのため、アメリカ政府は、彼の意見を無視できないという事情もあった。

「今アメリカは、イラク戦争で疲れきって反戦ムードになっているでしょ。これは、私の憶測に過ぎないけど、ネオコンの政治家と軍の上層部が、結託して動いているんじゃないかと思うの。事件が一段落したら、殺された被害者は、アルカイダに関係していたと発表して、日本もテロ戦争の渦中にいることを宣伝するに決まっているわ」

「そういう見方もあるのか。アルカイダ系のホームページに『ゴッドハンド』と名乗る奴から、犯行声明が書き込まれていた。一ヶ月後の地球サミットに向けて危険分子を排除するのが目的だと俺は思っていたよ。なんせ、サミットに米国の大統領も急遽参加することになったからな」

大統領が突然参加を決めたのは、環境対策に不熱心という国際的な風圧をかわすためもあるが、テロリストが一掃され、ある程度安全が確認されたことも大きな要因だろう。

「ホームページのことは、知らなかったわ。本店じゃ、そこまで摑んでいないから」

「犯行声明が書き込まれた数時間後に、ホームページごと無くなっていたから無理も無い。それじゃ、犯行声明は、ペンタゴンから発信されたことも知らないよな」

「ペンタゴン！　……」

美香は、目を見開き立ち止まった。真剣そのもので、吸い込まれそうな目だ。端《はた》から見れば、ラブラブの恋人同士に見えるかもしれないが、国家の最高機密をネタに会話しているとは誰も思わないだろう。

「裏事情は、色々あるみたいね。何も知らないで、アメリカの言うことを聞く日本政府って、本当に情けないわ。あなたは、例の政府機関と協力していると思うけど、おそらく捜査になんらかの措置がとられると思うわ」

美香は、傭兵代理店との関係をすでに既成の事実として捉えているようだ。

「捜査の妨害や捜査中止命令が出ると思うか」

「多分、そうだと思う。捜査を続けることは、アメリカ政府を敵に回すことになると彼らは、考えるはずよ」

「俺には関係ない。犯行が米軍によるテロ掃討作戦だとしても、勝手な暗殺を見過ごすことはできない。まして、奴らは俺の仲間に手を出した。その代償は払ってもらう」

「私が、心配しているのはそこなの」

「政府も敵に回す可能性があるからか」

美香は、こくりと頷いた。だが、浩志は鼻で笑って一蹴した。自分をごまかしてまで政府に媚《こび》を売るつもりは無い。たとえ相手が、アメリカだろうと日本だろうと関係ない。敵に回るというのなら、相手にするだけだ。

四

浩志は晩飯を食べそびれ、腹を空かせながらも新宿駅から中央線に乗り、四ッ谷《よつや》駅で降りた。東京に戻る際に、駅弁を食べるつもりだったが、あいにく売り切れだった。四ッ谷駅周辺も飲み屋は別として、遅い時間まで営業しているレストランや食堂がほとんどない。とはいえ、辰也と打ち合わせる場所をどこかに確保したかった。面が割れているので、見張りをしているホテルに状況も知らずに行くことができないからだ。

新宿通りを半蔵門《はんぞうもん》方面に歩いて行くと左手に日テレ麴町ビルへ抜ける一方通行の道がある。十日ほど前、この道の途中でカクタスの部下に襲われたことを思い出した。彼らは自分のアジトのすぐ近くまで尾行を引きつけていたことになる。なんとも間抜けな話だ。

街灯に照らされた歩道に、小さな黒い染みが点々と浮いてきた。二、三日前からはっきりしない天気が続いて来たが、とうとう雨が降ってきた。雨脚も強い。ひょっとすると、このまま梅雨入りするのかもしれない。

雨を避けるため近くのコンビニに入り、浩志は携帯で辰也を呼び出した。

「行く前に詳しい状況を知りたい。四ッ谷駅の近くだが、どこかいいところないか」

「どの辺ですか」

「上智《じょうち》大学の前あたりだ」

「それなら、半蔵門に向かって新宿通り沿いに二百メートルほど行くと、左手にコーヒーショップがあります。その地下に、〝魚一《うおいち》〟という飲み屋がありますので、そこで待っていてもらえますか」

辰也の言った通り、フランチャイズのコーヒーショップが一階にあるビルの地下に〝魚一〟という飲み屋があった。地酒と焼酎にこだわっている店らしく、酒の肴とは別に酒のリストを持って来た男は、焼酎ソムリエだと言っていた。奥の個室を希望すると混んでいないせいか、すんなりと案内してくれた。

五分ほど待つと、ずぶ濡れになった辰也が現われた。傭兵はめったに傘などささない。だが、町中で濡れるがままというのもおかしなものだ。浩志は、辰也の姿を見て思わず苦笑した。

「お待たせしました。藤堂さんは、飯を食いましたか？」

「いや、まだだ」

「よかった。それじゃ、ここの焼き魚と握り飯頼みましょう」

「おまえもまだだったのか」

「いえ、もう食べましたが、藤堂さん一人で食べてもつまらないでしょう」

「まあな」

辰也はでかい体格が示す通り、大食いだ。結局、握り飯とみそ汁のセット、焼き魚にホッケを二人前、それに宮坂たちへのお土産として、握り飯を追加で四人分注文した。酒はメニューを見る限り、うまそうな焼酎もあるが、ぐっと我慢してビールを一本だけ頼んだ。

「聞かせてくれ」

注文が終わったところで、浩志は辰也を促した。

「見張り所として、パレルホテルの三階三〇八号室を長期間押さえました。駐車場は交代で監視していますが、花屋は、怪しまれるので見張りは立てていません。午後に合流した加藤が従業員に変装して、ホテルの守衛室に潜入し、セキュリティーシステムにアクセスしましたので、現在、花屋は防犯カメラで監視をしています」

浩志は、頷いた。

「花屋は、店のスペースが六坪、事務所スペースが八坪で、客の出入りは少なく、店頭の従業員は日本人の女で四人もいます」

「暇な割に多いな」

「それが、ホテルで行なわれる結婚式や催し物の花も扱っているので、意外と忙しいらしいです」

「店頭の商売は、まともだな。偽装とも思えない。店が狭い割に事務所が広いのは、カクタスの執務室がそこにあるからだろう」

「と思われます。事務所の入り口は別にあります。今日は、二人の白人男性の出入りを確認しました。これが、防犯カメラで捉えた映像です」

いささか解像度が悪い写真を辰也が懐から出した。

二人とも見覚えがあった。カクタスを尾行した際に叩きのめした連中だ。

「二人ともカクタスの部下だ」

「やっぱり、そうですか」

「お待たせしました」

店の従業員が、お盆に載せた食事を持って来た。辰也がさりげなく写真を仕舞うと、皿からはみ出した大振りのホッケと、直径十センチはある重量感ある三角おにぎりが二個ずつ載った皿に赤出汁《だし》のみそ汁が添えられテーブルの上に載せられた。

浩志と辰也は、無言でおにぎりにむしゃぶりついた。

辰也とは、七年前、南米のテロリストに誘拐された日本人人質奪回のために組織された傭兵部隊で一緒に戦ったことがある。熱帯のジャングルに分け入って銃撃戦になったこともある。水に苦労はしなかったが、支給されたレーション（携帯食）がこともあろうに米軍のものだった。米軍のレーションは味わって食べるような代物ではない。辰也とは気があったので、よく飯を一緒に食べたが、「おにぎり食いたい」を合い言葉のように言った

らしみじみと言った。

「うまいっすね。このおにぎり」

ホッケを食べる前におにぎりを二つとも平らげた辰也は、赤出汁のみそ汁をすすりなが
らしみじみと言った。

古参の傭兵で物欲がある人間にあまりお目にかからない。ただ、何らかの希望や欲は持っているものだ。浩志の場合は、死ぬ前に美味《うま》い物を食いたいという欲求がある。例えば激戦でもうだめかという状況で、トンカツを食わずに死ねるかという気持ちが急に湧き出し、窮地を脱するということもあった。生き抜くために最後に残された本能なのだろう。

「観葉植物のリースをしていると言っていただろう。ホテルの店でしているのか」

浩志もおにぎりを食べ終わると、ホッケを突つきながら尋ねた。

「客を装い電話で店に問い合わせたのですが、ホテルの店は、生花のみ扱うそうです。リースはまったく違う組織が扱うようで、専用の受付がありました」

辰也は、そう言うとA六サイズで四つ折りの小さなパンフレットを渡してきた。

「店頭に置いてあったものですが、受付の電話番号とインターネットのアドレスだけで、所在地はホテルの住所になっています」

パンフレットには、様々な観葉植物の写真や花瓶の写真が載っている。どれも大使館や金持ちに好まれそうな豪華なものだ。知らずに注文すると盗聴器付きのグリーンを発注す

ることになるのだろう。

「実利を上げながら、諜報活動をしているらしいな」

現在のCIAは、大統領や、ネオコンの政治家とも折合いが悪く、予算も縮小されている。またデルタフォースとCIAは仲が悪いというのは有名な話だ。にも拘らず今回のテロリスト掃討作戦で情報のサポートをさせられているというのは、現政権に冷遇されている証拠なのかもしれない。

「現状は」

「店は、七時で終わっています。事務所から白人の男たちが出て行ってから、一時間近く経っていますので、防犯カメラの監視だけに切り替えてあります。男たちの車両には、発信器を取り付けておきました」

車載位置発信器は、電波の到達距離が四キロあり、しかも都心の要所に中継アンテナが設置されているため、他県に行かない限り見失うことはない。今回の作戦では、カクタスにターゲットを絞っているため、あえて追跡の指示は出してなかった。

「信号は、西新宿で止まったままになっています。今からでも調べましょうか」

「どこかのビジネスホテルにでも泊まっているのだろう」

人員は限られている。あまり捜査範囲を広げたくなかった。だが、カクタスの行動を知るには、周りから攻めて行くしかないだろう。

「宮坂と京介に信号を追わせてくれ」

「了解しました」

加藤は、カクタス追跡のために残しておきたかった。

二人は、勘定を済ませると麴町のパレルホテルに向かった。

五

浩志と辰也は、パレルホテルを目指し、黙々と歩道を歩いた。

昼の人口が嘘のように引けた通りに降り注ぐ雨が、姿なき生き物のように体にまとわりつきうっとうしい。

麴町四丁目交差点から市ケ谷《いちがや》方面に向かう下り坂を歩いていると、脇を通り過ぎた黒のベンツが急ブレーキをかけ、二人の前に停まった。

ベンツの助手席のウインドウが降り、

「藤堂さん、よかった見つかって」

池谷の馬面が、暗闇から突き出すように現われた。

浩志は舌打ちをした。傭兵代理店と契約を交わすと、日本にいる間は専用の携帯電話を渡される。それは、クライアントの要求に即座に応えるため、代理店と常に連絡を取れる状態にしておく必要があるからだ。また、傭兵からの救難信号も受け取るシステムも組み込まれており、傭兵の安全管理を行なっている。だが、同時に携帯を持っている限り居場所を特定されるという難点があった。

「お話がしたいのですが、よろしいでしょうか」

浩志は、辰也に先に行くように指示をすると、ベンツの後部座席に乗り込んだ。後部座席の奥には、六十前後の見知らぬ男が座っていた。ドアを閉めるとベンツは静かに走り出し、裏道から新宿通りに戻ると半蔵門に向かった。

「すみません。緊急を要していたものですから」

後ろを振り向きながら愛想笑いする池谷とは対照的に、初老の男はむっつりと座っている。男は、グレーの髪をオールバックにした役人面をしている。

「こちらは、情報本部長村上利明《むらかみとしあき》さんです」

村上は、浩志の目を見据えて軽く会釈をし、

「はじめまして、村上です。かねがねお噂はお伺いしております。よろしくお願いします」

型通りとはいえ、そつのない挨拶をしてきた。国外に対しても戦略的な諜報活動をする組織のトップらしく所作に隙がない。車は、半蔵門から内堀通りに入った。皇居でも一周するつもりなのだろう。

「突然、藤堂さんと打ち合わせの席を願いましたのは、今後の我々の行動に直接関係するからです。一昨日、アメリカ政府の高官から米軍の特殊チームを派遣して、日本国内でテロ掃討作戦を遂行しているとの一方的な連絡が入ってきました」

美香に聞いたことだが、彼女の話の方がより詳しかった。

「こともあろうに、連続殺人事件の犯人が、米軍の特殊チームだとは思いませんでした。当然政府としては、主権侵害だと主張しましたが、テロを野放しにしていた責任を逆に追及され、黙認する形をとることになりました。現在も警察で捜査はされていますが、捜査態勢は縮小されるでしょう。問題は、情報本部と藤堂さんが率いるチームの捜査です」

「俺にどうしろと言うんだ」

浩志は、村上の丁寧な話振りに苛立ちを覚えていた。

「情報本部、及び傭兵代理店はこの事件から手を引きます。従って、作戦に従事しているスタッフも引き上げることになります」

「手を引けというのか」

「私は、あなたのことは一言も言っていませんよ。藤堂さん、あなたは私の部下ではありませんから、お好きにしてください。ただし、先ほど申し上げたように代理店のスタッフはお返しください」

「俺は、好きにしていいんだな」

浩志の言葉に、村上はイエスともノーとも返事をしなかった。

「米国は、戦後の冷戦を経て、民主主義の看板を掲《かか》げ、米国一極支配下で世界は平和になると信じています。それが新保守主義、ネオコンの根本的な理論です。彼らの提唱する民主主義に敵対する者はすべて敵と見なし、その琴線《きんせん》に触れた者は有無を言わせず隷属《れいぞく》させるために、米国は世界中に軍隊を配備しています。日本の政治家は、情けないことにこのネオコンにならい米国に追随してきました。何代か前の首相は〝ポチ〟と呼ばれていました。また、そう呼ばれても平気な顔をしていた本人を目の前に、私は何度も歯がゆい思いをしたものです」

村上の話は、だんだん愚痴っぽくなってきた。

「適当に降ろしてくれ」

浩志は、付き合いきれずに口を挟んだ。

「すみません。つまらない話をお聞かせしてしまって、ただ私はあなたに気持ちを分かってほしかった」

「俺は、誰にも束縛されない。ここでいい、停めろ」

浩志は、直接運転手に向かって言った。

「分かりました。すぐ引き返します」

村上は、元の場所に戻るように運転手に指示をした。

「藤堂さん。これは、私個人からのお願いです。法治国家である日本の秩序を乱し、殺戮《さつりく》を繰り返した犯人にどうか制裁を加えてください。たとえ同盟国の兵士といえども許せません」

「村上部長！」

あまりに感情的な発言に池谷が驚いて、声を上げた。

村上はよほど日頃の政府の対応に腹を立てているのだろう。しかも、立場上、政府の意向に従わねばならないというストレスがあるに違いない。

「言われなくても、そのつもりだ」

浩志は、取り乱した村上に驚くこともなく答えた。

「一つだけ、お願いがあります。現在拘束中のトム・ヘイニを情報本部の管理下に置かせてください」

「何！」

「明日にでも、我々に引き渡してもらえますか」

「ふざけるな！」

「彼が、事件の鍵を握るキーマンだということは充分分かっていますが、米国政府から極秘に返還請求が来ました」

「どうして俺たちが拉致した人間の返還を、アメリカは防衛省に要求するのだ」

「彼らは、あまりにも水際立った失踪ゆえに、政府が関係していると疑っているのです」

やはり、トム・ヘイニを利用したCIAあるいはタスクフォースは、浩志たちが彼を監視しているのを知っていたということだろう。

「バセドウ病患者だとも聞いております。もしものことがあると言いわけができなくなりますので、こちらの医療機関の下で診察後返還するつもりです。その間、得られた情報は、必ずお知らせします」

浩志は、舌打ちをした。最悪、拷問にかけても吐かせようと思っていただけに先手を取られたようだ。捜査を続けようにも大事な証人を取られてはどうしようもない。

「明日の午後、情報本部から保安部隊を派遣しますので、よろしくお願いします」

村上は、部隊の編成と帰還ルート、そして目的地まで事細かく説明し始めた。

「………」

数分後、ベンツは、麴町に戻った。

浩志は、まだ雨が降り続く歩道に立ち、空を見上げた。雨が顔にかかるのを気にもせず、むしろ雨が頭を冷やしてくれるのを待った。村上の言った言葉を咀嚼《そしゃく》するかのように何度も頭の中で反芻《はんすう》させた。そして、最後に考えがまとまるとにやりと笑い、辰也たちの待つホテルに向かった。

六

翌日の朝、浩志は大月にある別荘のリビングで、ミハエルを除くコマンドZのメンバー全員とミーティングを開いていた。

麴町のパレルホテルは昨夜のうちにパンサーチームと共に撤収していた。その際、情報本部長村上との約束で傭兵代理店のスタッフである友恵を会社に帰した。また別荘で任務に就いていた代理店のコマンドスタッフ瀬川らも同様に任務の変更を余儀なくされた。さすがに瀬川らは難色を示したが、防衛省からの正式な命令とあっては、逆らえない。彼らは、情報本部から派遣される保安部隊に、トム・ヘイニを引き渡した段階で、任務を解かれることになっている。

二十畳もの広さがある一階のリビングに十人座れるソファーセットがある。壁際で作戦を説明する浩志を、チームの仲間はソファーに座りリラックスした表情で見ている。誰の顔にも緊張感などない。

「トム・ヘイニを護送する情報本部の保安部隊は、一七・三〇時にここを出発する。監視役としてアメリカ陸軍の情報将校が一人同乗することになっている。彼らは、甲州街道で都心に入り、上高井戸《かみたかいど》で環八《かんぱち》を北上し、陸自の練馬駐屯地に向かうことになっている。首都高は一切使われない」

浩志は、壁に貼り出された東京都の地図の上を指でなぞって見せた。

「保安部隊は、途中で、二回の休憩を入れることになっている」

「二回もですか」

京介は、おもしろがってわざと質問してきた。事前に保安部隊の車列を襲撃し、囚人を奪回すると聞かされ、興奮しているのだ。

浩志は昨夜、村上から言いわけがましくトム・ヘイニ返還の話を聞きながら、妙な違和感を覚えた。村上は説明しながら、その目は何かを哀願していたからだ。そして、説明を聞くうちに納得した。村上が浩志に何の関係もない護送に関する詳細な情報を説明するのは、トム・ヘイニを奪回せよと指示しているのと同じことだと理解した。トム・ヘイニが自衛隊から拉致されれば、日本政府と完全に無関係になると村上は考えているに違いなかった。

「監視役のアメリカ陸軍将校以外、相手は何の抵抗もしてこないだろう。だが、ふざけているとお互い怪我をすることになるぞ。まして、一般人を巻き添えにしない細心の注意が必要だ。分かったか、京介！」

護送が、日没迫る中途半端な時間に始まるのは、浩志らが襲撃後、夜の闇に乗じて逃走しやすいようにするためと思われる。だが、多少でも小競り合いがあれば、無防備な一般人に怪我をさせる危険性がある。浩志はそれを心配していた。

「すみません」

浩志に一喝され、京介はしゅんとした。

「休憩地点は、相模湖《さがみ》公園と大垂水峠《おおたるみ》にあるホテルの駐車場だ。大垂水峠は相模湖で作戦が実行できなかった時の予備で、アタックポイントは相模湖だ」

大月に近い地点で二度も休憩をとるのは、なんとしても郊外で作戦を終わらせ、都心に混乱を持ち込ませないためだろう。

浩志は、ミーティングが終わると地下の監禁室に向かった。

監禁室の前の廊下で瀬川ら三人のコマンドスタッフが所在なげに座っていた。

「瀬川、くさるな」

「藤堂さん、毎回上の勝手な都合で任務を変更されて、いやになります」

「そう言うな。任務に従うのが軍人だ。俺たちだって変わらない」

「それは、そうですが……」

「奴は、どうしている」

「陽を浴びたいと文句ばかり言っています」

監禁されて四日経つ。太陽の光が恋しいのだろう。

「また一階のトイレにでも行かせてやれ」

昨日も気晴らしに一階のトイレに行かせた。トイレの中は陽の光が射す。それに多少でも運動はさせた方がいい。ドアの穴から中を覗くと、トム・ヘイニはベッドに腰をかけ、ぐったりと壁にもたれかかっている。顔色は青く健康状態がよいとはいえない。監禁されているストレスが、持病を悪化させているのかもしれない。情報本部長の村上が心配するのも頷ける。

午前中、なんとか持ちこたえていた空から、細かい銀色の粒が落ちてきた。雨天での作戦ほど嫌なものはない。救われるのはここがジャングルでないことだけだ。

午後五時二十分、コマンドZのメンバーは、イーグルとパンサーに分かれ行動していた。彼らは二台のグレーのバンに分乗し、別行動をとっている。

イーグルチームは、ミハエルがいないため浩志と田中と加藤の三人で、大月の別荘が見下ろせる林の中に待機している。

パンサーチームは、辰也、宮坂、京介が、ジミーの運転するバンで、相模湖のドライブインに向かっていた。

「イーグルマスター、こちらトレーサーマン。二台の車が、別荘に到着しました。一台は白の乗用車、もう一台は、陸自の救急車です」

加藤は、一人別荘に近づき偵察している。

村上から車両の種類まで聞かされており、一台は先導車として乗用車が使われ、四名の保安部隊の隊員とアメリカ陸軍の将校が乗車。もう一台はトム・ヘイニを護送するため救急車が使われ、運転手の他に保安部隊の隊員が二名と救急士が一名乗っているはずだ。民間の救急車の車体は白だが、自衛隊の救急車はダークグリーンに塗装が変わっているだけで、他は街で見かける救急車と変わらない。

「瀬川が先頭を歩き、トム・ヘイニは黒川と中條に連行され、別荘から出てきました」

いつもと違い、瀬川らは自衛官らしく陸自の戦闘服に着替えていた。

「保安部隊が瀬川から、トム・ヘイニを引き取り、救急車に乗せました」

時刻は、午後五時半。保安部隊は、予定通りトム・ヘイニの護送を開始した。

浩志たちは、加藤を途中で拾うと距離を取りながら保安部隊を追った。

保安部隊の車列は、制限速度を守りゆっくりと走っている。彼らは、襲撃があると事前に聞かされており、しかも、襲撃犯は危害を加えないとも聞かされているはずだ。ひょっとすると、抵抗しないばかりか、さりげなく米軍の将校を押さえ込むように命令されているかもしれない。考えてみれば、これほど馬鹿馬鹿しい作戦もないだろう。政府が、はっきりと米国にノーと言えば済むことだからだ。

助手席に座っている浩志は、百メートル先を走るダークグリーンの車両を見ながら、深い溜息をついた。

今回の捜査のきっかけは、誤認逮捕された京介のアリバイを立証することだった。だが、残虐な手口にイラクで殺害された友人をダブらせ、捜査にのめり込んだ。犯人はどうやら、米軍の特殊部隊らしい。最強のチームと聞いている。彼らの目的が何であれ、仲間のミハエルを襲った代償が大きいことを彼らには分からせなくてはならない。だが日米の政治の駆け引きの中で、闘うことに言いようのないむなしさと腹立たしさを感じてしまう。

「どうしたんですか。溜息なんかついて」

車を運転している田中がちらりと浩志を見て言った。見てくれは、どう見ても浩志より老けているが、三十八とまだ若い。外見からは、動くものなら何でも操縦できるというオペレーティングのスペシャリストとはとても想像できない。〝ヘリボーイ〟と呼ばれているが、ボーイはないだろうと会う度に思う。

「気にするな。平和な国は退屈だと思っただけだ」

くだらない駆け引きを必要としない戦地がふと懐かしく思った。闘いの中に平和を渇望し、今を生き抜くという気迫が得られるからだ。だが生きていて当然というこの国では、そんな気迫を得ることは難しいと気付かされる。大半の人がこの国は平和だと信じているからなのだろう。人は平和を一度手にすれば、それがたとえ歪んでいても満足するらしい。

復讐者

一

イーグルチームのグレーの大型バンは、田中が運転し、浩志が助手席に、加藤が後部座席に座っている。百メートル先にトム・ヘイニを乗せた自衛隊の救急車が水しぶきを上げながら道を下っている。

別荘のある山道から深城バイパスに入り、中央自動車道を見下ろす陸橋を越えると甲州街道にぶつかる。甲州街道に入った途端、交通量が増えたため、自衛隊の救急車の二台後ろまで、車間距離を詰めた。

「こちらイーグルマスター。甲州街道に入った。獲物は、猿橋《さるはし》を通過。パンサーの現在位置はどこだ」

浩志は、ハンドフリーのインカムのテストも兼ねて、パンサーチームに連絡をとった。

チームで活動する際、基本的に英語で話すようにしている。チームメンバーに二人の外人がいるからだ。今回の作戦ではジミーだけだが、浩志たちの役回りは、正体不明の武装集団ということになっているため、日本語での会話は、すべて禁止した。作戦は飽くまでも米国政府にアピールする目的で行なわれるが、目撃者がいればマスコミに騒がれることも予想される。マスコミは避けたいが、これを機に米陸軍の特殊部隊が日本に潜入し、堂々と作戦を遂行していることを政府に公表させる糸口になれば、という思いもある。

「こちら、爆弾グマ。目的地まであと一キロ。交通の障害なし。以上」

チームリーダーの辰也の報告だ。声を聞く限り、油断している様子はない。

「了解」

大月から第一の目的地としている相模湖公園まで、約二十七キロ。交通に何の問題もなければ、三十分もかからない。

数分後、相模湖公園の駐車場に着いたと辰也から連絡が入った。

公園は相模湖に面して東西に長く、公園入り口は大型車用駐車場がある東の端にあり、普通車の駐車場は地下にある。公園の東側の入り口から五十メートルほど進み、カーブを九十度右に曲がると、右手が大型車用駐車場になっている。そのまま北に直進し道なりに左に折れ、小さな陸橋をくぐり、二十メートルほど進むと地下駐車場の入り口になる。

「こちら爆弾グマ。今のところ、地上部の駐車場には、停車している車はありません。地下駐車場には二台の乗用車が停車中。うち一台は、駐車場から出ようとしています」

辰也からの連絡で、浩志はほっとした。一般人が大勢いるところで、戦争ごっこをしなくて済むからだ。雨のおかげで公園は不人気らしい。

予定では保安部隊の車は、地下の駐車場に停められることになっている。

「そのまま待機せよ」

パンサーチームは、地下駐車場で待機することになっており、保安部隊を追跡している浩志らと挟み撃ちにする形で襲撃する予定だ。

午後六時八分、保安部隊の車列は、甲州街道をゆっくりと右折し、相模湖公園に向かう道に入った。途中でマナーの悪いコンテナ車に割り込まれた。だが、この車を追い越すと救急車のすぐ後ろに出てしまうため、仕方なくコンテナ車のでかいケツに従った。どうやら目的地も同じらしく救急車の後をついている。百メートル後方にもダンプカーが一台走っている。いずれにせよ大型車は、地下駐車場には入れないので気にすることはない。

「イーグルマスターから爆弾グマ、獲物がかごに入るぞ」

「タイミングが悪いです。さっき家族連れの車が二台、駐車場に入りました」

この公園は、レストランなどはない。おそらくトイレ休憩なのだろう。だが、たとえ子供連れだろうと作戦を延期させることはできない。

「イーグルマスターから、全員に告ぐ。一般人に注意せよ。襲撃準備」

浩志の命令で、全員黒い目出し帽を被った。服装は、無地のグリーンの戦闘服だ。手には、AK四七を持ち、腰にはトカレフを装備している。武器だけ見れば、旧ロシア軍と同じだが、テロリストの標準装備とも言える。

保安部隊の車列に続き、前を走っているコンテナ車が、公園入り口のカーブを回り、駐車場入り口に差し掛かった途端、急ブレーキをかけて停車した。

「何！」

田中は、コンテナ車との衝突を避け、急ブレーキを踏んだが、路面が雨に濡れていたため、タイヤがスリップした。

「ちくしょう！」

田中は、悪態をついたものの、巧みにハンドルを切った。バンはスピンをしてコンテナ車のすぐ後ろで止まった。

「外に出るんだ！」

バンから飛び出すと同時に、コンテナ車の後部扉が開き、目出し帽を被った黒い戦闘服姿の男たちが数名現われ、AK四七でいきなり発砲してきた。応戦する間もなく、バンの後ろに浩志らは隠れた。

浩志は、二本指を立て、次いでバンの後部を人指し指で示した。田中と加藤にバディー（二人組）でバンの左方向から行けというハンドシグナルだ。

田中と加藤は頷き、バンの後方に行くのを確認すると、浩志は右側から敵に向かって連射した。するとコンテナ車から降りた男たちは、後ろ向きに応戦しながら救急車を追って走り去っていた。浩志は、待ち伏せ攻撃を想定し、田中と加藤に駐車場の左側にある植栽を迂回し、保安部隊の救急車のもとに行くように指示をした。

二人を送り出し、浩志はまっすぐ男たちを追うべくバンの右側から出ようとすると、後方を走っていたダンプが公園の出口から猛スピードで反対車線に侵入し、駐車場の出口を塞ぐ形で停まった。

「くそっ！」

停車したダンプから新手の敵が現われ、銃撃してきた。目出し帽を被った黒の戦闘服の敵が二人増えた。浩志は、コンテナ車の陰に隠れた。出口を塞いだダンプは、コンテナ車と並行に停まっている。ダンプの後方にいる一人が集中的に浩志を狙い、その間にもう一人は、駐車場の奥へと姿を消した。

敵との距離はおよそ十メートル。浩志は敵の足下を狙うべく姿勢を低くし、銃口を車の下に向けた。だが、敵はタイヤの陰に隠れているらしく、つま先すら見えない。浩志は、ダンプに移動すべくゆっくりと歩き出すと、先に姿をくらました敵の一人が、コンテナ車の前方から、撃ってきた。浩志は、素早く後ろの植栽に飛び込み、すぐさま反撃した。すると、今度はダンプに残っていた敵が、車の陰から現われ銃撃してきた。彼らは、バディーで行動している。明らかに鍛え抜かれた兵士の動きだ。

銃を撃っては植栽に沿って前方の敵に近づいて行った。だが、ダンプの後方にいた男が、背中をとる形で回り込み、銃撃してきた。このまま挟み撃ちにされたら堪《たま》らない。浩志は転がるように移動し敵の死角に入ると、植栽の反対側にある芝生広場に出た。天候のせいですでにあたりは暗く、街灯の光が及ばない所に一旦身を隠した。ここから斜めに突っ切れば、地下駐車場の入り口になるが、状況を摑むため、浩志はゆっくりと駐車場に沿って植栽の陰を北に向かった。

「爆弾グマ、報告せよ」

浩志は、移動しながら地下駐車場にいる辰也に連絡した。

「もっか救急車を挟んで交戦中！」

怒鳴るような辰也の応答と銃声がインカムを震わせた。

「一般人は、どうした！」

「奥の車の陰にいます。ジミーと京介が彼らを守っています」

保安部隊の安否も気になるが、一般人に被害が出ていなければ、まずは安心だ。

浩志は広場に沿って直進し、陸橋の右端からまずは大型車用の駐車場を窺った。敵の姿はなかった。次に陸橋の左端から、地下駐車場入り口の様子を見た。

保安部隊の白い乗用車が、地下駐車場へ続くスロープの壁面に衝突して停まっている。

車の中までは見えないが、蜂の巣状態だ。先導していた乗用車は異変に気付き、救急車を先に行かせたのだろう。また、地下駐車場の入り口を見渡せる植栽の陰で二人の男が銃を構えていた。よくよく見るとその他にも二名、近くに潜んでいる。身を隠すには非常に良い場所で、せめてスナイパーの宮坂でもいれば別だが、高い場所にいるため狙撃することは難しい。しかもどこから近づいても身をさらけ出すことになり、入り口には近づくことすらできない。先行させた田中と加藤が足止めを喰らったらしく敵と反対側の植栽の陰に隠れている。

浩志は、二人の背後に回り、ハンドシグナルでこの場を動くなと指示を出すと、地下駐車場の別の入り口に向かった。

二

相模湖は、昭和二十二年、相模ダムの完成とともに生まれた人工湖だ。その後、東京オリンピックでカヌーの会場として使われ、以来カヌーやボート競技の中心地になっている。この相模湖の一等地である相模湖公園が、今や戦場になっていた。

コンテナ車とダンプから突然現われた敵は、情報本部から派遣された保安部隊の車列を襲い、まずは先導車である普通車を血祭りに上げると、地下駐車場に逃げ込んだ救急車にも襲いかかろうとした。だが、地下駐車場で辰也らパンサーチームの迎撃に遭い、敵は駐車場入り口で釘付けになっていた。

浩志らイーグルチームは救援に向かったが、地下駐車場の出入り口の外に敵は四人も配置しており、中に入ることは不可能だった。そこで浩志は、一般には知られてない別の出入口に向かった。昨夜、友恵に密かに連絡を取り、建設当時の図面を調べさせていた。図面には、表の出入り口とは別に、メンテナンス用の通路が公園管理事務所の脇に記されていた。

浩志は、芝生広場の横にある噴水広場と呼ばれている広場を横切り、反対側にある公園管理事務所に向かった。

管理事務所を覗くと無人だった。県立の公園ということから考えれば、おそらく五時で職員は上がっているのだろう。図面通り、管理室の横に四角い取っ手が付いた大きな蓋《ふた》があり、持ち上げると地下に続く九十センチ四方の立坑《たてこう》があった。壁には鉄製の階段があり、浩志はAK四七を背に担ぎ、ビームライトを口にくわえ階段を降りた。五、六メートル下に降りると鉄製の扉があった。錆び付いたかんぬきがあるだけで、鍵はかかっていない。試しにかんぬきを開けようとしたが、びくともしなかった。どうやらメンテナンス用としても使われていないようだ。

浩志は、AK四七の銃底で錆び付いたかんぬきを上から数度叩いて、留め金ごと壊した。鉄製の扉を開けようとすると、中からゴンゴンと誰かが扉を叩いてきた。

「こちらイーグルマスター。誰か扉を叩いたか」

浩志は、インカムで呼びかけた。

「やった、敵じゃないんですね。クレイジーモンキーです」

「クレイジーモンキー、どいてろ」

浩志は、錆び付いた扉を足で思いっきり蹴った。今度は一度で開いた。そこは、地下駐車場の一番奥で、目の前に黒い大型のワンボックスカーがあった。車の陰には、辰也の言っていた家族らしい大人の男女四人と中学生と高校生ぐらいの女の子が二人いた。全員の顔が恐怖で引き攣っている。その横でジミーが陽気に手を振ってみせた。ジミーはフランス籍だが、もとはキューバ人で根が明るい。

浩志は、恐怖に怯《おび》える家族に向かって仕方なく日本語を使った。

「危害は加えません。ここから安全に脱出できます。この男の指示に従ってください」

そう言うと、全員の表情が少しだけ緩んだ。もっとも、敵も味方も全員目出し帽を被っている。彼らの恐怖心が和らぐことはないだろう。

「京介、この穴のすぐ上は、管理事務所になっている。部外者を、しばらくそこに監禁しておけ。警察に通報されないよう携帯を取り上げろ。丁重にな」

小声で指示をすると、浩志は家族連れを手招きで誘導し、京介を先頭に扉の外に全員逃がした。これで心置きなく闘える。だが、戦闘が始まって七、八分経つ、周りの住民も公園での異変に気付くかもしれない。もっとも、都内と違い、いきなり数台のパトカーに囲まれることはないだろうが、道路封鎖された上、警察に包囲されたら、逃げ場がない。

浩志はジミーを連れ、辰也と合流した。黒のワンボックスカーと辰也らのグレーのバンまでは五、六メートル距離が離れているが、敵から見ると駐車場のほぼ中央に停められている救急車の死角になっているため、狙撃される心配はなかった。

「藤堂さん、連中の射撃の腕は、半端じゃないですよ」

辰也の右肩に銃弾の擦った痕があった。

「撃たれたのか」

「かすり傷です」

辰也は答えるとグレーのワンボックスカーの右側から銃撃していた宮坂と交代した。こちらから攻撃する場所は、ここしかなかった。辰也は、マガジンを交換する宮坂と交代したのだ。

敵は入り口の陰に二人、入り口から五メートルほど入ったところに停めてある家族連れが乗ってきた赤の乗用車の陰にも二人いる。おそらく外にいる連中と、中にいる連中はチームが違うのだろう。

「こちら、ヘリボーイ。イーグルマスター、駐車場の上空を未確認のヘリが旋回しています」

「未確認？　どういう意味だ」

「型は、中型のＵＨ六〇なんですが、真っ黒に塗ってあるんです。所属はおろか、どこの国籍のものかも判別不能です」

情報本部の村上から、自衛隊のヘリを飛ばすことなど聞いていない。しかも所属も分からないようにしてあるということはおそらく米軍のスパイヘリだ。

「ヘリボーイ、そいつは敵だ。見つからないように注意し……」

「やベー」

浩志の命令に辰也の叫び声が割り込んで来た。

入り口にいる敵の一人が、ＲＰＧ七を構えていた。ＲＰＧ七は、ソ連が開発した携帯対戦車ロケット弾発射器だ。鋼製の筒で先端にロケット弾を装着して発射するというごく単純な構造をしている。安価で扱いも簡単なのでＡＫ四七と同じく第三世界の軍隊やテロリストがよく使用している。

「伏せろ！」

次の瞬間、ロケット弾は救急車に命中し、大音響とともに爆発した。地下駐車場のど真ん中で火だるまと化した車が吐き出す炎と煙で、浩志たちはたちまち呼吸困難に陥った。

「全員、脱出せよ！」

浩志は、仲間をメンテナンス用通路に押し込むように逃がすと、最後に自分も扉の向こうへと逃れた。救急車の乗員およびトム・ヘイニの安否は確認するまでもなかった。地上に出ると、真っ黒いヘリコプターが豪雨をものともせずに、大型車用の駐車場から離れる瞬間だった。

「イーグルマスター！　命令を！」

命令をあおぐ田中の悲痛な声がインカムから流れた。攻撃命令を待っているのだ。

「撃つな！」

地上に逃れた仲間も一斉に銃を構えたが、浩志は攻撃を許さなかった。流れ弾が付近の民家に飛び、住民が怪我をする可能性があるからだ。まして、運よくパイロットにあたっても住宅街に墜落させようものなら、大惨事になる。

浩志は、すぐさま駐車場の外に停められていたバンに全員を乗せて公園を離脱した。幸いパトカーのサイレンが遠くに聞こえる程度で、包囲されることもないだろう。

田中に運転させ、浩志はまた助手席に座った。残りの五人は、後ろで窮屈な思いをしている。甲州街道には戻らず相模湖を渡り、津久井《つくい》湖方面に一旦走らせ、道志《どうし》みちと呼ばれる国道四一三号を西に走らせた。このまま行けば、山中湖《やまなか》に出る。そこから、御殿場《ごてんば》に抜け、東名《とうめい》高速道路で東京に帰るつもりだ。

敵と初めて交戦した。連中は、作戦を成功させるためなら、一般人を巻き込むことなど屁とも思わないということが分かった。そういう意味では生粋《きっすい》の軍人と言える。だが、まさかトム・ヘイニまで殺すとは思ってもいなかった。

武器に明らかな優劣の差があった。もし浩志たちに手榴弾でもあれば、展開は変わっていただろう。だが、浩志は、武器が拮抗し肉弾戦になった場合、互いに壊滅的な被害が出たに違いないと思った。

三

翌日の朝刊は、浩志の予想もしない見出しになっていた。

「北朝鮮工作員、陸上自衛隊を襲う！」

「北朝鮮、日本侵略か？」

大手の全国紙は大なり小なり似通った見出しだった。どこの新聞社にも米軍の特殊部隊と浩志たちが闘ったことなど書かれていなかった。それどころか、北朝鮮による破壊工作だと断定するメディアまで出てきた。というのも、現場に北朝鮮の工作員のものと思われるバッチが落ちていたからだ。無論、特殊部隊が身元をごまかすために落としたものだろう。また、武器もわざとらしく残されていた。ＡＫ四七やＲＰＧ七は刻印こそなかったが、どちらも旧ソ連製で北朝鮮では国軍の制式銃器だ。現場に残された武器を取り上げたマスコミは、韓国で頻発している北朝鮮による破壊工作が、日本に飛び火したと短絡に結びつけた。

コマンドZのメンバーは昨夜遅く傭兵代理店に戻ると、簡単なミーティングを終え解散した。トム・ヘイニは無論のこと、アメリカ陸軍将校一名、保安部隊の隊員六名、救急車の運転手一名、救急士一名総勢十名全員死亡していた。敵を倒せなかったことよりも、味方を一度に大勢死なせてしまったという敗北感が誰にも重くのしかかった。

浩志は、自分のマンションで仮眠をとると、朝早くから丸池屋を訪れ、奥の応接室で池谷と打ち合わせをしていた。

「昨夜は、防衛省で陸自の幹部が集まって緊急会議が開かれました。ひょっとすると今度の事件の引責で、情報本部長村上は、よくて更迭《こうてつ》、最悪罷免《ひめん》されるようです」

池谷は悲痛な表情で報告した。

「それにしても、どうして護送計画が米軍に知れたのだ。情報本部にモグラ（裏切り者）でもいるのじゃないか」

浩志は、納得できなかった。待ち伏せこそされなかったが、明らかに陸自の救急車にトム・ヘイニが乗っていることを敵は知って尾行していた。また敵の武器は、工作活動する者なら常備していても不思議ではないが、真っ黒に塗装されたいわゆるスパイヘリまで登場させてきたのは尋常ではない。所有していると思われる米軍ですら、どこの基地でも配備されているものではないからだ。本来なら戦地でしか使わないために、沖縄《おきなわ》の基地か横《よこ》須賀《すか》港に停泊している空母にでも格納されているはずだ。

「それが、トム・ヘイニの居場所は、米軍に探知されていたようです」

池谷は、そう言うと隣室から友恵を呼んできた。

「土屋君、説明してくれ」

友恵は、頷くと透明のプラスチック製の容器をテーブルの上に置いた。

「これは、トム・ヘイニの飲んでいた薬の容器です。ラベルには、プロバジール錠と書かれていますが、カプセル状の薬の中身はアイソトープ、いわゆる放射性物質でした」

友恵は、監禁されているとはいえ、日に日に病状が重くなるトム・ヘイニの様子をおかしく思っていた。そこで、都内に戻る際、薬を持ち帰り防衛省の研究所に持ち込んでいたそうだ。

「奴は、バセドウ病にかかっている。しかもアイソトープ治療も受けていると聞いた。単にラベルが違っているだけじゃないのか」

「アイソトープ治療は、確かにカプセルを飲むだけの簡単なものですが、アイソトープの摂取率の測定など、医師の下で厳格に行なうもので、自宅で気軽にできるものでないそうです。それに、トム・ヘイニが服用していたアイソトープは、検査で使う量の数倍はあったそうです。すみません。私があの時、もっと詳しく調べていればよかったのですが」

「まさか、人体のアイソトープを遠隔からでも検知できるというのか」

「防衛省の研究所によれば、米軍はアイソトープを服用した人間を探知できる装置を持っているそうです。簡単に言えば、人間探知レーダーのようなものです。ヘリコプターや飛行機に搭載できるそうです」

「人間探知レーダー……それは、建物にいる者も探知できるのか?」

「もちろんです。ただ、地下室など障害物が多い所や、レントゲン室など、放射性物質を遮断する場所にいる場合は無理だそうです」

「そういえば、トム・ヘイニは外の空気を吸いたいと盛んに言っていたな」

昨日、一昨日と気晴らしにトム・ヘイニを一階のトイレに連れて行き、その後十分前後の間、見張りを付けて一階のトイレの近くで休ませていた。もし、探知されたとしたら、その時か。

「研究所の担当官によれば、トム・ヘイニはおそらくバセドウ病ではなく、室内に長くいると、症状が出るように暗示をかけられていたのではないかと言っていました」

トム・ヘイニもつい最近バセドウ病にかかったと言っていた。特殊部隊と接触した直後に暗示をかけられ、いつでも追跡できるように放射性物質を渡されていたとしても不思議ではない。トム・ヘイニは自分を探知するためとは知らずに薬を飲み続け被曝していたと考えれば、彼が日に日に具合が悪くなっていった理由も納得できる。軍の中で闇の調達人をしていたとはいえ、彼も被害者だった。

浩志の質問に答えると、さすがに友恵はいつもとは違い元気なく部屋を出て行った。

「もう一つ疑問がある。連中は、身元をごまかすのにどうして北朝鮮の工作員のバッチを現場に残すという姑息《こそく》な手段を使ったんだ」

彼らなら、密かに襲撃し一人の被害者も出さずにトム・ヘイニを奪回できたはずだ。あるいは、別荘を襲い見張りを皆殺しにした上で、証拠を一切残さず逃走することも可能だったに違いない。

「それは、最近の六カ国協議が影響していると思います」

六カ国協議は、六者会合とも呼ばれ、米国、大韓民国、朝鮮民主主義人民共和国（北朝鮮）、中華人民共和国、ロシア連邦、日本の六者が、北朝鮮の核問題解決に向けて外交当局の局長クラスの担当者が協議を行なう会議のことだ。これは、米国がテロ国家と位置づけている北朝鮮との間に取り交わされた米朝枠組みの合意が崩壊したことにより発足したものだが、現在では事実上、まったく機能していなかった。なぜなら、米国不信に陥っている北朝鮮が少しでも有利な条件を引き出そうと、様々な違反行為や、ミサイル実験を始めとした軍事行動で揺さぶりをかけ、交渉のテーブルにつかないからだ。

「米国は、イラク戦争で消耗しきっています。加えてサブプライムの金融問題で疲弊《ひへい》しているため、余分な国際問題を切り捨てたいと考えているのだと、私は思います」

池谷は、馬面をさらに長くして自ら頷いてみせた。

「とすると、アメリカは北朝鮮を爆撃する理由を作ろうとしているのか」

「爆撃したら、進軍しなければなりません。十年前なら、そうしたでしょう。しかし、今の米国は、これ以上一兵たりとて軍事力を行使したくないのが、本音でしょう」

「そうだな。すると、いつもアメリカの提案に反対を唱える中国、ロシアからの切り離しが目的か」

「私は、そう考えます。中国とロシアがかばえないほど北朝鮮が暴走すれば、米国が、一方的に六カ国協議を打ち切ったとしても、誰も文句は言いません。後は、賞味期限の切れそうな核弾頭ミサイルの照準を平壌に向けてセットし、北朝鮮を交渉の場に引きずり出せばいいのです」

「国境付近でのいざこざは別として、韓国で、このところ北の工作員の仕業と見られる事件が相次いでいるそうだな。あれは本当に北の仕業か」

「今のところ、いつもの北朝鮮のゆさぶりと韓国当局も考えています。それゆえ、中国やロシアでは問題にされていないという側面があるのも事実です」

「となると、日本で北朝鮮工作員が事件を起こすことが重要になるというわけか」

「そうですね。もっとも、今回の事件は、充分センセーショナルだと思いますよ」

敵の特殊部隊は、環境サミットに備えて、日本に潜伏するテロリストとその関係者を抹殺し、返す刀で六カ国協議対策として北朝鮮の仕業と見せかける事件を起こした。しかも、どちらの事件にも関係していたトム・ヘイニの口も封じることにより、証拠隠滅を計ったと考えられる。

浩志は、彼らの手際よさに敵ながら感心すると同時に、手段を選ばない手口に改めて憎悪の念を抱いた。

四

月が変わり六月に入った。

相模湖の事件は、現場に残された武器弾薬などの証拠は別として、警察は有力な手がかりを摑むことはできなかった。唯一、相模湖に隣接するホテルで、指名手配されている北朝鮮の工作員が宿泊していた記録が見つかり、相模湖公園の事件との関係が取りざたされた。しかし、宿泊名簿に書かれた六名のうち二名の名前に工作員の本名が書かれていたため、かえって信憑《しんぴょう》性に欠けるものとなった。本名を使う馬鹿な工作員など考えられないからだ。

新たな証拠があだとなり、北朝鮮謀略説はわずか一週間で影を潜めた。証拠を捏造《ねつぞう》するにしてもあまりにもお粗末なところを見ると、カクタスが嚙んでいるに違いない。

一方、五月二十一日のパキスタン人射殺事件以降、同じ手口の事件は起きておらず、デザートイーグルを使った連続殺人事件は、終息したかに見えた。これらの状況を考えても、犯人である米軍の特殊部隊は作戦終了とともに日本を離れた可能性が高くなった。

相模湖公園での戦闘後、浩志は仲間と共に一旦捜査から手を引いていた。

理由は、二つある。一つは、クライアントである情報本部が、事件の追及を恐れて、捜査の中止を要請してきたことだ。もう一つは北朝鮮謀略説が否定的になったため、マスコミが新たな犯人探しに躍起になっている。些細《ささい》なことで事件の関係者として取り上げられないとも限らない。世間が沈静化するのをじっと待つことにした。

敗北したものの仲間の士気は依然高かった。自衛隊員を死なせてしまったこともあるが、未だに意識を回復しないミハエルを思い、誰しも復讐心が強いためだった。事件から手を引いたため、仲間の誰もが沸々とした気分で毎日を過ごすことになった。

浩志は、モチベーションを下げないためというわけではないが、下部温泉で世話になった明石を思い出し、その道場を訪ねることにした。事前にアポイントはとらなかったが、ふらりと散歩がてら、目黒駅から歩いて行った。途中、目黒不動尊《ふどうそん》として有名な瀧泉寺《りゆうせんじ》の脇を通り、二百メートルほど西に進むと、明石道場という立派な看板がかけられた日本家屋があった。

道場は平屋で二十坪ほどの広さだが、二階建ての高さがあり、中央に大きな玄関があった。道場の小窓から中を覗くと、日曜日の午後というのに十人ほどの小中学生が、明石の息子と思われる男から指導を受けているところだった。年齢は四十前後、背格好も浩志と似ている。浩志が息子に似ていると明石が言ったのも頷ける。

「やっと、来たかね」

振り向くと、作務衣《さむえ》を着た明石が立っていた。後で知ったことだが、作務衣と思っていたのは、着物に野袴《のばかま》という袴の裾を絞ったものだった。無表情のようだが暖かみのある眼差しで浩志を眺めていた。

「突然来ました」

浩志は、なんとなく照れくさく頭を下げた。

「藤堂君、世の中に突然とか偶然というものはないのだよ。君がここに来たのは定めなのだ。付いて来なさい」

明石に従い道場の右隣にある家の前を通り、家の脇から奥へと進んだ。家の表札を見ると〝明石〟と書いてある。家は道場より一回り小さいが、奥には庭があり、驚いたことに古風な東屋《あずまや》のような離れがあった。大きさも五、六坪はあるだろうか。

「家のものは、隠居部屋と呼んでおる」

明石は、快活に笑いながら玄関を開けた。すると外観を裏切り、式台の向こうは畳敷きの道場になっていた。

「ここは、明石家当主だけの道場でな。先祖代々、当主の許しがなければ後継者といえども勝手には使えないことになっている。建物は戦火で焼けたが、先代の当主、つまり私の父が再建したのだ。まあ上がってくれ」

明石は雪駄を脱ぎ、式台の横にある棚から道着を一つ取り出すと、軽く一礼をして道場に入った。浩志もそれにならい一礼をして明石の後に従った。道場といっても十一、二畳の広さしかないが、天井が高いため広く感じた。道場の奥には、刀掛けがあり、木刀の他に日本刀が二振りかけてあった。

「これに着替えたまえ」

明石は、何気なく浩志に先ほどの道着を渡した。渡された道着には、上着と袴に帯が添えられていた。剣道の経験はあるが、道着に帯など付けたことがない。

「帯は、必要ですか」

「ああ、君は剣道の経験しかなかったな。古武道の体術も無論教えるつもりだが、居合を先に教えるつもりだ。帯は、刀を差すために袴の下にするんだ」

居合とは、刀を鞘《さや》に納めた状態から刀を抜き放ち、敵を攻撃する技と一般的に思われているが、流派によっても様々な型がある。現在の古武道の世界では、抜刀から納刀（刀を鞘に納めること）までの型を修練し、精神の高みを目指すという流派が多いようだ。

「居合ですか」

実戦に役立つ古武道の体術を学ぼうと思っていただけに、居合を教えると言われて浩志は困惑した。

「君は傭兵として、実戦に使える武道を学ぼうと思っているのだろうが、新たに学ぶには、まず君の体に染み込んだ無駄な体術を捨て去ることだ。居合の動きを学べば、自然と無駄な技は体から抜けて行く」

「無駄な体術？」

「特に近代武術の技は、実戦では使えないものが多い。そうじゃないのかね」

傭兵の実戦という意味では、ボディーアーマーやヘルメットを装着した兵士相手に、蹴りやパンチなどの打撃系の技は、通用しない。フル装備の兵士は、動きが鈍いが防御はしっかりとしているからだ。また、相手が防具を付けていない場合でも、室内ならともかく屋外、特に足下の悪い野外では、バランスを崩しやすい蹴り技など避けるべきだ。

「確かに、そうですね」

浩志も蹴り技では、膝蹴りを中心とし、パンチよりも肘撃ちを使うようにしている。どちらも、敵を倒した後の始末が容易だからだ。これは敵の陣地で襲撃した場合特に大事なことで、うめき声や悲鳴など防ぐためだ。兵士の基本として、背後から敵を襲い、口を塞いだ後にナイフを使うことを教えられるのはそのためだ。

道着に着替えると、明石は、道場の奥にある刀掛けから二振りの日本刀を取り、一振りを浩志に渡してきた。

「君は、日本刀を扱ったことはないな」

明石は、刀を渡されて扱いに困っている浩志を見かねて、持ち方の見本を示した。

「通常、刀を持ち歩くときは、右手で持つ。左手で持っていると、いつでも抜刀できるから、敵対行為と見なされるからだ。それから、この刀は練習用の歯引きしたものではない。本身の日本刀だ」

明石は左手で鞘《さや》を持ち、刀を抜いてみせた。青白い光を放つ刀身が現われた。その瞬間、体に電気が走ったような衝動を浩志は受けた。

「君は、正真正銘のサムライだな。刀を見た時の反応を見れば分かる。その刀を抜いてみたまえ」

明石は、そう言うと自分の刀を鞘に納めた。

浩志は、言われるままに刀を抜いた。先ほどとは違い何か神々しいような目映《まばゆ》さに一瞬目を細めた。

「うっ……」

突き抜けるような衝撃が突如として湧き上がり、浩志は、思わずうめき声を上げた。衝撃の正体が闘争心にかられた己《おのれ》の生命力だと気付くまで時間がかかった。

「森羅万象《しんらばんしょう》、偶然というものはない」

明石は、浩志の反応を見て満足そうに頷いた。

五

浩志は、明石の元に毎日通った。初めて訪れた日曜日から、この一週間、毎日午前九時には道場に入り、夕方の六時、時には夜の九時ごろまで稽古に励むという熱心さだ。初めは、自分の思い描いていた実戦につながる格闘技と違っていただけに戸惑いもあったが、居合の魅力に取り憑《つ》かれると一日中刀を握っていても飽きなかった。また、学べば学ぶほど古武道の動きは、実践的だということも分かってきた。もっとも明石の教える古武道は、彼が様々な古武道を研究し、研鑽《けんさん》したものなので実践的で道理にかなっているのも当然かもしれない。

「藤堂君、居合の稽古は、これまでとし、これからは刀抜きでいこうか」

時刻は午後九時、朝から十時間以上稽古をしている浩志は、そろそろ帰らねばと思っていたが、明石はそれを許さなかった。

「たった一週間だが、居合を通じ君の体から余分なものを少しは吐き出せたはずだ。これからも居合の稽古を積んでいけば技の贅肉は落ちて行くだろう。だが、体の使い方を知らない限り、新たに技を取得することはできない。以前も君に言ったが、大事なことは体を自然に動かすことだ。箸でものを食べるとき、何も考えずに使うのと同じく、自然体で技が使えれば恐れるものはない。そこで、今日は頭を使わないで体が自然に動くように通し稽古をするつもりだ」

「通し、稽古?」

道場に時計などない、まして腕時計など身につけてはいないので正確な時間は分からない。ただ、七時に母屋《おもや》で明石の息子紀之《のりゆき》を交えて三人で食事をしているのでおおよそ九時前後ということは分かっていた。

明石の家族構成は、奥さんは十年前に先立たれており、一人息子の紀之は、近くのマンションに家族と住んでいる。息子は、毎日道場に通い、夜遅くまで一人稽古をして帰っていく。日中は、剣道を教えているが、夜は疋田新陰流の継承者として熱心に稽古を積んでいるのだ。時に顔を合わせることもあるが、浩志と同じで口数が少ないため、あまり話をしない。だが、不思議と意思の疎通《そつう》はできた。何より武道家らしく落ち着きがあり、明石同様尊敬に値する人物だ。

「試しに私を倒してみてくれ。手段は問わない」

明石は、道場の真ん中に腰をやや落とし、自然体に構えた。

「いきますよ」

浩志は、容赦《ようしゃ》なく明石の顔面に右ストレート、続けて左ストレートを入れ、明石が紙一重で避けたところをすかさず奥襟を摑んで、膝蹴りを入れようとした。だが、奥襟を摑もうとした瞬間、右手をとられ明石の姿を見失った。風景が一変し、気がついたら床に転がされていた。さすがに受け身はとったのでダメージはなかったが、立ち上がるのに時間がかかった。

「足さばきは、褒めておこう。以前に比べ格段に良くなった。だが、体の使い方に無駄が多過ぎる。私が君の懐《ふところ》に飛び込んだだけで、君は勝手に私の上を飛んでいったというわけだ。このままでは、君は何度やっても天井を仰《あお》ぐことになる」

明石は、柔道の背負い投げに似た技を使ったらしいが、投げられたという感覚はまったくなかった。言われてみれば、勝手に自分で転んだようだが、どうにも転ばざるを得ない体勢に追い込まれていたというのが本当だろう。

「今度は、君が仕掛けた技を私が君にしてみる。最初に右のパンチで次に左のパンチ、これを古武道の動きで再現してみよう」

浩志は、明石のように自然体に構えた。パンチの予告をされたのだから、あえてガードの必要もないと思った。

明石は、両腕を下げ、ゆったりと自然体に構えた。

「いくぞ！」

明石は、両手の拳《こぶし》を軽く握った。その瞬間、浩志は左の頰を軽く殴られ、慌ててガードするため両手を上げたところで、右脇を軽く殴られて体のバランスを崩し、思わず尻餅をついてしまった。もし、渾身《こんしん》の力を込めていたら、間違いなく気絶していただろう。

「分かったか」

「右パンチは分かっていたのですが、見切れませんでした。というかパンチが出てくる気配をまったく感じなかったですね」

浩志は立ち上がりながら、打たれる瞬間を頭の中で再現していた。明石は、攻撃するというのではなく、ただ半身右に移動しただけで右の拳がすっと伸びてきた。腰の近くにあった拳のサイズが大きくなったと思ったら殴られていたのだ。明石の拳は体の動きの中で一体化していたため、拳そのものが近づいてくるという認識すらできなかった。

「今のが古武道の突きだ」

浩志が納得せずに首を捻《ひね》ったのを見て、明石はにやりと笑った。

「君は、実際には見切っていた。だが、体が反応しなかっただけだ。人間の体で、本来自由に動かせるのは、両腕と足だ。その他の体の部位、筋肉はまるで他人のように言うことを聞かないものだ。それが、自由に使いこなせれば、どんな体術もこなせるようになる」

明石の言っていることは分かる。だが、体には自分の意識の下で動かすことができる随意筋、要するに体を動かす骨格筋と、内臓などの自己意識では動かせない不随意筋がある。ところが、随意筋であるはずの骨格筋のほとんどは、鍛えることはできても自由に動かすとなると難しい。プロのサッカー選手が、キックミスをするのを見れば一目瞭然だ。

「君のさっきの攻撃は、良い例だ。手が思わず出た。言うことを聞く手で、君は攻撃してきたというわけだ。悪いとは言わない。ただ、頼りすぎてはいけない。手を控えめに使い、体全体でバランスよく動くようにすれば、自ずと体全体を使いこなせるようになる」

「なるほど……」

「さて、頭で考えても、仕方が無い。朝まで稽古をすれば、何かは摑めるだろう」

明石は、そう言うと浩志の腕をとり、軽く投げ飛ばした。

「技は、ゆっくりかける。技を受けることにより、体で覚えるんだ」

「分かりました」

言ってはみたものの朝まで体が持つか、首を捻りたくなった。だが、やるしかなかった。自分のふがいなさを叩き直さねば、相模湖公園で殺された保安部隊の隊員が浮かばれない。それに、このままでは年齢の限界を自ら作り出していた自分に逆戻りしてしまう。

「まだまだ」

浩志は、何度も倒されては起き上がり、遮二無二、明石に挑んでいった。

六

浩志と明石の稽古は端《はた》から見れば、一方的に浩志が投げ飛ばされているだけにしか見えないだろう。だが、浩志は確実に技を体で覚えていった。明石も浩志が覚えるまで同じ技を連続でかけてくる。教える側と教わる側の息は合っていた。

「よろしい。ここで一度休憩を入れよう。水分を補給することも大事だからな」

さすがに明石も全身にうっすらと汗をかいていた。

「藤堂君、母屋に行って適当に水を持ってきてくれないか」

浩志は、頷くと道場を出た。月明かりに照らされた裏庭を通り、庭に面した勝手口から母屋に入ると台所の冷蔵庫を開けた。中にはスポーツ飲料やアルカリイオン水のペットボトルが数本入っていた。

冷蔵庫からペットボトルの水を二本取り出し母屋を出ると、浩志は剣道場の電気が消えたことに気がついた。時刻は、午後十時半。明石の息子である紀之はいつもなら十一時ごろまで稽古をしているはずだ。ふと剣道場に足を向けると、道場に無数の人の気配を感じた。嫌な胸騒ぎがして浩志は、足音を忍ばせ剣道場に急いだ。

剣道場は、表の玄関とは別に、裏側に母屋の裏庭に通じる裏口がある。

浩志は、裏口の扉をゆっくりと開けた。中は、漆黒《しっこく》の闇に包まれていた。無数の殺気が闇の中から膨れてきた。浩志は、身の危険を感じ、咄嗟《とっさ》にしゃがんだ。

瞬間、頭の上をビュンと何かがかすめて行った。中に転がり込むように入った。再びビュンと空気が擦《こす》れる音がし、後ろで何かが当たる音がした。浩志は次々と場所を移動しながら殺気を放つ者に近づいた。

闇に次第に目が慣れてきた。

道場の中央に四人の男がいた。全員暗視ゴーグルを付けた大男だ。男たちの向こうに人が倒れていた。紀之だ。体中の血液が逆流した。

「貴様ら！」

走り寄ろうとすると一番右側の男が、浩志に武器を向けた。

ビュッ、浩志は巧みな体移動で飛来物を避けた。正体は分かっていた。小型だが強力なクロスボウ（洋弓）だ。すると今度は、一番左側の男が浩志に向けて矢を放った。矢をつがえる時間を交互に射つことで稼いでいるのだ。

左から来る矢を避けると、右側の男に接近し、矢を放つ瞬間にクロスボウを持つ右手を左手で押さえ、手首をひねりながら男を一本背負いで道場の壁際まで投げ飛ばした。そして、すぐ隣の男に襲いかかるべく体の位置を変えようとしたが、袴がもたつき、膝をついてしまった。その瞬間、左腕に激痛を感じた。

「くっ！」

左腕にクロスボウの矢が刺さっていた。

浩志は、平静心を取り戻すように肩の力を抜き自然体で立ち上がった。目の前に男が立ち塞がった。身長は一八五、六、胸板が厚い。ゴーグルを装着しているため、人相までは分からないが、口元がにやついている。右手に、刃渡り二十センチはあるサバイバルナイフが握られていた。一方クロスボウを持った男は、仕事は終わったとばかりに浩志が倒した男の介抱に向かった。残りの一人は、目の前の男のやや右後方で腕を組んで立っていた。体格は、コピーされたかのように全員似ている。

男は、浩志が怪我をしていると侮《あなど》っているのか無造作にナイフを突き出してきた。だが、的確に刃先は心臓をめがけ、しかもそのスピードは恐ろしく速かった。

浩志はわずかに左足を後ろに引き、右手でその腕を叩いた。本来なら左手でかわすと同時に右手で攻撃しているところだが、左の二の腕に刺さった矢のせいで、左手はしびれて持ち上げることすらできなかった。

後ろで腕組みをしていた男が、浩志の動きに感心したのか、ヒューと口笛を鳴らした。目の前の男の口元が引きしまった。男は左手をやや前に出し、右手を肩の位置まで上げてリズムをとるように動かしている。アメリカ陸軍の格闘技コンバティヴスの構えだ。その間、後ろに控えていた男が暗視ゴーグルを外し、瞬《まばた》きを何度かすると前の男をどかせた。

暗闇でも鋭く光る目を持ち、顎ひげを生やした不敵な面構えをしている。

浩志は、舌打ちをした。接近戦なら暗視ゴーグルの視界が狭いため、圧倒的に有利に立っていたからだ。顎ひげの男は、ゴーグルをはめたままでは勝てないと踏んで前の男に代わったのだろう。

男は、腰からサバイバルナイフを抜き、コンバティヴスの構えを見せた。そして、口から鋭く空気をシッ、シッと短く吐いて仲間に合図を送った。浩志に気絶させられていた男は、もう一人のクロスボウの男に助けられ、玄関から出て行った。顎ひげの男のすぐ後ろにいた男は、落ちていたクロスボウを拾い玄関まで下がると、クロスボウを構え浩志に狙いを定めた。

「心配するな、藤堂。あの男は援護しているだけだ。俺が倒されない限り、おまえを射つことはない」

顎ひげの男は、米国なまりの英語を話すと、にやりと笑ってみせた。

「おまえらは、タスクフォースか」

「何！……」

男は、目を見開きサバイバルナイフをぐっと握りしめた。

「どうして、俺を狙う」

「おまえのチームのせいで、アメリカ人将校まで死なせてしまったからだ」

「おまえらが皆殺しにしたんだぞ！　最初からそのつもりだったんだろ」

「皆殺しは、最悪の場合のシナリオだ。抵抗すれば、殺すだけだからな」

「勝手な言い草だ」

顎ひげの男は、いたぶるようにナイフを浩志の目の前でちらつかせた。

その時、裏口に人の気配がした。

「何者だ！」

裏口から、入ってきた明石が一喝した。

顎ひげの男は舌打ちをするすると、するすると玄関まで下がりクロスボウで威嚇《いかく》していた男とともに外の闇に消えた。

明石が道場の電気をつけて、床に倒れている紀之にゆっくりと近づいて来た。

紀之の胸には二本の矢が突き刺さり、すでにこと切れていた。

「明石さん、すみません。私のせいで息子さんを……」

言葉が続かなかった。自分が狙われたばかりに、無関係な民間人を巻き添えにしてしまった。後悔のしようのないミスだった。浩志は、膝をついて深々と頭を下げた。

明石は、跪《ひざまず》くと紀之の見開かれた瞼《まぶた》を右手でいたわるように塞ぎ、黙想するように目を閉じた。落ち着いて見えるが、真一文字に結んだ唇がわずかに震えていた。

浩志は、明石の言葉をひたすら待った。無言が何よりも辛かった。一層、罵倒《ばとう》され、殴られた方がどれだけ楽だろう。

「藤堂君、息子の死は君のせいではない。息子は、武道家だった。敵に倒されるということは、武道家として未熟だったということだ。だが、紀之は自分の道場で死ねたのだから、むしろ幸せだと私は思っている」

明石は、嚙み締めるように言葉を発した。

「腕の矢は医者で抜かないと傷を悪化させるから、私には治療できない。誰かに知らせて、迎えに来てもらいなさい。警察には、明日の朝、私が届けておく」

明石は、諭《さと》すようにやさしく浩志に言った。

「しかし」

「藤堂君、私は武道家だが、こいつの父親でもある。最後の晩を息子と二人で酒を酌み交わしたい」

浩志は、力なく立ち上がった。

「葬式は、内々で済ませる。落ち着いたら、また稽古に来てくれ、君には教えることが山ほどあるからな。君は、どう思っているか知らんが、私は、君を一番弟子だと思っている」

明石は、そう言うと力なく笑った。

浩志は、裏口で深々と頭を下げると庭に出た。離れの道場に置いてある荷物を取りに行き、携帯を取り出すと傭兵代理店に連絡をした。瀬川が電話口に出て、二十分以内に迎えに来ると返事をしてきた。

携帯を切り、荷物を抱え両膝をついた。

「くそっ！　くそっ！　ちくしょう！」

右の拳を振り上げ、あらん限りの力で地面を叩いた。

地面を叩き続け、拳に血が滲《にじ》んできた。それでも、叩き続けた。

ふと振り上げた拳を誰かに摑まれた。

一升瓶の日本酒と、コップを持った明石が、笑って立っていた。

「仕様がない弟子だな。四十を過ぎても子供と同じだ。藤堂君、迎えが来るまで一緒に飲もうか」

浩志は、離れの道場に明石とともに上がった。

明石は、浩志にコップを持たせ、なみなみと日本酒を注ぐと、自分のコップにも酒を注いだ。そして、二人とも無言でコップを掲げ、酒を一気に飲み干した。

浩志は明石との酒に誓いを立てた。

かつて傭兵となり、リベンジャー（復讐者）というあだ名で呼ばれていた。去年、十五年にも及ぶ復讐は、犯人を殺すことでピリオドを打った。以来、仲間にもリベンジャーとは呼ばせていなかった。だが、今この時から新たにリベンジャーの名の下《もと》に行動することを誓った。

タスクフォース

一

森本病院で矢を除去する手術を受けた明くる日、浩志は病院を退院し、傭兵代理店を訪れていた。院長の森本にはさんざん叱られたが、無理を言っての退院だった。

丸池屋の奥の応接室に通された浩志は、どっかとソファーに座った。左腕は包帯で巻かれ、三角巾で吊るしている。しかも矢傷のために熱があった。

「お怪我は、本当に大丈夫なのですか」

池谷は、うっすらと額に汗を浮かべた浩志を気遣った。

「気にするな。それより、昨日瀬川が報告することがあると言っていたぞ」

明石の家に迎えにきた瀬川は、浩志を森本病院に送る道すがら、米軍に動きがあったので退院後、池谷から報告させますと言っていた。

「五日前、ラムズリー国防長官が突如解任されたというニュースはご存知ですよね」

「イラク戦争での責任を取らされたと、ニュースでは言っていたが」

「それは、飽くまでも表向きの話です。実情は、国防長官が独断で日本に特殊部隊を送り込んだことの責任を取らされたというのが真実です」

「タスクフォースは、国防長官の命令で動いていたのか」

「そのようです。日本に送られたタスクフォースのチーム名は、タスク十一《イレブン》とタスク十二《トゥエルブ》というコードネームで、彼らはデルタフォースの指揮下にありながら、国防長官直属のチームだったそうです」

「どこから、情報を仕入れた？」

「実は、我々も驚いているのですが、ＣＩＡが積極的に日本の情報部に向けて情報を流してきました」

「また、何か策略があってのことじゃないのか」

「しいて言うなら免罪符のようなものですね」

「くだらない比喩《ひゆ》を使うな」

「タスクフォースのメンバーは、国防長官の解任と同時に米国に強制送還されるはずでした。軍法会議にかけられるためです。ところが、彼らは、その情報をいち早く察知すると行方をくらましたそうです」

「脱走したのか」

「そうです。彼らの容疑は、もちろん殺人ですが、容疑の対象は、一連のアルカイダと思われる人物たちの殺害行為です」

「何！　保安部隊の襲撃の件はどうなっているんだ」

「本当の罪は、そこにあるはずですが、それを罪状にすれば、米軍が同盟国を攻撃したことを認めることになってしまいます。飽くまでもしらを切り通すでしょう」

「………」

浩志は、頷きながらも歯ぎしりするより他なかった。

「米軍の国内での相次ぐ不祥事で、日米地位協定が見直され、脱走兵が出た場合、米軍は、日本の警察に届ける義務があります。それにも拘らず、CIAが情報を流してきたのは、タスクフォースが犯した罪は、連続殺人事件だけにしてくれという、米国政府の非公式な要求とみていいでしょう」

「免罪符か、なるほど」

これまでもアメリカ政府のこうした態度は多々見られた。要は、アメリカは未だに日本を敗戦国として扱っている証拠だ。

「逃亡中のタスクフォースの行方は、国内にいるCIAばかりでなく、米国本土からもCID（軍犯罪捜査司令部）の捜査官が大量に投入されているそうです」

「ＣＩＡが情報を流しているなら、やつらの名前と顔写真もあるはずだ。見せてくれ」

「それが、彼らの情報は、先ほど私が説明したことがすべてなんです」

「馬鹿な。情報を流してないのと同じじゃないか。日本は一切関わるなということか！」

「確かに、彼らの意図はそこにあるのでしょう。しかし、今朝方、非公式にＣＩＤが情報本部に接触を求めてきました。なんでもＣＩＤの捜査官のチーフが藤堂さんにお会いしたいそうです」

「俺に？　理由を説明してくれ」

「私は、昨夜、藤堂さんが襲われたとお聞きし、ピンときました。そこで、情報本部経由で脱走兵に接触した人物がいると、ＣＩＤに情報を入れてもらったのです」

池谷は、にやりと笑ってみせた。馬が薄気味悪く笑ったという感じだ。子供のころ、テレビでやっていた馬が喋るというアメリカのホームドラマを思い出した。浩志は、池谷の腹芸に感心せざるを得なかった。米国側の捜査陣に浩志という飴《あめ》を見せて、無理矢理でも情報を得ようという魂胆なのだろう。

「分かった。適当にセッティングしてくれ」

「藤堂さんをご紹介するのは、飽くまでも情報本部ということになっていますので、日時や場所は、改めてご連絡いたします。それから、土屋君から藤堂さんにご報告したいことがあるそうです」

池谷に呼ばれた友恵は、いつもと違い暗い表情をしていた。

「藤堂さんの捜査で何かお役に立てればと思い、カクタスの行方をずっと追っていました。現在の宿泊先とメールの記録ですが、使えますか」

友恵は、トム・ヘイニがアイソトープを服用していたことを察知できなかったことに責任を感じているらしい。アイソトープを使った人体検知レーダーがあることなど浩志も知らなかった。責任など感じる必要はない。

「大いに役立つ」

浩志の一言に友恵は、はにかんだような笑顔を見せた。

「捜査にすぐ取りかかれるかどうかは、分からない。だが、カクタスを逃さないように引き続き監視していてくれ」

「大丈夫です。カクタスの使用する車には、黒川さんに頼んで車両位置発信器を取り付けておきました。それに、ＣＩＡのサーバーは、いつでもハッキングできますので、おっしゃっていただければ、カクタス以外のメールデータも取り出すことは可能です」

友恵は、うれしそうに答えると、無邪気に笑ってみせた。

「そっ、そうか」

車両位置発信器もそうだが、ＣＩＡのサーバーを簡単にハッキングできると言う友恵に、浩志と池谷は、唖然として顔を見合わせた。

二

六本木ヒルズの中央にそびえる六本木ヒルズ森《もり》タワーは、地下六階、地上五十四階のシンボル的高層ビルで、オフィスを中心とし、美術館やレストランなどを備えた複合ビルだ。このビルの五十二階に〝東京シティビュー〟という展望台がある。海抜二百五十メートル、三百六十度の風景が楽しめるとあって、観光客にも人気のスポットだ。

傭兵代理店で池谷と会った翌日、浩志は、東京シティビューの西側にある展望ギャラリーに現われた。腕を吊っていた三角巾は外し、ジーパンにTシャツ、黒のウインドブレーカーを着ていた。

午後五時、本来なら美しい夕景でも見られるのだろうが、生憎《あいにく》の雨で新宿の高層ビルはもちろん、眼下に見渡せるはずの青山霊園も霞《かすみ》の中だ。そのせいで、このフロアーを賑わす観光客の姿もなく、夕景、夜景を楽しもうとするカップルの姿もほとんどない。

例外が一人、ダークグレーのスーツを着た体格のいいスキンヘッドの男が、後ろに手を組んで外を眺めていた。身長は、一七五、六と浩志と大して変わらないが、異常に首回りが太く、胸囲も一メートル以上あるだろう。

浩志は男に近づくとすぐ左横に並び、外の景色を眺めた。

「日本の大都市には、高層ビルがあると聞いていたが、雲を突き抜けるビルがあるなんて驚きだぜ。日本人は、高層ビルに驚かないのか？」

スキンヘッドは、前を見たまま質問をしてきた。肌の色は、小麦色。ヒスパニック系の血が混じっているのだろう。

「さあな」

「アメリカ人は、みんなニューヨークのような所に住んでいると思われているようだが、俺の田舎じゃ、五階建てのビルが一番高かった。そういえば、ペンタゴンも五階建てだったな。五階より高いビルに上るのは、初めてだ。あんたはここに何回も来たことがあるのか」

男は、初対面の浩志に気さくな人間だと思わせたいのか、べらべらとよく喋った。浩志は、呆れて返事もしなかった。

「ミスター藤堂？」

「名を名乗れ」

「聞いているはずだが」

「おまえが、ただの外人観光客でない保証はないぞ」

「噂通り、用心深い男らしいな。俺は、陸軍犯罪捜査司令部のヘンリー・ワット大尉、日本に派遣された捜査官のチーフをしている」

「俺に何の用だ」

「あんたは、タスクフォースに二度も接触していると聞いたが、本当か」

「一度は、相模湖公園であった自衛隊員皆殺し事件、一度は、一昨日だ」

「相模湖公園の事件は、我々とは関係ない」

ワット大尉は、米国の主張を堅持するつもりらしい。

「スパイヘリまで出動させておいて、ふざけるな。本当のことを言うつもりがないなら、俺は帰るぞ」

浩志は、きびすを返し出口に向かった。

「待て、ミスター藤堂」

ワット大尉は、浩志の前に回り込んで行く手を塞いだ。横幅がある体は威圧感がある。しかもスキンヘッドで眉毛も薄いため、たとえ笑顔でも押しの効いた顔になる。

「すまない、ミスター藤堂。役目上、言えないこともあるし、相模湖の事件を認めることができないのは許して欲しい。俺の知りうる限りのことは話すから協力してくれ」

ワット大尉が、苦しい立場を説明した上で、プリーズと頼み込んできたため、浩志は仕方なく頷いてみせた。

「タスクフォースのメンバーの顔写真が欲しい」

浩志は、単刀直入に聞いた。

「その前に、あんたのことはＣＩＡに問い合わせてみたが、傭兵というのは本当か」

「誰に聞いた。カクタスか」

「カクタス？　知らない。それは、ＣＩＡの捜査官のことか。あんたのことは、ＣＩＡ本部のデータベースに登録されている」

浩志は、舌打ちした。ＣＩＡの仕事を以前引き受けたことがある。それに、ＣＩＡの局員を叩きのめしたことも一度や二度ではない。それゆえ浩志のプロフィールがＣＩＡにあっても不思議ではないが、個人データが知らない間に登録されていることほど不愉快な話はない。

「あんたは今、日本の情報部と契約しているのか」

「関係ない。俺はフリーだ」

「それなら、なぜタスクフォースのメンバーの顔写真がいる」

ワット大尉は、首をすくめてみせたが、首が甲羅《こうら》に収まらない巨大な陸ガメのように首の周りに太い皺ができた。

「俺のプロフィールデータを見たと言っていたな」

「かなり詳しく載っていた。あんたが以前、日本のポリスだったことまで書いてあった」

「それなら、傭兵になってからの渾名も知っているな」

「リベンジャー。……奴らに復讐するつもりか」

「生きたままおまえらに引き渡すつもりはない」

ワット大尉は、浩志を睨んだ。本人はそのつもりがなくても、そう見える。

「俺に接触してきたのは、手がかりがないからだろう」

ワット大尉は、ふうと溜息をつくと胸ポケットから、ＰＤＡ（コンパクトマルチ端末機）を取り出し、スイッチを入れた。

「連中は、デルタフォースの中でも最強だが、最悪という評判もあった。イラクで罪を問われないことをいいことに、任務遂行のためわざと民間人を巻き込むという噂もあった。しかも制式銃を使わず、デザートイーグルを使っていたそうだ」

「何！」

イラクで死んだ友人のルポライター刈沼康夫は、五十口径の銃を使った米兵に殺されたと聞いている。彼は、元タスクフォースのメンバーに殺されたのかもしれない。浩志は、ぐっと拳を握りしめた。

「どうしてそんな危ない連中をよりによって、日本に派遣したんだ」

「七月一日からＧ８地球サミットが、千葉で始まる。サミットには、急遽我が国の大統領も参加することになった。たった一ヶ月半で日本に潜入したテロリストを全員始末する必要があった。国防長官は、政府の承認も得ずにタスクフォースを派遣したというわけだ」

ワット大尉は、話しながらＰＤＡの画面を操作し、画像の一覧を表示させた。

「これは、タスクフォースのメンバーの顔写真だ。この中に見覚えのある顔はあるか」

一画面に四人の顔写真が載っていた。浩志が首を振ると、ワット大尉は次画面を表示させた。次の画面の左上の顔に見覚えがあった。眼光の鋭い顎ひげの男だ。

「この左上の男と一昨日東京の目黒で会っている。それに右下の男の口元は見覚えがある。四人組で、暗視ゴーグルをはめていた。左上の男は、ゴーグルを外したから、顔はよく覚えている」

「四人と闘ったのか」

「ああ、へまをして逃がしたがな」

「驚いた。こいつら四人と、まともにやり合って生きているとは、あんたは、データファイル通りの人物らしい」

「今度、俺のデータファイルのコピーをくれ」

浩志は、鼻で笑って冗談を言った。

「この画面は、タスク十二のメンバーだ。左上の男は、ジョージ・リプリー中尉、タスク十二のリーダーであり、十一のリーダーであるグレグ・ローレン少尉より階級が上だ。この二チームは、イラクで二年間も特殊なテロ掃討作戦をしていた。それだけに結束力も強い」

タスクフォースというのは、デルタフォース指揮下にある部隊を意味し、タスク十二というのは、その中でチームのコードネームを意味する。

「顎ひげ野郎が、二チームの隊長と考えていいんだな」

「そういうことだ。タスク十二が一昨日、東京に現われたということは、まだ日本にいるということだ。脱走兵である以上、日本はもちろん、米軍の輸送手段も使えない。国外脱出は不可能だ」

ワット大尉は、PDAの脇からSDカード（メモリーカード）を抜くと浩志に渡した。

「あんたを尊重してデータを渡すことにする。中にタスクフォースのメンバーの情報が入っている。ただし、データは、コピーできないようになっている。また、このカードは生分解性プラスチックでできているから、光や水に弱い。放っといても二ヶ月で分解が始まるから、データも長期保存できないようになっている。見終わったら、燃やすか、土に埋めるか処理をしてくれ」

「日本の情報機関にもデータを渋ったくせに、気前がいいな」

「何、あんたの心意気が気に入ったまでさ」

「心意気？」

「生きたまま渡さないと言っただろう。兄弟」

ワット大尉は、そう言うとウインクをして見せた。陸軍犯罪捜査司令部は、脱走兵であるタスクフォースのメンバーを生きたまま捕らえることは不可能と見ているのだろう。

「気に入ったぜ」

浩志は、丸太のようなワット大尉の腕をポンと叩くと展望台を後にした。

三

浩志は、ヘンリー・ワット大尉に貰ったSDカードをさっそく傭兵代理店に持ち込んだ。

「なるほど、確かに元のデータは暗号化されているので、コピーできないようになっていますね」

SDカードを自分のパソコンに挿《さ》し込んだ土屋友恵は、データを見ながらそう言った。

「別に見ることができれば、それでいい」

友恵の後ろからパソコンの画面を見ながら浩志は、そう言った。

「いえ、画像データを取り出せば、おもしろいことができるんですよ」

友恵はキーボードを叩き、まずSDカードのセキュリティーコードの解析を始めた。

「画面のキャプチャー（コピー）をすればいいじゃないか」

浩志も普段からインターネットを使う関係上、パソコンの知識はある。

「それが、このデータはどのOS（パソコンを動かすための基本ソフト）上でもパソコンのキャプチャー機能が使えないように設定されています。もっとも画面をカメラで撮れば別ですが、そんな不細工なことはしたくないですから」

そこまで言われれば、はいそうですかと言う他ない。浩志は、黙って友恵の作業を見守った。

「このタイプなら、五分もあれば解読できますので、コーヒーでも飲んで待っていてください。セルフサービスでお願いします」

「はいはい」

他の暗号を解読するために作ったプログラムに手を加えるだけらしい。浩志は言われるまま、友恵の仕事部屋に設置されているコーヒーメーカーでコーヒーを淹《い》れ、作業を眺めた。

「終わりました」

友恵は、ふうと小さく息を吐くと、別の画面を表示させた。

「これは、ドイツのバイオメトリクス社が設計した人相認識ソフトを、私がカスタマイズしたものです。このソフトに今取り出したタスクフォースのメンバーの顔写真のデータを入力すると、防犯カメラや監視カメラで撮られた画像から、メンバーを特定することができます。たとえ変装していてもこのソフトからは逃れられません」

防犯カメラから犯罪者を割り出すのに苦労したため、最近になって取り入れたらしい。

人相認識ソフトは、監視カメラがネットワーク化されている欧米では、犯罪者を摘発できるということで導入され始めている。特に空港や駅などの人の出入りが激しい公共の場では有効とされているが、現在の技術レベルでは、認識率は五十パーセント前後といわれている。日本でも関西国際空港で導入されたらしいが、現在も稼働させているかは定かではない。

「しかし、日本の監視カメラは、ネットワーク化されていないから、あまり役に立たないだろう」

「おっしゃる通り、大半のスーパーやコンビニの防犯カメラは、その店のビデオシステムに繋がっているだけで、役に立ちませんが、日本のエシュロンのネットワークから街頭に設置された監視カメラの映像は得られます」

「日本のエシュロン？」

エシュロンとは、アメリカの国家安全保障局が主体となり、電子情報の収集、分析、データベース化をする地球規模のシステムのことだ。冷戦時にアメリカと同盟関係を結んでいる国で構築されたと言われ、今でも軍事目的として使われているが、最近では産業スパイの懸念も持たれている。日本では、三沢《みさわ》基地にシステムがあると噂されている。

「三沢基地のじゃなくて、米国大使館に設置されているコンピューターから直接ハッキングすれば、大都市の監視カメラの映像データはすべて得られます」

「米国大使館か。……それなら同じ方法でCID（陸軍犯罪捜査司令部）も捜査している可能性はあるな」

陸軍犯罪捜査司令部のワット大尉がデータを浩志に渡したのも、自分たちで見つける自信があったのと、浩志が見つけて始末してくれればこれはこれで、瓢箪《ひょうたん》から駒といったところなのだろう。

「そうですね。彼らは、捜査官を派遣してきたといってもせいぜい数人程度でしょうし、日本の米軍基地の憲兵隊も捜査に加わるとしてもたかが知れています。人手がない分、エシュロンを使っていると見た方がいいでしょう」

「見つけたもの勝ちか」

「そうとも言えませんよ。私はその他にも、大手の警備会社の監視カメラの映像をハッキングできますし、第一、私がカスタマイズしたこのソフトの認識率は、八十パーセントを超しますから、アメリカの情報局のはるか上をいくはずです」

友恵は、どうだとばかりに親指を立てて見せた。これほど優秀なプログラマーがどうして下北沢の質屋に偽装した傭兵代理店にくすぶっているのか分からないが、とりあえず味方で良かったという他ない。

「それから、カクタスはどうなっている」

日本にいるCIA捜査官も、タスクフォースの捜査に協力しているはずだ。忙しくて居所を見失っている可能性がある。

「暇らしく、麴町の花屋の事務所に毎日出勤しています。ご覧になりますか」

「どういうことだ」

「池谷社長の命令で、麴町のパレルホテルに部屋を借りてまた監視所を設けました」

友恵は、そう言うとパソコンの画面を切り替えた。画面には以前見たことがあるパレルホテルの地下の映像が映っていた。

「今、うちのコマンドスタッフが交代で詰めていますが、ホテルの防犯カメラの映像は、監視所にセッティングしたパソコンを経由して見られるようにしたので、ここからでも見ることはできます」

「なるほど。それはいい。それにしても、花屋に毎日出勤か」

「カクタスは、捜査から外されたようです」

「どうして分かる」

「前も申し上げましたが、彼のところに来るメールはすべて傍受しています。それが、暗号化されていても解読していますので。カクタスは、捜査から外されただけでなく、極東地区のリーダーからも降格させられました」

「ひょっとして、タスクフォースの謀略をサポートした時のミスが原因か」

当初、相模湖公園での事件は、北朝鮮の工作員によるものとされていた。現場に多数の証拠が残されていたからだ。だが工作員が宿泊していたとされるホテルの記録に工作員の本名が書かれていたため、かえって信憑性《しんぴょうせい》に欠けるものとなった。宿泊名簿に書き写す際単純なミスを犯したのだろうが、どこの世界のスパイが本名など名乗るだろうか。情報のサポートはカクタスらＣＩＡが担当していたと見られる。このミスは大きい。

「メールには、内容まで書かれていませんでしたが、来月から新聞記者に扮装し、ミャンマーに赴任するよう命令が出ていました」

今ミャンマーに赴任させられるのは、死ねと言われたのと同じことだ。

「とすると、今はひたすら残務処理と引き継ぎをしているというわけか」

浩志は、腹を抱えて笑い出したい気分になった。カクタスには何度も煮え湯を飲まされていた。昨年のカウイン島襲撃作戦では、敵に密告されたため、待ち伏せ攻撃を受け、仲間を一人喪《うしな》っていた。いつかは、きっちりとお返しをしなければと思っていたが、どうやらその必要もなくなったようだ。

四

捜査は、難航を極めた。ワット大尉から提供されたデータを入力した友恵の人相認識システムに、十日経っても元タスクフォースの脱走兵は引っ掛かってこない。七月一日に開催される地球サミットまで、残すところ十日。できれば、アメリカの大統領が来日する前に解決したいと情報本部では躍起になっているが、いたずらに時間ばかり経過する。

政府は当初、各情報機関と公安警察だけに捜査を任せていたが、ここにいたって情報を警察庁に流し、全国の警察にも捜査に加わるように手配した。また、陸軍犯罪捜査司令部のワット大尉も相当あせっているようで、浩志の元に何度も問い合わせてきた。

「おかしいですよ。米国人がまとめて八人も姿を隠せるような場所がありますか」

丸池屋に顔を出すと池谷がぼやいた。

「八人がまとまっているとは限らない。奴らは、もともと二チームだ。四人かもしれない。それに一人ずつ行動している可能性も考えられる」

とは言ってみたものの、浩志も訝《いぶか》しく思っていた。彼らの資料には、日本に来るのが初めてという者が多かった。不慣れな土地で、長期間隠れることはできない。彼らを支援する者、あるいは組織があるのではないかと思い始めていた。

ワット大尉に問いただすと、彼らはすでにその可能性も考え捜査を始めているようだが、捜査内容までは教えてくれなかった。それは、支援者イコール米軍の可能性が高いからだ。

浩志は、文句を言いながらも質屋の仕事はきっちりこなす池谷を放っといて友恵の仕事部屋に入った。

「藤堂さん、せっかく来ていただいても、何もありませんよ。コーヒー飲みますか」

「なんとなくカクタスが気になってな」

後二週間で、カクタスはミャンマーに赴任することになっている。

「相変わらず、まじめに働いていますよ」

友恵の言葉尻に何か引っ掛かるものを感じた。彼女の態度がクールなことは今に始まったことではない。それ以外の何かが浩志の元刑事の勘を刺激した。

「勤務状態はどうなっている」

「毎日、午前九時に出勤して、午後五時には、宿泊先の新宿のホテルに帰っています」

とりわけ変わったところはなさそうだ。

「カクタスのメールは傍受していると言っていたが、奴は、自分のパソコンでしかメールのやりとりはしないのか」

浩志の何気ない一言に友恵の顔色が変わった。

「どうした？」

友恵は、何も答えずパソコンにインターネットの画面を表示させた。後ろから覗くと、カクタスが現在勤めていることになっている麴町の花屋〝ブランシェ〟のホームページだった。

「このページから、〝ブランシェ〟のレンタルグリーンの注文ができます。すみません。

少々お待ちください」

友恵は、そう言うとキーボードを勢いよく叩き始めた。またどこかのインターネットのサーバーをハッキングしているのだろう。

「この注文ページには、メールアドレスは記載されていません。フォームと言って、記入されたデータが一旦サーバーを介して、特定のメールに転送されるようになっています」

友恵は、浩志に説明しながらもハッキングする作業に滞《とどこお》りはないらしい。そもそも女は男と違い、会話する時、左右の脳を同時に使いこなすため、ボキャブラリーが豊富なだけでなく話しながら別のことができるそうだ。男は、それを単におしゃべりと片付けてしまうが。

「分かりました。注文を受け取るアドレスは、カクタスのメールアドレスとは違います。しかも、受け取るパソコンも違いますね。おそらく事務所に個人とは別のパソコンが置いてあるのでしょう。今、このメールの記録を抜き出します」

ものの数分というところだろうか、友恵のパソコンに〝ブランシェ〟のレンタルグリーンの注文メールがダウンロードされた。二ヶ月分のデータにざっと目を通してみたが、特に怪しいところはなさそうだ。どれも、カタログに載っているグリーンの商品らしい番号と届け先など、まっとうな内容となっている。

「よかった。もし、これで何か秘密のやりとりをしていたらと思ってあせりましたよ」

友恵は、安堵の溜息を漏らした。

「一応、プリントアウトしてくれ」

浩志は、友恵からプリントアウトを受け取ると、五反田に向かった。辰也と飲み屋の須賀川で会う約束をしていた。何やら深刻な様子で連絡を貰ったので、待ち合わせ場所を渋谷のミスティックでと言うと、気を使わない場所でと言われてしまった。それならと、須賀川にしたわけだ。

コマンドZのメンバーは現在捜査から外している。というか、手伝ってもらうことがないからだ。だが、メンバーからは、報酬は要らないから手伝わせろとうるさく言ってくる。タスクフォースに出し抜かれたことが許せないのは彼らも同じだった。

五反田駅に着くと小雨が降ってきた。時計を見ると午後六時十分、辰也とは、六時半に約束していた。

「いらっしゃい」

いつものように店の主人、柳井の語尾上がりの挨拶を耳にしながら暖簾《のれん》をくぐった。

「何！」

いつもなら雨で客足が鈍っているはずの店内に、見慣れた顔ぶれが揃っていた。コマンドZの仲間たちだ。どうやら、辰也にはめられたらしい。

浩志は、辰也の手招きでカウンター席の真ん中に座った。浩志の顔を見た仲間は、勝手にグラスを掲げ、酒盛りを始めた。もっとも下戸《げこ》の田中は、ウーロン茶で盛り上がっている。すでに空になったビール瓶が数本テーブルに並び、酒の肴もかなりの量が出ていた。

「何時から、始めたんだ」

「五時半です。みんな鬱憤《うっぷん》が溜まっているんですよ」

相模湖公園の事件の翌日から、みんな普段通りの生活に戻っていた。だが、戦闘で自衛隊員を死なせてしまったことに加え、ミハエルの意識が未だに戻らないことが、チーム全員に暗い影を落としていた。

「おやじさん、悪いが今日は貸し切りにしてくれ」

浩志は、カウンターの柳井に小声で言った。すると柳井は心得たもので、まだ宵の口というのに店の暖簾を下ろしてくれた。

「すまないな」

「雨の日ですから、こっちは大助かりですよ」

浩志の労《ねぎら》いに、柳井は笑って答えた。

その様子を見ていた辰也は、笑いながら、浩志に頷いてみせた。

「おい、みんな。今日は、隊長のおごりだ。店の酒と食べ物を食い尽くせ！」

辰也がビールを注いだコップを持って立ち上がると、全員立ち上がって歓声を上げた。

「おやじさん。今のうちに酒屋に連絡しておいた方がいいぞ。こいつら、半端じゃなく飲むからな」

浩志は、笑いながら柳井に指示をした。すると、ジャケットのポケットに入れてある携帯が振動した。

「大変です。藤堂さん！」

友恵からの連絡だった。クールな友恵の声が、裏返っていた。

「何！……それで……分かった。すぐ行く」

浩志が携帯をしまうと、全員聞き耳を立てて、静まり返っていた。

「みんな、酒盛りは、中止だ。今から出かけるぞ」

浩志の命令が終わらないうちに、仲間は席を立って帰り支度を整えていた。

「すまない、おやじさん。この穴埋めは必ずするから」

浩志は、そう言うと財布の有り金をカウンターに置き、仲間と店を出た。

五

福生という街は、旧日本陸軍飛行場が、戦後、米軍横田基地となり、この基地を中心に発展を遂げたという歴史がある。そのせいかどこか沖縄の街を彷彿《ほうふつ》とさせるものがあり、沖縄で人気のアイスクリーム屋がこの街にあるのも決して不思議ではない。

五反田にある須賀川の飲み会を早々に切り上げたコマンドZのメンバーは、傭兵代理店で装備を整え、夜更けを待って下北沢を出発した。装備は、各自サイレンサーを装着したMP五にベレッタM九二F、それにアップル（手榴弾）を二個携帯している。

時刻は、午後十一時半、いつものようにイーグルとパンサーの二チームに分かれ、大型バンに分乗し、国道十六号を福生に向けて疾走していた。

イーグルチームは、浩志をリーダーとし、瀬川、田中、加藤。パンサーチームは、辰也、宮坂、ジミー、京介という顔ぶれだ。

チームを出動させることになったのは、友恵の人相認識システムにメガネをかけ、口ひげを生やしたヒスパニック系の男がひっかかったからだ。外見では判別できないほど巧みに変装したミゲル・アルーという元タスク十一のメンバーだった。男は、福生の商店街の監視カメラに映っていた。

アメリカ人がいてもおかしくない場所、それはなんと米軍基地のある街だった。しかも、以前トム・ヘイニを尾行して見つけたバー〝シングルモルト〟があるマンションに一ヶ月前引っ越してきた米兵が八人いることが分かった。調べてみると、八人とも横田基地には勤務していなかった。これら米兵こそタスクフォースに違いないと浩志は直感した。だが、監視カメラに映っていた男の映像は、日本のエシュロンから得られたものだったため、陸軍犯罪捜査司令部でも、すでにミゲルの所在を特定している可能性が考えられた。

米兵がいると思われるマンションに向かう途中、その五十メートル手前の駐車場にコマンドZの二台のバンは、乗り入れた。正確にいうと誘導された。

浩志たちは、〝シングルモルト〟があるマンションに向かっていたが、マンションがある駅の西側は、第二次世界大戦時の不発弾が発見されたということで、米軍の憲兵隊が、警戒態勢を敷き、中に入ることができなかった。不発弾処理なら本来自衛隊がするはずだ。浩志は思わず米軍に先を越されたと、舌打ちした。

警戒態勢は、マンションを中心に三百メートルの範囲に及び、M一六自動小銃を構えた憲兵隊が、蟻の出る隙間もないくらい厳重な警備をしていた。仕方なく、立ち入り禁止地区に沿って車を徐行させていると、車をのぞき込んできた首回りが異常に太い米兵、ワット大尉がいた。浩志たちが現われるのを待っていたらしい。

浩志は、駐車場に着くと一人車を降りた。その途端、鼻を突く異臭がした。

「化学薬品を積んだトラックの横転事故がこの近くであったんだ。おかげで憲兵隊から鼻が曲がると苦情が出ている」

重武装したワット大尉は笑いながら答えた。

「おまえらだけで大丈夫か」

「陸軍犯罪捜査司令部の特殊部隊は知られていないが、優秀なんだぜ」

大尉は、ウインクしてみせた。

「我々は、あのマンションを中心に三重に厳重な警戒ラインを設置した。私が組織する特殊部隊は、米国本土から一チーム五人で三チーム来ている。ミスター藤堂、悪いがこの駐車場から眺めていてくれ。これでも警戒ラインの内側だから、充分気を使っているということは分かってもらえるはずだ」

ワット大尉は、浩志より先に現場を押さえたことが嬉しいらしく、にやにやしている。それにわざわざ作戦を見せつけるのもよほど自信があってのことなのだろう。

「お手並み拝見といこうか。CID（陸軍犯罪捜査司令部）の特殊部隊なんて聞いたことがないからな。だが相手は、元タスクフォースの精鋭だぞ」

ここまで組織的に動かれていては、コマンドZの出番などない。指をくわえて見ている他ないが、嫌みの一つも言いたくなる。

「我々CIDの特殊部隊は、米軍内でもほとんど知られていない。だが、米軍といえどもクーデターがないとも限らない。だから、私の部隊は、クーデターをも想定して作られた精鋭揃いの特殊部隊だ。なんせ、最強のタスクフォースがクーデターを起こした場合でも制圧できる保証がないと部隊の存在価値がないからな」

友人に話しかけるようにワット大尉は、浩志に親指を立てて見せた。憎めない男だ。

「作戦は、いつ始める？」

「午前〇時だ。だが付近の住人が完全に避難したか確認が終わっていない。なんせここは日本だからな、我々が銃器を使う許可を得るのにも苦労したが、それより苦労するのは、民間人に作戦を知られないことだ。日本政府がうるさく言ってきたよ」

「当然だろう」

マンションの周りを憲兵隊で固めさせ、脱走兵以外の住人は、すべて電話で呼び出し避難させたらしい。脱走兵は、慌ただしく外出する住民を訝しく思っただろうが、憲兵隊に囲まれていては、外に出ることもできない。マンションの住人が避難したことを確認した後、拡声器を使って大々的に付近の住民を避難させ、日本人と日本語が話せる憲兵隊員に住宅を個別に廻らせ、住民の所在を確認しているらしい。

ワット大尉は、インカムのレシーバにじっと耳を傾けていた。

「どうやら、住人の避難が確認されたようだ。屋上から一チーム、地上から、私が指揮する二チームが催涙弾を撃ち込んで玄関と非常口の二箇所から突入することになっている」

そう言うと、ワット大尉は、暗視双眼鏡を取り出し、マンションを見た。浩志が大尉の視線の先を見ると、マンションの屋上に数名の兵士が待機しているのが暗闇を透かして見えた。友恵の調べでは、タスクフォースの脱走兵たちは、マンションの三階のフロアーを貸し切るように、全員三階に住んでいた。

迷彩服を着た米兵が一人、ワット大尉に走り寄り敬礼をした。

「時間だ。失敬するよ、兄弟」

ワット大尉は浩志に軽く敬礼をすると、駐車場に迎えに来た部下とマンションに向かった。陸軍のボディーアーマーを着用し、まるで牛のように幅の広いワット大尉の後ろ姿を見送った。体質もあるのだろうが、よほど体を鍛えているに違いない。

二人の米兵が姿を消すと、二台のバンから、他のメンバーがぞろぞろと降りてきた。

「悔しいですね」

辰也が、隣でうめくように一言漏らした。

「それにしても、ガス臭いですね。たまらない」

辰也は化学薬品を積んだトラックの事故のことを知らないのでガス臭いと言ったが、その言葉にはっとさせられた。浩志は駐車場の前の道まで走り、マンホールを見つけると腹這いになってマンホールの蓋の穴に鼻を突っ込んで匂いを嗅いだ。

「ガスだ、ガスがこの一帯に充満している。憲兵隊と住民を避難させろ！　それから絶対に車を使わせるな。引火して、爆発するぞ！」

辰也と瀬川が、ことの重大性をいち早く理解し、イーグルとパンサーチームに分かれて走り出した。

浩志は、ワット大尉に知らせるべくマンションに向かって走り出した。もし、突撃のために銃器を使えば、その途端大爆発を起こすだろう。

脱走兵らは、襲撃を事前に察知し、地下のガス管を破壊したか、それともバルブを開いたガスボンベを地下に放置したかどちらかだ。しかも、その匂いを隠すため、化学薬品を満載したトラックの事故を演出したに違いない。

マンションの玄関は、スコッチバー〝シングルモルト〟の横にあり、ワット大尉は、玄関手前で五人の特殊部隊要員に何か指示をしている最中だった。

浩志がワット大尉の十メートルほど手前まで近づいたところで、二人の憲兵隊員に行く手を阻まれた。

「ワット！　罠だ。この場を離れるんだ」

憲兵隊員は、浩志を取り押さえようと摑み掛かってきた。

「馬鹿野郎！　死にたいのかおまえら！」

憲兵隊員ともみ合っている浩志にワット大尉が走り寄って来た。

「何事だ！」

「ワット、罠だ。この一帯は、ガスが充満している。何かの拍子に大爆発するぞ。あるいは、時限装置がセットされているかもしれない。隊員を避難させろ！」

「馬鹿言え、この匂いは、化学薬品の匂いだぞ。作戦の邪魔をするな。藤堂！」

「馬鹿野郎！　いいか、さっきマンホールの匂いを嗅いでみた。下水道まで、ガスで充満している。化学薬品は偽装だ」

「何！」

ワット大尉は慌てて無線で憲兵隊に事情を知らせ、付近のマンホールを手当たり次第に調べさせた。

「ミスター藤堂、君の言う通りらしい。隊員を避難させる」

大尉は、無線で特殊部隊と憲兵隊に避難するように連絡をした。

浩志は、特殊部隊を指揮する大尉の横で屋上の隊員が避難するのを見守った。彼らは、重装備のまま身軽に隣のビルに次々と飛び移っている。鍛え上げられた兵士というのが一目で分かる。だが、次の瞬間、信じられないことが起きた。

一階のスコッチバー〝シングルモルト〟の分厚いドアが吹き飛んで、十メートル以上離れて立っていた特殊部隊の隊員をなぎ倒した。同時にマンションは下から上に向かって次々と爆発していった。さらに、マンションの地下を通る下水道内で爆発が起こり、マンションを中心にマンホールの蓋が、次々と連鎖的に火柱を上げながら吹き飛んでいった。

爆発が数秒間続いた後、辺りは火の海になっていた。

浩志は、爆風で飛ばされたが幸い怪我はなかった。ボディーアーマーを着た重装備のワット大尉が盾の代わりになったようだ。

「ワット、しっかりしろ！」

浩志はワット大尉の顔を叩き、目を覚まさせた。

「ちくしょう！　どうなった」

「部下の安全を確認しろ！」

半身を起こしたワット大尉を怒鳴りつけると、浩志は、インカムで仲間の安否を確認した。コマンドZのメンバーは、野次馬を避難させるのに後方にいたため怪我人はなかった。

浩志は、全員に現場付近に急行するように指示をすると、負傷した特殊部隊隊員の救助に向かった。

裏切り者

一

　福生のマンション爆発の一時間後、コマンドZのメンバーは、爆風で窓ガラスがすべて吹き飛ばされたバンに乗って下北沢の傭兵代理店に向かっていた。

　爆発の中心だったマンションは、全壊し、両隣のビルも爆発後の火事で全焼するなど、少なくともマンションを中心に半径五〇メートルの範囲で爆発とその後の火事による被害が出た。また、下水道に充満したガスの爆発で、炎が下水道管を伝って広がったため、百メートル近く離れた所で火事になったケースもあった。しかも爆発の衝撃で半径二百メートル近くは、ガラスや建物の破片が飛び散り、まるで空襲でも受けたかのような惨状だった。

　住民は避難させてあったので、ほとんど被害はなかったが、爆発したマンションの近くにいた特殊部隊の隊員は、四名が死亡し、七名の重軽傷者を出した。同じく現場近くにいた憲兵隊員にも、八名の重軽傷者を出し、野次馬と住民を誘導していた憲兵隊員にも飛来したガラスの破片で怪我をした者が、多数出た。

「うそだろう」

イーグルチームのバンを運転している田中が、舌打ちをした。雨が降ってきたからだ。窓ガラスがすべて吹き飛んだ車では、ワイパーを動かしたところで冗談にもならない。小雨程度だが、風圧で叩き付けるように顔にかかってきた。

「藤堂さん、席替わりましょう」

「気にするな」

後部座席に座っている瀬川が、助手席に座っている浩志に声をかけてきたが、浩志は、取り合わなかった。雨に濡れて頭が冷えた方が、どうしようもない腹立しさを押さえるのにちょうどよかったからだ。

マンションの爆発は、元タスクフォースがあの場所にいたという何よりの証拠だ。民間人にまで危害が及ぶ卑劣な作戦だが、ガス爆発で敵に打撃を与えるというのは、市街地では二次的な災害も発生させるため非常に効果的な手段だ。また証拠を隠滅するのにも都合がいい。脱出に備えて、事前に化学薬品を満載したトラックを用意し、ガス管を破壊しやすいように地下で露出させ、被害が広範囲に及ぶように細工するなど、破壊工作のプロならやりかねない。

兵士にとってサバイバルとは、ジャングルなどで食料を調達することだけでない。武器弾薬が尽きた時、手近な道具を武器にすることもサバイバルになる。優れた兵士なら、鋼線一本でトラップを作り、敵兵に打撃を与えることも可能だ。そういう意味では、逃亡中の元タスクフォースのメンバーは、優秀といえよう。

だが分からないのは、陸軍犯罪捜査司令部指揮下の憲兵隊が、極秘のうちにマンションを急襲したにも拘らず、元タスクフォースのメンバーは、やすやすと逃亡したばかりか、トラックの事故を偽装するなど、時間に余裕があったことだ。犯罪捜査司令部の動きを知っている者が密告したとしか思えなかった。

浩志は、タクティカルベストのポケットから携帯を取り出すと傭兵代理店の友恵に連絡をした。ちなみに浩志が愛用するブラックウォーター社製のベストには、弾薬を入れるポケット以外にも小物を入れておくポケットが沢山ついている。

「カクタスは、今どこにいるか分かるか」

「今日も、通常通りの行動をしていましたので、おそらく宿泊先の新宿ジョージアホテルだと思います」

「〝ブランシェ〟のレンタルグリーンの注文書で何か分かったことがあるか」

連想ゲームのようなもので、密告者のことを考えたら、カクタスの名前を思いつき、カクタスの名で、友恵がダウンロードしたレンタルグリーンの注文書が頭に浮かんだのだ。

「えっ……いえ、何も」

友恵は、質問の意図が分からないらしく、答えに窮《きゅう》しているようだ。

「そうか、それならいい」

浩志は、携帯を切った。だが、レンタルグリーンの注文を記録したプリントアウトのことがいよいよ気になって仕方がなかった。注文書であるため、客の名前から住所や発送先まで記載されていた。レンタルグリーンは、買い取りではないため、注文が殺到するようなものではない。一見怪しいところはなかったが、よくよく考えたら、この一ヶ月で何度も注文している外人の名前が記載されていたはずだ。今手元にプリントアウトがないのがもどかしい。

ポケットの携帯が振動した。

「友恵か、どうした」

「藤堂さん、先ほどのレンタルグリーンの注文書に記載されている客の住所を調べたところ、この一ヶ月頻繁に注文を出している客が二人いて、二人とも住所はでたらめでした」

浩志に聞かれて友恵は慌てて調べたに違いない。

「友恵、我々は、後三十分で戻る。黒川に我々がすぐ出撃できるように準備させておいてくれ。それから注文書をもっと詳しく調べろ。何か分かったらすぐ連絡をくれ」

現役の刑事をやっていたころ、よく刑事の勘という言葉を使ったが、それは必ずしも第六感的なものではなく、経験、あるいは見聞きした犯罪の事例にひっかかりを持った瞬間に無意識のうちに警告を発するものだった。もっとも刑事のいろはとも言うべきものを教えてくれた今は亡き先輩の高野《たかの》刑事からは、刑事の勘は先入観だとよく叱られたものだ。

だが、今はその勘が痛いほどシグナルを発していた。

二

下北沢の丸池屋の二軒隣にある電気工事会社〝世田谷電工〟は、傭兵代理店の倉庫兼修理工場の役割を持っている。爆風で窓ガラスが割れた二台のバンは、〝世田谷電工〟の倉庫内に停められていた。

コマンドZのメンバーは、友恵が淹れてくれたコーヒーを飲み、しばしの休息を取ると、倉庫に用意されていた別の二台のバンに乗り換えた。

「いくぞ！」

浩志は、インカムを通じて全員に気合いを入れた。

イーグルチームは、全員私服に着替え、ジャケットの下にサイレンサーを付けたベレッタM九二Fのみ携帯している。もっともバンの床は二重になっており、パンサーチームと同じ装備品が隠されている。また、友恵もサポートとして乗り込んでいた。

パンサーチームは、着替えずに戦闘服のままで、各自サイレンサーを装着したMP五にベレッタM九二F、それにアップル（手榴弾）を二個携帯した装備で車に乗りこんだ。また、宮坂は狙撃手としてスターライトスコープの照準をつけたSR二五Mを装備している。SR二五Mは、現在米海軍特殊部隊シールズで制式採用されているスナイパーライフルで、このシリーズは、M一六シリーズに代わり、次期主力銃として先進国の軍隊で採用される動きがある。

二台のバンは、深夜の環状七号線を疾走し、新宿に向かった。

午前三時、二台のバンは西新宿のジョージアホテルから百メートルほど離れた路上に停められた。外資系のジョージアホテルは、全国に二十六のグループホテルがあり、新宿は二十二階建て、客室一五二六部屋に、レストランやバー、フィットネスクラブを備え、ビジネスホテルとして大型の部類に入る。

決して大降りにはならないが、雨は相変わらずしとしとと降っており、止む気配はない。浩志と加藤は、車から降りるとまっすぐホテルに入った。

浩志は、浅葱《あさぎ》色のジャケットを着て、ジーパンにTシャツとラフな格好をしており、加藤はダークグレーのスーツを着込みビジネスバッグを持っている。加藤の私服が、スポーツウエアだったため、傭兵代理店のスタッフ、黒川からスーツを借りたのだ。黒川は一七三センチと加藤より五センチほど身長は高いが、丈が多少長いだけで身幅やウエストは問題なかった。加藤は、普段はおとなしい顔立ちをしているが、今日は爆破事件の後だけに目つきが鋭かった。逆に浩志は普段とまったく変わらない様子だ。

どうみても一般人にみえない二人は、言葉少なにフロントの前に立ったが、さすがに新宿にあるビジネスホテルらしく、フロントのホテルマンは驚く様子もなく応対した。

宿泊名簿にゆっくりと偽の住所とサインを書き込むと、浩志はホテルマンの差し出すICカードキーを受け取り、ホテルの施設について質問をした。この隙に、トレーサーの加藤は、フロントのすぐ裏にある警備システムにハッキングするための小さな機械を取り付けた。浩志は加藤の首尾を確認するとホテルマンに礼を言い、加藤とエレベーターに乗り込んだ。

浩志が貰ったキーは、九階の九二一号室だが、二人は十二階でエレベーターを降りた。そのまま二人は、スタッフオンリーと掲示されているドアの前に立った。

「モッキンバード、スタッフルームの前に着いた」

浩志は、インカムでバンに待機している友恵に連絡をした。作戦時の友恵のコードネームは、新たにモッキンバードに決めていた。彼女の希望だ。鳥の名前かと思ったら、カクテルの名前だそうだ。

「リベンジャー、二十秒ほどお待ちください。現在ホテルの警備システムにハッキングしています」

浩志は、作戦時のコードネームをイーグルマスターから、リベンジャーに変更してい
た。コードネームを変更したことを仲間は誰も疑わず、むしろ歓迎する空気すらあった。

友恵は、十五秒で連絡を寄越した。

「たった今、コントロール化しました。お手持ちのカードキーをICカードライターにスライドさせてください」

浩志が頷くと加藤はビジネスバッグから小型のICカードライターを出した。ライターはバッグの中のパソコンと接続されており、パソコンは、無線で友恵のパソコンとリンクさせてある。浩志は、言われるまま、カードキーをライターの溝に入れた。するとライターのランプが赤から青に点滅した。

「カードを初期化し、同時にホテルのマスターキーのデータを書き込みました。スタッフルームでテストしてみてください」

浩志は、スタッフルームの扉の横にあるカードリーダーの溝に、マスターキーと化したカードキーを差し込むと上から下へスライドさせた。すると、スタッフルームの扉は、カチャリと音を立てて開いた。

「成功だ」

友恵の仕事は、いつもそつがない。浩志と加藤は顔を見合わせてにやりと笑い、カクタ

スが宿泊している一二〇四号室に向かった。

ＣＩＡ極東地区の東京のアジトである麴町パレルホテルの花屋〝ブランシェ〟では、レンタルグリーンをインターネットで注文できるようになっている。その注文書を調べたところ、この一ヶ月間で頻繁に注文を繰り返している客が二人いたが、二人とも住所はでたらめだった。そこで、友恵は二人のログ（接続記録）から、パソコンの接続を逆探知し、その所在を突き止めた。

一つは、福生の爆破事件があったマンションから発信されており、事件の一時間前にも連絡があった。もう一つは、モバイルパソコンからで、場所の特定はできなかった。脱走したタスクフォースに内通していたのは、カクタスと見て間違いなかった。

逃亡中の元タスクフォースのメンバーを捕まえるには、内通者であるカクタスを先に押さえる必要があった。福生のアジトを襲撃された元タスクフォースは、煙のごとく脱出に成功はしているが、少なからず動揺しているはずだ。彼らが、新しいアジトを見つけて落ち着く前にカクタスを捕捉しないと、今回と同じように手痛い反撃を受けるのは目に見えていた。

浩志は、一二〇四号室の前に立つと、ジャケットからベレッタＭ九二Ｆを取り出し、加藤が同じくベレッタを構えるのを確認した。

ドアの横のＩＣカードリーダーに先ほど変造したカードをスライドさせ、ドアを開けた。間髪《かんはつ》を入れずに、銃を構えた加藤が部屋に突入した。そのすぐ後ろを援護する形で浩志は、部屋に入った。だが、窓際のベッドを確かめるまでもなく、浩志はすべてを把握した。

「リベンジャー、カクタスの死亡を確認しました」

先に突入した加藤は、ベッドで首から血を流して絶命しているカクタスを見て、呆然と立っていた。

「やられたな」

浩志は部屋に突入した瞬間、血の匂いが充満していることに気がついていた。

三

CIAの捜査官、リチャード・スミス、コードネーム〝カクタス〟とは、六年前、CIAによるコロンビアのテロリスト掃討作戦で初めて会った。作戦に参加した傭兵部隊に浩志は臨時で雇われ、その傭兵部隊を指揮していたのが、カクタスだった。カクタスの作戦ミスから、傭兵部隊は壊滅的なダメージを被《こうむ》ったが、浩志の鬼神のような働きで反撃に出ることができた。この作戦の成功により、カクタスは、南米の支局から極東地区のチーフに抜擢《ばってき》されたという経緯があった。

「複数の人間が切りつけたのでしょうか」

加藤は、カクタスの死体を見て首をひねった。

カクタスは、右手の手首から先が切断されていた。ベッドの近くにグロッグを握りしめた右手首が転がっていた。カクタスが銃を構えた瞬間鋭利な刃物で切断されたのだろう。不思議なことに、上から手前へと斜めに切断されている。そして、致命傷となった首の傷は、左下から右上に深々と切られている。切り口は、首の方が切断面は荒い。違う凶器を使ったことは確かなようだ。だが、手首の切断方向からして、犯人はカクタスの真横にいなければならない。とするとカクタスは、敵がすぐ横にいるにも拘らず、正面の敵に対して銃を向けたことになる。

カクタスの死に顔は、恐怖に歪んでいた。だが、この男のみじめな死に様に何の感情もわかなかった。およそ七十キロ前後の冷たくなった肉の塊が目の前にあるだけだ。死体には、すでに死斑《しはん》が浮かんでいた。首筋から背中にかけて浮かんだ死斑から、おそらく死後数時間以上経っていると思われる。体の硬直具合を見れば、もっと詳しく分かるだろうが、死体に触るわけにはいかない。

「藤堂さん、どうしましょうか」

加藤は、浮き足だっていた。戦場でもないところで死体と一緒にいれば、警察とのトラブルに巻き込まれるのは必然だからだ。

「加藤、おまえは、入り口のところで待機していてくれ。歩き回るなよ」

殺害現場にいればなんらかの証拠を残すばかりか、犯人の痕跡を踏み荒らす可能性があるからだ。

浩志は、元刑事として殺人現場を荒らしたくはなかったが、この事件は、すでに警察の手を離れている以上、証拠は自分で見つけなければと思った。いくら警視庁ががんばってみたところで、米国と日本の政府が裏取引するような事件を彼らでは追及できないからだ。

直接手で触れないように注意を払い、浩志は手がかりとなるものを片っ端から探しては、ベッド脇に置いてあったカクタスのビジネスバッグに詰め込んだ。最後にベッドの下を覗くと、ノートパソコンがあるのを見つけた。

浩志は、カクタスのビジネスバッグとパソコンを加藤に持たせ、借りた部屋の九二一号室に入った。携帯をジャケットのポケットから取り出すと、警視庁の捜査一課杉野に連絡を取ろうと電話番号を出してみたが、はたと考え直した。ＣＩＡの捜査官の殺害を今さら教えたところで、警視庁では手に余るに決まっているからだ。

浩志はしばらく考えた末、美香に連絡をとってみた。

「浩志？　……三時四十分じゃない。……まだお日様も出てないでしょう。どうしたの？」

時計を見た後、ベッドの中で頭から布団をかぶり携帯に出ている美香の姿が浮かんだ。

「美香にというより、日本政府に貸しを作ってやろうと思ってね」

「真夜中に電話してきたと思ったら、私が寝ぼけているの、それともあなたの頭がおかしいの、どっちか教えて」

「どっちでもない。だが、貸しを作るにも、賞味期限がある。後六時間もしたら、食えなくなる」

十時のチェックアウトの時間が過ぎたら、カクタスの死体はホテルの従業員に発見されるだろう。そうなれば、警察に通報されておしまいだ。

「分かったわ。詳しく教えて」

浩志は、これまでの事件のあらましを伝えた上で、カクタスが米軍の動きを脱走兵らに伝えていたことを教えた。

「ふーん。その左遷《させん》が決まったカクタスとかいう捜査官は、脱走兵に殺された可能性が高いのね。確かに警察に死体が渡るとまずいわね。でもどうして、それが日本政府に貸しを作ることになるの？」

「日本政府が、米国政府に貸しを作ることになるからだ」

「えっ、ごめん。まったく話が見えない。どういうこと」

「カクタスが内通していた通信記録がある。証拠となるパソコンも押さえた。カクタスの内通のせいで米軍に死傷者まで出している。日本政府さえ黙っていれば、アメリカ政府は世界に恥を曝《さら》さなくて済むというわけだ」

「確かに、脱走した米軍の精鋭を逮捕しに来た特殊部隊が、こともあろうにＣＩＡ局員の裏切りで壊滅したなんてニュースが流れたら、世界最強と言われた米軍には大打撃になることは間違いないわね。そればかりか、テロリストは大喜びするわよ」

「そういうことだ」

「分かったわ。私が上司に話をつけてその死体を片付けさせればいいのね。そのかわり、あなたの押さえている証拠は、全部出してね」

「分かっている」

浩志は携帯を切ると、加藤に証拠のパソコンを渡し、友恵の元に行かせた。

「モッキンバード。こちらリベンジャー」

「はい、こちらモッキンバード」

「今、トレーサーマンにパソコンを渡した。そのパソコンのデータをすべて吸い上げてくれ。作業が終わったら、再びトレーサーマンに渡して戻してくれ」

「了解しました」

「パンサーチーム、作戦は、一旦終了だ。先に撤収してくれ」

「こちら、爆弾グマ、了解」

「イーグルチームは、モッキンバードの作業が終わり次第、撤収してくれ」

「こちら、ヘリボーイ、了解」

浩志は連絡が終わると、ベッドに倒れ込むように横になった。寝息を立てるまでにものの数秒とかからなかった。

四

「リベンジャー」

誰かが、無線で呼びかけてきた。ジャングルのむっとする湿気の中、仲間とはぐれた浩志は目の前に広がる暗闇を見つめていた。

傭兵部隊は、四方からの集中砲火を受けるという最悪のアンブッシュ（待ち伏せ攻撃）により、瞬く間に壊滅した。浩志は、しんがりチームにいたため、退路を作るべく仲間と共に敵の層が一番薄い場所を攻撃し、なんとか突破口を作り脱出したものの後ろは敵の大群、前に広がる暗闇は地雷原だった。進むしかないことは分かっているが、選択は生か死かではない。どんな方法で殺されるかだ。

「リベンジャー、こちらヘリボーイ、応答願います」

「……ヘリボーイ、どうした」

無線の声が田中だと気付き、浩志は目を覚ました。腕時計を見ると、十分ほど時間が経っていた。中途半端に寝たせいか、ずいぶん前にアフリカの戦線で反政府軍と闘った時の苦い経験を夢で再現していたようだ。

「ホテルにカクタスの部下が、三名、入りました」

「了解！　ヘリボーイ待機せよ」

「三人ともですか？」

「俺一人で、充分だ」

部屋を飛び出すと、浩志はホテルの非常階段を十二階まで駆け上がった。非常階段のドアを薄く開けフロアーの様子を窺うと、カクタスの部屋である一二〇四号室の前で部下たちが銃を構えて突入するところだった。浩志は急いでベレッタのサイレンサーを外した。彼らが部屋に入ったのを確認すると、浩志は廊下を走り、部屋に入った。

「遅かったようだな」

カクタスの死体を発見し、呆然としている部下たちは、一斉に振り向いた。浩志は、ベレッタを三人に向けていた。

「動くな！　銃を下ろせ」

男たちは、サイレンサーを付けたグロッグを握っていた。

「俺は、お前たちが引き金を引く間に全員を撃ち殺す自信がある。それに、俺の銃にはサイレンサーを付けていない。警察にすぐ通報されるぞ」

「くそっ！　リベンジャー、貴様が殺したのか！」

以前、麹町で叩きのめしたカクタスの部下が口を開いた。三人の中では、一番格が上らしい。

「残念だが、俺じゃない。おそらくタスクフォースだろう」

浩志が答えると、男は言葉を詰まらせた。思い当たる節があるということだ。

「おまえら、カクタスがタスクフォースに情報を流していたことを知っていたな」

「何のことだ」

「カクタスは、おそらく口封じのために殺されたんだろ。おまえもそう思ったからこそ、反論しないんじゃないのか」

「馬鹿な……」

「カクタスがタレ込んでいることにいつ気付いたんだ」

「………」

「おまえらが言わなくても、すでに日本政府は、事実関係を掌握している。カクタスの通信記録や証拠のパソコンも押さえてあるからな。それに、目の前の死体は、もうすぐ日本の情報部が片付けに来ることになっている」

「そんな……」

男たちの顔が青ざめた。

「おまえら、ひょっとしてカクタスが、以前からタレ込んでいることを知りながら泳がせていたな。だが、それが裏目に出たようだな」

爆破事件を受けて、当局がカクタスの逮捕、あるいは抹殺に踏み切ったと考えれば辻褄《つじつま》が合う。

男は、ふうと溜息をついた。やっと認める気になったらしい。

「そうだ。もともとカクタスはタスクフォースのサポートをするのが任務だった。だが、奴は自分のミスで左遷命令を受けたことを逆恨みし、タスクフォースの逮捕命令が出た後も、彼らに情報を流していた」

「やはり、そうだったのか」

「日本政府は、どうするつもりだ」

「俺の知ったことじゃない。おまえたちにできることは、ここから消え失せることだ」

「しかし、上司には何と説明したらいいんだ」

男は、やっと事態をのみ込んだのか、泣き言を言った。

「ここで見た事実だけ言えばいい。俺はおまえたちを見なかった。おまえたちも俺を見なかった。それだけだ」

「……リベンジャー、恩にきるよ」

「一つだけ、教えろ。カクタスは、ＣＩＤ（陸軍犯罪捜査司令部）の特殊部隊が攻撃することまで知っていたのか。たとえ知っていたとしても、奴らの迎撃は手際良過ぎる」

「特殊部隊のことまでは、知らなかったはずだ」

「だが、タスクフォースの連中は、迎撃するための罠を仕掛けていた。しかも攻撃側の隊形まで分かっていたようにな」

「リベンジャー、それなら、教えてやる。これで、貸し借りはなしだ。奴らは、BF七《セブン》を持っている」

「BF七？　何のコードネームだ」

「バトルフィールド七の略だ」

「………」

そう言われても、浩志には皆目見当もつかない。

「バトルフィールドは、パソコンゲームの名前じゃないぜ。戦略パソコンのことだ。タスク十二に配備されていた。まあ、傭兵のあんたじゃ知らないと思うがな」

「戦略パソコン！　軍事衛星からのデータを瞬時に解析して、敵の動きをシミュレーションするというやつか」

戦略パソコンとは、GPSで測定された自分の位置を中心に軍事衛星が察知した敵の配置をモニターのマップ上に表示するだけでなく、敵の動きを解析しシミュレーション表示させるという。浩志も元海兵隊にいた傭兵から噂話として聞かされていたが、実際に存在するとは思っていなかった。

「驚いた。あんたが、ＣＩＡのリストでレベル三になっているのは伊達じゃないな」

「戦略パソコンを持っているなら、やつらの所在地を突き止められるだろう」

「救難信号をパソコン側から出さない限り、追跡できないようになっている」

「使えねえな」

戦略パソコンがあれば、少人数の兵士が、攻撃に有利なだけでなく、退却する際も敵の裏をかくことができる。元タスクフォースの連中が、手強い理由がこれで分かった。

五

ＣＩＡの局員がホテルから退散するのを見届け、浩志はまた自分の部屋に戻った。

二十分後、友恵がカクタスのパソコンのデータのバックアップを終えたところで、イーグルチームのメンバーも撤退させた。彼らには何より休息が必要だった。浩志も休むべきなのだが、美香に死体の処理を頼んだ関係上、寝るわけにはいかない。疲れた体に鞭打つように頭を何度も振り、カクタスが残した身の回り品とにらめっこを始めた。カクタスも曲がりなりにもＣＩＡのエージェントなら手がかりになるようなものは残さないだろう。分かっていても、調べるより他ない。

ベッドの脇に置かれてあった伝票類、ゴミ箱にあった紙くず、スーツの上着にあった財布の中身など、考えられるものは持ち出してきたつもりだったが、手がかりになりそうなものはなさそうだ。また、元々ビジネスバッグに入っていた書類もG8地球サミット関連の書類ばかりだった。日本にいるCIA局員は、サミットの前後は、警備に駆り出されるかもしれないと、美香が言っていたのを思い出した。彼女も、サミットの一日前から、千葉の幕張にあるホテルに宿泊すると聞いている。浩志は、ごみ同然の品々に一通り目を通すとビジネスバッグに戻した。

午前五時二十分、ようやく窓の外が明るくなり始めたが、雨は降り続いていた。

ドアチャイムが鳴った。

「ルームサービスです」

浩志は、返事もしないでドアを開けた。声の主が美香と分かっていたからだ。

「せっかくルームサービスの振りをしているんだから、頼んでないぞとか言ってほしかったな」

美香は、子供のように膨れっ面をして部屋に入ってきた。

「メイドの格好をして来たら、そうしてやる」

美香は黒のタンクトップに黒のパンツを穿き、白いボレロ風のジャケットを着ていた。基本的に雨の日はスカートを穿かないそうだ。

「仲間は、連れてきたのか」

「仲間じゃないけど、処理は公安に任せたわ。私たちは、その手の仕事は不得意だから」

客を装った私服の公安警察の警官が数人来て、死体の運搬からベッドに染み付いた血液まで、部屋の隅々まで掃除を行なうことになっているらしい。カクタスは、部屋代を払わず逃げたアメリカ人になるというわけだ。

「私は、単に証拠の品を受け取りに来ただけよ」

浩志は、カクタスのパソコンをベッドの上から取り上げると美香に渡した。

「まだ、このホテルに用事があるの？」

「いや、帰るつもりだ」

「送って行くわ」

「助かる」

身支度をして、美香に付いて行くとホテルの駐車場に彼女のアルファロメオ・スパイダーが停められていた。

雨降りに拘らず三・二リットルV型六気筒エンジンは、気持ちのいい排気音を吐き出し、夜明けの街に滑り出した。

「福生にいたの？」

「ああ、現場のすぐ近くにいた」

「無事でよかった。アメリカ兵が何人も死んだそうだけど。公式には、爆弾処理中に、爆弾が暴発したことになったわ」

「住民を爆弾処理という名目で避難させているからな。誰も疑わないだろう」

「今回の事件で、政府はようやく目が覚めたみたい。首相が特殊部隊の件を大統領に直接抗議したらしいわ。でも、それで分かったことは、大統領本人も、何も知らなかったということ」

「何も？」

「タスクフォースを二チーム、日本に派遣したことはもちろん、脱走兵となった元タスクフォースを逮捕するべく陸軍犯罪捜査司令部の特殊部隊を送り込んだことすら。側近には、これはクーデターと同じだと怒ったらしいわ」

「国のトップが知らないなんてことは、どこでもあることだ」

「政府は、元タスクフォースのメンバーを捕らえるべく、陸自の特殊作戦群に出動命令を出したけど、肝心の脱走兵がどこにいるか分からないので動きようがないと、防衛省の幹部は困っているそうよ」

「当たり前だ。陸自で最強の特殊部隊だろうと、相手がいる場所が分からないでは闘いようがないからな」

「浩志、あなたと内調との契約は、まだ生きていると思っていいのかしら」

内調の前のトップである内閣情報官の杉本秀雄と政府からの仕事を引き受けるという約束を浩志はしていた。だが、その杉本が国際犯罪組織ブラックナイトの一員だと分かり、事実上取り決めは機能していなかった。

「杉本は、捕まったぞ。誰とも契約してないのと同じだ」

「私は、あの時、立ち会ったわ」

「だが、美香と契約したわけじゃない」

「杉本は、たまたまあの時、内調のトップだったというだけ。あなたは、内調というより、政府と契約したのよ」

「馬鹿馬鹿しい。政府と直接契約したというのか。たとえそうだったとしても、契約書もない単なる口約束に過ぎないぞ」

「それでもいいの。あなたの条件は、すべて新任の内閣情報官も承知しているから」

条件とは、仕事の内容により、浩志が断わってもいいということだ。なんでも引き受けて政府の犬にはなりたくなかった。

「本当は、私、あなたにこれ以上危険な仕事に就いて欲しくないの。だけど、アメリカ軍最強の元特殊部隊に対抗できるのはあなたしかいないじゃない！」

美香は、あきらかに腹を立てているようだった。自分の使命と浩志への思いがそうさせているのだろう。

「俺に、何をしろと言うんだ」

政府に貸しを作ったつもりが、とんだやぶ蛇になったと浩志は舌打ちをした。

「タスクフォースの捜査を続行して、情報を提供して欲しいの。もちろん報酬は期待していいわ」

捜査は、むろん続けるつもりだった。だが、浩志は警官でも自衛官でもない。連中を逮捕しようなどとは思っていない。一人残らず、この世から消えてもらうつもりだ。

「情報だけでいいんだな」

「攻撃は、特殊作戦群に任せて。それは国の責任だから」

「…………」

美香の狙いがやっと分かった。彼女は新任の内閣情報官に浩志の情報を流し、政府からの依頼という言質《げんち》を取ってきたに違いない。止めても危険を顧《かえり》みない浩志を少しでも助けようとしているのだろう。彼女の気持ちは、分かった。

「情報は、提供しよう」

だが、たとえ美香だろうと、リベンジャーに戻った浩志を止めることはできない。

リベンジャーズ

一

元タスクフォースの脱走兵は、情報提供者であったCIAの捜査官カクタスを抹殺したことにより、自ずとその行動範囲を狭めたはずだが、足取りをぷっつりと消したまま姿を現わさない。

一方日本政府はこれまで彼らが起こした事件を一切闇に葬っていたために、警察を総動員して捜索することができないというジレンマに陥っていた。

浩志は、カクタスの残したパソコンのデータから、脱走兵との情報のやりとりをわずかながら解明していた。元タスクフォースのメンバーは、カクタスと連絡を取る場合、〝ブランシェ〟のレンタルグリーンの注文ページから、偽の注文をすることになっていた。名前は、あらかじめ決めていたのだろう。問題は、商品番号だった。注文書の商品番号を調べると、レンタルグリーンのページにはない、一見でたらめな番号が記載されていた。だが、この英数字の羅列を解読すると武器の製品番号を示した暗号だった。これによりカクタスは、武器を発注するか、販売先を元タスクフォースの脱走兵に教えていたに違いない。

暗号を解読したのは、もちろん友恵だ。余談ではあるが、彼女は二百バイト（英数字なら二百桁《けた》）の暗号を解読するプログラムを自作しており、現在五百バイトの暗号が解けるプログラムを制作しているそうだ。

また、殺されたトム・ヘイニを薬漬けにしていたのもカクタスだった。トム・ヘイニが服用していたアイソトープ入りカプセルを調べると微量の麻薬が検出されたのだ。この特殊な薬を本国のＣＩＡに発注していたことが、カクタスのパソコンの消去されたデータの中から取り出すことに友恵が成功していた。パソコンのハードディスクに記憶されたデータは、消去や、上書きされても痕跡は残る。ハードディスクを物理的にクリアにしない限り、データは完全に消去できないからだ。

友恵は、カクタスが消去し、しかも暗号化されたデータもすべて解析し、復元した。その結果、復元されたメールの記録から、タスクフォースからの依頼された武器は、弾倉を十一発に改造したデザートイーグルだったことが判明した。彼らが、イラクに赴任しているときに使用していたものだ。本来の装弾数は七発だが、彼らの使っていた銃は、弾倉の長さを四発分長くし、それに伴いグリップを改造したものだったようだ。むろん、オーダーをしなければならないが、さすがにCIAで調達できるような代物ではない。そこで、カクタスは調達屋で有名なトム・ヘイニをピックアップし、タスクフォースのメンバーに紹介したようだ。日本のCIA支部では、彼のような要注意人物を監視下において、いつでも使えるようにしてあるらしい。

トム・ヘイニは、早速米国の武器商にカスタムメイドのデザートイーグルを注文したようだ。銃は一週間で出来上がり、米軍の輸送ルートで輸入したため、何の問題もなく手に入れることができた。だが、注文書の手違いで予備の弾丸が入手できなかった。

トム・ヘイニからのメールでは、何度も米軍の輸送ルートを使うことができないため、知り合いの武器商から紹介されたガンスミスの青戸から不足分の弾丸を購入したと書かれていた。これを知ったカクタスが、情報が広がるのを恐れ青戸の口が堅いか調べに行き、浩志らと表参道で出くわす偶然となった。

パソコンのデータから得られる情報は、過去に起きた事件を裏付けることはできても、脱走兵らの足跡を追えるものではなかった。

浩志は、脱走兵らを追い求めていくうちに、彼らの真の目的はまだ残されているような気がしてきた。彼らは、怯《おび》えながら日本に潜伏していることはまずありえない。彼らは確かに暴力を好むが、兵士としての任務は確実にこなしてきた。だとすれば、脱走した今現在も任務遂行のために待機している可能性がある。なぜなら、彼らの能力を考えれば、海外に逃亡することなど簡単なはずだからだ。

無駄と承知で、数日前から大和組組長犬飼を通じ、龍道会を動かし脱走兵に関する情報がないか調べさせている。龍道会の会長宗方陣内《じんない》は、命の恩人である浩志からの依頼とあって、全国の暴力団に情報の提供を打診した。ともすると縄張り争いで反目する暴力団は、外からの暴力に対しては団結する傾向がある。浩志はそこに目をつけたのだ。

浩志は、龍道会の会長宗方に包み隠さず、これまでの事件の経緯を話した。むろん宗方の胸に納めるという約束でだ。すると宗方は、八人の米兵を強姦《ごうかん》魔として全国の暴力団に情報を流した。裏社会でも嫌われる犯罪者はいる。その一番と言えるのは、強姦魔だろう。しかもそれが米兵ともなれば、最も忌《い》み嫌われる存在になる。その結果、全国から情報が殺到する結果になった。

毎日、四、五十件の情報が入り、浩志は、コマンドZのメンバーを総動員して確認するはめになった。大半は、話を聞いただけでガセと分かるが、中には聞いただけでは判断がつかないものもあった。そのたびにコマンドZのメンバーが二人一組となり、全国を飛び回るのだ。その際、情報元である現地の暴力団と接触しなければならないので、大和組の幹部を仲介人として同行してもらった。コマンドZのメンバーは不思議とスーツをちゃんと着るとやくざ者に見えるため、現地の暴力団と会っても怪しまれることはなかった。この作業にミハエルはもちろんジミーも加わっていない。

千葉で開催されるG8地球サミットまで、後二日と迫った六月二十九日の午後、思わぬところから情報が入ってきた。龍道会の初代会長であり、現在は顧問になっている宗方誠治からの連絡だった。

誠治は、余命半年と言われていたが、信濃町《しなのまち》のK大学病院で癌《がん》の手術を受けた。手術は奇跡的に成功し、今は葉山《はやま》の別荘で静養している。八十九歳という高齢にも拘らず持ち前の体力で目覚ましい回復力を示し、暇を見つけてはリハビリを兼ね、葉山や逗子《ずし》の海岸を散歩しているらしい。

昼食後、葉山を散歩していた誠治は、葉山マリーナでたまたま見かけた白人男性が手配の米兵に違いないと、浩志に直接連絡を寄越してきた。米兵の話は、見舞いに訪れた息子、現会長の宗方陣内から聞いたそうだ。興味を持った誠治は、手配写真も熱心に見たらしい。静養中の話題としては、刺激的だったに違いない。

二

浩志は、瀬川の運転するランドクルーザーで宗方誠治の別荘に向かった。誠治から連絡を受けてすぐに出発したが、時刻は午後五時、日差しはすでに赤みを帯びていた。

別荘は、葉山マリーナを見下ろす高台にあり、江ノ島《えのしま》と、遠くは富士山まで見渡せる絶景ポイントにあった。敷地こそ百五十坪ほどだが、地下室も備え、建築面積は二百平米《へいべい》近くある。大物らしく、政財界を始めとした業界の著名人を呼び、泊まりがけでパーティーが開けるように建設したとのことだ。

別荘の門にある呼び鈴を押すと、スーツ姿の屈強な男が現われた。愛想笑いを浮かべながら懸命に走り寄り門を開ける。龍道会では、会長の命を救った浩志は特別の存在なのだろう。浩志らは、男にうんざりするほど頭を下げられ、敷地内の駐車場に案内された。

「遅いぞ藤堂。待っていたぞ」

車を降りると、浴衣《ゆかた》姿の誠治が杖を片手に駐車場の入り口まで出迎えてくれた。以前病院で見た時とはまるで別人のように顔色がいい。しかも一回り太ったようだ。一人では歩けないほど衰弱し、浩志の肩を借りてどうにかベッドを降りていたことが嘘のようだ。別荘に入るかと思いきや、手下が運転するベンツに浩志だけ乗れと言ってきた。

「連れにはすまんが、晩飯はわしは食わんから散歩に付き合ってくれ」

浩志は、瀬川に別荘に残るように言うと、シルバーのベンツの後部座席に座った。

「わざわざ来てもらってすまんな。詳しい話は、おまえさんと直接話したかったんだ」

誠治は、葉山ではなく森戸《もりと》海岸にある狭い路地に入り、小さな川を越えたところで車を停めさせた。

「ここから、散歩を始めるとちょうどいいんだ」

誠治は、手下に葉山マリーナで待っているように命じると車を降りた。浩志と一緒にいるためか助手席に乗っていたボディーガードも降りて来なかった。

「手下抜きで、散歩できるのはおまえさんといる時だけだ。窮屈なもんだよ。まったく」

誠治は、ぶつぶつ言いながらも、足取り軽く近くの肉屋に入って行った。わけが分からず、晩飯の買い物客でごった返す店内に浩志も入ったが、誠治は近所の主婦に混じってコロッケを買っているところだった。

「これが葉山コロッケだ。聞いたことないか」

首を傾げると、揚げたてのコロッケを二つ渡された。

誠治は、手に持ったコロッケを店から出るといきなりかぶりついた。浩志も真似て歩きながら、コロッケを一口食べた。外見は何の変哲もないのだが、食べた瞬間に、ほくほくとしたジャガイモと良質なミンチが舌の上で絡み合い、深い味わいを引き出している。

「うまい！」

浩志は、渡されたコロッケを歩きながら瞬く間に二つとも平らげてしまった。

誠治は、そのまますたすたと歩き、今度は、立派な看板を掲げた豆腐屋に入って行った。

「この店のがんもどきが、またいけるんだ」

そう言うと、誠治は店で買ったタレをがんもどきにさっとかけると浩志に渡してきた。確かにうまかった。

誠治は、葉山マリーナまでの一キロを何かと講釈をしては、買い食いを続けた。晩飯は食わないと言ったのは、手下に言い聞かせるためだったようだ。

「行儀悪いが、買い食いをするとガキの時分を思いだしてなあ」

誠治が楽しげに散歩するのを、浩志は黙って付き合った。買ったものをすぐ食べる。行儀は悪いがこれほど贅沢なこともない。浩志も途中から、誠治の講釈と買ってくる食べ物を楽しんでいた。

「さて、昼間の話をしようか」

葉山マリーナの手前二百メートルほどの所で、やっと本題に入った。

「この一月ほど、昼飯後に森戸海岸から葉山マリーナまで散歩することにしていた。いつものように手下を待たせてある駐車場まで歩いて行くと、黒のワンボックスカーから二人の外人が降りてきた。この辺じゃ別に珍しい光景じゃない。わしも危うく見逃すところだった。だが、男たちとすれ違った瞬間、わしには二人とも何か曰くがあるに違いないと直感した。長年いろいろな犯罪者を見てきたからな。そこで、二人の後をつけて、マリーナにあるレストランでお茶を飲みながら観察した。そしたら、おまえさんの探している米兵だと分かった」

長年、関東屈指の暴力団の長として君臨してきた誠治にとって、犯罪に関係している者をどんな些細《ささい》な仕草からでも見つけ出すことができるのだろう。

「一人は、グレグ・ローレン。黒い髪を長くしていたが、あれはかつらだったな。地毛はおそらく金髪だろう。もう一人は、野球帽を目深に被っていたが、南米系の顔立ちをしていた。マルコム・バラカスに間違いない。仕草からすると、グレグ・ローレンの方が年も階級も上なのだろう」

「…………」

驚きのあまり浩志は、声を失った。

誠治は、タスク十一のメンバーのうちの二人をフルネームで言った。しかも、グレグ・ローレンは少尉でタスク十一のリーダーだ。龍道会に渡した資料は、米軍が警察に渡した資料と同じもので、顔写真と名前と年齢以外細かいプロフィールなどは記載されていない。ただし階級は、タスクフォースであることを隠すためか、全員一等兵になっていた。

誠治が、見事に階級の違いを言い当てたことに驚くより他なかった。

「食事が終わった連中は、また車に乗って池子《いけご》に帰ったよ」

「池子!」

「ああ、米軍の池子住宅だ。わしは、悟られないように手下の車に乗り後をつけた。連中も九十近い年寄りだから油断したのだろう。怪しまれなかったよ」

米軍池子住宅は、逗子市と横浜《よこはま》市の境にあり、二百八十八万平方メートルの広大な敷地にある。脱走兵の彼らは、またしても米軍に紛れて隠れていた。おそらく、他人のＩＤを使い勝手に住み込んでいるのだろう。しかも、福生の場合と違い、今度は米軍専用の住宅街のため、日本の司法が及ばない所に潜んでいた。

浩志の読みは当たった。彼らは逃げ回るどころか、米兵に紛れ堂々と暮らしていた。

三

米軍池子住宅は、第二次大戦で米軍に摂取された土地に、一九九八年、横須賀の米軍強化による住宅不足を解消する目的で当時の日本政府より〝思いやり〟予算で建てられたものだ。敷地内には、高層住宅八棟、低層住宅六十棟の他、レストラン、テニスコート、野球場、サッカーコート、運動場などのスポーツ施設まである日本では類のない施設だ。

友恵に米軍のサーバーにアクセスさせ、池子の住宅地に住む兵士の照合をさせたところ、二名の矛盾が出てきた。いずれも、上級士官として登録されており、敷地内にある士官用一戸建て住宅にそれぞれ住んでいることが分かった。友恵によると、サーバーが何者かに改竄《かいざん》された形跡があるらしい。陸軍犯罪捜査司令部からの情報によると、タスク十二のサブリーダーであるマット・ルーバー上級准尉は、コンピューターの知識に長《た》けており、バトルフィールドもこの男が扱っているらしい。この男なら、バトルフィールドを使い米軍のサーバーを改竄し、偽のＩＤを発行することぐらいできるかもしれない。

米軍専用住宅に少なくとも二名の脱走兵がいることが分かった。本来なら、米軍に通報し彼らに処理を任せるべきなのだろうが、憲兵隊が大挙して押し寄せれば、福生の二の舞になるだろう。しかも、陸軍犯罪捜査司令部のワット大尉が率いる特殊部隊は、前の作戦ですでに壊滅している。幸い脱走兵らは、上級士官用の一戸建て住宅に住んでいる可能性が高い。少人数で潜入しても、攻撃可能だ。いずれにせよ、彼らの所在を正確に特定する必要がある。

浩志は、早速宗方誠治に別荘を出撃基地として使用することを申し出たところ、快《こころよ》く引き受けてくれた。

コマンドＺのメンバーを別荘に招集した。チームは、三台の大型バンに分乗し、うち一台に友恵と黒川と中條の傭兵代理店のメンバーがサポーターとして乗っていた。

「若いころを思い出すな」

午後十時、別荘に装備を整えたメンバーが到着するたびに、宗方誠治は手を叩かんばかりに喜んだ。武器弾薬なども含めた荷物は、二十畳もある地下室に一旦降ろし、いつでも出撃できるように、浩志は整備点検を命じた。

作戦の手始めに加藤と二人で基地に潜入し、偵察することに決めていた。浩志も加藤も英語は堪能だ。米兵の振りをすることなど容易《たやす》いことだ。もっとも、現在の米軍は、長引くイラク、アフガンでの戦闘で深刻な人材不足に悩まされ、国籍はもちろん、ほとんど英語が話せない者まで兵士として採用している。ＩＤカードさえあれば、疑われることはまずない。

「友恵、用意はできたか」

「もちろんです」

友恵は、浩志と加藤に自作の米軍のＩＤカードを渡した。もちろん、米軍のサーバーを書き換えてあるので、正式なＩＤとして使えるという代物だ。

「藤堂さんは、陸軍のジョン・菊池《きくち》中佐、加藤さんは、マイク・山田《やまだ》一等兵です。設定は、二人とも日系米国人で、加藤さんは藤堂さんの部下です」

メガネをかけ、口ひげを伸ばした浩志の写真がカードにプリントされていた。浩志の顔は、敵に知られているからだ。

「僕は、一等兵ですか。なんだか下っ端で嫌だな」

加藤はカードを受け取ると、ぶつぶつと文句を言った。浩志は上級士官だが、加藤は下士官ですらなく、兵の身分としては下から二番目だ。

「あら、二等兵じゃないだけいいでしょう。加藤さんは童顔だから、士官なんかにしたら疑われるだけじゃない」

周りで二人のやりとりを聞いていた仲間が、そうだそうだと友恵のクールな言葉に相槌を打った。

「辰也、装備は大丈夫だろうな」

辰也に傭兵代理店に行かせ、スタッフの黒川や中條とともに装備を整えさせた。

「驚きますよ。今回は」

そう言うと、スチール製の軍用コンテナを開けた。

「ほう、ハイキャパか」

ケースには、ハイキャパ五・一（ハイキャパシティ・ガバメント）が人数分納められていた。

「出かける前に、届いていた荷物はこれだったのか」

瀬川も銃を見て目を輝かせ、事情を説明した。

「実は、連続殺人事件で使用されている銃が、デザートイーグルだと聞いた社長が、目には目をと、二週間前に米国に発注していたんですよ」

デザートイーグルの五十AE弾は、低レベルボディーアーマー（防弾ベスト）なら撃ち抜く。威力はアサルトライフルと変わらないと言っても過言ではない。

一方で普段浩志たちが使用するベレッタM九二Fは三十八口径のため、火力の不足は否《いな》めない。これは、現代の警察機関が武装した犯罪者に悩むのと同じ現象だ。ボディーアーマーを着て、機関銃を装備した軍隊顔負けのテロリストや強盗が出現する現在では、火力の逆転現象が問題化されており、先進国の軍隊や警察で、ハンドガンの口径を大型化する傾向がある。

「ハイキャパ五・一の四十五口径なら、デザートイーグルに引けはとりませんからね」

瀬川の言う通りだ。火力の差は多少あれ、コンパクトな分、扱いやすい。

浩志は、ケースから取り出し、実際に手に取ってみた。

ハイキャパ五・一は、旧式と違い複列弾倉のため、グリップが微妙に太く感じる。だが、浩志の手にはかえって馴染みがあるようだ。だが、銃は、多少コンパクトに作られており、トリガーやハンマーのデザインも変わっている。弾倉を調べると、輸送のため空になっていた。実際に試射したいところだが、旧式のガバメントは戦地ではよく使うので、問題ないだろう。総弾数の問題さえクリアされれば、ベレッタよりもガバメントを使った方が断然いいに決まっている。

「藤堂さん、ちょっといいですか」

自分の装備の点検を終えた辰也が、なにやら深刻な表情で声をかけてきた。

「どうした」

「チーム名のコマンドZですが、名前変えませんか」

チーム名など、単なるコードネームに過ぎないと思っていた浩志は、思わず首を捻った。

「藤堂さんも、コードネームをイーグルマスターから元のリベンジャーに変えたじゃないですか。それにあわせて、チーム名もリベンジャーズにしてもらえませんか」

「別に構わないが……」

「ミハエルのこともありますし、俺たちみんな藤堂さんと同じ気持ちで闘いたいんです」

「……そうか。そうだな」

浩志の答えに、辰也は、ほっとした表情を見せた。すると、二人のやりとりにさりげなく聞き耳を立てていた仲間が、顔を見合わせて頷き合った。

浩志が、新たにリベンジャーとコードネームを変えたのは、私怨のためではない。飽くまでも人の痛みや苦しみの代弁者となることだ。その意味を仲間は、よく理解していた。そういう意味では、仲間全員がリベンジャーと名乗る資格があった。

四

加藤が運転するバンは、逗子から国道二〇五号線を北上し、まっすぐ池子米軍住宅の正面ゲートに乗り入れた。助手席には、中佐の制服を着た浩志が、いかめしい顔つきで乗っている。一方、イーグルとパンサーに分かれ、重武装した仲間の車が二台、もしもに備えて近くの路上で待機している。

池子の米軍住宅の正面ゲートは、施設の最南端にあり、出入口の真ん中に警備の米兵が常駐するボックスが置かれ、長いバー状のゲートで閉じられている。警備兵に身分証明書であるIDカードを見せ、IDの照合を受ける。むろん一般人は入ることができない。ゲートの中は、日本ではないからだ。

「ここに、サインをして、ここだよ」

一等兵の制服を着た加藤がIDカードを提示し、米兵から渡されたチェックボードにサインをした。警備兵はしきりに時間を気にしている。午後十一時五十分、警備の交代の時間が近いため、階級の低い加藤に横柄《おうへい》な口調で応対しているのだろう。

「助手席の……すっ、すみません、中佐殿、身分証のご提示をお願いします。最近、警備が厳しくなったものですから、お手数をおかけします」

米兵は、助手席側に回り浩志の制服についている星の数を確認するとさっと敬礼し、途端に丁寧な応対をしてきた。さすがに中佐の威光は大きい。

浩志は、わざとうるさげに敬礼を返すと、さりげなくIDカードを出した。カードを受け取った警備兵は、ボックスにいる別の兵士にカードを渡した。福生の事件で基地付近の住宅に脱走兵が紛れ込んでいたので、出入りが厳しくなったのだろう。当たり前の対応だが、実際は偽のIDカードで脱走兵たちは平気で出入りしている。何のための警備か分かったものではない。

照合に時間がかかるので何気なく出口の方を見ていると、二台の米軍のハンヴィー（高機動多用途装輪車両）がゲートの反対側に停まるのが目に入った。その瞬間、浩志はさりげなく口ひげを触る振りをして口元を隠し、仲間に連絡を取った。

「イーグル、パンサー。こちらリベンジャー。十一、十二が外に出る。二台のハンヴィーだ。一台目をターゲットA、二台目をターゲットBとする。後を追え、すぐに合流する」

出口で警備兵のチェックを受けている二台のハンヴィーにそれぞれ元タスク十一とタスク十二の脱走兵が分乗していた。彼らは、いずれも米陸軍の制服を着ており、どこかの基地にこれから出動するといった感じだ。

「菊池中佐、照合が終わりました」

警備兵から、IDカードを受け取ると、浩志は加藤に車を出させた。

「加藤、この先のゲートが見えないところでUターンさせて停めてくれ」

加藤もすでにインカムで状況は理解していた。無言で頷くとゲートへの進入路から右折し、住居エリアの手前にあるサッカー場の手前でUターンさせた。

「いいだろう。出してくれ」

加藤は、ゆっくりとゲートに向かった。照合を終えた二台のハンヴィーがゲートから出るところだった。

加藤は、ゲートのボックス前に車を進めた。

「あれ、どうかされましたか」

警備兵が怪訝《けげん》な顔をして、運転席側から覗き込んできた。

「交代の士官が、急病らしい。家に着く前に呼び戻されたんだ。これで、また二十四時間働くはめになった。おかげで女房の機嫌がまた悪くなったよ」

浩志は、やれやれと肩をすくめて見せた。

「お気の毒に、どうぞこのままお通りください」

警備兵は、すまなそうな顔をして、チェックもせずにスルーさせてくれた。

「一流の傭兵は、俳優にもなれるんですね。見習わなくちゃ」

きまじめな加藤は、浩志の演技力に感心したようだ。

「こちらリベンジャー、ヘリボーイどうなっている」

「二台のハンヴィーは、現在国道二〇五号を北上しています」

国道二〇五号を北上すれば、横浜に行くか、それとも横浜横須賀道路に乗り東京方面に向かうことになる。

「連中は別行動をとる可能性もある。イーグルはターゲットA、パンサーはターゲットBを追跡してくれ。モッキンバード、モニターしているか」

「こちら、モッキンバード。三台とも位置は、確認しています」

今回の作戦では、不測の事態が起きることを想定し、浩志たちが乗っている車には車載位置発信器を取り付け、友恵に常時監視させることにしてある。また、コマンドスタッフの黒川と中條は、リベンジャーズの後方支援をするべく武装して待機させていたが、敵の動きが速過ぎたために別荘に取り残されてしまった。

「モッキンバード、ミスターMを呼んでくれ」

「ミスターM？　もう一度お願いします。リベンジャー」

浩志は、宗方誠治と話がしたいのだが、誠治にコードネームなどない。作戦中の無線で本名を使うわけにもいかず、ミスターMと呼んだのだ。

「だから、ミスターMだよ」

「……ああ、ミスターMですね。分かりました。モニターをコマンド二に代わります」

友恵もようやくのみ込めたようで、呼びに行くためモニターの監視を黒川と代わった。

ちなみにコマンドスタッフは、瀬川、黒川、中條の順にコマンド一《ワン》、二《ツー》、三《スリー》と番号でコードネームが振られている。

しばらくすると、誠治の声がインカムに流れてきた。

「えー、こちら、ホワイトロック。リベンジャー応答願います。どうぞ」

「ホワイトロック？」

確か、子供のころ見たアメリカの戦争テレビ番組で使われていたコードネームだ。しかも浩志が見たのは、リバイバルだった。

「リベンジャー、何か用か」

「こちら、リベンジャー。車の提供を要請します」

「なんだ、そんなことか。リベンジャー、兵隊も五十人単位で用意できるぞ」

誠治の言う兵隊とは、もちろん武闘派のやくざのことだ。やくざの出入りとは違う。思わず吹き出しそうになった。

「ご好意感謝しますが、車だけで結構です」

「そうか。了解」

誠治は、渋々返事をしてきた。

「コマンド二、三。こちらリベンジャー。ホワイトロックから車を借りて、すぐ出発してくれ」

「了解！」

狙いは分からないが、元タスクフォースは東京方面に向かうと浩志は読んだ。後方支援の二人が、葉山にいては役に立たない。彼らを一刻でも早く近くに呼び寄せたかった。

黒川と中條は、誠治からベンツを借りた。ただし、運転手付きでという条件をつけられたので、戦闘服を着た二人は、渋々ベンツの後部座席に収まることになった。乗り込む前に黒川は、車載位置発信器をベンツの車体に取り付けた。あらかじめ、敵の車につけるつもりで複数用意していたものが役立った。

傭兵代理店のバンはいずれも床が二重底になっており、武器類を隠すことができ、たとえ検問にあっても怪しまれることはない。だが、借りたベンツではそうはいかないだろうと、二人はジャケットで銃を包み、赤ん坊を抱えるように車に乗ろうとすると、運転手に選ばれた誠治の部下である熊井健司《くまいけんじ》に笑われた。

「武器は、座席の下にあるボックスにしまってください。いくらなんでも、戦闘服を着て、それじゃやばいでしょう。すぐに通報されますよ」

熊井の言う通りに後部座席を持ち上げると、トランクのような格納スペースになっていた。黒川らは、なるほどと感心しつつ、手持ちの武器をすべてそこに入れた。

そのころ、浩志らのバンは、宮坂の運転するパンサーチームのバンに追いついていた。

五

朝比奈《あさひな》インターで横浜横須賀道路に入った元タスクフォースの脱走兵の車は、釜利谷《かまりや》ジャンクションであっさりと右と左に分かれた。

「パンサー、ターゲットBを追え！　幸運を祈る」

浩志らは、右方向、首都高速湾岸線に向かったターゲットAの車の後を追うイーグルチームのバンに従った。

「ターゲットBを追います。リベンジャー、幸運を！」

辰也らパンサーチームは、横浜横須賀道路を北上する二台目のハンヴィーを追った。

「コマンド二、目標が分かれた。サポートは、中止だ。モッキンバードを回収してKハウス（傭兵代理店）に戻れ」

浩志は、敵が早くも二手に分かれたことで目的地が離れていると判断し、サポートチームを下北沢の傭兵代理店に戻した方が、後々動きやすいと判断した。

「了解、リベンジャー。これより、Uターンしてモッキンバードを回収します」

ターゲットAは、首都高速湾岸線を進み東京に入り、湾岸沿いに東へ走った。その間二台目のターゲットBは、新保土ケ谷《ほどがや》インターから保土ケ谷バイパスに入り、北上していた。

「連中は、いったいどこまで行く気なんでしょうね」

田中が運転するバンにピッタリとつけた加藤は、首を捻った。浩志も皆目見当がつかなかった。

イーグルチームが追うターゲットAは、都心には向かわず首都高速湾岸線沿いに大井《おおい》から海底トンネルに入った。その途端渋滞に巻き込まれ、時速二十キロ前後で進む、まさに動く駐車場状態に陥った。友恵からの情報によれば、首都高九号線で事故があったらしく、有明の先、辰巳《たつみ》ジャンクションを過ぎるまで渋滞から抜けられそうにない。

「パンサー、今どこを走っている」

「こちら、爆弾グマ。十六号線を北上中、南橋本《みなみはしもと》を通過」

このまま十六号を北に進めば、福生に入る。彼らは、横田基地に向かっているのだろうか。米兵の格好をしていることからも、可能性はある。

「こちら、爆弾グマ。ターゲットBは、八王子《はちおうじ》バイパスに入りました」

ターゲットBの目的地は横田基地に間違いないようだ。

浩志らは海底トンネルをなんとか抜けたが、レインボーブリッジのジャンクションを目の前にまたスピードは落ち、まったく動かなくなってしまった。

「加藤、今のうちに予備の発信器を連中の車に付けて来てくれ」

「了解!」

ターゲットAのすぐ後ろには二トントラック、その後ろを田中らが乗るバン、次に浩志らのバンという順に停車している。トラックは、ターゲットAと車間距離を空けずに停車している。車載位置発信器を取り付けるにはもってこいだ。

加藤は、運転席から後部座席に移り、バンの後部ドアから外に出た。そして、田中らのバンの脇を這うように走り、運転席に移った浩志の視界から消えた。

「こちら、ヘリボーイ。トレーサーマンが前のトラックの下に潜り込みました」

さすがに田中は、何も指示をしなくても状況を報告してきた。その途端、ターゲットAの数台前の車のブレーキランプが消えた。

「いかん。トレーサーマン。すぐ戻れ、動き出したぞ！」

停車していた車が一斉に動き出した。

「トレーサーマン！」

浩志は思わず叫んだ。

「大丈夫です。トレーサーマンは、トラックの下から戻りました」

数秒後、田中の弾んだ声が聞こえたかと思うと、加藤は後部ドアから飛び込んで来た。

「危機一髪でした。トラックの奴、全然前を見てないんですよ」

もっとも、トラックが加藤に気がつき、警笛でも鳴らされたら、連中に気付かれていたかもしれない。

「こちら、モッキンバード。ヘリボーイの前に別のシグナルを確認しましたが、異常ありませんか？」

友恵から、早速連絡が入ってきた。下北沢に向かう車の中でも、発信器のシグナルをモニターしているようだ。

「こちら、リベンジャー。ターゲットAに取り付けたんだ」

「了解！」

「ヘリボーイ、トラックの後ろに二、三台、車を入れるんだ」

ターゲットAのすぐ後ろにトラックを一台噛ませてあるが、時速はまだ二、三十キロ程度で車間距離も短い。何かの拍子に気付かれないとも限らない。だが、発信器を取り付けたので、安心して距離を離せる。

「こちら、爆弾グマ。ターゲットBは、八王子インターから、中央自動車道に乗りました」

「何!」

ターゲットBが横田基地に入った場合、陸軍犯罪捜査司令部のヘンリー・ワット大尉に連絡するつもりだった。だが、予想に反して、彼らの目的地は横田基地ではないらしい。しかも、数分後、八王子ジャンクションから首都圏中央連絡自動車道に入り、北に向かっていると辰也から連絡が入った。

二十分後、辰巳ジャンクションを抜けると、渋滞は嘘のように消え、ターゲットAはそのまま首都高速湾岸線から、東関東自動車道に入った。時刻は、午前一時を過ぎている。もともと渋滞するような時間帯ではない。数台前のターゲットAは、猛スピードで飛ばし、湾岸習志野《ならしの》インターで高速道路を降りた。

「こちら、爆弾グマ。ターゲットBが、入間《いるま》インターで高速を降りました」

脱走兵の車は、まったく違う場所でまるでタイミングを合わせたかのように高速を降りた。ターゲットAがスピードを出したのは、遅れを取り戻すためだったのだろう。

「入間？　習志野？　ひょっとして」

「どちらも駐屯地があります。連中の狙いは自衛隊の基地に違いありません」

前方を走るバンの後部座席に座っている瀬川が、インカムに割り込んで来た。瀬川は、極秘に陸自から傭兵代理店に出向しているが、習志野駐屯地の空挺《くうてい》部隊に所属している。

「コマンド一、ミスターK（池谷）に、習志野と入間基地に警戒するように至急連絡するんだ」

「了解しました」

今の時点では、漠然とした指示しかできない。そうかといって、機銃も付けていないハンヴィーなど、小型の核弾頭でも装備していない限り恐れるものではない。

脱走兵らは、密かに基地に潜入するものと思っていたが、予想外にもターゲットBは、入間基地の稲荷《いなり》山にあるゲート前に堂々と車を乗り入れた、と辰也から連絡が入った。

一方、ターゲットAも、辰也からの報告を受けた数分後に、習志野演習場の成田《なりた》街道沿いの正面ゲート前に車を停めた。田中らと浩志が乗った二台のバンは、ゲートから三十メートルほど離れた街道沿いに車を停め、ターゲットAの動向を見守った。

「一体連中は何を考えているんだ。コマンド一、Kハウスに連絡したか」

基地正面で攻撃するわけにもいかず、浩志は苛立った。しかも、習志野駐屯地ではなく、隣接する演習場に彼らは入ろうとしている。

「ミスターKが情報本部を通じて、両基地に問い合わせています」

答えた瀬川の声も、苛立っているのかトーンが高い。

「こちら、爆弾グマ。ターゲットBが、基地に入りました」

「馬鹿な。どういうことだ」

「リベンジャー、大変です。入間と習志野には、正式な米国陸軍の査察の予定があるとミスターKから、連絡が入りました」

池谷と連絡を取った瀬川から、報告が入った。

「一体、何の査察だ！」

「ＰＡＣ三です！」

「なんだと！」

ＰＡＣ三とは、米軍の開発した広域防空用地対空ミサイルシステムのことだ。ミサイルシステムはトレーラー移動式で、ミサイル発射機トレーラー、射撃管制車両、アンテナ車両等、これまでミサイル基地にあったようなシステムがすべてトレーラーやトラックに組み込まれ移動式になったため、基地だけでなく場所さえあればどこでも簡単に設置することができる。広大な演習場敷地には航空自衛隊の習志野分屯基地があり、ＰＡＣ三は第一高射群第一高射隊に配備されていた。

「PAC三を破壊する気だぞ。コマンド一、ミスターKを通じて基地を封鎖させろ」

「それが、どちらの基地も、米軍からの正式な査察だからと、こちらからの警告を冗談扱いしているそうです」

インカムから、瀬川の溜息が聞こえて来た。その溜息をあざ笑うかのように脱走兵らの乗るハンヴィーは、演習場の中に消えていった。

六

浩志は、ハンヴィーが演習場に消えるとすぐ決断した。

「コマンド一、運転をしろ」

「コマンド一、了解」

「これより、演習場に潜入し、脱走兵を殲滅《せんめつ》する。総員武装せよ」

浩志が宣言すると、仲間は親指を立てて静かに喜びを表現した。全員、床下から銃器や自分のタクティカルベストを取り出し、武装した。

「爆弾グマ、こちらはリベンジャー。これよりターゲットAの攻撃を開始する。パンサーは、ターゲットBが基地から出て来たところを攻撃せよ」

演習場内で実力行使すれば、自衛隊でも事態を把握すると浩志は考えた。そうすれば、よもやターゲットBを基地外に出すようなヘマはしないだろう。辰也に命令を出したのは、飽くまでも最悪の状況を考えてのことだ。

「コマンド一、この時間、警備兵のいないゲートがあるはずだ。案内してくれ」

浩志の通信に頷いた瀬川は急発進すると、成田街道沿いにある正門脇の道に入った。

約二百二十万平方メートルもの敷地がある習志野演習場は東西に長く、正面ゲートがある西の端は、成田街道に沿っている。演習場の周囲には、工場や自衛隊の宿舎もあるが一般の住宅地も多い。

瀬川は演習場に沿って車を東に走らせ、演習場の南側にある植栽に埋もれかかった出入口の二十メートル手前で車を停めた。出入口は、鉄製の門があるが警備兵どころか監視カメラすらない。普段からあまり使われていないのか、錆びついた鎖が巻かれていた。

「行きます！」

瀬川は、押し殺した声を発し、アクセルを踏み込むと門に突っ込んだ。

「コマンド一。一気に、ＰＡＣ三まで行くんだ」

瀬川は、自分の庭のごとく照明のない道を西に進み、敷地内にある航空自衛隊の習志野分屯基地に向かった。

「リベンジャー、二百メートル先にＰＡＣ三があります」

格納庫らしき建物の前に、ミサイル発射機トレーラーを中心に様々な車両が配備されている。ハンヴィーも奥の建物の近くに停められていた。そして、ミサイル発射機トレーラーの周りに何人かの兵士が倒れているのが見えた。おそらく高射隊のPAC三の担当兵士らに違いない。

「敵は、まだこの近くにいるぞ。注意しろ！」

二台のバンが猛スピードで近づくと、ミサイル発射機トレーラーの陰から、二人の男が出てきていきなり銃撃して来た。ハンドルを切って避けたが、フロントガラスに銃弾が当たり、粉々に割れた。

「コマンド一、迂回してハンヴィーを押さえろ」

「了解！」

瀬川は、敵の銃撃を避け、バンを北に向け走らせた。敷地は広い、いくらでも距離は稼げる。

浩志はハンドルを左に切り、一番手前に置いてある電源車の陰に車を停め、加藤と共に車から飛び出した。浩志はMP五を構え、加藤にハンドシグナルで、電源車の後ろ側に進むように指示をすると、右側の運転席に向かって進んだ。

「むっ……」

浩志は、身を屈《かが》め運転席の下まで来ると、時限爆弾が車の下に取り付けてあるのを発見した。しかもすでにカウントダウンは始まっており、残り九分を切っている。電源車にまで仕掛けてあるということは、システムの車両すべてに仕掛けてある可能性がある。

「トレーサーマン。援護しろ！」

浩志は、MP五をセミオートにセットすると、電源車から飛び出し、一気にミサイル発射機トレーラーに向かって走った。

トレーラーの奥から、敵が一人現われ銃撃して来た。咄嗟《とっさ》に横に移動し、銃撃をかわした浩志は、敵の体に数発の弾丸を命中させた。

浩志は、銃を構えトレーラーの回りを一周したが、近くにはもう敵はいなかった。倒した敵を確かめると、元タスク十一のマック・キニーだった。

「トレーサーマン、倒れている自衛官を生死に拘らず避難させろ」

「了解！」

浩志は、加藤に命ずると敵のハンヴィーに向かった。

敵の銃弾を逃れた瀬川のバンが、西の方角からハンヴィー目がけて突進してくるのが見えた。三人の敵がハンヴィーの近くにいたが、一人が車から長い筒状のものを取り出した。

「コマンド一、AT四（携帯型対戦車ロケット弾）だ！」

浩志が叫んだ瞬間、瀬川はハンドルを左に切ったが、バンのすぐ右手前でAT四弾は爆発し、バンは横転した。命中はしなかったが、まるでサブマシンガンでも扱うように敵兵はＡＴ四を撃った。

浩志は、ハンヴィーにさらに近づくべく、手前の車の陰に走り込んだ。すると足下にアップル（手榴弾）が地面をバウンドしながら転がって来た。

「くそっ！」

浩志は、きびすを返して数歩走り、滑り込むようにジャンプした。その瞬間、アップルは爆発した。被弾は免れたが、ハンヴィーはエンジン音を残して、立ち去った。

浩志は、すぐ立ち上がると横転したバンに向かった。

「イーグルチーム。誰か答えろ！」

「こちら、ヘリボーイ。全員無事です」

浩志の問いかけに、田中が答えてきた。

「ヘリボーイ、全員、もう一台のバンに乗るんだ」

「リベンジャー、トレーラーと管制車両の爆弾の起爆装置を解除しました。作業を続行させてください」

加藤は、自衛官を安全なところに担ぎ出した上、時限爆弾の起爆装置の線も外していた。爆破まで残り四分を切っていた。

遠くでパトカーのサイレンの音がする。真夜中に前触れもなく行なわれた演習に激怒した近隣住民が、通報したのだろう。

「全員、時限爆弾の処理に取りかかるぞ」

浩志は、苦笑すると全員を作業にかからせた。

クーデター

一

翌日、防衛大臣が会見を開き、入間基地で、未明、期限切れの地雷を解体処理する際に起きた爆発事故と、習志野演習場で行なわれた夜間訓練で事前の連絡義務を怠ったことに対して、近隣の住民に陳謝した。現実的には、入間基地のＰＡＣ三システムは、査察官に扮した元タスクフォースが仕掛けた時限爆弾により破壊され、偽者とも知らずに対応した両基地では、大勢の死傷者を出していた。

午前八時十分、浩志は傭兵代理店の応接室で戦闘服のままソファーに座っていた。浩志らは脱走兵の仕掛けた爆弾を残らず処理すると、近くの格納庫前に停められていた車を盗み出し現場から離れた。浩志らの乗っていたバンが、銃撃のためパンクしていたからだ。潜入した時と同じコースを辿《たど》って脱出したので、正門前に集結したパトカーに出会うこともなかった。

辰也らパンサーチームは、別の脱走兵のチームが乗車したターゲットBを正門で待ち構えていたが、彼らは基地の飛行場を横切り、フェンスを破って、正門とは反対の国道五十号から脱出していた。

「いったいいつまで脱走兵の犯行を隠し通すつもりなんだ」

「最後までですよ。政府は、G8を面子《めんつ》にかけても成功させたい一心ですから、国内にテロ集団がいることを隠すためなら、なんだってします。それに米国に影響が出るのを必死で防いでいるんですよ」

答えた池谷も苦りきった顔をした。

「今回のG8は、特別に米国の大統領も来ることになっています。会議の前日に米軍の不祥事を発表すれば、大統領の面子も潰れますからね」

「馬鹿馬鹿しい。これまで何人死んでいると思っているんだ。昨日も五人の自衛官が死んでいるんだぞ。連中を野放しにしている限り、これからも死体は増えるぞ」

PAC三防衛システムは、飽くまでも北朝鮮のミサイルの迎撃システムとして設定されているが、仮想敵国は中国をも視野に入れており、隣国をいたずらに刺激するという意味で、ミサイル防衛そのものが専守防衛に当たらないという意見もある。また、その予算は一システムあたり二十億円以上もの高額な出費を強《し》いられ、自衛隊が購入する武器の中でも特に反対の声が大きいという現象を生んでいる。こうした背景は、自ずと関係者をネガティブな思考に導き、深夜の偽査察を航空自衛隊では、誰も怪しむことはなかった。

「分かっています。しかし、彼らの一連の行動は、前国防長官であるラムズリー・ライトの解任と、その命令に従った彼らが軍法会議にかけられることへの抗議だと、米国政府では見ています。事件を公にすればテロに向き合う政府のイメージを損ない、それこそ脱走兵の思惑通りになると日米両政府は考えているのです」

「やつらが逮捕に腹を立ててPAC三を破壊したというのか。首都圏の防空を丸裸にしようとしたんだぞ」

「それは、そうですが、たとえ彼らがすべてのPAC三を破壊したところで、ミサイル攻撃されない限り、日本がただちに脅威にさらされるとは思えません。PAC三という日米両国が協力して築き上げたシステムを破壊することで、両政府の面子は丸潰れです。彼らは、政府に恥をかかせて喜んでいると考えた方が素直な気がします。それとも何か他に真の狙いがあるのでしょうか」

「それが、分かれば苦労はしない。いいか。やつらはそんな甘い連中じゃないぞ。爆破させずにPAC三を無差別に発射されていたら、大惨事になっていたんだぞ」

浩志にも元脱走兵らの考えていることはさっぱり分からなかった。苛立つあまり、目の前のテーブルを激しく叩いていた。

「落ち着いてください。藤堂さん。これは飽くまでも政府の考えを説明しているだけですから、私を非難しないでくださいよ」

「誰も、あんたを非難してないだろう」

浩志は、腕組みをしてソファーに深々と腰をかけた。午前三時に習志野から傭兵代理店に戻り、浩志は応接室でそのまま仮眠をとった。仲間は、丸池屋に隣接する偽装住宅の二階で休んでいる。三時間ほど寝たが、疲れはまったく取れなかった。疲れと苛立ちは、ピークに達していた。

「実は、やっかいなことがまだありまして。前国防長官であるラムズリー・ライトが、静養と称して、今、台湾に滞在しています。さすがに事件が頻発している日本は避けたようです。米軍内部では、イラクで指揮官として活躍した彼を熱狂的に支持する者もおりまして、不測の事態が起こらないとも限りません」

「静養に、台湾か。中国への面当てだな」

「もう一つ、やっかいなことがあります。元タスクフォースの脱走兵は、正式な任務を遂行していた時は、ＣＩＡの情報サポートのみで、ほとんど孤立無援で行動していたようですが、逮捕状が出たことで、米軍内部で彼らに同情する者が多数でてきたようです」

「内通している者が米軍内部にいるのか」

「昨日の米軍による偽のＰＡＣ三の査察に関して、米軍の情報将校が偽の命令書を発行していたことが分かりました。心配なのは、今後こうした裏切り者が増えることです。ともあれ、明日から始まるG8を何が何でも成功させる他、ありません」

「ところで、脱走兵の乗ったハンヴィーのシグナルは、まだ受信できないのか」

「はあ、おそらくは……」

池谷は、歯切れの悪い返事をした。

ターゲットAに取り付けたシグナルは、横須賀で見失った。おそらく連中に気付かれて破壊されたのだろう。盗んだ車で追跡することも考えたが、時限爆弾の処理を優先させた。ミサイルを守るためではなく、爆破による近隣住民への被害を考えてのことだった。

それに、瀬川の運転していたバンが大破し、積載していた武器も取り出せなくなっていた。満足な武器もない状態で勝てる相手ではない。辰也らパンサーチームと下北沢で合流し、再装備した上でいざ出撃というところでシグナルは消えてしまった。

浩志は、自分のマンションに戻った。

玄関を開けると、焼き魚の匂いがしてきた。香ばしい匂いにつられてキッチンを覗くと、ジーパンに浩志のTシャツを着た美香が朝ご飯の用意をしていた。彼女は、決して毎日浩志の部屋に出入りしているわけでもないのに、不思議と部屋に戻るといることが多い。

「お帰りなさい。ご飯の前にシャワー浴びる？」

「ああ、そうする」

浩志は美香の勧めるままシャワーを浴びた後、朝ご飯の用意されたリビングのテーブル席にどっかと座った。

「おっ」

焼き鮭、生卵、納豆、のり、豆腐のみそ汁、それに白いご飯。

朝ご飯の定番メニューだが、これ以上のごちそうはないとも言える。

「沢山食べてね。鮭は、余分に焼いてあるから」

ふむふむと浩志は頷くと物も言わずに食べ始めた。

ご飯のお代わり、鮭のお代わり、みそ汁のお代わりと、次々とお代わりを繰り返し、美香の失笑も気にせず食べ続けた。腹が膨れると、先ほどまでの疲れと苛立ちは霧散していた。考えてみたら、昨夜、龍道会の宗方誠治の買い食い散歩に付き合ったはいいが、晩飯を食べていなかった。一緒にいた瀬川は、浩志がいない間、別荘でごちそう攻めにあったと聞いている。敵を追いつめることで腹が減っているのを忘れていたようだ。

「ところで、俺が戻ってくることが分かっていたのか」

朝ご飯の支度のタイミングがよ過ぎた。

「今日から、千葉のホテルに泊まり込みになるの」

「ああ、G8の助っ人か」

「それで、昨日の夜からここにいるわけ。入間と習志野の事件の一報は、本店のニュースで知らされたの。あんな事件、あなたが絡まないはずないでしょう」

「まあな。内調のニュースか。聞いたことがないな」

「本店は、国内外の裏表関係なくニュースソースは集めているわ。社員ならいつでもサーバーから引き出せるシステムがあるの」

政府の中枢に一番近い情報組織としては、当たり前のシステムと言えよう。

「もう、聞いていると思うけど、アメリカの前国防長官のラムズリー・ライトが台湾にいることは知っているわよね」

「ああ、静養と本人は言っているそうだが」

「実は、ラムズリーは、かなり追い込まれているの。タスク十一、十二に与えた任務は、ラムズリーの私的な命令だったことが問題となり、議会で追及を受ける可能性が出て来たそうよ」

「追及を恐れて、国外逃亡しているのか」

「逃亡なら、かわいいけど。彼の信奉者のような現役の陸海軍の上級士官が八名、下士官十六名が随行していると聞いたら……」

「まさか」

「彼らは、いずれも休暇届を出しているから、まだ表沙汰にはなっていないけど、現大統領を非難して軍からの離脱をインターネットで全軍の兵士に呼びかけているの」

「合法的なクーデターのようなもんだな」

「士官たちが、職場に復帰すれば問題ないけど、何か起こるかもしれないと、ＣＩＡでは、本国から応援を日本と、台湾に送り込んでいるらしいわ」

「ラムズリーと脱走兵らが合流するようなことになれば、問題だな」

浩志は、そう言うと空になった茶碗を美香に突き出した。

二

翌日、浩志はベッド脇に置いてある携帯の鳴る音で目が覚めた。

腕時計を見ると、午前九時を過ぎている。たまった疲れのせいもあるが、昨日は仲間とやけ酒紛《まが》いに夜遅くまで飲んだおかげでいつもより三時間以上寝坊してしまった。

携帯は、諦《あきら》め悪く鳴り止む気配がない。仕方なく手を伸ばして、耳にあてた。

「大変です。藤堂さん。至急お店に来てください」

池谷の今にも叫び出しそうな声が携帯から響いた。馬面なのでいななくと言った方が適切かもしれない。返事をしようとすると、勝手に切られてしまった。歩いて、十分ほどの距離でなかったら無視するところだ。

丸池屋のすぐ前にトヨタの左ハンドルのランドクルーザーが停められていた。浩志は、店の引き戸を薄く開けてみたが、店頭には池谷の姿はなく、かわりに店番をしている中條が応対してくれた。

「ああ、助かった。藤堂さん。ここを米軍に嗅ぎ付けられてしまいました。来てるんですよ」

中條に呼ばれた池谷は、店の奥から飛び出して来た。

「どういうことだ」

池谷は、答えるより早く奥の応接室に消えてしまった。

傭兵代理店は、大手の軍需会社と同じく、中近東の情勢不安を背景に急激に成長した業種だが、欧米のように武器を所持すれば日本では許される組織ではない。そこで、海外の代理店とネットワークで結ばれているものの池谷は非公開の形をとっている。もっともばれたところで、海外の紛争地域に職業を斡旋《あっせん》する会社としらを切ることもできるが、池谷が恐れているのは、防衛省の特務機関という秘密が漏れることだ。

「おまえは……」

「よう、兄弟」

トレーナーにジーパンというラフな格好の陸軍犯罪捜査司令部のヘンリー・ワット大尉が、三人掛けのソファーの真ん中に堂々と座っていた。

「分かっている。説明しろと言いたいんだろ」

「当たり前だ」

浩志は、ワットの前に座った。池谷はおろおろしながらも二人を対角線上に見る一人掛けの椅子に座った。

「ここが傭兵代理店だとは、正直言って俺も驚いている。だが、あんたに直接会うには、日本の代理店にアクセスする必要があったんだ」

「どうやって見つけた」

「それは、簡単だ。アメリカにある代理店の幹部には友人が沢山いる。むろん陸軍を退役して再就職した連中だ。そいつらに聞いたら簡単に教えてくれたよ」

簡単にと言われた池谷は、あんぐりと口を開けた。

「この前の福生の事件で、俺が率いるＣＩＤ（陸軍犯罪捜査司令部）の特殊部隊は壊滅し、昨日付けでＣＩＤはこの件から外されたんだ。つまり、奴らを逮捕するという時期は過ぎたということだ。今後は、陸軍のデルタフォースか、海軍のシールズ（ネイビーシールズ）が作戦を実行することになるだろう」

浩志は、質問はないとばかりに頷いてみせた。

「司令部からは、俺の過失はないと言ってきたが、四名の部下を死なせ、怪我で軍を辞めなきゃならない奴も二名出しちまった」

「それで？」

「兄弟。俺を特別にあんたのチームに加えてくれ」

「何を言い出すかと思ったら、冗談はよせ。陸軍を辞めたのか」

「軍からは事件の事情聴衆を受けた後、強制的に長期の休暇を取らされた。今はフリーと同じだ」

「馬鹿野郎。休暇中にピクニックに行くのとは、わけが違うぞ」

「そう言うと思ったぜ。交換条件がある」

「出直して来い」

「奴らの居場所を知っていると言ったら、どうだ」

浩志は、ワットの目をじっと見た。ワットも浩志の強い視線に対抗するように睨み返してきた。ワットの目の奥に、地獄の炎とでも言うべき強い復讐心が込められているのを見ることができた。まるで鏡を見ているようだと浩志は内心苦笑した。

「まずは、聞こうか」

浩志は視線を外さず、尋ねた。

「今日の未明に、横須賀のベース（米軍基地）に、異常な電波を発するハンヴィーが発見された。ベースに張り込んでいたＣＩＤの捜査官が見つけたんだ。乗車していた三人の米兵を尾行したが、すぐにブラックホーク（軍用ヘリ）に乗ってどこかに消えたそうだ」

加藤がターゲットAに取り付けた位置発信器が意外なところで役に立ったようだ。

「どこかに消えた？」

「まあ、慌てるな。その捜査官は、すぐに司令部を通じて軍事衛星にそのブラックホークをロックオンさせた。調べれば、今どこにいるかすぐ分かる。もっとも早くしないと、デルタフォースかネイビーシールズに先を越されることになる」

「本当に調べれば、分かるのか」

「ここにインターネットを見られる環境はあるのか」

浩志はワットを連れ、廊下の向かいにある友恵の仕事部屋に入った。ワットは、友恵をどかし、パソコンの前に座ると太い指で器用にキーボードを叩いた。陸軍のデータベースに侵入しようと、ワットは何度も自分のＩＤとパスワードを入れたが、そのたびにエラー表示が出て来た。

「馬鹿な！」

ワットが剃《そ》り上げた頭を抱えた。

「おそらく、おまえは強制的に休暇を取らされた時点で、アクセス権を取り上げられているんだ」

浩志は、ワットを立たせると、友恵を座らせた。すると友恵は、ものの数秒でワットが開こうとしていたページにログインした。

「シット！　アクセス権もないくせに、この女は、いったい何者だ！」

「落ち着け、ワット、どこに進めばいいか教えろ」

ワットの指示通り進んで行くと、軍事衛星の映像が映った。

「なんだ。電子偵察衛星ジギントのマップじゃないですか」

友恵は、こともなげに言った。

「おい、今この女は、ジギントって言わなかったか」

友恵は、日本語で話しているが、ジギントはワットにも分かったようだ。友恵が軍事衛星のコードネームを知っていたために面食らったようだ。

「俺が聞いた限りでは、ロックオンされたブラックホークは、五一Aと番号が振られているはずだ」

友恵が、すぐに番号を入力すると日本海がズームアップされ、五一Aと表記された赤い点が点滅した。

「北緯三六度二二分、東経一三六度一九分、ゆっくりと東の方角に移動しています」

友恵は、隣のパソコンに別の軍事衛星の画面を表示させ、座標を入力し、衛星のカメラをリアルタイムで拡大した。

「すげえ」

浩志は、嘆息を漏らし、ワットは右手で口を押さえたまま動こうとしない。

「前からアクセスすることはできたんですが、軍事衛星から逆探知される恐れがあったため、できなかったんです。でも最近、絶対アクセスがばれない方法が分かったので心配なく見られるようになりました」

友恵は、話しながら画像をさらに拡大した。すると中型の船上に、ブラックホークが着陸しているのが分かった。

「馬鹿な。これはスピアヘッドじゃないか」

船型を見たワットは、驚きの声を発した。

スピアヘッドとは、米陸軍が保有している次世代高速輸送艦で、満載排水量千八百七十五トン、全長九十六メートル、速力最大五十ノット（約九十二キロ）、巡航速度四十ノット（約七十四キロ）の高速でも、八千四百キロ航行できる最新鋭の双胴船だ。船首が流線型に尖った、猛禽類を思わせる斬新なデザインをしている。

「見てください！」

友恵が画像を拡大させると船尾に枠組みがいくつも作られていた。まだ作業中らしく、鉄骨を組み立てる作業員の姿も見える。

「これは、おそらくミサイルの発射ユニットを支える台だぞ。船首を拡大してくれ！　TSV八Xか」

ワットは、船首の記号を読み取ると携帯でどこかに電話をした。

「連中はとんでもない物を手に入れたようだ。陸軍の仲間から極秘情報を得た」

電話を終えたワットの表情は、青白かった。

「二日前、佐世保《させぼ》基地を最新鋭のスピアヘッドが出航したそうだ。だが、今日になって音信不通になっている」

「最新鋭？　何か違うのか」

「ＴＳＶ八Ｘは、紛争地の海域に投入することを前提に、新たに改良されたそうだ。まず、最大速度は変わらないが、四十五ノット（約八十三キロ）で連続航行できるようになった。しかも艦の塗装がステルスになった」

「五ノット速くなったとしても大した違いはない。それにステルスといっても現在は、ロックオンされたブラックホークがある。衛星で座標が確認できる以上無意味じゃないのか」

「あんたの言う通りだ。だが、あの艦は、イラクに向けて大量の武器弾薬を積載していた。問題は、その中身だ」

「核弾頭でも搭載していたのか」

「まさか。一番やっかいなのが、音速を超える新型トマホークだ。まだ、ほとんど実戦配備されてないものだ」

従来の長距離巡航ミサイルトマホークは、亜音速（音速以下）のため撃墜は容易だった。だが、超音速で低空飛行するミサイルともなれば、当然撃墜は難しくなる。

「なんだと、それじゃ、船尾に組み立てられているのは、トマホークの発射台なのか」

「ああ、奴らは、最新鋭の輸送艦を、駆逐《くちく》艦なみに改造しようとしているんだ。足が速くてステルスの分だけ、完成すれば、下手な駆逐艦より実行力がある」

ワットの言葉を最後に長い沈黙が訪れた。

三

丸池屋の応接室には、池谷、浩志、瀬川が顔を揃えているが誰の表情も冴えなかった。

押しかけて来たワットは、内々に相談があるからと、別室に待たせてある。

米軍の脱走兵らが、占拠したとみられる高速輸送艦には、新型長距離巡航ミサイルが積載されていることが判明した。また、脱走兵による自衛隊の迎撃ミサイルシステムの破壊工作と併《あわ》せて考えれば、首都圏への攻撃はもちろん、すでにG8サミット会場にいる米大統領暗殺も視野に入れなければならない。こうした事情を踏まえ作戦を練っていた矢先、米軍の司令部から、日本政府に非公式の打診があった。それは、日本海における軍事作戦の通達だったが、同時に日本は一切手出し無用という非礼なものだった。

「米軍は、最悪の場合、スピアヘッドを爆撃するつもりだそうです。ただ現在、乗組員三十名が人質になっていますので、当面人質の解放を主眼においた作戦に出るようです」

池谷は、情報本部からもたらされた米軍からの通達を説明した。

「米軍の言う通りにするのか」

「米軍に従うというより、自衛隊は、専守防衛です。今の段階では攻撃できません。というか、防衛省では米軍の目標物が何かも知りませんから」

「スピアヘッドのことを情報本部に報告していないのか」

「米軍からの通達が先に来ましたので、いまさら言っても仕方がありませんよ。言ったところで、米軍に勝る攻撃ができるとも思えませんから」

池谷の開き直りと言える言葉を浩志は、ふんと鼻で笑った。

「米軍が、自分のケツを拭くのは当たり前だが、俺たちは勝手にやらせてもらうぞ」

「その件に関しては、自衛隊が出撃できない分、できる限りのことを協力するようにと幕僚長から言われています」

「どういう風の吹き回しだ」

「米軍からは、これまでの事件に関して正式な謝罪を一切受けていませんからね。事実を知っている政府や防衛省の幹部は怒り心頭ですよ」

「なるほど。それじゃ、装備と移送も頼もうか」

「もちろんで」

池谷の言葉をさえぎるように応接室のドアが勢いよく開き、目を血走らせた友恵が仁王立ちしていた。

「土屋君、いつも言っているように、ノックを」

「それどころじゃありません！」

叫んだ友恵は真っ青な顔をしていた。

応接室にいた三人の男は、無言で仕事部屋に戻る友恵の後を追った。

「これは、たった今起きたことを米軍の衛星が捉《とら》えたものです」

友恵は、自分のパソコンのモニターを前に説明した。彼女は、ＴＳＶ八Ｘスピアヘッドの動きを軍事衛星で監視していた。

「今から、二分前の映像を見てください」

友恵のパソコンの画面は、液晶の二十六インチという大きなサイズで、その画面の三分の一に、スピアヘッドの座標位置を示す日本海のマップが映し出され、残りの三分の二に衛星の監視映像であるスピアヘッドが船首を東に向けて航行する様子が映し出されていた。

映像の右下にはタイムレコードがあり、スタートして三・六秒後に船首部分で小さな閃光が二度した。

「艦上で、爆発事故でも起きたのかね」

池谷は怪訝《けげん》な顔をした。

「違います。これは、地対空艦上ミサイルです」

友恵は、スピアヘッドの映像を縮小し、別の映像を表示させた。

「これは、スピアヘッドから千六百メートル西南の海上、同時刻の映像です」

軍用ヘリコプター、形からすればブラックホークだろう二機が、百メートルほどの間隔で飛行していたが、次々に爆破して消えていった。

「米軍のデルタフォースの二分隊、二十二名とブラックホークの乗員六名が死亡しました。現在、ブラックホークが出撃した横田基地と米軍司令部がある座間《ざま》基地間の無線はパニック状態に陥っています」

「この映像をワットにも見せるんだ」

別室で待たされていたワットは、映像を見た瞬間、口を開いたまましばらく動こうともしなかった。

「ワット、ＴＳＶ八Ｘは、艦上ミサイルも搭載されていたのか」

「………」

ワットは、質問した浩志に顔を向けたが、その目は見開かれたままだった。

「ワット、聞いているのか、地対空艦上ミサイルは装備されていたのか！」

「おっ、俺は輸送艦のことまでは分からない。すまんが電話をかけさせてくれ」

しどろもどろのワットは携帯を取り出すと、その場でどこかに連絡をとった。

「ＴＳＶ八Ｘは、確かに最新鋭だが、艦上ミサイルは装備されていないそうだ。輸送艦だからな」

どうやら、先ほど連絡した陸軍の仲間に聞いたらしい。

「ワット、おまえの友達とかに、今回ＴＳＶ八Ｘが積載した貨物リストを出させろ」

「どうしてだ」

「艦上に装備されていないものがあるということは、積載した武器で武装化したと考えるべきだろう」

「わっ、分かった」

ワットは、渋々携帯を取り出した。

「それにしても、たとえミサイルと発射装置をあらかじめ積んでいたとしても、高度な技術者がいなければ設置は不可能だ」

浩志は、腕組みをして首を捻った。

「藤堂さん、その答えが分かりました」

友恵は、米軍司令部の無線を聞くためにヘッドホンをつけていたが、それを外しスピーカーに音声を流した。

「繰り返す。こちらは、ＴＳＶ八Ｘ。ラムズリー・ライトだ。大統領と直接話をしたい。

なお、今後も姑息な攻撃を仕掛けてくるようなら、トマホークを東京に撃ち込む。また、米軍ならびに自衛隊の艦艇を含むいかなる作戦機も日本海に立ち入ることを禁ずる。近づけば、それだけで戦闘行為とみなす。一時間後、また連絡をする。それまでに大統領を横田基地に出頭させるんだ。大統領がアメリカに帰れば、結果は同じだ。現在我々は、日本全土を人質にしていることを忘れるな。以上」

「いつの間にラムズリーは、TSV八Xに乗船していたんだ」

「藤堂さん、ラムズリーだけではありませんよ。陸軍の上級士官が五名、海軍の上級士官が三名、陸海併せて下士官十六名が沖縄の南西海上でTSV八Xに乗船したようです。つまり最初に、あの船をジャックしたのは、脱走兵ではなく、ラムズリーと部下のようです。そのうち陸軍の上級士官三名、下士官十二名が技術将校です」

「それじゃ、その十五人の技術将校が、輸送艦を駆逐艦に改造しているというのか」

「ただの輸送艦ではありません。最新鋭のステルス高速艦です。今後脱走兵の持っていたバトルフィールドを艦のコンピューターのメインフレームに繋げて、軍事衛星を自由に利用できるようにするはずです。艦上ミサイルだけでなく、時間が経てば、トマホークも発射できるようになるでしょう。そうなれば、最新鋭の駆逐艦同等、いえステルスの分、それ以上の攻撃力を持つ可能性がでてきます」

「警備が厳しい駆逐艦と違い、輸送艦だけに簡単にシージャックされてしまったのでしょう。それにしても、羊が狼に変身したようなものですね」

池谷が、友恵の説明を聞いて米軍のふがいなさに溜息を漏らした。

「そうとも言えません。陸軍のデータから、TSV八Xの乗員で出航直前に急に転属命令を受けた者が、五名もいます」

「すると、その五名は、あらかじめラムズリーが送り込んだスパイだった可能性があるのか」

池谷は、顔を長くして驚いた。

「ラムズリーの奴、本当にクーデターを起こしやがった」

落ち着きを取り戻したワットは、吐き捨てるように言った。

四

ラムズリーが、一回目の声明を出してから四時間後の午後二時半。重武装した浩志とリベンジャーズ、傭兵代理店の瀬川、それにワットを含めた総勢九名は、陸自の大型輸送ヘリCH四七JAの後部格納庫に収まっていた。

作戦を実行すべく浩志の要請に従い、池谷はすばやい行動を見せた。陸自の高官に連絡をとり、今回の作戦に必要な武器を揃えた上で浩志率いるチームを練馬駐屯地から新潟《にいがた》空港内の航空自衛隊新潟分屯基地へ移送する手配をしていたのだ。

三時間前、ラムズリーが二回目の連絡を米軍司令部に寄越したが、応対したのは大統領ではなく、在日米軍総司令官だった。むろんラムズリーは、会談を拒否した。以来、音信は途絶えている。

「休暇が終わったら、どうするつもりだ」

浩志は、ワットの隣に座り、ヘリの爆音に負けないように大声で聞いた。休暇中とはいえ、米軍にばれれば、軍法会議にかけられるのは目に見えているからだ。

「さあな。とりあえず、国に帰るつもりだ。おやじは田舎でトウモロコシを作っている。大きな農園だ。それを手伝うのもいいと思っている」

「…………」

浩志は、ワットがその場しのぎの答えを出していることは見抜いていた。

「分かっている、藤堂、あんたの言う通りピクニック気分で行けるものじゃない。練馬駐屯地に行く前に、上官に退役願を口頭で伝えてある。後で正式に書類を送るつもりだ。生きて戻れるとは思えないが、米軍に迷惑はかけたくないからな」

ワットが固い決意をしていることは、その表情からも窺えた。

浩志は、それ以上何も言わなかった。死ぬ覚悟ができているなら、仲間として迎える資格があるからだ。

一時間後、CH四七JAは新潟空港の南側に位置する誘導路とエプロンの隣にある航空自衛隊新潟分屯基地に着陸した。入間基地を司令部とする新潟分屯基地は、戦略基地ではなく航空救難団が配備された航空自衛隊の遭難救助組織である。

浩志らは、基地の会議室をあてがわれ、とりあえずここを当面の作戦室とすることになった。浩志らを引率する役を担った瀬川は、一人陸自の戦闘服を着込んで、分屯基地司令であり、救難隊長を兼務する若竹《わかたけ》一等空佐を司令室に迎えに行った。傭兵代理店のコマンドスタッフというのは、瀬川にとって仮の姿であることぐらい勘の悪い京介でさえすでに分かっていた。そのため、瀬川が本来の姿である三等陸佐として行動しても誰も不審に思う者はいない。

瀬川と共に現われた若竹一等空佐は、年齢五十二、三。日焼けした顔には、長年の激務を思わせる深い皺が刻まれていた。その額の皺が浩志らを見た途端数本増えた。

「こっ、これは」

空自の幹部から、秘密作戦に関わる特殊部隊の面倒を見るようにと言われていたものの、傭兵チームはそれぞれ勝手な戦闘服を着ており、ヒスパニック系のジミー、それに白人のワットと多国籍な顔ぶれだ、驚くのも無理はなかった。

「私は、この基地の司令を務める若竹です。君たちのチームのことは、上層部から便宜を図るように命令を受けています。何かあれば、瀬川三等陸佐を通じて直接私に命じてください。なお、私以外の基地の者には極力接触しないように注意してください」

若竹一等空佐は、敬礼すると額の汗を拭いながら出て行った。浩志はもちろん、チームの顔ぶれはいずれも激戦地を闘い抜いてきた猛者《もさ》ばかりだ。彼らに見つめられさぞかし居心地が悪かったに違いない。

「作戦は、日没後行なう。それまで、各自装備の点検をするように」

浩志が命令すると、さっそくメンバーは装備の点検を始めた。

いつもは、アサルトライフルのAKMかサブマシンガンのMP五を使うのだが、敵の銃がM四カービンだと分かったため、今回の作戦では敵と同じ銃を使うことにした。これは弾薬切れの場合でも敵の弾丸を奪って使用することができるからだ。M四カービンは、米軍ならともかく自衛隊では使用されていない銃なので、傭兵代理店で用意させた。

M四カービンは、M一六A二アサルトライフルの全長を短くし、軽量化したものだ。狙撃手である宮坂の銃には、光学照準スコープを取り付けた。それに、各自予備のマガジンを四本、弾丸にして百二十発携帯する。これは、米軍の標準装備より九十発も少ないが身軽にするには致し方ない。

全員マガジンが三本収納できるマグポーチごと支給された。このポーチは、左腿に巻き付けることができ、マガジン以外にもナイフやライトなどが収納できる優れものだ。残りのマガジンは、各自のタクティカルベストに入れていたが、京介は、自分のベストに適当なポケットがなく、キャンティーンポーチ（食料や水入れ）に無理矢理突っ込みベストに取り付けていた。支給された黒い戦闘服に全員着替えたが、ベストは各自使い慣れた物を着用している。

ハンドガンは、先日用意されたハイキャパ五・一を使用する。M四カービンとハイキャパ五・一は、出発前、練馬駐屯地で一時間ほど銃の調整を兼ねて銃撃訓練を済ませて来た。その他、各自二発のアップル（手榴弾）と、爆破担当の辰也とジミーには、C四（プラスチック爆弾）と各種起爆装置が支給された。

午後五時半、浩志らが装備の点検を済ませたころ、友恵とコマンドスタッフの黒川と中條が大きなスーツケースをいくつも抱えてやって来た。彼らは、パソコンや無線機など、単独の司令室となる装備を準備し、羽田《はねだ》空港から民間機でやってきた。

友恵と黒川らは、会議室の一角に持参した装置を三十分ほどでセットした。

「スタンバイ。……オッケー」

友恵は、すべての準備が終わると浩志に親指を立ててみせた。

「友恵、敵の位置を知らせてくれ」

浩志の指示に従い、友恵は正面に置いてある十九インチモニターに軍事衛星のマップを表示させた。

「北緯三七度一二分、東経一三七度一一分。現在ＴＳＶ八Ｘは停止しています」

「停止している？　映像を見せてくれ」

友恵は、主モニターの左に置いてあるサブの十九インチモニターに軍事衛星からの監視映像を映しだした。

「驚いたな。トマホークユニットが船尾だけじゃなく船首にまで備えてある。しかも船尾には対潜ミサイルの発射装置まで設置されているぞ。おい、ワット。おまえはまだ知っていることがあるのじゃないのか」

浩志に呼ばれたワットは、隣に来てモニターをじっと見てつぶやいた。

「藤堂、あんたの言う通りだった。奴らは、積載した貨物で武装しているようだ。陸軍の知り合いは情報将校だが、ＴＳＶ八Ｘはイラク向けとして大量の武器や、駆逐艦の予備装置をユニットごと積んでいたそうだが、大半の発注書は偽造だと後で分かったらしい」

「とすると、ラムズリーは最初から、輸送艦を駆逐艦に改造する準備をしてシージャックしたというわけか」

「だが、輸送艦のレーダーシステムは駆逐艦、ましてイージス艦には及ばないはずだ」

「さて、どうでしょうか。彼らが戦略パソコン、バトルフィールドを輸送艦のメインフレームに接続したら、あらゆる攻撃を事前に探知できるようになりますよ」

「しかし」

「少なくとも、軌道上の三つの軍事衛星を停止させなければ、ＴＳＶ八Ｘはイージス艦と同レベルと言っても過言ではありません。違いますか」

「……………」

友恵はワットをクールに否定し、その口を封じた。

「いずれにせよ、あいつらを止めるのは俺たちの仕事だ」

浩志は、二人というより自分に言い聞かせるようにつぶやいた。

五

午後六時半、食事を終えた浩志らは会議室で作戦会議を開いた。

浩志は会議室の前にあるホワイトボードにスピアヘッドTSV八Xが停泊する日本海沿岸の簡単な模式図を書いて説明を始めた。

「一九・一〇時、民間機の識別信号を発するC一（空自中型輸送機）にストライクチームは搭乗。一九・三〇時、C一は、TSV八Xの高度五千メートル上空を通過。同時にストライクチームは降下」

深夜に攻撃したいところだが、敵の輸送艦は時間が経てば、どんどん武装化が進んでしまう。日没直後というのが、闇を利用するぎりぎりのラインだ。

リベンジャーズでパラシュート降下ができるのは、浩志と辰也だけだ。そのため、これまでのようなチーム分けができず、今回の作戦ではパラシュート降下チームをストライクチームと名付け、隊長の浩志を筆頭に、辰也と現役の空挺部隊隊員である瀬川、黒川、中條が加わることになった。また別動隊は、ナックルというチーム名で、宮坂を隊長とし、田中、加藤、ジミー、京介とワットというメンバーで構成される。

「ストライクチームは、降下後ＴＳＶ八Ｘのレーダー、及びすべての艦上ミサイルを破壊する。それを受けて、ナックルチームは、ＵＨ六〇Ｊ（ブラックホークと同型）からＴＳＶ八Ｘに降下し、攻撃を開始する。ストライクチームは」

「待ってください」

作戦会議は、友恵の甲高い声で遮られた。

「ラムズリーの声明が入りました」

友恵のパソコンの近くに据えられたスピーカーから音声が流れた。

「大統領に警告する。現在日本に飛来中の大統領専用機を太平洋上空に探知した。即刻退去させるんだ。また、いかなる航空機だろうとエアフォースワンとなった場合、日本を攻撃する」

一般に大統領専用機自体がエアフォースワンだと勘違いされがちだが、エアフォースワンは大統領が航空機に搭乗した際のコールサインのため、専用機の固有名称ではない。ラムズリーは、たとえ民間機だろうと国外に大統領が脱出することを警告してきたのだ。

「友恵、ラムズリーの言っていることは本当か」

浩志が、友恵の後ろに立つと他のメンバーもぞろぞろと立ち上がり、浩志の脇から友恵のパソコンを覗き込んだ。

友恵は軍事衛星が探知する太平洋上の飛行機の針路を表示させた。

「ラムズリーが言っていたのは、おそらくこの飛行機のことでしょう」

友恵は、ワシントンと東京を結ぶ直線コース上に点滅するポイントを指差した。

「民間機の識別信号を発していますが、コースが民間の定期便とは若干違います。私にはこの飛行機が大統領専用機なのかどうかは判別できません。ただ、言えるのは、連中はバトルフィールドをＴＳＶ八Ｘのメインコンピューターに接続したということです。空からの攻撃は難しくなりました」

「藤堂さん、これを見てください」

瀬川がモニターの左端を指差した。明らかに民間機とは違うコースで、ＴＳＶ八Ｘに向かって中型の飛行機が飛んでいる。高度は六千メートルの表示がされている。

「攻撃機とすれば、沖縄の基地から飛来してきたのでしょう。今調べます」

「攻撃機なら、Ｆ一六の編隊か、あるいはＦ三五を使うはずだ。もっともＦ三五はステルスだから、軍事衛星でも探知できない」

ワットが瀬川の横から口を出した。

「分かりました。米軍のＣ一七輸送機です。座間基地から離陸したようです」

Ｃ一七は、高度を下げながら見る見るうちにＴＳＶ八Ｘ上空まで達した。その瞬間、友恵の脇に置いてあるサブモニターに映し出されていたＴＳＶ八Ｘの船首から閃光が放たれた。

「艦上ミサイルです」

友恵は、そう言うと衛星画像の倍率を下げ、豆粒ほどのＣ一七を映し出した。Ｃ一七は、ミサイルに素早く反応し、フレア（赤外線を放出する囮《おとり》）を発射しながら大きく旋回した。ミサイルは、フレアに惑わされ、軌道を大きく逸れ、Ｃ一七が二度目に放ったフレアに衝突して爆発した。

「やったぜ！」

ワットが、飛び上がって喜ぶと、そこにいる全員からも歓声が上がった。だが浩志は、仲間の歓声を聞いた途端、何か胃を持ち上げられるようないやな感覚に襲われた。

「友恵、倍率を戻して、ＴＳＶ八Ｘを映し出すんだ」

友恵は、素早く画像の倍率を上げたが、ＴＳＶ八Ｘの姿はなかった。

「うそっ！　軍事衛星がロックオンしたブラックホークの座標を調べます」

友恵は、素早く別の軍事衛星を呼び出して、ＴＳＶ八Ｘの甲板に着陸していたブラックホークを捜し出した。

「そんな！」

ブラックホークは、単独で海上を飛行していた。

「くそっ、やられたな。奴らも、ブラックホークで位置が探知されていることを知っていたんだ」

瀬川は、吐き捨てるようにそう言うと、自分の頭をげんこつで叩いた。

「友恵、さっきまでＴＳＶ八Ｘがいた海上に座標を戻し、衛星の画像を赤外線モードに変えてくれ」

「はっ、はい」

浩志の言葉に友恵は首を傾げつつ、カメラを赤外線モードに切り替えた。すると海上に赤い点がいくつも浮いていた。

「米軍は、俺たちと同じことを考えていたようだ。瀬川、海上に降下した米兵を救い出すように司令の若竹一等空佐に座標を教えるんだ。出動する際に、無線のチャンネルをオープンにして救助活動をしていると英語で宣伝するように伝えろ。そうすれば、攻撃されないはずだ」

「了解しました」

瀬川は、会議室のドアを破らんばかりに慌てて飛び出して行った。

「危なかったですね。万事休すってことですか？」

辰也は浩志の隣に立ち、ふうと溜息を漏らした。

「友恵、日本海側から東京を目がけて効果的にミサイル攻撃できるポイントを予測し、これまでのTSV八Xの針路と併せて新たな針路をパソコンで予測できるか？」

浩志は、TSV八Xを現在動かしている指揮官になって考えていた。攻撃側に立っていては、いつまでたっても裏をかかれるばかりだからだ。

「発射地点ならおおよその見当がつきます。そこを起点に考えればコースも見当がつきます」

友恵は、何もしないであっさりと答えた。

「どうして、分かるんだ」

「彼らが保有している長距離ミサイルは、新型といえどもトマホーク型の巡航ミサイルです。巡航ミサイルは、飛行機のように翼を広げて低空を飛びます。それは、レーダーを避け、撃墜を免れるためです。また障害物は自動で回避できますが、誤爆を防ぐため、できるだけ障害物が少ないコースをとるのがベストです。わざわざ険しい山脈越えをするコースは選ばないはずです」

「なるほど」

「となるとコースは、トンネルもありますが、関越《かんえつ》自動車道の真上を通る可能性が非常に高くなります。自動車道に沿って飛行するということは、上空から撃墜する際、自動車や民家が犠牲になるため、攻撃しにくいということもあります」

「確かに、関越道に沿って来れば、まっすぐに東京まで来られるな。ということは、ミサイルのプログラミングも簡単ということか」

「そうです。ただこのコースを辿るには、佐渡《さど》を避ける必要があります。そこで柏崎《かしわざき》辺りから入るか、新潟市から入るかのどちらかですが、柏崎からですと、関越道に入る際、かなり急なカーブを描くことになります。私でしたら、佐渡の北北東の海上から、まっすぐ新潟市目がけて、ミサイルを撃ち込みます。そうすれば、後は関越道をトレースし、大統領が専用機に乗る予定の横田基地までミサイルは迷わずに飛んでいくでしょう」

「とすれば、佐渡の近海を通るんだな」

「私の計算では、九十八パーセントの確率です」

友恵の答えに浩志は満足そうに頷いた。

出撃

一

新潟県佐渡でのイカ釣り漁の歴史は、江戸時代初頭にまで遡《さかのぼ》るという。しかも干したスルメを中国まで輸出していたと言われるほど盛んだったらしい。

佐渡島の東岸、両《りょう》津《つ》港を出航した二十隻《せき》のイカ釣り漁の船団は、沖合い十二キロの海域まで出ると次々と停泊し始めた。船の大きさは、いずれも三十トン前後の、どちらかというと小型な船が多い。その中でも五十トンクラスのひと際大きい船足の速そうな船が停泊すると、その船を中心に他の船は、北と南に七隻ずつに分かれほぼ百メートル間隔で次々に停泊し、残りの五隻は、五十トンクラスの船の東側でランダムに停泊した。そして、夜の波間に浮かぶ美しい装飾品のように、一斉に漁《いさ》り火《び》を灯《とも》した。

イカ釣り漁の船団が佐渡島沖合で停泊して間もなく、スピアヘッドTSV八Xの船首にあるブリッジでは、前方に突如現われた船団に乗務員が慌ただしく対応した。操舵室には、陸軍の制服を着た乗務員四名がそれぞれの持ち場で忙しそうに操舵パネルを操作し、身長一九〇を越す陸軍中佐の階級章を付けた男が、その後ろに立ち指示を出していた。おそらくこの男が艦長なのだろう。

「艦長、どうした、警報を鳴らして」

身長一七八センチ、年齢六十二歳。腹が少々突き出たスーツ姿のラムズリー・ライトが、四人の戦闘服を着た男たちに守られるように現われた。男たちは、M四カービンで武装した元タスク十二のメンバーだった。

「はっ、ラムズリー閣下。レーダーが前方八キロの地点に南北に伸びる船団を捉えました。衝突コース上に停泊しております。現在どこの船団なのか確認中です。ただ、船はいずれも二、三十トンクラスの不完全なステルス船です。海上自衛隊の小型特殊艇なのかもしれません」

「二、三十トンクラスだと。プレジャーボートクラスか、海軍じゃないな。日本政府にも敵対行為はするなと警告したはずなのに馬鹿な連中だ。ミサイルでケチらせてしまえ」

ラムズリーは、そう言うと二重顎を揺らし、下品な声で笑った。

「しかし、日本の武器には、我々には知られてないものもある可能性があります。たとえ二十トンでも、爆弾を満載した、〝カミカゼ〟のような特攻艦なのかもしれません。事実、我々はペルシャ湾では、常にボートに乗った自爆テロの脅威にさらされています」

「カミカゼだと」

ラムズリーは、苦々しい顔でつぶやいた。

「マット、衛星の画像を出してくれ」

ラムズリーの後ろに立っていた元タスク十二のリーダー、ジョージ・リプリー中尉が隣の男に命じた。命じられた男は、ブリッジの中央にあるメインスクリーンの前に設置されたパソコンのキーボードを叩いた。唯一、戦略パソコン〝バトルフィールド〟を使いこなし、TSV八Xとバトルフィールドを繋げた上で、艦上に設置した様々なミサイルのネットワークを短時間で構築したマット・ルーバー上級准尉である。

マット・ルーバーが軍事衛星を作動させると、ブリッジのモニターにネオンのような美しい夜景が映し出された。

「何だ？　いったい何の真似だ。野球場みたいな派手なライトを点けているぞ」

ラムズリーは、衛星画像に首を捻った。

「ふん。これは、日本のイカ釣り漁船じゃないですか。艦長、あなたも漁船がレーダー波を拡散することぐらい知っているでしょう。半ステルスの小型攻撃艦は、笑わせるぜ」

リプリーは、鼻息を漏らすように笑った。艦長は、両目を引き攣らせ真っ赤な顔になった。

「よせ、リプリー中尉。それにしても、きれいなものだな」

ラムズリーも打って変わって、笑顔で頷いてみせた。何日も寝ていないのか、どんよりと濁った目の下には、深い隈ができていた。

「日本ではよくある風景だと、ガイドブックには載っていましたよ」

「だが、衝突コースに漁船が停泊している事実に変わりはない」

艦長は、リプリーに反論した。

「仕方がないでしょう。この船はステルス艦なのだ。連中は、何の障害もなく漁をしていると思い込んでいる」

「しかし、警告しないと衝突してしまうぞ」

「艦長、あなたは漁船と衝突して、連中が何人か死ぬことを恐れているのか、それともこの船の塗装が少々はげるのを恐れているのか、どっちなんだ」

「できれば、これ以上、無益な血は流したくない」

「ほお、それは艦長、君の反抗的な部下をヘリに乗せて、帰還させた私への嫌みですか」

「帰還だと！　ふざけるな！　誰一人ヘリの操縦などできなかったんだぞ。今頃五人を乗せたヘリは海上に墜落しているに決まっている」

「海上には、落ちていない。ちゃんと陸地まで飛んで行くようにセットしておいた。うまくいけば着陸したかもしれないぞ」

リプリーは、低い声で笑った。

「貴様！　それでも合衆国陸軍兵士か！」

艦長は、リプリーの胸ぐらを掴んだが、簡単に手を捻られてしまった。

「やめないか二人とも！」

ラムズリーが一喝すると、リプリーは渋々手を離した。

「艦長、彼らは、合衆国を救うためにはなくてはならない犠牲だったんだ。分かってくれ」

「閣下、私も閣下のご意見には賛成です。しかし……」

「いいかね、艦長。今度の大統領は、前の大統領とは、違う。平和をうたい文句にするのは勝手だ。だが、今、イラクから兵を削減したら、どうなると思う。残された兵は、テロリストに皆殺しにされるぞ。確かにイラク戦争は、落ち目の前大統領が個人的に始めたようなものだ。だが、戦場に送り出された兵士には、そんなことは関係ないんだ。敵から身を守るので精一杯なんだ。君の部下は何人テロリストに殺されたんだ。あるいは、友人は何人死んだんだ。私は、数えきれない部下を今度の戦争で失った。今イラクから撤退すれば、中東はテロリストに支配される。そして、やがて力を蓄えた彼らは、アメリカ本土まで攻めて来るだろう。そうなってからでは遅いんだ」

ラムズリーは、艦長を見上げるようにして熱弁を振るった。

「はっ、閣下、おっしゃる通りです。しかし、民間人を犠牲にしては、同盟国である日本政府の反感を買います」

「船名はペイントで消したはずだ。今この艦は、幽霊船と同じなのだよ。合衆国とは何の関係もない。我々は、あえて汚名を承知で受け、我が国三億人の市民を守ることこそ、尊い使命なのだ」

「はっ、それでは、どうしろと……」

「針路を変えずに進みたまえ。犠牲はやむを得んだろう。さもないと、船倉に閉じ込めてある非協力的な君の部下十二名は、新たな犠牲者になるだろう」

ラムズリーの命令に、艦長は弱々しく敬礼で応え、リプリーは口元を緩めてその姿を見ていた。ブリッジにいる輸送艦の乗組員は固唾《かたず》を飲んでその様子を見守っていた。

二

スピアヘッドTSV八Xは、イカ釣り漁の船団のほぼ中央を突破する形で、船団に近づいて来た。さすがに衝突の衝撃を避けるため、TSV八Xは、速度を十ノット（約十八キロ）まで落とした。

一方イカ釣り漁船は、闇の中から突如現われた異形《いぎょう》の巨大船に蜘蛛《くも》の子を散らすように逃げ惑った。船団の中心をなしていた五十トンとその左にいた三十トンの船は、左右に大きく分かれ、なんとか正面衝突を避けることができたものの船縁をTSV八Xの両舷に擦られながら後方へと流されて行った。また、五十トンの船のすぐ後ろにいた二十トンの船は、他の船に逃げ道を塞がれた格好となり、衝突の直前、三名の乗員が海に飛び込み、まともに衝突してしまった。そして、鈍い音を立てながらスピアヘッドの船底に潜り込むように潰されていった。

船団は、統制がとれているらしく、一度ばらばらになった隊形を五十トンの船を中心に集まり出し、海に投げ出された乗員の救助活動を始めた。

「こちら、リベンジャー。爆弾グマ、どうだ」

「こちら、爆弾グマ。バンブー（ジミー）とコマンド三（中條）が失敗しました」

イカ釣り漁船団の旗艦となっていた五十トンの漁船には、浩志率いるイーグルチームが乗り込み、同じく衝突を避け、TSV八Xの右舷を流されていった三十トンの船には、辰也率いるパンサーチームが乗っていた。

船団は、両津港に停泊していた地元のイカ釣り漁の船で特に船足の速い船を二十隻選び出し、船を操舵する船長ごと自衛隊で借り受けたもので、船員に扮していたのは、全員海上自衛隊員だった。

TSV八Xは、双胴船型の輸送艦なので、左右の船尾にはそれぞれ荷物を載せる桟橋のような形をした長さ四メートルほどの小デッキがある。この左の小デッキにイーグル、右の小デッキにパンサーチームが二隻の漁船から飛び移ったのだ。

二隻の漁船は後方に流されて行くと見せかけ、TSV八XのスピードIに合わせて並走し、船尾の桟橋状のデッキに横付けした。だが、漁船は波に洗われるように浮き沈みしたために、瞬間的に二メートル近く高さが変わったり、隙間も一メートル以上空いたりと、飛び移るのは困難を極めた。

リベンジャーズはいつものように二つのチームに分かれていた。

イーグルチームは、浩志、瀬川、田中、加藤に傭兵代理店のコマンドスタッフである黒川を新たに加えた五人の編成で臨み、パンサーチームは、辰也、宮坂、京介、ジミーに、傭兵代理店のコマンドスタッフである中條とワットを加えた六人の編成をしていたが、飛び移る際、乗っていた三十トンの漁船の甲板が狭く、ジミーが足下を滑らせ、後ろにいた中條と衝突したために、移動に失敗した。作戦は、九名で決行することになった。

TSV八Xは、大きく分けて四層構造になっており、B一の船底にあたる部分が、双胴船として左右に分かれており、機関室と乗務員の居住区になっている。機関室の隣にある船底に大半の乗務員は閉じ込められていた。

一階から上は繋がっており、一、二階部分は巨大な倉庫で、船尾の巨大なハッチを開くことにより、カーフェリーのように直接岸壁から、車両や戦車を積載することができるようになっている。三階は、上級士官の居住区と大量の兵が宿泊できる客室が大半を占める。そして、三階の屋根にあたる部分が上甲板になっており、船首部分に流線型をしたバスのようなブリッジ（艦橋）がある。階数で言えば、ブリッジは四階にあたる。

イーグルと、パンサーチームが、それぞれ飛び移った小デッキの端には、三階のデッキまで続く非常階段があった。また階段は、外階段になっているが、内側に壁があるため、左右の階段を互いに見ることはできない。

二つのチームは、非常階段を上へと進んだ。階段には誰も見張りはいなかった。イーグルは浩志、パンサーは辰也がしんがりを務め、最後尾を警戒した。どちらのチームも、階段を折り返すための小さな踊り場を過ぎて、三階のデッキ直前まで上がっていた。踊り場は、本来なら二階の位置にあるが、二階のドアはない。

屋根に当たる最上階の甲板は、五メートルほど船首側に引っ込んでいる。そのため、三階のデッキは、幅二十六メートル、奥行き五メートルのオープンスペースになっている。軍事衛星の写真では、三階デッキ部分に対潜ミサイルと機関砲が備え付けられていた。

作戦では、このデッキの武器は無視し、上甲板の船首と船尾に備えられているトマホークユニット、及び中央にあるドーム状のカバーに収まったレーダーシステムを破壊することになっていた。その他にも、甲板には、軍事衛星で捉えた未確認の物体があり、武器と確認できれば、破壊しなければならない。だが、爆破担当の一人であるジミーは、潜入に失敗している。すべての装置を破壊することはできないかもしれない。

「パンサー、異常はないか？」

「こちら爆弾グマ。異常ありません」

浩志は、あまりにも平穏な潜入に疑問を抱いた。しかも、いつもの第六感とでも言うべき、胸騒ぎがしてならない。

「トレーサーマン、異常はないか？」

「何か、変です」

イーグルチームで先頭を歩く加藤は、アメリカの傭兵学校でネイティブインディアンからトレーサー（追跡者）としての教育を徹底的に叩き込まれている。そのため、どこか人間離れした感覚を持っていた。

「全員止まれ。爆弾グマ、この状態で下から攻められたら、終わりだ。一階の倉庫に通じるドアをもう一度確認するんだ」

一番先頭を行く加藤らがすでに、ドアが内側から閉まっていることを確認しているが、それでも浩志の不安は拭えなかった。

「了解！」

浩志と辰也は、チームを階段の踊り場に待たせ、階段を下まで降りると、ドアを確認した。ドアはやはり施錠され、開くことができなかった。加藤は浩志を援護するべく踊り場と下の階の中間まで降りた。ほぼ同時に、反対側でも辰也が下の階まで降りると、ワットが援護すべく中間地点まで階段を降り、銃を構え四方に目を配った。ワットは、さすがに特殊部隊を率いる米陸軍の大尉だけのことはある。行動に無駄はない。

「オッケー、いいだろう」

言ってはみたものの、浩志の動悸《どうき》は収まらなかった。階段を数歩上がったところで、後ろのドアが音も立てずに開く気配がした。浩志は、振り返り銃を構えた。

何かが、一瞬ドアの下の方に現われた。その途端、ドアはバタンと閉じられ、施錠された。

ドアの下に供え物のように二個の黒い塊《かたまり》が残されていた。

「アップルだ！　退避！」

浩志は、叫ぶと目の前にいた加藤と共に非常階段から飛び降りた。登ったところでアップルの直撃は免れないからだ。落下直後にアップルは爆発した。爆発音は、反対側からも聞こえた。おそらく、パンサーチームも同時に攻撃されたのだろう。

浩志は、数メートル下の船尾の出っ張りに胸を激しくぶつけ、一番下の小デッキの下になんとか右手だけでぶら下がった。

「加藤！」

一緒に飛び降りた加藤は、浩志が伸ばした左手をすり抜け、そのまま海に転落し、波に飲まれながら後方に流されて行った。

三

浩志は、一瞬気が遠くなった。小デッキに右手一本でぶら下がるには身につけた装備が重過ぎたからだ。しかも両足は、波に洗われている。左手を伸ばそうとすると激痛が走った。胸を船尾の出っ張りに強打したせいもあるが、目黒の明石道場でタスク十二に襲撃された際、左腕にクロスボウで受けた傷が痛んだ。

もう一度、左手を伸ばそうとすると、上のデッキで足音が聞こえてきた。

「こちら、十二—四。十二—一、左舷の捕虜は、日本人らしい三名だけです。二名海中に飛び込んだようです」

十二—四というコードネームは、タスク十二の隊員らしい。とすれば無線の相手である十二—一は、おそらくタスク十二のリーダー、ジョージ・リプリーのことだろう。

一方、操舵室にいるラムズリーはその報告を聞いて、無線に割り込んで来た。

「捕虜は、まだ殺すな。そいつらは、日本の特殊部隊に違いない。右舷はどうした」

「こちら、十一—一。右舷の捕虜は、二名でどちらも日本人と思われます。また二名がデッキから海に飛び降りた模様です」

「分かった。とにかく、これ以上の攻撃を止めさせるには、人間の盾が必要になる。そいつらを船倉にでも閉じ込めておけ。十二―一聞いているな。頼んだぞ」

「十二―一、了解。十二―四、後方デッキでそのまま見張りにつけ。十一―一、一名後方のデッキの見張りにつけろ」

ラムズリーの命令を受けて、十二―一というコードネームを持つリプリーは、それぞれの部署の部下に命じた。

無防備な船尾の非常階段には、赤外線センサーが仕掛けてあった。リプリーは、ブリッジで探知した船尾の異変にいち早く反応し、タスク十一を右舷、タスク十二を左舷の三階デッキに配置し、ラムズリーの部下を一階のドア付近で待機させた。そして、タイミングを見計らって、アップルで浩志らをいぶり出したのだ。狭い場所での攻撃だったため、効果は絶大だった。爆破を恐れた浩志らは海中に落とされ、あるいは、階段を駆け上がった仲間は、銃を構えたリプリーの部下に手を挙げる他なかった。

頭上の敵をやり過ごすべく、浩志は左手を伸ばすのを一旦諦めて両足を持ち上げ、デッキ下の配管に両足を絡ませ、右手の負担を軽くした。デッキの上の足音が次第に遠ざかるのを確認すると、絡ませていた足をはずし、配管に足をかけた。ちょうどロッククライミングで岩の下に取りつく要領だ。

左手を伸ばすと今度は、確実にデッキの下を掴むことができた。さらに左手に力を入れると、激痛が高電圧の電流のように傷口から左肩に伝わり、頭の先まで響いた。声を上げないように歯を食いしばった。そして、両足で配管を蹴った勢いで、デッキに半身を上げると、素早く右手で手すりの上部を摑んで体を持ち上げた。そのまま頭から手すりを乗り越え、デッキに右肩から転がり込んだ。荒い息をなんとか抑え、上のデッキから見られないように奥の壁に背中をついて座り込んだ。なんとか気付かれなかったらしい。船尾は、ウォータージェットやディーゼルエンジンの騒音で、少々の音では気付かれることはないのだろう。インカムの本体になっている無線機のチャンネルを非常モードにセットして呼びかけてみたが、雑音すら返ってこなかった。

今回の作戦は、総勢十一名でチームを構成し、漁船からの潜入という大胆な方法はなんとか成功したものの、アンブッシュ（待ち伏せ）により、瞬く間に一人にされてしまったようだ。とりあず、敵を一人でも多く倒し、捕虜になった仲間を救出する以外方法はない。

浩志らの潜入は、絶対気付かれていないという自信があった。にもかかわらず左右の船尾から同時に攻撃されたということは、船尾の階段は、目が届かない分、巧妙な監視センサーが取り付けられていると考えた方がよさそうだ。その証拠に、彼らは、無防備な外階段に誰も見張りをつけず、機関砲がある三階デッキにいるらしい。

浩志は、友恵が手に入れたこの船の見取り図を頭に描いた。船尾の貨物の搬出入口には、備え付けのクレーンが左舷側にある。そのクレーンの胴体にある鉄製の梯子《はしご》を登れば、三階の機関砲があるデッキまで行けるはずだ。非常階段からは、壁があるためクレーンの梯子を登っても気付かれることはない。だが、小デッキから距離にして三メートル弱、助走なしで飛べない距離ではないが、失敗すれば海に落ちる。

浩志は、左の太腿に巻き付けてあるマグポーチからM四カービンのマガジンを三本とも抜くと海中に捨てた。ポーチに残ったのは、刃渡り二十センチあるサバイバルナイフだけだ。そして、M四カービンも海中に捨てた。これで、身軽になった。M四カービンは敵を倒せば、いくらでも手に入る。失うことに躊躇《ちゆうちよ》はなかった。右腰のホルダーにあるハイキャパ五・一があれば当面は闘える。

クレーンの胴体は直径一・五メートルほどある鋼製の円筒で、梯子は左の端に取り付けられてある。この梯子に飛び移ればいいのだ。小デッキの長さはおよそ四メートル、手すりの高さは、一・五、六メートル。助走をつけようにも、手すりが邪魔になる。それに海に突き出た小デッキにまともに出れば、上のデッキから見つけられてしまう。

浩志は、上部デッキの死角になる手すりの一番端に立った。手すりの上で、バランスをとりながら、一気に飛んだ。

目標とするクレーンの梯子の一番下の段に右手の中指が触れたが、摑むことはできなかった。まるでスローモーションでも見るように波しぶきが顔面にかかり、胸まで海中に沈んだ。だが奇跡的に体は、そこで止まった。クレーンの下に垂れ下がっていたもやい綱に、咄嗟に右手を絡ませたからだ。

もやい綱をたぐり寄せるように摑んで登り、クレーンの階段に辿り着いた。一段、一段、慎重に階段を登り、三階のデッキの高さまで登った。見張りは、それぞれの持場となっている左右の階段の方角を見て、船の真後ろには興味がないようだ。浩志は、クレーンのアームを伝い、三階デッキのど真ん中に降りた。ちょうど、対潜ミサイルのユニットと機関砲に挟まれ、左右の敵からは死角になっている。デッキの幅は、およそ二十六メートル。左右の敵まで、どちらも十メートル近くあった。先に左舷の敵を倒すことにした。機関砲の台座まで走り寄り、タクティカルベストのポケットから、ブービートラップに使う鋼線を取り出すと左手に巻き付け、もう一方の端を右手に持った。ハイキャパ五・一を使わないのは、銃声で存在を知られたくないからだ。

浩志は、ネコ科の動物のように足音を忍ばせ左舷の十二―四と呼ばれた敵の背後に近づき、男の首に鋼線を素早く二重に巻き付け、一気に手前に引いた。男は物音一つ立てずに、ものの二、三十秒で落ちた。

男を目立たないように壁際に寝かせると、反転して機関砲から対潜ミサイルのユニットまで走った。

右舷の敵までの距離は、四メートル弱。

浩志は、ユニットの陰を飛び出すと、船尾の騒音を頼みに一気に近寄った。男はまだ気がつかない。さらに男の一メートル手前まで近づいた。だが、気配を感じたのか男は機敏に振り返り、銃を構えた。浩志は、咄嗟に左腿のホルダーからサバイバルナイフを取り出し、男が構えた銃に沿わせるように体を入れ替え、男の左の首筋を跳ね斬った。男は悲鳴を上げることすらできず、どさりと前に倒れた。

四

三階のデッキで倒した二人の男たちは、いずれもカスタムメイドのデザートイーグルをホルスターに納めていた。ワットから貰ったタスクフォースのデータによれば、最初に倒した男は、タスク十二のジョルジョ・クレメンスで、二番目の男がタスク十一のミゲル・アルーだ。浩志は、二人を目立たない場所に移すと、クレメンスの遺体からM四カービンと予備マガジン、それに携帯無線機を奪った。

浩志は、三階のデッキから船室に通じるドアを調べてみると、この階も中から施錠されていた。輸送艦といえども戦艦には違いなく、頑丈な鋼製のドアは簡単に破れるものではない。ふと耳を澄ますと、船尾の騒音に、微かに不規則な雑音が混じっていることに気がついた。エンジンなどの機械音ではない不規則な金属音だ。床に耳を当ててみると、下の階から聞こえてくるようだ。音自体には意味はないのだろう。エンジンなどの規則性がある音と区別できるようにわざとはずしているようだ。こんなことをするのは、捕虜となった輸送艦の兵士ではなく仲間に違いない。浩志はにやりと笑うと、上甲板に向かった。

「敵は、もういないのだろうな！」

ブリッジに一人で戻って来たリプリーに、ラムズリーは苛立ちを隠そうともせずに、青筋を立てて怒鳴った。

「念のために、部下に艦内を調べさせています。それに上甲板は、閣下の武装した部下が八人も見張っているじゃないですか。心配はいりません」

「それにしても、どうして、船尾に敵兵が現われたんだ。ネイビーシールズの降下を回避した後で、知らない間に日本の特殊部隊が降下作戦を決行したというのか。第一、この艦はレーダーでは捉えられないはずじゃなかったのか」

「むろんこの艦は、ステルスです。おそらく何箇所か我々の針路を予測して、網を張っていたのでしょう。私は、デルタフォースやネイビーシールズの闘い方を知っています。だからこそ、二度の襲撃を予測し、撃破することができたのです。それが、日本の特殊部隊だったとしても同じことです。彼らが、米英の特殊部隊を真似している以上、それ以上の作戦能力がないことは明白です」

「しかし、捕まった連中は、みんな日本人だと聞いているぞ」

「奴らは、おそらく傭兵でしょう。武器と戦闘服こそ同じものを使っていますが、タクティカルベストは一人として同じものを着ていない。正規の軍隊じゃありませんよ。それに、奴らの闘い方は、ゲリラそのものです。漁船から飛び移るなんてクレイジーな作戦をする特殊部隊はいませんよ」

「なんだと、さっきのイカ釣りの船団に紛れ込んでいたのか」

「それしか、考えられませんよ。マラッカ海峡の海賊がよくやる手です。おんぼろの漁船だと思って気を許していると、ＡＫ四七で武装した海賊が船に乗り込んでくるそうです。おそらくそれを真似たのでしょう」

「まったく、東洋人のやることは原始的だな」

そう言うとラムズリーは、ポケットから煙草を出して火をつけた。ブリッジはもちろん禁煙だ。艦長は、眉を吊り上げたが、何も言わなかった。

「我々欧米の軍隊は、最新鋭の武器に頼るあまり闘い方を忘れてしまっているのですよ。だからベトコンに敗れ、時代遅れのソ連製の武器しか持っていないアラブのテロリストに手を焼いているのです」

「だからと言って、おまえのように見境もなく人を殺すような冷酷な方法を全軍にさせるわけにはいかないだろう」

「閣下、お言葉ですが、戦争に掟《おきて》はありません。イラクでは、妊婦でさえ自爆テロをするのがテロリストの間では今や常識となっています。疑わしきは、調べる前に殺すのが我が身を守る唯一の方法です」

「…………」

リプリーが殺すという言葉を使った瞬間、快楽の表情を見せたことに恐怖を感じたのか、ラムズリーは言葉を詰まらせた。

「大統領を暗殺するには警備が手薄な同盟国にいる時が一番だと、計画を立てられたのは、閣下です。そのために我々は、アメリカ国内で二度も大統領を襲い、大統領が国外に出国するように仕向けたのです。お忘れですか」

「ああ、確かにそうだ」

ラムズリーは、落ち着こうとしてか、煙草を深く吸い鼻と口から大量の煙を吐き出した。

「二度の米軍の攻撃を撃破し、日本政府が雇った傭兵部隊も人質に取りました。日米政府は、手持ちのカードをすべて失ったのも同然です。これで大統領は、身の安全を図るべく横田基地に移動するはずです。大統領の命は、後一、二時間。現大統領さえいなくなれば、イラクの同胞は救われます」

「そうだな。それにしてもジミー・カーターの使いからは、まだ何も連絡はないか」

　ラムズリーの言うジミー・カーターとは、シーウルフ級原子力潜水艦のことで第三十九代合衆国大統領ジミー・カーターに因《ちな》んで命名された海軍の最新鋭の潜水艦の一つだ。だが、そのあまりにも巨額な建造費ゆえに、三番艦となったジミー・カーターで同型の建造は打ち止めとなった。また、この艦には、新型の小型輸送潜水艇も搭載されている。ラムズリーの言った〝使い〟とは、小型輸送潜水艇のことだろう。

「作戦が成功したら、協力するとジミー・カーターの艦長から、約束は取り付けてあります。そのうち、連絡を寄越しますよ」

　リプリーは涼しい顔で答えた。

「くそっ、それにしてもNSAの監視さえなければ、私が直接、艦長に頼んだものを……。そうすれば、こんな面倒くさい真似などせずに、原潜から直接トマホークが撃ち込めたはずだ」

　ラムズリーは、国防長官を解任された直後から、NSAの監視下に置かれていた。NSAとは、国家安全保障局のことで米国国防総省の情報機関のことだ。

「私にすべてお任せください。作戦が終了したら、閣下は、南米で優雅な亡命生活ができるように手配してありますから」

　リプリーは、顎ひげを撫でながらにやりと笑った。

五

艦内に潜入するには、上甲板にある四つのハッチか、いっそのこと甲板上部にあるブリッジしかないと、浩志は考えていた。だが、上甲板には、敵兵がうろうろしており、階下に降りられる後部ハッチになかなか近づけなかった。

目視できる範囲で五名の敵兵を確認している。銃を使えば、とりあえず五名の敵は倒せるが、引き換えに捕虜が殺される可能性もある。捕虜を救出するまでは、存在を知られたくなかった。

後部の右ハッチは船尾に近い場所に設置されたトマホークユニットの二メートル右横にある。左ハッチは、機材で塞がれているため、右ハッチを狙うしかない。その近くには、二名の敵兵が立っていた。

浩志は、ベストのポケットから防水小型ライトを取り出すと、トマホークユニットの陰に向かって転がした。するとハッチの左側に立っている兵士が、何事かとライトの後を追ってユニットの陰に入った。浩志はすかさず兵士の背後から近寄り、右手で男の口を塞ぎ、左腕で首を絞めた。

泡を吹いて気を失った兵士をユニットの足下に転がし、ハッチの様子を見ると、もう一人の兵士は何も気がつかずに背を向けて立っていた。三メートルほどの距離だ。浩志が近づこうと一歩踏みだした途端、背後で小さな爆発が起きた。音に反応し振り返った兵士と目が合った。兵士は、M四カービンを構えようとした。浩志はやむなくハイキヤパ五・一を抜き、兵士の顔面を撃ち抜いた。

爆発音と、銃声に気がついた兵士数名が一斉に浩志目がけて撃ってきた。浩志は、アップルの安全装置を抜くと、闇に残った銃口の残像目がけて投げ、素早く移動した。

浩志は、前方右舷から三人の兵士が重なるように銃を撃ってきたため、アップルを使った。爆発とともに三人の敵が吹き飛び、残された敵は、狂ったように浩志がいた後部ハッチ目がけて撃って来た。

浩志は反撃せずに、敵の死角を利用し、甲板の中央部にあるレーダーの陰まで走り込んでいた。前方のブリッジの両脇にもハッチがあるからだ。だが、ブリッジのすぐ後ろに巨大なコンテナが置いてあり、その背後から新手の敵が六人現われた。前方ハッチから出て来たのだろう。先頭の二人を狙撃すると、後ろの四人はすぐ後退し、コンテナの陰に隠れた。

弾を撃ち尽くし、すぐに新しいマガジンを装塡《そうてん》するとレーダーから離れ、右舷の手すりに沿うように再び後部ハッチに向かって走った。足下に弾丸が飛び跳ねた。数メートル先の電源装置の陰に頭から飛び込んだ。敵は左舷の排気口の陰に二人、トマホークユニットの陰に一人いた。ハッチまでは、まだ十メートル以上ある。電源装置をよく見るとトマホークユニットとケーブルで繋がっていた。本来、駆逐艦などの決められた場所にセットするユニットを使っているので、バラバラに置いてあるのだろう。左舷の敵を威嚇するついでに、ケーブルを撃って切断し、電源ユニットのコントロール部にも銃弾を浴びせて破壊した。

浩志は、M四カービンのマガジンを入れ替えると、残りのアップルを安全装置も抜かずにトマホークユニットの陰に床を転がすように投げた。叫び声を上げながら、飛び出して来た敵を撃つと、浩志は、猛然とトマホークに向かって走り、滑り込むようにユニットの陰に隠れた。船尾を見ると、貨物搬出入用の巨大なハッチが開いていた。事故か外部からの攻撃か分からないが、先ほどの小さな爆発が原因に違いない。

床に転がっているアップルを拾うと、浩志は、ベストにつけてあるポーチにしまった。M四カービンとマガジンは、この先敵を倒せば、いくらでも手に入るが、敵はアップルを標準装備していないらしく、すぐには補給できそうにないからだ。トマホークの陰に倒れている兵士から、予備のマガジンを三本奪うと、ベストのポケットに仕舞った。さらに、自分の使っている銃を肩にかけると兵士からM四カービンも取り上げ、セミオートにした。M四カービンは、毎分八百発前後の発射速度がある。三十発のマガジンを装填しても、フルモードで撃ちまくれば、ものの数秒で弾は切れてしまう。

M四カービンを左手に持ち、銃撃で跳ね上がらないように脇でしっかり固定し、右手にハイキャパ五・一を構えた。左舷に隠れている敵をM四カービンで威嚇《いかく》しながら、ハッチを開けた。開けた途端、下から銃撃された。

浩志は、すかさずハイキャパで応戦し、一旦身を引くと、右手にM四カービンを持ち替え、敵の足下の床目がけて乱射した。敵が悲鳴を上げて倒れた。M四カービンの弾丸が堅い床に跳ね返る、いわゆる跳弾で敵を狙ったのだ。足下の敵が倒れたことを確認すると、再度、左舷の敵を威嚇し、素早く梯子を降りた。倒れている男は、元タスク十一の隊員クリス・ワシントンだった。

降りたところは、まっすぐに船首まで伸びる廊下と左のハッチの下も通る横の廊下の交差部だった。ここから、二階に行くには、二十メートル先にある階段を下りなければならない。そこにも敵が待ち構えていることは充分考えられた。

弾の尽きたM四カービンを投げ捨て、倒れている男から、予備のマガジンを奪うため右手を伸ばすと、手の甲に血が流れてきた。いつの間にか右腕を弾丸がかすめていたようだ。戦闘中は、アドレナリンが大量に放出されるため痛みに鈍感になっている。新たな傷もそうだが、左腕の痛みなどとうに忘れていた。浩志は、タクティカルベストからバンダナを出すと右腕に巻き付け、素早く応急処置をした。

船内は狭いため、M四カービンは肩に掛けたまま、ハイキャパ五・一を構えゆっくりと廊下を進んだ。ちょっとした客船と同じように、このエリアは輸送する兵が宿泊するための部屋が続いていた。三つ目の部屋を通り過ぎようとすると、突然ドアが開いた。

浩志は、咄嗟にしゃがみ込むと左の脇の下から、ハイキャパを連射した。頭上を一瞬、敵の弾幕が過《よぎ》り、すぐに静寂が訪れた。ドアが開いた部屋を確認すると、元タスク十一のリーダー、グレグ・ローレンが死んでいた。先ほど倒した男とバディーで行動していたのだろう。これで、元タスク十一は殲滅《せんめつ》させたことになる。

敵の心臓部であるブリッジを攻撃する前に仲間を救出したいのはやまやまだが、船が攻撃地点に近づいているという現実もある。階下に降りるために時間を費やし、その間にトマホークを東京に撃ち込まれたら、何千人という被害者が出る。だが、一人でブリッジを攻撃しきれるかという問題もある。気の迷いが動きを鈍くした。

するとと、無言を貫いていたインカムに雑音が入った。

「こちら、爆弾グマ。誰か他に攻撃者はいるのか」

「こちら、リベンジャー。おまえ一人か？」

「リベンジャー！　やったぜ。ピッカリと攻撃しています。チャンネルを変えるのを忘れていました。すみません」

辰也もまさか自分たち以外に生存者がいるとは思っていなかったのだろう。上甲板で銃声がしたため、慌てて非常チャンネルに切り替えたに違いない。ちなみにピッカリというのはワットのことで、彼がスキンヘッドにしているため、辰也がつけたコードネームだ。

「今まで、どこにいたんだ」

「二人とも外の配管にぶら下がっていました。それより指示してください」

二人ともアップルの攻撃を逃れるため浩志とまったく同じ行動をとっていたようだ。違うのは、辰也が爆弾を持っていたことだ。爆弾で内部に通じるドアを破壊することもできたが、どうせ敵に知られるならと、ワットの勧めにより、貨物搬出入用ハッチの開閉装置を外から破壊し、ハッチを開けた。ハッチの内側が露出するため、TSV八Xは完全なステルスではなくなり、米軍と自衛隊のレーダーで捕捉できるようになるからだ。

「捕虜が監禁されているのは、B一の乗務員の居住区か船倉に違いない。先に行って助け出してくれ。それと、仲間を救い出したら田中に頼みたいことがある」

浩志は、辰也に作戦を伝えた。

このころ、座間にある米軍総司令部では、船尾ハッチが開いたTSV八Xをレーダーで捉えて事態は急展開していた。すでにTSV八Xに対する次なる攻撃は爆撃と決まっており、攻撃許可は、在日米軍総司令官ではなく、アメリカ大統領に委《ゆだ》ねられていた。

「船尾ハッチを早く閉じろ！」

「だめです。開閉装置をやられています」

艦長の命令に、ブリッジの乗員は悲痛な声を上げた。

「どういうことだ艦長!」

乗員の慌てぶりを背後で見ていたラムズリーは、声を荒げた。

「何者かの攻撃により、船尾の貨物ハッチが開いてしまいました」

「何が問題なのだ」

「この艦は、完全なステルスでなくなりました。すでに日米のレーダーに捕捉されているはずです」

「なんだと! それじゃ爆撃されるぞ!」

ラムズリーは、悲鳴にも似た声を上げた。

「閣下、もうすぐ攻撃ポイントに到着します。米軍の爆撃機が到着する前に決着しますから、慌てないでください」

リプリーは、すました顔で言い放った。

「リプリー、私は脱出するぞ。ジミー・カーターとのランデブー地点に先に行く。ハッチを修理して、後からついて来い」

白髪を振り乱したラムズリーは、八名の部下をともないブリッジを出た。彼らが向かったのは、ブリッジのすぐ後ろの甲板に置かれたコンテナだった。彼らは慌ただしくコンテナを横にスライドさせた。すると中から現われたのは、メインローターが折り畳まれたブラックホークだった。このコンテナは、ステルス塗装された軽量樹脂と合金でできたカバーだったのだ。

ラムズリーが連れ出した八名の部下のうち、二名は護衛の兵士だが、あとの六名は技術将校とパイロットだった。そのため、ブラックホークを組み立てるのは、お手のものだった。彼らは、あっという間にローターを取り付け、ブラックホークに乗り込むと、先に乗り込んでいたラムズリーとともに、夜空に消えていった。

その一部始終を軽蔑《けいべつ》の眼差しで見ていたリプリーは、つまらなそうに溜息をついた。

六

浩志は仲間の救出を辰也とワットに任せ再び上甲板に上がると、ブラックホークがまさに離陸するところだった。

「くそっ！」

逃げられたと一瞬思ったが、ブリッジ後方の窓にリプリーの顔が覗いていることに気付き、慌てて船尾に設置されているトマホークユニットの陰に隠れた。

ブラックホークは、浩志の頭上を越え西の夜空に消えて行った。再びトマホークユニットからちらりとブリッジを覗いてみると、リプリーの姿はなかった。

浩志は甲板上をゆっくりと船首に向かって移動を始めた。船首のトマホークユニットまで、約八十メートルある。いくつかの死体は乗り越えたが、人の気配はまったく感じられなかった。ブリッジ側面まで到達すると、中から見えないように、ブリッジの壁面に体を押し付けて進み、船首に置いてあるトマホークユニットに辿り着いた。

「何！」

船首のユニットは、配線はおろか他のパーツも露出しておらず、艦上にしっかりと単体で設置されていた。配線がむき出しになっていた船尾のユニットとまるで違う。爆弾で爆破しない限り破壊できそうもなかった。

「こちら、爆弾グマ。捕虜になっていた仲間と乗員を解放しました。作戦を続行します」

「リベンジャー、了解……」

辰也からの報告を受けている最中、背後に気配を感じ、すっと体を横に移動させると、浩志がいた場所の甲板に赤い点が二つ浮かび、同時に数発の銃弾が撃ち込まれた。

浩志は、転がるようにユニットの陰に隠れた。敵は、レーザーポイントの照準を付けたM四カービンで狙撃してきたのだ。角度からして、ブリッジの上から狙っているのだろう。相手は二人、上から撃ち込まれるのに対して、こちらは下から狙わなければならない。狙撃の角度として絶対的に不利だった。

上甲板の船首近くにあるブリッジは、高さ約三メートル、流線型をしたバスのような形をしている。浩志は、M四カービンをフルモードにした。次にタクティカルベストにつけてあるポーチから、最後のアップルを取り出した。安全レバーをはずし、三秒数えると、トマホークユニット越しに敵の頭上目がけて投げた。アップルは、空中で爆発した。ブリッジの上部めがけてフルモードで撃ちながら、ブリッジ前面の斜めに傾斜したガラスを駆け上がった。そして、弾の切れたM四を捨てると、ハイキャパ五・一を抜き、ブリッジの上部で両足を負傷し跪《ひざまず》いている男のこめかみに当てた。

「銃を捨てろ!」

男は、銃を捨てて手を挙げた。もう一人の男は、アップルの爆発で被弾したらしく、すでに死亡していた。

「藤堂、その辺でいいだろう」

突然、奪った無線機から呼びかけられた。

「誰だ!」

「ジョージ・リプリーだ。いいものを見せてやるから、ブリッジに来い」

ブリッジは、下の階から入れる乗員専用の入り口があるが、後方に上甲板に出ることができる非常扉もある。

浩志は、ハイキャパ五・一を構えながら、ブリッジの後方に回り込むと、非常扉を開けて中に入った。扉を開けた途端、鼻をつく血の匂いがした。ブリッジの床には、TSV八

Xの艦長と乗員と思われる五名の兵士が銃で撃たれて死んでいた。

「銃をしまえ、藤堂。俺は今武器を手にしてない」

ブリッジのコントロールパネルの前の椅子に、顎ひげを生やしたリプリーが足を組んで座っていた。米軍の戦闘服に、タクティカルベスト、そして腰には、カスタムメイドのデザートイーグルを納めたホルスターがあった。また、タクティカルベストの右側にTDIナイフ、左側にはサバイバルナイフと二種類のナイフを挿していることに浩志は気が付いた。

TDIナイフとは、アメリカの警察や軍隊で使用されている新型のナイフで、特徴は刃と柄がくの字型に曲がっていることだ。

「貴様が、乗員を殺したのか」

「哀れみをかけてやったのだ。ブリッジで協力していた者は、すべて国家反逆罪に問われる。一生刑務所だ。艦長も含めて、それなら、いっそ狂人の手にかかったことにすれば、残された家族は、英雄扱いされた上に、国から保証もされる」

「人殺しの詭弁《きべん》だ」

「まあ、どうとでも解釈してくれ。だが、この私にも許せない人間がいる。前のモニターを見ろ」

リプリーが指し示したブリッジのセンタースクリーンには、軍事衛星のマップが表示されていた。日本海を南西に高速で移動する赤いポイントがあった。

「このポイントは、ラムズリーの搭乗しているブラックホークだ。奴は、私がでっちあげた潜水艦での脱出計画にまんまと乗って、偽のランデブーポイントに向かっている最中だ」

リプリーは鼻で笑うと、コントロールパネルの前に置いてある装置のボタンを押した。途端にトマホークユニットの隣に設置されている地対空艦上ミサイルのパネルが開いて、ミサイルが一基発射された。

「何をする！」

「まあ、見てろ」

軍事衛星のマップにミサイルの赤い点が新たに表示され、まっすぐにブラックホークに向かって行った。ミサイルは、見る見るうちにブラックホークに接近し、交差するとマップ上から二つのポイントは消えた。

「処刑完了だ」

リプリーは、手を叩いて喜んだ。

「狂っている。大統領を暗殺して本当にクーデターが成立するとでも思ったのか」

「私は、戦争が終わらなければいいと思っているだけだ。おまえもそうだろう。戦場以外で生きて行くことができない人種だ。だから、イラクの兵力削減に反対するラムズリーを焚《た》き付けてやったのさ」

「黒幕は、ラムズリーじゃなくて、おまえだったというのか」

「それは違う。ラムズリーも黒幕の一人だった。軍事会社の大株主だからな。ネオコンの軍需会社がこぞって今の大統領の早期退陣を願っていた。生死を問わずにな。つまり武器商人どもが、自社株の価値が下がり、会社の利潤が減ることを嫌ったのだ」

「だとしたら、大統領の命を脅かすテロリストの掃討作戦と矛盾するだろう」

「何も、矛盾はしない。今の大統領を暗殺することで、未来永劫、これから大統領に立候補する人物には、軍需会社の意思に反したら、どうなるか分からせる必要があった。だから、テロリストに殺されてはまずかったんだ」

「それなら、テロリストに接触しようとした自衛官の暗殺は、どう関係するんだ」

「奴から、PAC三の情報を得た。首都圏の防空を無力化するためにな。そして、テロリストとくっつけたわけだ」

「すべて仕組まれていたのか」

「そういうことだ。だが、おまえがこれほどまでに俺たちを苦しめるとは、思ってなかった。正直言ってな。やはり、目黒であのじじい共々殺しておくべきだった」

リプリーの説明で、これまで謎だったことが次第に分かってきた。理論的な矛盾も見いだせない。だが、聞かれるままにぺらぺら喋ることに釈然としないものを感じる。むしろ、誘導されているのではないかとさえ浩志は思った。

むかし刑事をしていたころ、犯人を尋問する際、同じ思いをしたことが何度もある。彼らに共通することは、不利なことは決して喋らない。そして、嘘をつくときは雄弁になった。

リプリーは、軍事衛星のマップに目を移すたびに、落ち着きを無くしていた。米軍の攻撃を警戒しているのだろう。もし、今度、コントロールパネルに近づこうものなら、容赦なく撃ち殺すつもりだ。

「こちら、ヘリボーイ。今機関室にいます。自動操舵システムを解除し、エンジンを停止させました」

なんでも乗りこなすというオペレーションのプロである田中にとって、最新鋭艦であろうと、ディーゼルエンジンを使っている以上、制御することなど簡単なのだろう。黒川と京介に田中のサポートをさせているが、必要なかったかもしれない。

「どこに、向かっていた」

「フルパワーで北西の方角、日本海のど真ん中、しかも日本の領海の外でした」

浩志は、田中からの報告を受け、何度か頷くとにんまりとした。

「リプリー、仲間が自動操舵システムを解除したそうだ。残念だったな」

リプリーは、血相を変えて席を立つと、ブリッジのコントロールパネルで、状況を確認した。

「シット！」

「リプリー、おまえは、どうやら、クライアントのダブルブッキングをしていたようだな」

「なっ、何のことだ」

「おまえの元からのクライアントは、ネオコンの軍需会社なのは間違いないだろう。そして、ラムズリーを利用し、大統領の暗殺を謀《はか》った。そのために、最新鋭の輸送艦を武装化することを思いついた。ここまではおまえの言ったことを信じよう。問題はここからだ。おまえは、手に入れた武器を第三国に売るつもりだったんだ」

「馬鹿な。どうして、そう思う」

「この艦に積載した武器リストを俺は見ている。今回の乗っ取りに必要のない武器まで積載されていた。だが、いずれも新兵器ばかりだった。自動操舵システムの目標地点を聞いて、ピンときた。そこで、ロシアか中国の潜水艦とランデブーし、武器を引き渡すつもりだった。違うか」

「ハッ、ハッ、ハ」

リプリーは、突然、腹を抱えて笑い出した。

七

辰也とワット、それに解放された瀬川と宮坂がブリッジに入って来た。四人とも、馬鹿笑いするリプリーを見て銃を構えた。浩志は、ハンドシグナルで、それを制止した。

リプリーは、ひとしきり笑うと急にまじめな顔になり、目の前に置いてあるバトルフィールドにさりげなく手をかけた。

「藤堂、君が傭兵だからと馬鹿にしていたが、間違いだったようだ。このバトルフィールドのテンキーは船首のトマホークミサイルの発射ボタンとして設定されてある。動けばボタンを押すぞ」

そう言うと、リプリーは、テンキーを何の躊躇もなく押した。すると船首のトマホークユニットから轟音が鳴り響き、目映《まばゆ》い光を放ちながら、トマホークが一発発射された。

「ちくしょう！」

浩志は、ハイキャパ五・一を抜こうとすると、リプリーは、すでにデザートイーグルを構えていた。まるで手斧のような馬鹿でかいカスタムメイドの銃をリプリーは瞬時に抜いてみせた。

「動くな！　動けば、第二、第三のボタンを立て続けに押すぞ。第一のミサイルは、横田基地に命中する。第二のボタンは、東京のど真ん中新宿だ。藤堂、部下に命じて、自動操舵システムを元に戻させるんだ」

リプリーは、銃をホルスターにしまった。よほど早撃ちに自信があるのだろう。

「命中したら、聞いてやる。瀬川、艦の無線を使って、友恵と連絡をとれ」

浩志は、動じなかった。リプリーは肩をすくめて、瀬川の行動を許した。

「こちら、モッキンバード。トマホークを確認しました。百里《ひやくり》基地から、スクランブル発進しました」

瀬川が無線の周波数を調整し、友恵に呼びかけると、ブリッジのスピーカーから、友恵の声が流れた。

「知っているか、藤堂。私たちは、ＰＡＣ三の破壊を試みたが、本当は必要なかったんだ。なぜなら、現在のシステムでは、あらかじめミサイルの発射地点と投下地点の座標が正確に分かっていないと、迎撃するポイントを正確にはじき出せないらしい。つまり、実戦では使えないということだ。それに、スクランブルをかけたところで、自衛隊のＦ十五では新型トマホークは撃墜できない」

リプリーは、説明をすると鼻で笑った。

「スクランブル、間に合いません」

「ＰＡＣ三、発射されました」

「無駄だ！」

リプリーは、雄叫《おたけ》びのように叫んだ。

「ＰＡＣ三、目標撃破！　成功です」

「なんだと！　新型のトマホークだぞ」

リプリーは、バトルフィールドを見て、唖然とした。

浩志は、出撃する前に友恵が新たにＰＡＣ三のプログラミングをしたと聞いていたが、実際に成功するとは正直思っていなかった。思わず胸を撫で下ろした。

「止めておけ、何度やっても結果は同じだ」

浩志の制止を振り切り、リプリーは、再びボタンを押した。またしてもトマホークは、轟音と共に閃光を放ちながら飛び立っていった。

「トマホーク、発射確認しました。すみませんが、発射ボタンを押しているお馬鹿さんに言ってください。日本海から撃ち込まれるトマホークは、私がすべてコースのプログラミングを解析したから、何回撃っても撃破できることを教えてやってください」

友恵は、自分の無線が敵に聞かれていることを予測したのだろう。いきなり英語で話してきた。なかなか流暢な英語で、しかも英語で話す分、よりクールに聞こえる。それが、今はとても頼もしく思えた。

「何を言っているんだ。この女は」

「PAC三、発射されました」

「第二の目標は新宿だ。今度こそ、東京のど真ん中に撃ち込んでやる」

リプリーは、額に脂汗をかいていた。

「PAC三、目標撃破！」

リプリーは、呆然と立ち尽くした、軍事衛星のモニターでも確認できたからだ。

浩志は、気配も見せずにリプリーに近づくと、左回し蹴りでリプリーを蹴り、バトルフィールドから引き離した。

「シット！」

正気を戻したリプリーの反応は、早かった。浩志の回し蹴りを右手でガードし、タクティカルベストに差し込んであった刃渡り十五センチのTDIナイフを左手で抜き、浩志に切り掛かってきた。

リプリーのTDIナイフは、浩志の左足の上から薙《な》ぐように襲いかかってきた。浩志は、蹴り上げた足を素早く戻したが、足首をわずかにかすり、戦闘服の裾がぱっくりと切られた。浩志は、リプリーの左手を封じ込めようと右手で上から押さえ込むように摑もうとした。だが、リプリーは、体を逆回転させ浩志のタイミングをずらすと同時にタクティカルベストの左に差し込んでいた刃渡り二十センチのサバイバルナイフを右手で抜き、浩志の右手を払った。

浩志は、右手を切られまいと体を右方向に回転させたが、リプリーのサバイバルナイフの刃先が予想を超えて伸びを見せ、右手首を浅く斬られた。浩志は、右手首が斬られたことにかまわず、左手でサバイバルナイフを抜くとそのまま体を回転させながら、リプリーの首筋を狙った。浩志のサバイバルナイフの刃先は、充分射程圏内だったのだが、リプリーは、紙一重でスエーバックし、一歩間合いを広げた。

浩志は、この瞬間カクタスを殺したのは、この男だと確信した。カクタスは、目の前に現われたリプリーに銃を向けた瞬間に、グロッグを握った右手首をTDIナイフで切断され、次の瞬間にはサバイバルナイフで首を斬られたに違いない。

「カクタスを殺したのは、おまえだな」

「よく分かったな。あの馬鹿は、福生の爆発で死人が出たことで怯えていた。裏切られる前に始末したまでだ」

リプリーの言葉を聞いて、ワットが腰の銃を抜こうとすると隣に立っていた辰也がそれを止めた。闘いは、今や浩志とリプリーだけのものだった。他人の入る余地はない。

リプリーは、余裕の表情を見せ、両手にナイフを持ち、コンバティヴスタイルで構えた。すると浩志は、ナイフを右の逆手に持ち替え、やや斜め前に高くかざすと、左手を左脇腹辺りに当て右足を前に出し半身に構えた。明石に習った古武道の小太刀の構えだ。

二人とも、一歩も動かずに相手の動きを封じ込めるように睨み合いが続いた。精神と精神のぶつかり合い。気迫のせめぎ合いだった。

リプリーが、その均衡を破った。浩志の右手をかいくぐるように左手のナイフで斬りつけ、続けて右手のナイフを体の回転を利用し、まっすぐに伸ばしてきた。浩志は、ふわりと右に体を移動させ、逆手に持ったナイフを右上から振り下ろし、リプリーの左首筋を狙った。リプリーは、人間離れした動きで、浩志の伸びてくる右手のナイフをスエーバックすることでかわしたが、喉元を浅く斬られると、右手に持ったナイフを捨て、デザートイーグルに手をかけた。

浩志は、すかさず左手でリプリーの右手ごとデザートイーグルを上から押さえ込み、右手のナイフを投げ捨てるとハイキャパ五・一を抜き、リプリーの左こめかみに銃を当てた。常人では考えられない早業だった。

「終わりだ。ナイフを捨てろ」

「…………」

リプリーは、左手のナイフを投げ捨て、ゆっくりと手を挙げ始めた。

左手が肩の高さになった途端、リプリーは浩志の銃を持った右手を覆《おお》うように強く握りしめた。ハイキャパ五・一は火を噴き、四十五ＡＣＰ弾はリプリーの頭をぶち抜いた。

浩志が一歩下がると、リプリーは大木が倒れるように後ろに倒れた。

それを見ていた仲間が、ガッツポーズを作り、雄叫びを上げて喜んだ。

「リベンジャー、横田基地にいる大統領から、攻撃命令が出されました。Ｆ一六の編隊が発進する模様です。その艦から至急脱出してください。間もなく爆撃されます」

喜びもつかの間、友恵の緊急連絡が入った。

浩志らだけなら、逃げることもできるが、人質になっていた乗組員には怪我人もいる。脱出は不可能だ。

ブリッジのメインスクリーンに映し出された軍事衛星のマップに三つの赤い点が加わり、輸送艦を示すイエローのポイントに直進してくる様子が表示された。Ｆ一六の編隊は、最高速度に近いマッハ二で飛行しているようだ。

「ワット、出番だ！」

浩志に呼ばれたワットは、ブリッジの無線機の周波数を変更し、マイクを握った。

「メーデー、メーデー、こちらは、コードナンバー四〇五一七。繰り返す、コードナンバー四〇五一七。応答せよ！」

ワットは、マイクに向かって叫んだ。

「こちら、陸軍総司令部、緊急周波数を使う貴殿の氏名と階級を名乗れ」

無線の相手は、落ち着いているというより事務的に返事をしてきた。

「馬鹿野郎！　緊急コードが分かる奴に代われ！　コードナンバー四〇五一七だ」

ワットは、無線機の近くに置いてある椅子を蹴った。

その間も、軍事衛星のマップに点滅する三つの赤いポイントは進行し、まもなく新潟県上空にさしかかろうとしていた。

「コードナンバー四〇五一七、確認！　報告を続けてください」

別の声が返ってきた。コードナンバー四〇五一七とは、おそらく緊急時のワット自身を表わすコードなのだろう。

「コードナンバー〇五〇五、繰り返すコードナンバー〇五〇五、オールクリア。爆撃を中止しろ！」

「コードナンバー〇五〇五、確認……」

無線の相手の声が途絶えた。

「シット！　さっさと大統領にでも確認をとれ！」

マップに点滅する三つのポイントが日本海に入った。

「作戦は中止されました。コードナンバー四〇五一七、コングラテュレーション」

マップに点滅する三つのポイントと輸送艦を示すイエローのポイントが交差し、輸送艦の上空を三機のF一六が通過していった。低空で飛行しているため、衝撃波でブリッジの窓ガラスがびりびりと振動した。

ワットは、側にあった椅子にへたるように座り込んだ。

「作戦は、成功したな。兄弟」

浩志は、ワットの口まねをして笑った。

「俺が、作戦コードを使うことを知っていたのか」

「陸軍と海軍の特殊部隊の作戦は、失敗している。残るのは爆撃だけだ。それを承知で、船に乗り込む以上は、何か策を打ってあるはずだと思った。少なくとも、おまえなら、事前に総司令部と打ち合わせをして、俺に接触してくるはずだと思っていたからな」

「お見通しというわけだ。だが、俺も本当に作戦コードが使えるか内心びくびくしていたんだ。なんせ陸軍のサーバーへのアクセスが拒否されていたからな」

ワットは、友恵のパソコンで軍事衛星の画像を見ようとした際に、アクセスを拒否されていた。

「あれか。あのパソコンは、友恵以外の人間が触ると、アクセスを拒否されるらしい」

「何だと。知っていたのか」

「当たり前だ」

そう言うと、二人は腹を抱えて笑い出した。それを見ていた仲間も肩を叩きあい歓声をあげた。

明日へ

政府は、アメリカ陸軍特殊部隊の脱走兵が起こした一連の事件を最後まで闇に伏せるつもりだったが、トマホークを二発も撃たれては、さすがに情報を公開せざるを得なかった。もっとも公開された内容はかなり歪曲《わいきょく》されたストーリーになっており、頭のいかれた複数の脱走兵が輸送艦を乗っ取り、金目当てに大統領を脅したというものだ。しかも、鎮圧したのはアメリカの特殊部隊デルタフォースということになっていた。浩志ら傭兵チームが作戦を成功させた事実を公開することなど日米政府にはできなかった。また、浩志もそれを望まなかった。

また、トマホークを迎撃したＰＡＣ三が、実験ではなく、実戦に役立つという宣伝にも結果的になった。実際は、限られた条件の中で、友恵がプログラミングしただけなので、本来の大陸間弾道弾などの大型ミサイルに有効かどうか実証されたわけではないのだが、政府は怪我の功名とばかりにＰＡＣ三の予算枠を増やす結果になった。

事件から一週間経っていた。

浩志は、キューバに帰るというジミーを仲間と共に成田空港まで送り届け、今はひとり小田急線《おだきゅうせん》に乗っていた。

ジミーは腹部に受けた怪我はほとんど完治していたのだが、今回の戦闘で足手まといになったため、傭兵を引退することに決めたらしい。本人の決意も固く、浩志もあえて引き止めようとは思わなかった。それに、戦闘に参加したことにより、国から貰ったボーナスで親類をキューバから亡命させる目処《めど》がついたのも大きな要因だったようだ。

今回の戦闘で、スピアヘッドから転落した加藤は、救難信号をすぐに出したため、捜索活動をしていたイカ釣り漁船に一時間後に保護されていた。幸いなことに加藤も含め、戦闘で大きな怪我をした者は誰もいなかった。だが、病院の集中治療室にいたミハエルは、心臓近くに刺さった微細な爆発物の破片が血管に入り、それが脳に達して死亡した。浩志らがまさにスピアヘッドでの戦闘中に亡くなっていた。そういう意味では、彼も戦闘に参加していたと言える。実際、そうだったのかもしれない。ミハエルに身寄りはなく、前回の戦闘で亡くなったイタリア人のジャン・パタリーノの墓の隣に、新たに墓を建てて埋葬した。

浩志は、小田急線を成城学園前《せいじょうがくえんまえ》駅で降りると、まっすぐ喜多見《きたみ》にある次太夫堀《じだゆうぼり》公園に隣接する都築《つづき》邸に足を向けた。十六年前、都築邸で一家皆殺しという悲惨な事件があった。浩志が傭兵となるきっかけになる事件でもあった。

唯一の生き残りである都築雅彦《まさひこ》は、元不良少年たちを集めて農業をしながら、大学に進学させる塾を開いていた。浩志は、塾を拡大するように進言し、同時に五千万もの資金援助をしていた。

かつて惨殺事件があった都築邸は取り壊され、新たに三階建ての教室と宿泊施設も兼ね備えた立派な建物の建築が進められていた。

「藤堂さん、なんだ。来るなら事前に連絡してよ」

鍬《くわ》を持った河合哲也《かわいてつや》が建築現場を見ている浩志に気付き、声を張り上げてきた。

建築現場の前には百坪ほどの畑があり、そこで哲也を筆頭に四人の少年が農作業をしていた。真っ黒に日焼けした肌と鍬を握る腕の筋肉を見れば、哲也がいかにまじめに農業に取り組んでいるのか分かる。それは、他の少年も同じで、白い歯を見せて屈託のない笑顔を送ってきた。一年前まで彼らは新大久保《しんおおくぼ》を徘徊《はいかい》する不良グループだったのが嘘のようだ。

「近くを通りかかっただけだ。都築さんは、どうした」

「今、農協に行っているけど、じきに戻ってくるから、お茶でも飲んで待っていてよ」

「都築さんに、変わったことはないか」

「じっちゃんは、元気でいつもにこにこしているよ」

「それならいい。急いでいるから、よろしく言っておいてくれ」

　別に急ぐわけでもなかったが、高齢の都築老人の安全と学校建設の進捗《しんちょく》状況を見れば充分だった。哲也たちの汚れない笑顔を見ていると心が緩んでしまいそうになる。傭兵として、それは避けなければならない。もっとも、新宿から下北沢のマンションに戻るついでにふと小田急線を乗り越してしまったのは、彼らの笑顔が久しぶりに見たくなったからだった。

「藤堂さん、今度来る時、彼女も連れておいでよ」

「よけいなお世話だ」

　浩志が振り返り、手を挙げると、背中に少年たちの笑い声が響いてきた。

　平和な日本の日常がここにあった。彼らは、どうしようもない闇の世界で幾人もの男たちが死んで行ったことなど知らない。むしろ、知らないことが大事だと、浩志は思った。

一〇〇字書評

切り取り線

購買動機（新聞、雑誌名を記入するか、あるいは○をつけてください）	
□（　　　　　　　　）の広告を見て	
□（　　　　　　　　）の書評を見て	
□ 知人のすすめで	□ タイトルに惹かれて
□ カバーがよかったから	□ 内容が面白そうだから
□ 好きな作家だから	□ 好きな分野の本だから

●最近、最も感銘を受けた作品名をお書きください

●あなたのお好きな作家名をお書きください

●その他、ご要望がありましたらお書きください

住所	〒				
氏名		職業		年齢	
Eメール	※携帯には配信できません		新刊情報等のメール配信を希望する・しない		

あなたにお願い

この本の感想を、編集部までお寄せいただけたらありがたく存じます。今後の企画の参考にさせていただきます。Eメールでも結構です。

いただいた「一〇〇字書評」は、新聞・雑誌等に紹介させていただくことがあります。その場合はお礼として特製図書カードを差し上げます。

前ページの原稿用紙に書評をお書きの上、切り取り、左記までお送り下さい。宛先の住所は不要です。

なお、ご記入いただいたお名前、ご住所等は、書評紹介の事前了解、謝礼のお届けのためだけに利用し、そのほかの目的のために利用することはありません。またそのデータを六カ月を超えて保管することもありませんので、ご安心ください。

〒一〇一－八七〇一
祥伝社文庫編集長　加藤　淳
☎〇三（三二六五）二〇八〇
bunko@shodensha.co.jp

祥伝社文庫

上質のエンターテインメントを！　珠玉のエスプリを！

祥伝社文庫は創刊15周年を迎える2000年を機に、ここに新たな宣言をいたします。いつの世にも変わらない価値観、つまり「豊かな心」「深い知恵」「大きな楽しみ」に満ちた作品を厳選し、次代を拓く書下ろし作品を大胆に起用し、読者の皆様の心に響く文庫を目指します。どうぞご意見、ご希望を編集部までお寄せくださるよう、お願いいたします。

2000年1月1日　　祥伝社文庫編集部

復讐者《ふくしゅうしゃ》たち　傭兵代理店《ようへいだいりてん》　長編ハード・アクション

平成20年7月30日　初版第1刷発行

著者　渡《わた》辺《なべ》裕《ひろ》之《ゆき》

発行者　深澤健一

発行所　祥《しょう》伝《でん》社《しゃ》

東京都千代田区神田神保町3-6-5
九段尚学ビル　〒101-8701
☎03（3265）2081（販売部）
☎03（3265）2080（編集部）
☎03（3265）3622（業務部）

印刷所　萩原印刷

製本所　関川製本

ISBN978-4-396-33439-0　C0193

祥伝社のホームページ・http://www.shodensha.co.jp/

祥伝社文庫

渡辺裕之 **傭兵代理店**

「映像化されたら、必ず出演したい。比類なきアクション大作である」同姓同名の俳優・渡辺裕之氏も激賞！

渡辺裕之 **悪魔の旅団《デビルズブリゲード》** 傭兵代理店

大戦下、ドイツ軍を恐怖に陥れたという伝説の軍団再来か？ 孤高の傭兵・藤堂浩志が立ち向かう！

阿木慎太郎 **闇の警視**

広域暴力団・日本和平会潰滅を企図する警視庁は、ヤクザ以上に獰猛《どうもう》な男・元警視の岡崎に目をつけた。

阿木慎太郎 **闇の警視** 縄張《シマ》戦争編

「殲滅目標は西日本有数の歓楽街の暴力組織。手段は選ばない」闇の警視・岡崎に再び特命が下った。

阿木慎太郎 **闇の警視** 麻薬壊滅編

「日本列島の汚染を防げ」日本有数の覚醒剤密輸港に、麻薬組織の一員を装って岡崎が潜入した。

阿木慎太郎 **闇の警視** 報復編

拉致《らち》された美人検事補を救い出せ！ 非合法に暴力組織の壊滅を謀《はか》る闇の警視・岡崎の怒りが爆発した。

祥伝社文庫

阿木慎太郎　闇の警視　最後の抗争

警視庁非合法捜査チームに解散命令が出された。だが、闇の警視・岡崎は命令を無視、活動を続けるが…。

佐伯泰英　五人目の標的　警視庁国際捜査班

東京・新大久保で外国人モデル連続殺人が発生。犯罪通訳官として捜査に挑むモデルのアンナに迫る危機！

佐伯泰英　悲しみのアンナ　警視庁国際捜査班

犯罪通訳官アンナが突如失踪。国際捜査課・根本刑事のもとに届けられた血塗れの指。国際闇組織の目的とは

佐伯泰英　サイゴンの悪夢　警視庁国際捜査班

怯えていたフラメンコ舞踏団の主演女優が、舞台上で刺殺された！　犯罪通訳官アンナ対国際的殺し屋！

佐伯泰英　神々の銃弾　警視庁国際捜査班

一家射殺事件で家族を惨殺された十二歳の少女舞衣《まい》。拳銃を抱き根本警部と共に強力な権力に立ち向かう…。

佐伯泰英　ダブルシティ

師走の迫る東京、都知事を誘拐し身代金を要求してきたテロ集団の真の目的とは？　渾身のパニック・サスペンス！

祥伝社文庫・黄金文庫　今月の新刊

夢枕　獏　**新・魔獣狩り4**　狂王編
空海の秘法の封印が解けるのか？　いよいよ佳境へ！

鯨統一郎　まんだら探偵　空海　**いろは歌に暗号《かくしごと》**
若き日の空海が暴く、隠された歴史の真実とは？

渡辺裕之　**復讐者たち**　傭兵代理店
イラク戦争で生まれた狂気が、傭兵たちを襲う！

岡崎大五　**アジアン・ルーレット**
混沌と熱気渦巻くバンコク。欲望のルーレットが回る！

森川哲郎　**疑獄と謀殺**　戦後、「財宝」をめぐる暗闘とは
重要証人はなぜ自殺するのか。その真相に迫る！

藍川　京　**蜜ほのか**
男が求める「理想の女」とは？美と官能が融合した世界。

睦月影郎　他　秘本シリーズ　**XXX**（トリプル・エックス）
禁断と背徳の愛をあなたに。名手揃いの官能アンソロジー。

岳　真也　**深川おけら長屋**　湯屋守り源三郎捕物控
話題の第二弾！　悪逆の輩を源三郎の剣が裁く！

風野真知雄　新装版　**われ、謙信なりせば**　上杉景勝と直江兼続
上杉謙信の跡を継ぐ二人。その〝義〟と生き様を描く！

杉浦さやか　**よくばりな毎日**
生活を楽しむヒントがいっぱい！人気コラム待望の書籍化♪

藤原智美　**なぜ、その子供は腕のない絵を描いたか**
いったい子供たちに何が起こっているのか？

植西　聰《あきら》　**悩みが消えてなくなる60の方法**
「悩み」の解決は、ちょっとしたことを変えるだけ。